Cr
Im Ho

Umschlag
Der Rote Adler Brandenburgs
auf einem Adlerhorst

Im Horst des Roten Adlers

Ein Berliner Polit-Thriller
1894

von Carl Crome-Schwiening

Neu gesetzt, illustriert und
herausgegeben
von
Barbara und Harald Pinl

Altencelle 2022

© 2022 Barbara und Harald Pinl, Altencelle

Herstellung und Verlag:
BoD – Books on Demand, Norderstedt

ISBN: 9783756833757

Inhalt

	Vorwort	7
	Die Personen	8
	Orte des Geschehens	10
I	Ein Hohenzollerntag	11
II	Ein umgestürztes Coupé	25
III	Die schöne Fremde und der Prinz	39
IV	Politik beim Opernball	51
V	Ein gewiefter Hofrat	68
VI	Eine bezaubernde Französin	82
VII	Im Nest des Gallischen Hahnes	95
VIII	Auf Friedrichsruh	108
IX	Begegnungen	124
X	Im Zwiespalt	145
XI	Intrigen	161
XII	Spione im Zwiespalt	182
XIII	Ringen einer Agentin	195
XIV	Gespräche über Politik und Liebe	214
XV	Wahrheitsliebe oder Verleumdung?	226
XVI	Zerfall des Spionagenetzes	236
XVII	Aussprachen	249
XVIII	Aufforderung zum Duell	265
XIX	Das Ende	276
	Erläuterungen	288
	Gebäude, Straßen und Plätze	292
	Kurzvita Crome-Schwienings	294
	Abbildungen mit Nachweis	295

Im Horste des Rothen Adlers.

Ein Roman aus der jüngsten Vergangenheit

von

?

Halle a. S.
Verlag von W. Kutschbach.
1895.

Vorwort

Als „Horst des Roten Adlers" bezeichnet Crome-Schwiening das Berliner Stadtschloss an der Spree, das seit dem 15. Jahrhundert Residenz der Markgrafen (Kurfürsten) von Brandenburg war. Ihr Wappentier war der Rote Adler. Auch Kaiser Wilhelm II. führte noch den Titel eines Markgrafen von Brandenburg. Der Buchtitel könnte so auch „Im Horst des Kaiseradlers" lauten. Um den kaiserlichen Hof, Intrigen in der Regierung, die Gegnerschaft zwischen Bismarck-Anhängern und -Gegnern sowie Spionage ausländischer Auftraggeber spielt dieser „Roman aus der jüngsten Vergangenheit", wie es im Originaltitel der Ausgabe von Kutschbach in Halle an der Saale 1895 heißt. Die Handlung beginnt im Januar 1894 in Berlin und der Zeitpunkt wird genau angegeben. Carl Crome-Schwiening schildert die erste Begegnung zwischen Kaiser Wilhelm II. und Bismarck nach dessen Entlassung und lässt die Erzählung im Mai desselben Jahr nach dem Besuch des Kaisers beim Altkanzler auf Friedrichsruh enden.

Im Original des Romans wurde der Name des Autors nicht angegeben. Vermutlich waren Crome-Schwiening seine zeitnahen politischen Äußerungen zu riskant, um seinen Namen öffentlich damit zu verbinden. Die politische und journalistische Szene wird noch romanhaft mit mehreren Liebesgeschichten durchwoben.

Die der damaligen Zeit entsprechenden zahlreichen französischen Ausdrücke werden nicht übersetzt. Sie lassen sich mit Hilfe von Lexika auch online leicht klären. Heute nicht mehr gebräuchliche Ausdrücke werden am Schluss erläutert.

Zur leichteren Orientierung wurden hier, anders als bei Crome-Schwiening, über die einzelnen Kapitel selbstgewählte Überschriften gesetzt. Außerdem wurde der Text des Romans mit möglichst zeitnahen Abbildungen und zwei Karten illustriert. Weitere Bilder zu im Text geschilderten historischen Ereignissen und Gebäuden sind im Internet zu finden, z.B. in der Bildagentur der Stiftung Preußischer Kulturbesitz. Im Personenverzeichnis sind nur die im Roman mehrfach genannten Romanfiguren aufgeführt.

Altencelle, im September 2022   Harald Pinl

Die Personen

(handelnde hervorgehoben)

Almader, Frau, führt einen schöngeistigen Salon für Künstler, Schriftsteller, Diplomaten; hält Diensttag-Soiréen ab
Almader, Konsul, Haus der Haute finance
Altenbruch, von, Legationsrat im AA, Diplomat und Schriftsteller
Brettnitz, Baron von, ehem. Offizier, höhere Charge am Kaiserhof
Brettnitz, Zora (Zore) von, Tochter von Baron B., Baronesse, Hofdame bei einer Prinzessin
Bylle, Bertha, Tochter von Konrad Bylle, Liebestod
Bylle, Konrad, ehem. Soldat (Zahlmeister), Hofsekretär im Zivilkabinett bei Hofrat X. und Brettnitz
Chrysander, Dr. med., Arzt, Sekretär von Prof. Schweninger, dem Leibarzt von Bismarck
Didier, Kutscher von Madame Céline
Edwards, Mr., alias Guychillard, Haushofmeister bei Madame Celine
Ernest (alias Jeanlin), „Diener" bei Mme. Céline Saint-Ciré
Friedrich, Faktotum bei Härting, auch „Obelisk" genannt.
Guychillard, Père, alias **Mr. Edwards**, Vater von Ernest Jeanlin, Onkel von Céline de St.-Ciré; „Haushofmeister" bei seiner Nichte Céline St.-Ciré
Härting, Bildhauer, Busenfreund von Mark
Jeanlin, alias Ernest, Diener von Mme. Céline de Saint-Ciré
Kowalczy, Freiherr von, Geheimer Legationsrat im AA, Leiter des –Pressebüros des AA, Gegner von Bismarck
Lange, Oberförster im Sachsenwald
Mark, Hermann, Dr., Schriftsteller, Leiter eines publizistischen Unternehmens in Berlin, Herausgeber der „Rechtsstimmen"
Paulsen, Dr., dänischer Publizist, einflussreicher Korrespondent
Péricheux, Père, Concierge in Paris, Vater von Toinon
Péricheux, **Toinon**, Pariserin, franz. Zofe von Mme. Céline de Saint-Ciré
Pinnow, Kammerdiener Bismarcks
Poyritz, von, Tante von Else von Rheden

Prinz, anonymer Freund von Mme. Céline de Saint-Ciré
Rheden, **Else** von, Tochter des hannöverschen Landedelmannes
   von Rheden, Calenberg; Verlobte von Hermann Mark
Saint-Ciré, **Céline** de, Mme., Witwe des franz. Edelmannes de
   Saint-Ciré aus Paris; Freundin des anonymen Prinzen
Schweninger, Prof., Leibarzt von Bismarck
Weber, **Anna**, Frl., Zofe bei Zoré von Brettnitz; verliebt in Jeanlin
Wedel, Ernst August von, Graf, Oberstallmeister des Kaisers
X., Hofrat, Untergebener von Baron Brettnitz und Intrigant

Politiker und Militärs

Bismarck, Otto Fürst von (1815-1898), Altreichskanzler
Bismarck-Schönhausen, Herbert Graf von (1849-1904), Sohn von
   Otto von Bismarck; Staatssekretär des Äußeren
Caprivi, Leo von (1831-1899), Reichskanzler, General, Vize-
   admiral und Chef der Marine
Ebmeyer, Otto von (1850-1919), Major, Adjutant von Caprivi
Eulenburg, August Graf zu (1838-1921), Minister Haus Preußen
Guesde, Jules (Jules Bazile, 1845-1922), franz. Sozialist, Minister
Kaiserin Friedrich, Gemahlin von Kaiser Friedrich III.
Moltke, Graf, Flügeladjutant des Kaisers
Natzmer, Oldwig von (1842-1899), Oberst, Stadtkdt. Berlin
Plessen, von, Generalmajor, Kdt. Kaiserliches Hauptquartier
Prinz Heinrich von Preußen, Bruder von Wilhelm II.
Seckendorff, Albert Freiherr von (1849-1921), Vizeadmiral,
   Adjutant / Hofmarschall von Prinz Heinrich von Preußen
Wilhelm II., Deutscher Kaiser

Orte des Geschehens

Berlin: Stadtschloss, Auswärtiges Amt, Reichskanzlei, Oper und
umliegende Straßen und Plätze
Potsdam: Neues Palais
Friedrichsruh im Sachsenwald (Aumühle)

Legende

(1) Lehrter Bahnhof
(2) Behrenstraße
(3) Mittelstraße
(4) Friedrichstraße
(5) Unter den Linden / Café Bauer
(6) Wilhelmstraße
(7) Leipziger Starße
(8) Krausenstraße
(9) Potsdamer Straße
(10) Potsdamer Platz / Café Josty
(11) Tiergarten-Villen
(12) Stadtschloss
(13) Opernhaus
(14) Brandenburger Tor
(15) Reichstagsbau
(16) Auswärtiges Amt
(17) Reichskanzler-Palais
(18) Krankenhaus Bethanien

10

I. Ein Hohenzollerntag

Heller Sonnenschein vergoldete den winterlichen Januartag. Er spiegelte sich nicht allein wider in den vergoldeten Knöpfchen der Fahnenstangen, die zu Tausenden und aber Tausenden auf den Dächern der hohen Gebäude emporragten, sich aus zahllosen Fenstern und Luken hervorgeschoben hatten oder von den Balkonen herab die bunten Fahnentücher, die sie trugen, im leisen Morgenwinde flattern ließen – er strahlte wider von den Gesichtern der Hunderttausende, die sich vom Lustgarten bis zum Brandenburger Tor dichtgedrängt vor- und zurückschoben! Ein Name auf aller Lippen, der Name des Langentbehrten, schwer Vermissten; – eine Sehnsucht in den Herzen dieser aller: den Mächtigen wieder zu sehen, den ein höherer Wille einst gehen ließ und den nun dieser Wille auf's neue zu sich beschied – ein Hochgefühl in jeder Brust: die schwere, dunkle, unbegreifliche Scheidewand, die sich da aufgerichtet hatte zwischen Kaiser und Altreichskanzler, endlich fallen zu sehen!

„Ein Hohenzollerntag!" glitt es fast unbewusst über zahllose Lippen, wenn das Auge warm berührt wurde von einem huschenden, glänzenden Sonnenstrahl. Wahrlich, ein Hohenzollernwetter! Und die Gedanken, die dem Erwarteten entgegen eilten, flogen im Nu zurück zu dem ragenden alten Stadtschloss an der Spree, diesem Horst des roten Adlers, der so viele gewaltige Momente im Leben der Hohenzollern erlebt, so manche große Stunde kommen und schwinden sah. Vom Kaiser, der dort jenem die Hand auf's neue entgegenstrecken wollte, der im Groll einst gegangen war, zum Kanzler und vom alten Kanzler zurück zum Kaiser, als könne dieser Gedankenflug all' dieser Hunderttausende gar keine andere Richtung einschlagen. Ein Alb war von der Brust der Deutschen genommen durch das hochherzige Handeln jenes gewaltig über Deutschland horstenden Kaiseraars – heute, am 26. Januar [1894] sollte all' die schmerzliche Klage, die tiefe, leidenschaftliche Erbitterung, das unmutsvolle Schweigen [*] sich lösen in dem einen

---

[*] Anspielung auf die Entfremdung zwischen Kaiser Wilhelm II. und Reichskanzler Bismarck und dessen Entlassung 1890.

Jubelrufe: „Hoch, unser ritterlicher Kaiser! Hoch, Du alter Kämpe für Deutschlands Größe und Einheit, hoch Bismarck!"

Wie das flutete und wogte und hin- und wiederzog, bis die Massen wie in einander gekeilt dastanden und nur die Fahrwege frei blieben für die königlichen Equipagen, die zu den Bahnhöfen eilten, um die Fürstlichkeiten in Empfang zu nehmen, welche morgen, am Geburtstage des Kaisers, in dessen Nähe sein wollten, und für die mit Passierscheinen versehenen wenigen Fuhrwerke, welche jene Glücklichen zum Lehrter Bahnhof führten, denen Rang und Stellung, oft so himmelweit von einander entfernt, eines jener Kärtchen verschafft hatten, deren Besitz heute den Neid aller erregte. – Stunden vergingen noch, bevor der Salonzug des Fürsten Bismarck in die geräumige Halle des Lehrter Bahnhofs einlaufen konnte, aber heute galt es frühzeitig am Platze zu sein, sollte nicht selbst das „Sesam öffne dich" des Passierscheines vor den umlagerten Türen versagen.

Lehrter Bahnhof 1903

Im Schritt nur konnte eine Droschke erster Klasse, geöffnet, als lache der Maihimmel auf die darinnen herab und als herrsche nicht der frostige Januar, sich ihrem Ziele, dem Lehrter Bahnhofe nähern. Ein junges Menschenpaar saß in derselben: Ein junger Mann mit großen, dunklen Augen in dem feingeschnittenen Gesichte, dessen Weichheit selbst der feine dunkle Schnurrbart nicht zu bannen vermochte und an seiner Seite ein junges, blondes Wesen, mit einem Kinderlächeln auf den frischen Lippen und mit dem Ausdruck des Staunens und der Erwartung in den blauen, stillen Augen, die alles, was sie erblickten, in sich einzusaugen schienen zu bleibendem Gedächtnis. Gewiss, diese beiden jungen Menschenkinder gehörten zu einander. Aber die Größe dieser Stunden schien selbst die längst Zusammengehörigen noch näher zu einander zu führen. Sie hatte des Mannes Rechte in ihre Hände genommen und sie lehnte sich leicht an ihn, als sei das alles, was sie umgab, zu überwältigend und als bedürfe sie, um das alles zu fassen, seiner Stütze. Es waren der Schriftsteller Dr. Hermann Mark und seine Braut Else von Rheden, die sich stumm den Eindrücken dieser Stunde überließen. Dr. Mark weilte erst kurze Zeit in Berlin, er war berufen worden, ein neues puplizistisches Unternehmen zu leiten, das sich zum Ziele setzte, eine Katze auch eine Katze, das heißt die Dinge beim rechten Namen zu nennen. Dr. Mark war ein Norddeutscher, aus einer der im Jahre 1866 annektierten Provinzen [Hannover] und hatte seine hervorragenden puplizistischen Talente bereits in Paris und London erprobt. Sein junges Unternehmen hatte mit einem Schlage Bedeutung gewonnen durch die mannhafte und ehrliche Kritik, mit welcher er die politischen Ereignisse begleitete und ihn selbst in den publizistischen und literarischen Kreisen Berlins zum bekannten, vielleicht auch von manchen Kreisen gefürchteten Mann gemacht. Vor Jahresfrist, als er von London kam, hatte er auf dem Gute eines hannoverschen Landedelmanns Else von Rheden, gleich ihm eine Tochter des alten Kalenbergischen Volksstammes, kennen und lieben gelernt. Wohl hatten die adelsstolzen Verwandten Else's, welche die Besiegung ihres schimmernden Welfenpferdes durch den preußischen Aar noch nicht vergessen konnten, Einsprache erhoben gegen ihre Verlobung mit dem jungen Schriftsteller, der sich vom ererbten Hass zur feurigen Bewunderung Bismarcks durchgerungen hatte, aber nichts hatte die Herzen zu trennen vermocht, die einmal für einander in Liebe erglüht waren. Nach schweren Kämpfen hatten sie ihre Verlobung durchgesetzt, der im kommenden Sommer die Vermählung folgen sollte. Aber Elise's stilles Leben auf dem Gute ihres Oheims, der sie nach ihrer Eltern Tode zu sich genommen hatte, büßte doch an Frieden ein, so lange sie dort in jenen Kreisen weilte, in denen man nicht vergessen kann und will. Und so hatten sie denn mit Beginn des neuen Jahres voller Freude die Einladung einer in Berlin lebenden Verwandtenfamilie, die sich mit dem durch das 66er Jahr geschaffenen Verhältnissen ausgesöhnt hatte, angenommen, die Monate, welche bis zu ihrer Vermählung mit Dr. Mark noch zu verfließen hatten, in deren Heim zuzubringen. Seit drei Tagen weilte sie in dem „Riesennest", in jenem Berlin, das als des Reiches Hauptstadt auch dem Reiche seine Gesinnungen, seine Sympathien und seine Antipathien aufdrängen möchte; gerade zur rechten Zeit war sie gekommen, um einen Tag zu erleben, dessen ganze Bedeutung dem stillen klugen Mädchen, dessen Blick sich unter Dr. Marks Leitung dem ganzen wunderlichen Getriebe der Großen und der Kleinen in der politischen Welt verständnisvoll erschlossen hatte, klar geworden war. –

Der Wagen hatte gerade das Brandenburger Tor passiert und lenkte den Weg zu dem noch in seinem bizarren Gerüstkleide steckenden unvollendeten Reichstagsneubau ein.

Dr. Mark hatte sich aufgerichtet und warf einen langen Blick auf die Linden zurück, mit ihren schwarzen Menschenmauern, ihrem reichen Fahnenschmuck, ihrer ganzen lautatmenden Erwartungsfülle. Else drückte seine Hand. „Was hast Du, Hermann?" flüsterte sie ihm zu, der schweigend, als banne ihn ein Gedanke, vor sich niedersah. „Ich denke an die Erwartungen dieser Stunde und der Zweifel an ihrer Erfüllung bedrückt mich", gab Dr. Mark mit klingender Stimme zur Antwort. „Ich denke an den jungen herrlichen Monarchen, der jetzt in seinem Schlosse einem Wiedersehen entgegenblickt, das auch sein Herz schneller pochen machen wird. Ich denke an die starken Charaktere dieser beiden mächtigen Menschen, die sich ergänzend, Feuergeist und edles Wollen mit tiefer Menschenkenntnis und einem Menschenalter voll Erfahrung paarend, den Hain des deutschen Volkes säubern könnten von den Giftpflanzen, die darin sich eingenistet haben und ich denke –" Er verstummte. „Vollende!" bat sie. „Lass mich weiter in Deiner Seele lesen!" Dr. Mark lächelte. Sein Lächeln hatte etwas schwermütiges. Wer ihn so sah, mochte ihn für einen Schwärmer halten und erkannte in ihm gewiss nicht jenen Mann wieder, dessen Feder mit unbarmherziger Logik die Tatsachen zergliederte, ihre geheimen Nerven bloßlegte und mit unerbittlicher Deutlichkeit sie den Blicken aussetzte. „Ich dachte an den guten märchenhaften Harun al Raschid, den Kalifen Bagdads, der mit seinem getreuen Wesir nachts die Straßen der Stadt durchwandelte und zu erfahren suchte, was seinem Volke fehle und ihm nutzbringend sei. Und ich ertappte mich auf dem Gedanken, dass in diesen morgenländischen Märchen oft mehr Weisheit liege als in dem so grundgelehrten pfaustolzen abendländischen Wissen. Dieser Harun al Raschid war ein reicher Fürst und doch misstraute er sich selbst. Er fürchtete, einmal glauben zu können, was die Wände seines Palastes durch den Mund gefälliger Diener zu ihm sprechen könnten und er entfloh diesen Wänden und den Hofschranzen, die sie bargen. Er pochte nicht an bei den Großen des Reiches und fragte: Sagt Ihr mir, was dem Volke not tut, damit es glücklich sei. Er wusste, dass er die Wahrheit nicht erfahren würde, denn jene Großen kannten nicht die Leiden des Volkes und seine heißen, sehnenden Wünsche, – sie konnten sie nicht kennen! Er durchdrang jene Schicht, welche die Leidenschaften und die Selbstsucht, die höfische Schmeichelwut und ihre Interessen zwischen Herrscher und Volk zu bereiten wissen und die auch das strahlendste Adlerauge nicht zu durchdringen vermag. Er stieg hinab zum V o l k e und hob sich dadurch selbst zur Sonnenhöhe der Herrschertugend empor –"

„Halt!" tönte eine barsche Stimme dicht an ihrer Seite. Sie blickten auf. Ein berittener Schutzmann, zu dessen bärbeißigem Gesicht mit dem mächtigen Schnauzbart die gutmütig zwinkernden Augen einigermaßen kontrastierten, hatte das Halten ihrer Droschke veranlasst. „Sie können hier nicht weiter. – Ich darf keine Privatwagen mehr durchlassen. Wenn Sie einen Passierschein haben, so rate ich Ihnen, zu Fuß den Bahnhof zu erreichen zu suchen. Tut mir leid, mein Herr," fuhr er auf einen Protest Dr. Marks höflich aber bestimmt fort – „meine Instruktion duldet keinen Widerspruch und keine Ausnahme!"

Dr. Mark und Else stiegen aus, und setzten zu Fuß ihren immer beschwerlicher werdenden Weg zum Bahnhofe fort. An der Moltkebrücke boten sich ihnen neue Schwierigkeiten. Studenten in vollem Wichs, die hier Spalier bilden wollten, ordneten sich erst und die Schutzleute hatten alle Hände voll zu tun. Else drängte sich ängstlich an die Seite ihres Verlobten, der vergeblich die achselzuckenden Beamten aufforderte, ihnen zum Durchkommen behilflich zu sein. Endlich erspähte er einen ihm bekannten Studenten, der im vollen Chargierten-Ornat ihnen die eine halbe Ewigkeit während Passage über die Brücke erleichterte. Es war zwölf Uhr, als sie die Wartesäle erreichten. Sie hätten um keine Viertelstunde später kommen dürfen, denn gleich nach zwölf Uhr wurden auch diese polizeilich abgesperrt. „Ordre des Kaisers!" hieß es als Antwort auf die dringenden an die in unerschütterlicher Ruhe ihres Amtes waltenden Beamten gerichteten Fragen. Ein schöner Zug des Monarchen! Prinz Heinrich, der an des Kaisers Statt den Fürsten Bismarck beim Einlaufen des Zuges in die Halle begrüßen sollte, sollte auch der erste sein, der ihm den Willkomm entgegenrief, ihm die Hand drückte!

In dem großen, nach der Tiergartenseite des Bahnhofs gelegenen Wartesaale befand sich eine buntgestaltete Menge – jene Glücklichen, die einen Passierschein erhalten hatten : Herren und Damen vom diplomatischen Corps, Offiziere und angesehene Journalisten. Dr. Mark, der von einigen der letzteren mit sichtbarer Hochachtung begrüßt wurde, fand ein unbesetztes Eckchen und war glücklich genug, verhältnismäßig schnell für Else, welche die beschwerliche Wanderung durch das Menschengewühl angestrengt hatte, auch eine Erfrischung herbeischaffen zu können. An einem der hohen Fenster, welche einen weiten Ausblick auf das Hafenbecken und den Fluss mit seinen breiten Uferstraßen gewährten, standen zwei Herren, halblaute Bemerkungen miteinander austauschend. Der Eine, ein hochgewachsener Herr mit schön gepflegtem Vollbart und einem Antlitz, das ebenso sehr den Mann von Welt wie den geistigen Arbeiter verriet, war der Geheime Legationsrat von Kowalczy, der eines der wichtigsten Nebenämter im Auswärtigen Amte, das Pressebüro, unter sich hatte und der kleinere, korpulentere Herr mit dem vollen Gesicht, den scharfen Brillengläsern vor den Augen und dem spröden blonden Schnurrbart über der Oberlippe war der Legationsrat von Altenbruch, ein Diplomat, der seine Erfolge außerhalb seiner amtlichen Tätigkeit als Dichter fand. Die beiden Herren schienen in dem ganzen Saale die Einzigen zu sein, welche statt der fieberhaften Erwartung, welche alle beherrschte, eine kühle Gleichgültigkeit zur Schau trugen.

„Sie haben ja damals nach dem Kriege auch den Einzug der Truppen in Berlin mitgemacht, lieber Altenbruch", sagte Herr von Kowalczy mit sarkastischem Lächeln, während er seine behandschuhte Rechte wie kosend über den weichen vollen Bart gleiten ließ. „Was sagen Sie zum Rummel heute? Toller war's damals auch nicht mit dem Gedräng, wie?" „Die liebe Neugier!" entgegnete der andere. „Sie steckt den Berlinern nun 'mal im Blut. Wenn sie 'mal die Gelegenheit haben können, ordentlich Hurrah zu rufen, so sind sie alle dabei." Das Lächeln des Herrn von Kowalczy verlor sich. „Überraschend schnell ist das doch gekommen!" sagte er leise, sich durch einen Seitenblick vergewissernd, dass sich kein allzu neugieriger Journalist in ihrer Nähe befand. „Unser Chef ist davon am meisten überrascht. Ich hatte gestern Vortrag bei ihm. Bei dem Alten konnte man's selten nur recht machen, da war man's gewöhnt, hie und da 'mal – na, Sie wissen schon. Das war eben Bismarck'sche Eigenart und wir fügten uns, bis 'mal die Sache eine andere Wendung kriegte und wir beim Hineinlavieren in den neuen Kurs hie und da ein bisschen am Steuer nachhalfen, bis das Schiff denn glücklich über Stag gegangen war und wir den Alten los waren. Aber gestern ward ich doch an die ehemaligen Zeiten erinnert. Ebmeyer's Miene stand gestern den ganzen Tag auf ,drohendes Gewitter', na, der Adjutant kennt ja die Launen unseres Herrn und Meisters. Ich glaube, am liebsten gäbe der Kanzler heute seine Demission – das ,Volldampf zurück' des heutigen Tages hat ihn gewaltig angegriffen." „Ich erstaune, Herr Geheimrat", lächelte der Dichter-Diplomat, „über Ihre nautischen Kenntnisse. Aber freilich – die Begleitung Sr. Majestät auf den Nordlandfahrten –" „Gehört heute zum Hofton!" lächelte jener leicht. „Was wollen Sie? Wie's von oben herunterschallt, schallt's in unseren Kreisen hundertfältig nach. Im Übrigen ist's doch auch einmal eine gesunde Abwechslung. Unter dem alten Regime war alles infanteriemäßig, steifkragig, paradenmäßig – nun kommt die freiere Haltung der Marine auch einmal zu Ehren –"

17

Er unterbrach sich. Draußen bot sich jetzt alle Augenblicke der harrenden Menge ein neues Schauobjekt. In diesem Moment rückte die Ehreneskorte heran. Das Gardekürassier-Regiment, dasselbe, das beim Scheiden des Altreichskanzlers am 29. März 1890 die Eskorte gestellt hatte, war für den heutigen Tag zu diesem Ehrendienste befohlen. Zwei Züge ritten heran. Die prächtigen Soldatengestalten auf den mächtigen Pferden empfingen manchen freundlichen und bewundernden Blick aus der Menge. Mit den Fähnchen an den Lanzenspitzen spielte der leise Wind. „Schade, dass wir sie von hier nicht sehen können," meinte Herr von Altenbruch. „Aber sie nehmen wahrscheinlich vor dem Fürstenzimmer Aufstellung. Ich hätte gern gewußt, wer die Ehreneskorte führt." „Damit kann ich Ihnen dienen, Verehrtester," gab Herr von Kowalczy zurück. „Es ist der Major von Kramsta. Ich war am gestrigen Abend mit ihm auf einem Rout zusammen und hörte es von ihm selbst. Aber ich denke, es ist Zeit, dass wir uns auf den Bahnsteig begeben," fuhr er fort, „es ist halb ein Uhr vorüber. Der Prinz und das Gefolge wird gleich eintreffen." Sie schritten durch den Wartesaal dem Bahnsteig zu, welcher mit Teppichen belegt war und vor den Fürstenzimmern als einzigen Schmuck eine Reihe hochstämmiger Lorbeerbäume aufwies. An der Ausgangstür trafen sie auch Dr. Mark und Else.

Herr von Kowalczy warf einen bewundernden Blick auf die schimmernde blonde Haarfülle des jungen Mädchens und wollte ihr folgen, als er Herrn von Altenbruch's Hand auf seinem Arme fühlte. Er wandte sich um und ließ auf einen Wink des Legationsrates den Dr. Mark und seine Braut vorausgehen. „Nun?"

„Kannten Sie den Herrn nicht, der soeben an der Seite der blonden jungen Dame den Wartesaal verließ?" „Nein!"

„Es ist Dr. Mark." „Ach!" machte Herr von Kowalczy sichtlich interessiert. „Der Herausgeber der ‚Rechtsstimmen'?" „Derselbe!" Herr von Kowalczy sandte ihm einen langen Blick nach. „Ich traf bisher noch nicht persönlich mit dem Herrn zusammen," sagte er dann. „Der Mann hat eine verteufelt geschickte Feder. Ist der nicht für uns zu gewinnen?" „Man rühmt seinen festen Charakter –"

Der Diplomat lächelte fein. „Mein Lieber," sagte er vertraulich dem Dichter ins Ohr –" Mir sind schon Dutzende vorgekommen, die mit solchen festen Charakteren behaftet waren und die es nach einer Weile dennoch nicht verschmähten, ihre Festigkeit gegen gelegentliche ‚Informationen' einzutauschen. Aber es wird nun die höchste Zeit. Hören Sie das Hurrah draußen? Der Prinz Heinrich fährt an – wir müssen eilen! – Unser Chef verlangt von mir über diesen Empfang in specie einige Details und die kann ich nur eigenen Wahrnehmungen abgewinnen."

Die hochgestimmte Menge hatte dem Prinzen Heinrich, der von seinem persönlichen Adjutanten Freiherr von Seckendorff, begleitet, in offener zweispänniger Hofequipage anfuhr, einen sympathischen Empfang bereitet. Mit immer steigendem Interesse verfolgte sie das Erscheinen der zum Empfang kommandierten hohen Offiziere und Notabeln. „Das ist der Generaloberst von Pape" hieß es bei den Kundigen unter der Menge, als ein Offizier in großer Generalsuniform erschien. Drei Flügeladjutanten des Kaisers erschienen. Vorher schon waren Fürst Radziwill, der Stadtkommandant Oberst von Natzmer und der Oberstallmeister Graf Wedell erschienen, Major Krause vertrat die Berliner Schutzmannschaft. Vor dem Ausgange der Fürstenzimmer des Bahnhofs hielt die zweispännige Galakutsche, bestimmt, den Fürsten zum Schloss zu bringen. Auf dem behängten Kutschersitz saß in steinerner Würde der Kutscher, den betressten Gala-Dreispitz auf dem Kopfe; zwei Lakaien harrten am Wagenschlage des Moments des Einsteigens. Der Augenblick, dem die auf dem Bahnsteig Versammelten in unruhiger Spannung entgegenharrten, nahte. Auf der Kurve des Abfahrtsgleises ward der kurze Salonzug sichtbar, der langsam, umbraust von den Hochrufen der Erschienenen, einfuhr. Die wenigsten der Versammelten vermochten sich einer tiefen Bewegung zu erwehren, als Fürst Bismarck die Stufen seines Salonwagens herabstieg. Das war noch die imposante Gestalt, die in der bekannten Uniform der Halberstädter Kürassiers doppelt reckenhaft sonst zur Geltung kam. Aber diese Jahre der ungewollten Ruhe, der nagenden Erinnerung hatte diese Gestalt, die Ewigkeiten trotzen zu können schien, doch gebeugt; die Falten dieses Antlitzes, so oft von den Malern und Photographen wiedergegeben, dass jeder

Deutsche sie kennt, schienen sich tiefer eingegraben zu haben und härtere Linien erschienen in dem mächtigen Antlitz, nur die großen, hellen Augen leuchteten in unverändertem Glanze, wenn man auch darin die tiefe seelische Bewegung, welche den gewaltigen Mann in diesem Augenblicke erfasste, deutlich schimmern sehen konnte.

„Na, die Begrüßung war ja herzlich genug", flüsterte Herr von Kowalczy dem Herrn von Altenbruch zu. – „Aber das ist der Bismarck nicht mehr, der von uns ging. Sehen Sie, wie schwer er sich auf den Arm des Prinzen Heinrich stützt, wie langsam es vorwärts mit ihm geht. –" Er verstummte, der Fürst, am Arme des Prinzen, schritt an den laut ihm zujubelnden Gruppen vorüber, grüßend, ihnen einen langen, wie forschenden Blick zusendend. Herr von Kowalczy schob wie absichtslos sich hinter einen vor ihm stehenden baumlangen Offizier zurück; Dr. Mark umfasste unbewußt mit der Linken Else, als der Fürst vorüberschritt und aus seinen Augen blitzte mehr als Bewunderung und Ehrfurcht, als diese das Bild des Fürsten einzusaugen schienen. Else sah, wie ein Zittern seine Gestalt durchlief und wie sein Mund sich öffnete und wieder schloss, als sei er unfähig, das, was in dem Herzen dieses Mannes in diesen Minuten vorgehen mochte, durch ein banales Hoch wie die anderen zum Ausdruck zu bringen. Und nun nahm ein Triumphzug seinen Anfang, der die Herzen aller derer erzittern machte, die ihm beiwohnten. Fürst Bismarck hatte mit dem Prinzen Heinrich die geschlossene Galakutsche bestiegen, die nun gegen die Moltkebrücke sich in Bewegung setzte. Ein scharfes Kommando, die Eskorte der Gardekürassiere setzte sich hinter den Wagen und nun erdröhnte die Luft von den brausenden Hurrahs der aufgeregten Menge, die sich nicht erschöpfen zu können schien in ihren Ovationen für den ersten Kanzler des neuen deutschen Reichs, den der Kaiser zu sich gerufen hatte, um mit einem versöhnenden Händedruck die Nebel zu bannen, die sich dunkler und dunkler auf das Volk zu senken begannen, und es von Tag zu Tag mit ängstlicheren Zweifeln erfüllten.

Wenige Worte waren es, welche der Fürst mit dem Bruder seines Kaisers während dieser Fahrt zum Schlosse wechselte. Grüßend hob und senkte sich seine Rechte, wie leise Wehmut zuckte es in seinem starren ernsten Antlitz auf, als die Equipage durch die Porta Triumphalis der Hohenzollern, durch das Brandenburger Tor fuhr und auf den mit Menschen vollgestauten Seiten der Linden weithin sich fortpflanzend, immer aufs neue das zu dröhnenden Salven sich formende „Hurrah!" der begeisterten Massen ertönte. Niemand las in diesem Augenblick in der Seele des Mannes, der hier mehr gefeiert wurde als ein Kronenträger. Aber Prinz Heinrich, der seinen Blick voll ehrlichen Mitgefühls auf dem Antlitz des Fürsten ruhen ließ, sah, dass diese Ovationen, weit entfernt, ein freundliches Lächeln auf seinem Antlitz sich widerspiegeln zu lassen, den starren, fast finstern Ernst desselben noch erhöhten. Als die Tage der Ungnade kamen, wie schnell ward er von den Berlinern vergessen – heute, nun ihm die Huld des Kaisers wieder im Sonnenglanze leuchten sollte, empfing man ihn gleich einem der ersten Monarchen dieser Welt. Eine Wunde, die ein altes Herz bluten macht, verharrscht nicht mehr, sie blutet nach, selbst in dem Augenblick, in dem der heilende Balsam sie schließen soll.

Vor dem Schlosse war eine kombinierte Ehren-Kompagnie des zweiten Garderegiments zu Fuß unter dem Kommando des Hauptmanns von Stein aufgestellt. Auf dem rechten Flügel stand die Regimentsmusik mit dem Tambourzuge. Die Mannschaften waren im Wachanzuge, die Hosen in die Stiefel gesteckt. Um ein Uhr hatte der Kaiser die Front der Ehren-Kompagnie abgeschritten und war dann mit seiner Suite in das Schloss zurückgekehrt. Drüben über die Brücke fuhr die Galakutsche mit dem Fürsten heran. Brausend hallte das Hurrah der Menge über den Platz. „Achtung!" dröhnte das Kommando des Hauptmanns. Jetzt hielten die Salonequipage und die anderen Hofwagen. „Stillgestanden! Gewehr auf! Achtung, präsentiert das Gewehr!" Der Kapellmeister hob den Arm, der Tambourmajor den Stock – die Trommeln rasselten, die Musik fiel ein – die Klänge des Hohenfriedberger Marsches tönten dem Nahenden entgegen, der Moment des Wiedersehens zwischen Kaiser und Altreichskanzler war gekommen. Fürst Bismarck hatte, als er an der Ehren-Kompagnie vorüberschritt, die Hand aufs neue in den Arm des Prinzen Heinrich gelegt. Er richtete sich straff auf, die linke, fest am Pallaschgriffe liegend, hob diesen ein wenig. In wenigen Schritten Abstand folgten die Flügeladjutanten, Freiherr von Seckendorff und Graf Wedell. Am Schlage des Galawagens blieb, den hohen Seidenhut in der Hand, Prof. Schweninger, der in der Begleitung des Fürsten gekommen war, stehen und sandte aus den mit blitzenden Brillengläsern bedeckten Augen einen besorgten Blick dem alten Kanzler nach.

Die Töne schwiegen draußen. Fürst Bismarck hatte das Schloss betreten. Inmitten seiner Suite empfing ihn der Kaiser. Er sah ernst aus, er stand fast unbeweglich, als er den Fürsten sich nahen sah. Erst, als dieser in tiefer Bewegung auf die ihm sich entgegenstreckende Hand des Kaisers sich niederbeugen wollte, schien es, als gieße sich ein warmer, heißer Strom in die majestätische Gestalt des Herrschers. Wie von einem plötzlichen Impuls übermannt, schlang er seinen Arm um die Schultern des Fürsten und küsste ihn auf die Wange. Fürst Bismarck erbleichte in tiefer Bewegung und schloss für eine kurze Sekunde die Augen. Er atmete hastig und schwer und wie abgebrochen kamen die Worte hervor:

„Ich danke Eurer Majestät aus tiefstem Herzen für die Gnade –"
Aber der Kaiser unterbrach ihn.

„Mit hoher Freude, mein lieber Fürst, sehe ich Sie genesen und gesundet vor mir." Er winkte mit dem Kopfe. Der Kreis der Offiziere öffnete sich und die Herren traten zurück. Auf eine einladende Bewegung seines kaiserlichen Herrn trat der Fürst an seine Seite, der Kaiser selbst führte seinen Gast in sein Gemach. Minuten nur waren es, welche Kaiser und Kanzler hier im Gespräch mit einander verweilten. Kein Wort rührte an der Vergangenheit. Dieser Tag sollte nur der Gegenwart gehören. Als der Kaiser seinen Gast entließ, war dieser um einen neuen kaiserlichen

Otto von Bismarck

Gunstbeweis reicher. Das Halberstädter Kürassier-Regiment, dessen Uniform der Altreichskanzler mit Vorliebe trug, war ihm soeben verliehen worden.

Von dem Empfange und den Ehrungen, mehr noch von seiner eigenen Gemütsbewegung erschöpft, betrat Fürst Bismarck die für ihn im Schlosse reservierten Gemächer. Graf Herbert Bismarck und Professor Schweninger erwarteten ihn dort. Der letztere drückte seine Besorgnis aus über das angegriffene Aussehen des Fürsten und mahnte zur Schonung. Der Fürst lächelte ihm leicht zu und hob wie abwehrend die Hand. „Ich fühle mich kräftig genug, um auch die Strapazen dieses Tages zu überdauern," sagte er, und als Professor Schweninger mit leisem Unmut hinzufügte: „Ich wollte, Durchlaucht säßen erst wieder auf Ihrem bequemen Canapé in Friedrichsruh", fügte er lächelnd hinzu: „Bequem habe ich es hier ja auch und ich will gleich nachher ein Viertelstündchen ruhen."

Er nickte Professor Schweninger gütig zu und zog den Grafen Herbert näher zu sich heran, um in einigen kurzen Worten ihm Mitteilung von der soeben erfolgten Verleihung zu machen. „Und nun lasst mich einen Augenblick allein!" schloss er. „Ich möchte für zehn Minuten nur mich sammeln von den Eindrücken der letzten halben Stunde." Graf Herbert blickte den treuen Arzt des Fürsten unschlüssig an, dieser zuckte leicht die Achseln. Als beide das mit königlicher Pracht ausgestattete Gemach verließen, sagte Schweninger leise: „Wir hätten nicht hierherkommen sollen, Herr Graf! Und es ist nicht gut, dass wir ihm gerade jetzt den Willen ließen, allein zu bleiben. Mehr als das Wiedersehen und die Aufregung des Empfanges fürchte ich die Gedanken, die ihn in diesen Minuten, in denen er allein ist, beherrschen werden. Sorgen Sie nur dafür, dass er nicht gezwungen wird, Besuche seines Nachfolgers oder seiner ehemaligen Ministerkollegen anzunehmen – angesichts der Bitterkeit, die ihn befallen dürfte, wären meine schweren Besorgnisse verdoppelt."

In das helle, gewölbte, mit geschnitzten Möbeln, die grüner Damast deckte, ausgestattete Vorgemach, in das sich Herbert mit dem Leibarzte des Fürsten zurückgezogen hatte, trat ein Lakai, eine Karte in der Hand. „Seine Excellenz der Herr Staatsminister von –"

„Ich danke im Namen des Fürsten für die Aufmerksamkeit Seiner Excellenz" sagte der Graf rasch, indem er auf den Lakaien zutrat und einen Blick auf die ihm dargereichte Karte warf. „Leider ist der Fürst momentan nicht im Stande, Seine Excellenz zu empfangen."

Der alte Kanzler hatte inzwischen sich auf dem Diwan niedergelassen, aber er erhob sich schon nach wenigen Sekunden wieder. Die Hand auf die Lehne eines Sessels gestützt, blickten seine großen, weißumbuschten Augen zum Fenster. Es regte sich in ihm der Wunsch, heranzutreten und die Blicke nach außen wandern zu lassen, als könnten sie auch seine Gedanken mit hinausziehen, die doch von hier nicht weichen wollten und die zurückkehrten immer wieder zu dem einen Punkte in dem Kreis der Geschehnisse. Und mochte ihm der heutige Tag die höchsten Ehren bringen, die je einem Ungekrönten zu Teil wurden, sie löschten die brennende Wunde nicht in seinem Innern. Nicht das bittere Gefühl einer geminderten Machtfülle hatte sie zu einer blutenden gemacht. Dieselbe Glut, die das Herz seines kaiserlichen Herrn durchströmte und die mit jedem Pulsschlag diesen antrieb, das deutsche Volk groß und glücklich zu machen, dieselbe Glut durchpulste auch die Blutwege seines neunundsiebzigjährigen Körpers und doch standen sie, ob auch heute so nahe, getrennt von einander und sie würden getrennt bleiben. Die Schlangen bleiben nicht nur in den Sümpfen und Niederungen. Die Schlangen der Verleumdung, der arglistigen Schmeichelei sind die giftigsten Nattern und diese Nattern finden sich auf den Bergen, selbst auf den Höhen, auf denen Adler horsten. Des Aares Augen aber durchmessen den Äther, sie verschmähen den Blick zu ihren Füßen hinab –. Die Hände auf den Rücken gelegt, durchmaß Fürst Bismarck in grübelndem Schweigen das Gemach.

In dem Vorsalon hob plötzlich Professor Schweninger lauschend den Kopf. „Ich dachte mir's," flüsterte er – „das nennt der Fürst nun Ruhe. Ich wusste, dass er sie hier in diesen Räumen nicht finden würde!" Und die Uhr ziehend, wandte er sich aufstehend an den Grafen Herbert:

„Die Zeit ist um! Lassen Sie uns zum Fürsten hineingehen!"

II. Ein umgestürztes Coupé

Es war gegen halb neun Uhr am Abend desselben Tages, als Dr. Hermann Mark, in einen warmen Havelock gehüllt, einen weichen Hut auf das dunkle lockige Haar gedrückt, durch die Friedrichstraße kommend, in die stille Mittelstraße einbog. Es war wieder kalt geworden, aber der junge Schriftsteller hatte den Hut aus der Stirn geschoben und den oberen Verschluss seines Havelocks geöffnet, als sei es ihm zu warm geworden. Nach dem Empfange des alten Fürsten auf dem Bahnhofe waren Else und er, als die Menschenmassen sich zu zerstreuen begannen, zu der Familie von Poyritz, den Verwandten Else's, die in der Potsdamer Straße eine bequeme und behaglich eingerichtete Wohnung innehatten, zurückgekehrt. Man bat dort Dr. Mark zu Tisch zu bleiben und sich, falls es seine Zeit erlaube, den Herrschaften abends für einen Besuch der Oper anzuschließen, aber Dr. Mark lehnte, ohne auf Else's freudig-zustimmenden Blick zu achten, die freundliche Einladung ab. Der heutige Tag gehöre ganz seinem Berufe und den Abend wie einen Teil der Nacht müsse er zum Arbeiten benutzen. Else bezwang ein leises Gefühl von Trauer und drückte ihrem Verlobten die Hand.

„Ich hätte mich von Herzen gefreut, wenn wir heute vereint geblieben wären", flüsterte sie ihm zu, – „aber ich weiß ja, wem Dein heutiger Tag, gehört. Unb ob ich auch Deinem Herzen am nächsten stehe – mit Jenem kann ich mich doch nicht messen!" Er drückte ihr die Hand und dankte ihr mehr mit einem Blick als mit Worten. Er eilte in ein Restaurant in der Nähe und aß einige Bissen. Er war heute nicht dazu angetan, sein Denken und Fühlen in die konventionellen Formen, welche die Gesellschaft nun einmal sklavisch verlangt, einzuspinnen. Mehr als das, was sich in diesen und den nächsten Stunden im Schlosse ereignete, beschäftigte ihn die Stimmung des Volkes selbst, das den heutigen Tag zu einem Festtage machen zu wollen schien und in kaum verminderter Zahl auf den Straßen, die das „Königliche" Berlin einschließen, umherwogte. Und so trat er bald in ein Café, um die neuesten Depeschen zu durchfliegen, bald blieb er inmitten ber promenierenden Menschengruppen stehen, um aus den Gesprächen der immer noch erregten Menschen aufzufangen, was sich von dem Eindruck, den alle empfangen hatten, darin niederschlug.

Als es zu dunkeln begann, traf er an einer Ecke mit einem blonden Herrn zusammen, in dem er einen journalistischen Kollegen erkannte, mit welchem er zuweilen eine Stunde verplauderte. Es war ein Däne, Korrespondent der „Berlinske Tidende", den er vor Jahren in Paris, als jener noch den Brüsseler „Nord" bediente, kennen gelernt hatte. Der Däne nahm in ungezwungener Art seinen Arm. „Was sagen Sie, Doktor Mark? Ihr Kaiser, alle Wetter, Respekt vor ihm! Er versteht seinen fürstlichen Gast zu ehren. Und wie! Mit einer Steigerung, die fast dramatisch zu nennen ist. Ich erfreue mich eines gewissen Wohlwollens hier in Hofkreisen – vous savez bien, Monsieur le docteur! Man sieht es gern, in unseren dänischen Blättern freundliche Bemerkungen über den Hof des Deutschen Kaisers zu finden und man spart an den Stellen, an denen man auf diese Weise Stimmung zu machen sucht, nicht mit Informationen, wenn ich um diese ersuche. Die neuesten Ereignisse wissen Sie wohl noch nicht? Ich habe sie soeben in alle Winde, nicht nur nach meinem schönen Kopenhagen telegraphiert."

„Ah, Sie wissen noch mehr, als man zu telegraphieren pflegt!"
„Viel und nichts, Doktor!" lachte der augenscheinlich durch seine „Informationen" in vergnügte Stimmung versetzte bewegliche Däne. „Mancherlei allerdings. Zunächst: der zweite Kanzler hat den ersten nicht gesprochen. Man hat von einem flüchtigen Besuch gefabelt, von einem Zusammentreffen bei der Kaiserin Friedrich, bis herab zum einfachen ‚Kartenabwerfen' – alles nicht wahr. Graf Caprivi hat seinem großen Vorgänger eine fatale Minute erspart. Der Löwe sieht eben nicht gern einen Puma auf seinem Lager."

„War der Fürst bei der Kaiserin Friedrich?" „Längere Zeit, als man nötig hat, um die Zeremonie eines fürstlichen Händedrucks abzumachen. Wenn alte Zeiten am heutigen Tage berührt sind, so haben die Wände im Palais der Kaiserin Friedrich davon gehört. Ich höre, dass der Besuch länger als eine halbe Stunde gedauert hat. Sie kennen das Impressement dieser Fürstin, der man einst eine leidenschaftliche Feindschaft zum Kanzler zuschreiben wollte. Ich glaube, wenn je ein Gefühl der Kränkung hüben und drüben bestanden hat, jene Märztage des Jahres 1890 haben es ausgeglichen. Ich habe für gewisse Dinge ein Feingefühl und ich möchte behaupten, die größte Bewunderin des Fürsten ist ihm in der hohen Gemahlin jenes Unvergesslichen erwachsen, dessen Leiden eine ganze Welt zum Mitgefühl zwang."

„Seltsam!" erwiderte Dr. Mark sinnend. „Ist es nicht wie ein Verhängnis, das über diesen gewaltigen Mann sich breitet? Missverstanden, verleumdet zu werden, bis sich der Hass breit gemacht hat gegen ihn, um dann, nach Jahren erst recht erkannt zu werden in seiner ganzen großen schlichten Reinheit, in seiner den Mann zum Heros stempelnden Vaterlandsliebe? So wie es Einzelnen erging, ist es ganzen Völkern ergangen. Nur diejenigen, deren kleinliche Interessenpolitik sie so umfangen hält, dass sie nicht über den Horizont ihrer eigenen Kleinlichkeit hinauszuschauen vermögen, nur sie stehen grollend abseits vor diesem Bilde menschlicher Größe."

„Hm!" sagte der Däne. „Dass Sie ein Bismarckverehrer sind, wusst ich ja. Ich vermag mich zu Ihrer Höhe natürlich nicht aufzuschwingen. Das werden Sie begreifen. Auf der – anderen Seite behauptet man, dass sich in diesem Gesamtbilde von Größe auch mancher kleine und kleinliche Zug vorfinde. Von den Orleans sagt man bekanntlich, dass sie im Exil nichts gelernt und nichts vergessen hätten. Der erste Satz wäre bei einem Bismarck ein nonsense, aber etwas vom zweiten Teil des Satzes mag doch auch wohl auf ihn passen. Der heutige Tag will zwar alles vergessen machen, aber obs ihm gelingt –?"

Dr. Mark bedauerte insgeheim, das Gespräch nach dieser Richtung gelenkt zu haben und gab ihm eine andere Wendung durch die Worte: „Da sind wir ja von den jedenfalls erfreulichen Tatsachen, die Sie zweifellos noch in petto haben, zu den unerfreulichsten Konjekturen gekommen. Vorwärts, erzählen Sie!" „Dass der Kanzler Chef des Halberstädter Kürassier-Regiments geworden ist, wissen Sie?" „Ich hab' es vorhin erfahren." „Nun denn, so hören Sie das Wichtigste: Der Kaiser will den Tag damit krönen, dass er seinen Gast persönlich nach dem Bahnhofe geleitet." „Ist das wahr?" rief Dr. Mark mit aufleuchtenden Augen. „Ich erfuhr es vor zwanzig Minuten in der bestimmtesten Form." „Der Kaiser und Er beisammen," murmelte Dr. Mark – „was wird nach dem heutigen Morgen das Volk noch an Ovationen übrig haben, um sie den beiden heute Abend zu widmen?" Der Däne schüttelte den Kopf.

„Man wird dem Publikum heute Abend nicht den gleichen Spielraum lassen," sagte er. „Ich habe auch darüber Informationen erhalten. Seine Majestät haben weit strengere Absperrmaßregeln angeordnet als für den Empfang vorgesehen waren. Der Salonwagen des Fürsten wird in den 7 Uhr nach Hamburg gehenden Zug einrangiert." Dr. Mark blieb erregt stehen. „Das darf ich nicht versäumen!" rief er. „Ich muss hin." „Haben Sie eine Passierkarte?" „Ja." „Versuchen Sie es immerhin, aber ich glaube nicht, dass es Ihnen nützen wird. Selbst wenn Sie den Zug benutzen wollten, werden Sie nicht viel sehen." „Ich versuche es trotzdem." „Dann will ich Sie bis zum neuen Parlamentsbau begleiten, wenn es Ihnen recht ist. Ich habe so wie so in die Dorotheenstraße einen Gang zu machen." „Kommen Sie!"

Die Kälte und die Dunkelheit vertrieben allmählich die Massen von den Straßen und hinein in die großen Schankstätten. Wohl ein jeder fühlte sich gedrängt, die Ereignisse des Tages noch einmal in Freundeskreise oder mit Bekannten durchzusprechen. Und doch standen vom Lustgarten ab, wo starke Gruppen von Polizeimannschaften scharfe Absperrung hielten, bis in die Linden hinein noch Zehntausende, die nicht wichen und wankten, ob sie sich auch sagen konnten, dass ihr Auge schwerlich den alten Kanzler bei der herrschenden Dunkelheit in der geschlossenen Kutsche, die er ohne Zweifel benutzen würde, zu sehen bekäme. Aber der einmal entflammte Enthusiasmus ist ja bescheiden. Er begnügt sich mit dem Gefühl, dort, in dem Gefährt, dessen Konturen beim schnellen Vorüberrollen kaum dem Auge sich einprägen, sitzt der, den du sehen willst, und das jubelnde Hoch ertönt sich kaum minder laut, als dem Ersehnten selbst gegenüber. Bis zum Bahnhof hatte man Dr. Mark, der sich inzwischen von seinem dänischen Kollegen getrennt, gelangen lassen, nachdem bei den absperrenden Schutzmannsposten an der Moltkebrücke sein Passierschein noch einmal gute Dienste geleistet hatte. Aber am Bahnhof selbst wurde er schroff zurückgewiesen. Einige Schritte zurückgehend, sah er sich um. Der Platz vor dem Bahnhof war schlecht beleuchtet. Dennoch erkannte er unter der nächsten Laterne in dem Polizeileutnant, der einigen Wachtmeistern Instruktionen zu erteilen schien, ein bekanntes Gesicht. Er hatte den jungen Polizeioffizier hier und da in Gesellschaften, deren Besuch er nicht zu umgehen vermochte, getroffen und ihn artig und zuvorkommend gefunden, herantretend begrüßte er ihn und machte ihn mit seinen Wünschen bekannt.

„Ich kann nichts für Sie tun", sagte der junge Polizeileutnant bedauernd, „die Instruktionen lauten sehr streng. Wir sollen absolut Zivilpersonen, welche nicht den Zug benutzen wollen, von dem Betreten des Bahnhofes fernhalten. Und selbst wenn Sie ein Billet lösten und den Zug einige Stationen weit benutzten, so würde das Ihnen hier nicht viel helfen. Vom Wartezimmer aus werden Sie nicht viel sehen können und ehe der Fürst erscheint, sind alle Coupé's bestiegen und geschlossen." „Und hier dürfen Sie mich auch nicht lassen?" fragte Dr. Mark. Der Leutnant überlegte einen Augenblick. „Wenn Sie sich hier nicht von der Laterne entfernen wollen, will ich's wagen, Sie hier zu lassen," sagte er endlich, „Sie werden mir gewiss keine Ungelegenheiten machen wollen und weiter vorzudringen versuchen, wenn die Abfahrt erfolgt. Wachtmeister Blumicke", rief er einem der Beamten zu – „lassen Sie den Herrn hier stehen." Er wehrte Dr. Marks Dankesworts ab und ging raschen Schrittes davon, die übrigen Absperrungsmannschaften zu inspizieren.

Der letzte Akt des Schauspiels dieses Tages nahte heran. Schon waren einige Minuten über die zur Abfahrt des Zuges bestimmte Zeit verstrichen. Da gesellten sich, rasch auf einander folgend, die Mitglieder des Kaiserlichen Hauptquartiers zu der Deputation des Halberstädter Kürassierregiments, die bereits eingetroffen war, um hier von ihrem neuen Chef sich zu verabschieden. „Generalleutnant von Hahnke!" ging es leise durch die Reihen, als der Chef des Militärkabinetts die Halle betrat. Generalmajor von Plessen begrüßte ihn, immer mehr goldblitzende Uniformen zeigten sich. Nun war kein Zweifel mehr: „Der Kaiser kommt!" „Der Kaiser selbst kommt!" ging es leise rauschend durch die Reihen. Da trabte es auch schon drüben dumpf von Rosseshufen über die Moltkebrücke, die Ehreneskorte der Gardekürassiere sprengte heran, vor und hinter der Galakalesche, welcher der Kaiser mit dem Fürsten entstieg. Und nun gab es auf dem Bahnhof kein Halten mehr. Kopf an Kopf reckte sich aus den Coupéfenstern, trotz aller genau inspizierten Absperrungsmaßregeln waren, wie durch einen Zauberschlag herbeigerufen, Menschen überall, die der Abschiedsszene zwischen dem Kaiser und dem ersten Kanzler des Reiches ihre begeisterten Hurrah's darbrachten.

Wider seinen Willen und wider sein Versprechen war Dr. Mark von seinem Platze hinweggeeilt. Als der Galawagen hielt, die Kürassiere sich vor dem Hauptportal aufstellten, der Kaiser mit dem Fürsten im Innern des Bahnhofs verschwand, da folgte auch er, wie jeder in der Nähe, dem mächtigen Zuge, der ihn vorwärts trieb. Jetzt hielt die Kette der Absperrenden nicht mehr. Auf einen, dem sich der Beamte gegenüberstellte, kamen sechs, die an ihm vorübereilten, den Wartezimmern zu, vor deren Fenstern sich eine zehnfache Menschenmauer aufschichtete. Dr. Mark sprang auf einen Tisch und kam noch rechtzeitig genug, um den herzlichen Abschied zu sehen, welchen der Kaiser seinem Gast erwies. Die Maschine zog an. Den brausenden Hochs ließen die Passagiere des überfüllten Zuges den Gesang „Deutschland, Deutschland über alles" folgen. – Immer ferner tönte der Gesang, still ward's im Bahnhof. – Der Kaiser und Prinz Heinrich kehrten zum Wagen, zurück, das Gefolge verschwand, die Kürassiere der Eskorte sprengten davon – fünf Minuten später war der Bahnhof wie ausgestorben.

„Vorbei!" flüsterte Dr. Mark, als er in das Dunkel des Platzes vor den Bahnhof hinaustrat. – „Vorüber! War's mehr als eine Fata morgana? O, dass es mehr wäre, dies glänzende Gebild des heutigen Tages!" Ihm war's heiß geworden. Er sehnte sich nach Aussprache mit einem gleichgesinnten Freunde. Nur einen besaß er, dem er diesen vertrauten Namen geben durfte. Härting, den knorrigen rauhen Bildhauer, den Mann, dessen kunstgeübte Hand die edelsten Formen schuf, während er selbst alles Formelle hasste, den Mann mit dem weichen Herzen in der starr erscheinenden

Brust, mit der Wahrheitszunge des Kindes in dem Munde, der nie sich scheute das auszusprechen, was das Hirn dachte, das Herz bewegte.

„Zu Härting!" Er rief eine leer vorüberfahrende Droschke an und bezeichnete das Café Bauer als Ziel der Fahrt. „Dort ist er immer um diese Zeit", murmelte er einsteigend und seine Uhr prüfend. „Und ist er nicht da, um so besser, dann treffe ich den Bruder Isegrimm in seinem Bau. Er fehlt mir zum Beschluss des heutigen Tages!" Das bekannte Café, dessen obere Räume Dr. Mark eilenden Schrittes aufsuchte, war überfüllt. Es kostete den jungen Schriftsteller Mühe, durch den Rauchschleier, der, vermischt mit dem Dunste der Menschen und Getränke, wie eine Wolke über den Gästen des Etablissements hing, nach dem Freunde Umschau zu halten. Der zwischen den Gästegruppen mit der Gewandtheit eines Aales herumgleitende Oberkellner begrüßte in Dr. Mark mit der freundlichvertraulichen Art dieser Leute einen Stammgast. „Gleich wird drüben ein Tisch frei, Herr Doktor – die Herrschaften haben schon gezahlt". „Ist Bildhauer Härting schon da?" Der Oberkellner warf einen suchenden Blick durch den Raum. – „Ich glaube nicht – ich habe ihn noch nicht bemerkt." „Dann weiß ich, wo ich ihn zu treffen habe." Er grüßte den devot sich verneigenden Kellner durch ein kurzes Kopfnicken und ging.

Cafe Bauer unter den Linden

31

Vor dem Hause in der Mittelstraße, wo wir Dr. Mark vorhin verließen, finden wir ihn wieder. Hier hatte im dritten Stocke Bildhauer Härting seine Künstlerklause eingerichtet. Härting mochte zehn Jahre mehr als Dr. Mark zählen. Er war Junggesell und die Rede ging von ihm, dass er die Frauen, deren köstliche Formen seine Hand gleichwohl nachzubilden strebte, hasse. Er hauste dort oben mit seinem Faktotum Friedrich zusammen, einem ehemaligen Modell, das in Akademiekreisen die bekannteste Persönlichkeit war. Wie kein Zweiter kannte Friedrich, der wegen seines langen Oberkörpers, auf dem ein ungewöhnlich kleiner Kopf saß, den Beinamen „der Obelisk" erhalten hatte, die Schrullen und Absonderlichkeiten, die Neigungen und Liebhabereien seines Herrn und so hatten die beiden wohl ein Dutzend Jahre mit einander gehaust, trotz aller Absonderlichkeiten des Künstlers immer in gutem Einvernehmen, das auch gelegentliche kleine Gewitterstürme des polternden Härting nicht zu trüben vermochten.

Dr. Mark pochte an die Korridortüre, an welcher keine Klingel bemerkbar war. Härting hasste das Glockengeklingel wie Wallenstein den Schrei des Hahnes. Schlürfende Tritte näherten sich von innen der Tür. Der Deckel eines runden Guckloches schob sich zur Seite und schloss sich wieder. „Wer ist's?" rief eine rauhe Stimme aus einem Zimmer. „Doktor Mark!" gab der „Obelisk" mit seiner dünnen hellen Stimme, die fast der eines zehnjährigen Kindes glich, zurück und zugleich schob sich der Riegel zurück und die Tür öffnete sich. „Mark?" rief die Stimme des Bildhauers wieder. „Das ist bei allen Teufeln der Einzige, den ich an diesem vermaledeiten Abend sehen mag. Herein mit dem Mann!" „Aha, Du hast Deine berühmte Isegrimm-Laune, Freund Härting," rief Dr. Mark, dem der „Obelisk" dienstbeflissen und mit einem freundlichen Grinsen in dem lederfarbenen Kindsgesichts die Tür aufriss. „Schadet nichts – so oder so – ich musste heute Abend zu Dir!"

Es war ein großes, dreifenstriges Gemach, in welchem Härting auf einer mit bunten Decken belegten Ottomane längelang ausgestreckt lag und aus einer kurzen Holzmaserpfeife aromatisch duftenden Tabak schmauchte. Gipsabgüsse an den Wänden, dazwischen Stiche, Bilder von Wert, Skizzenmappen am Fußboden und auf Stühlen; auf dem Tische die Reste eines frugalen Abendbrotes, umrahmt von ein Paar leeren und einigen noch gefüllten Bierflaschen. Das Gemach eines Bohémiens, das in seiner ganzen Ausstattung trotzdem nicht abstoßend, sondern originell wirkte und über dem es wie ein Hauch echten Künstlertums lagerte. Härting hatte wie so viele seiner Kollegen Wohnung und Atelier nicht vereinigt. Das letztere lag in dem Garten eines benachbarten Hauses. Härting streckte dem Eintretenden die volle fleischige Rechte entgegen, während die Linke die Pfeife für eine Minute aus den Lippen nahm. „Setz Dich, Junge! Dorthin, in den Lehnstuhl, in dem Du gerne sitzt. Lass Dir vom Obelisken ein Glas geben und schenk Dir ein. Es ist anständiges Pschorr. Ich bin zu faul, um aufzustehen. Aber lieb ist mir's, dass ich heute wenigstens 'mal einen Menschen sehe!" „Dann hat Dich wohl heute nichts aus Deinem Schmollwinkel hinausgetrieben," lachte Dr. Mark amüsiert, indem er sich auf den lederbezogenen Sessel niederließ, der vor dreihundert Jahren einem Nürnberger Patrizier als Ruhestätte gedient haben mochte, wenn das schwere Stadtregiment ihm eine Stunde der häuslichen Muße schenkte, – „Denn an Menschen war heute kein Mangel, Härting!" „Weiß!" knurrte dieser, indem er dichte Rauchwolken aus seinem Maserkopf sog und sie in die Luft blies. „Hab' heute wieder meine ganze Menschenverachtung aufwärmen können. Ist das ein Gesindel!"

„Oh," machte Dr. Mark betroffen – „meinst Du, weil sie dem alten Kanzler so überaus herzlich zujubelten? –" „Unsinn!" knurrte der Bildhauer. „Weil sie mit ihrem blöden Hurrah, das sie jedem goldbordierten Menschen, der ihre Neugierde reizt, zubrüllen, dem Alten von Friedrichsruh ihre Freude kundgeben wollen. Müsste mich in dem alten Herrn mächtig täuschen, wenn der nicht für den Enthusiasmuskrempel die richtige Verachtung hätte. Im Übrigen ist die Geschichte ja nun auch vorüber; morgen kommt ein neuer Tag und übermorgen ein anderer. Und wenn ein paar Dutzend Tage mehr in's Land gegangen sind, sieht der heutige Tag genau so grau und nichtssagend aus wie die Reihe der übrigen. Wenn sie nur zu all' dem Freudenrausch nicht noch einen gehörigen Katzenjammer kriegen!" Er paffte heftig aus seiner Pfeife. „Das ist's ja, was auch mich bedrückt," sagte Dr. Mark. „Ich liebe den Kaiser doppelt seit dem heutigen Tage. Aber ich fürchte, der heutige Tag war am Himmel der Wünsche all derer, die es gut mit dem Vaterlande meinen, nichts als eine gleißende Sternschnuppe. Für wenige Sekunden scheint uns das seltsame Lichtbild da oben zu nahen, dann ist's vorbei damit, verloschen in Nacht." „So ist's und nicht anders," nickte Härting und schleuderte wie in plötzlich erwachendem Unmut einen der Pantoffeln von seinen Füßen. „Dann zerstiebt wie die Sternschnuppe am Nachthimmel wieder eine Hoffnung der Nation," seufzte Dr. Mark. „Die beiden Hände, die heute versöhnt ineinanderlagen, hätten sich nicht so schnell wieder trennen sollen."

Härting richtete sich auf und nahm die Pfeife aus dem Munde. Ein tiefer Ernst zeigte sich in seinem Antlitz. „Ich höre aus Deinen Worten einen Vorwurf heraus, Freund Mark. Dein Herz bewahrt ihn immer noch, auch nach dem heutigen Tage, und das tun vielleicht hunderttausend und mehr Herzen mit dem Deinen. Aber Ihr irrt Euch alle in dem Einen! Ihr kennt den Kaiser nicht! Ihr sehet das Bild, das die Höflinge aus ihm machen. Und das reizt das kritische Auge – mag sein. Wer den Kaiser kennen lernen will, muss ihn mit dem freien Auge des Künstlers sehen, der sich den Quark um Eure ganze vermaledeite Politik und dergleichen Krimskrams kümmert. Ich sage Dir, der Kaiser ist ein Mann, vor dem die übrigen Monarchen sich verneigen dürfen. Es steckt die freie große Seele eines Künstlers in ihm. Wüsste er, wie er sein Volk glücklich machen könnte, sich selbst gäb er dafür hin. Ich kenne ihn, sag' ich Dir! Es ist etwas Elementares in ihm, das durchbrechen möchte und das sie einschnüren und eindämmen möchten mit all' ihren Zeremonienkram und in Äußerlichkeiten sich manifestierendem Gottesgnadentum! Sieh da sein Reliefporträt an der Wand. Als er seine Erlasse an das Volk richtete, dieselben, die Dein kluger, welterfahrener Bismarck nicht wollte, da hab' ich's von der Wand gerissen und geküsst. Ich wusste, dass die Erlasse dem Kaiser bei dem stupiden verhetzten Volk keinen Glauben, keine Freunde, kein Zutrauen erwirken würden. Aber ich hab' doch gejauchzt, als ich sie las. Das ist ein freier Herrscher, jubelte ich – der geht eigene Bahnen. Und geht er zehnfach verkehrte und falsche, einmal findet er die richtige!"

„Ein freier Herrscher!" sagte Dr. Mark traurig. „Als ob ein Sterblicher die Eigenschaften eines Gottes hätte. Sieh, seit meiner hiesigen Tätigkeit hab ich allein getrachtet, festzustellen, wer die Augen des Kaisers auf falsche Bilder lenkt, wer seinen Ohren die Wahrheit zurückhält und immer auf's Neue trennende Schranken zwischen ihm und dem Volke aufrichtet." „Wer?" unterbrach ihn Härting. „Nenn' einen Namen und Du triffst wahrscheinlich einen Unschuldigen. Zähl' fünfzig auf und sie sind alle mehr oder weniger schuldig. Es ist der Fluch der Herrscher, dass die Schmeichelei ihrem Thron die Nächste ist und dass die Schranzen das Beugen vor dem Throne nur durch Kriechen zu charakterisieren wissen. Und wenn sie wenigstens nur für den eigenen Nutzen kröchen und strebten und nicht zu gehässigen Zwischentreibereien ihre Zuflucht nähmen! Die Hofcamarilla ist zu allen Zeiten der Fluch der Regierungen gewesen, wehe dem Staate, an dem sie zur Geltung zu gelangen vermag. Immer mehr weitet sie die Kluft zwischen Fürst und Volk –" Er paffte heftig aus seiner Pfeife. –„Volk, Volk!" fuhr er grollend fort. „Was nennen wir Volk? Das da in den Volksversammlungen herumschreit? Ich kenn's und Du kennst es noch besser. Wer ihnen das größte Maul zeigt und seine Habgier am besten zu entflammen vermag, der ist der Ihre. Den heben Sie auf den Schild. Als ob die Windmacher jener Partei, die da nach Macht allein lüstern sind und sich den Kukuk darum scheren, ob Tausend in ihrem Höllenblendwerk von Zukunftsstaat zu Grunde gehen, das nicht wüssten! Ich danke für das Volk. Oder nennst Du mit diesen Namen die Lauten, die Vordringlichen, die Habsüchtigen, denen der Staat gerade gut genug ist, um mit ihm Schacher zu treiben, einerlei, ob Agrarier oder Industrielle oder Glaubenseiferer, denen der Machtkitzel in der Nase steckt, wie jenen der Geldkitzel. Volk hüben und Volk drüben und nur das, was in der Mitten liegt, was duldet und schweigt und hofft und harrt und sehnsüchtig ausblickt nach einem Kaisersohne, der es befreit von der goldenen und roten Internationale, das ist das Volk, wert und würdig, dass eines Kaisers Herz sich ihm erschlösse, wert, dass auf dieses sich das Volk stütze. Das deutsche Bürgertum, das seinem Kaiser treuer ist als die Edelsten der Nation, das verblutend noch in gläubiger Verehrung aufschaut zu ihm, das wollen sie den Kaiser nicht erkennen lassen in seiner ganzen kaisertreuen Kraft, die es entfalten kann."

In Mark's Augen blitzte es sonnig auf. Er sprang auf und drückte Härting's Hand. „Das ist der Boden, auf dem wir zusammen stehen!" rief er entflammt. „Das Bürgertum, das Deutschland groß und stark machte, das ihm seine Gelehrten gab, seine Künstler und es wappnete mit der Kraft seiner Jugend, das bedrängte Bürgertum, das man hinabziehen will in den Sumpf der Gleichheitsmacher, das man wirtschaftlich bekämpft in blindem Eigennutz – wer wird dem Kaiser das schlummernde Dornröschen der deutschen Bürgerkraft zeigen, auf dass er es erwecke!" „Der Reichstag sicher nicht", spottete Härtnig. „Wenn ich für irgend etwas unreine Buße auferlegen will, dann les' ich ein Dutzend Parlamentsberichte und wenn ich mich von einer Sünde befreien will, so geh' ich hinein und hör' ein paar Stunden zu. Aber mehr noch seh' ich. Und was ich da sehe, ist Fanatismus und Gleichgültigkeit." „Leider Gottes!" rief Mark aufspringend, „Wenn eine ‚große Sache' dran ist, dann sieht man sie einmal beisammen, die Herren! Wenn aber das werktätige Volk und der Bürger zu schützen ist gegen Ausbeutung und Gott weiß was, dann fahren die Herren Abgeordneten ihre Mandate spazieren. Brr, Härting – hast Du keinen Trunk Bier mehr? Wenn ich an die pflichtvergessenen Mandatträger denke, steigt's mir schal in der Kehle auf!" Härting untersuchte die Flaschen.

„Na ja –", brummte er – „so geht's immer! Wenn man einen rechtschaffenen Durst bekommt, sind die Flaschen leer." Er warf einen seiner Schuhe gegen die Zimmertür, ein Signal, dessen Bedeutung der „Obelisk" bereits zu kennen schien, denn er trat hastig ein. „Bier!" Das Faktotum zog sein Ledergesicht in so komische Falten, dass Mark trotz seiner verdrießlichen Stimmung in ein lautes Lachen ausbrach. „Warum lacht denn der Obelisk?" wandte er sich an seinen Freund. „Unsinn – das ist seine Trauermiene. Ich weiß schon, was sie sagen will. Er wird den Rest des Biers selbst ausgetrunken haben und wir sitzen da. Eingestanden, Friedrich!" Das Faktotum nickte mit seiner kläglichen Miene. „Dann hilft das nichts, Freund Mark! Meine Quelle ist versiegt, aber ich kenne eine, die wir nicht leer trinken. Ich begleite Dich und wir trinken noch ein Liter miteinander." „Ich muß noch arbeiten", erwiderte Mark. „Ich hindere Dich nicht daran und das Liter Pschorr im Bräuhause noch weniger. Im Gegenteil, mit dem Trank im Leibe wird Dir die Feder nur noch flüchtiger über das Papier tanzen. Im Übrigen lasse ich Dich vor elf Uhr aus meinen Klauen und Du weißt, ich pflege Wort zu halten in allen Dingen. Also?" „Na, Dir zu lieb, Freund Isegrimm. Vielleicht ist's auch gut, wenn ich noch einen Bissen zu mir nehme. Der Tag hat mich hungrig gemacht." „Und das sagt der Mensch erst jetzt!" raisonnierte Härting. „Dann aber doppelt schnell!"

Im Handumdrehen hatte Härting seine Joppe umgeworfen, seine Schuh an den Füßen und den Schlips geknotet. Jetzt drückte er sich den Kalabreser auf's Haupt, warf den Mantel um und zwirbelt den starken Schnurr- und Knebelbart. „Andiamo, amico!" Beide gingen. Friedrich, der „Obelisk" sah ihnen resigniert nach. Das war eine Lösung, die seinem Geschmack keineswegs entsprach. Ein Glück nur, dass er seinen Abendtrunk schon vorher fürsorglich bei Seite gebracht hatte.

Es war nahezu zehn Uhr, als sie aus der Friedrichstraße, diesseits der Linden, heraustretend, sich anschickten, dieselben zu überschreiten. Dr. Mark, der zur Linken Härting's ging und eifrig auf diesen einsprach, sah sich plötzlich von diesem ergriffen und zurückgerissen. Zu gleicher Zeit gab es einen schmetterndem Krach und dicht zu seiner Linken bäumten sich zwei vor ein Coupé gespannte Pferde, die durch irgend etwas plötzlich erschreckt waren, hoch empor und drängten so scharf an den nächsten Prellstein, dass das Coupé, dessen Vorderachse bei dem Anprall brach, halb umstürzte und der Diener in dunkler, kaum sichtbare Abzeichen tragender Livree vom Bocke geschleudert wurde, während der Kutscher sich festklammernd zugleich die Zügel scharf anriss. Alles das war das Werk einer Sekunde und betäubte in seiner rasenden Schnelligkeit Dr. Mark fast. Ein Angstschrei aus dem Coupé, das jede Sekunde ganz umzustürzen drohte, gab ihm seine ganze Geistesgegenwart zurück und während Härting mit eiserner

Faust den Pferden in die Zügel fiel und sie mit Hilfe einiger schnell herzuspringender Passanten am Durchgehen verhinderte, riss Dr. Mark den Schlag auf und half der Insassin heraus. Aus einem bleichen, schönen Antlitz sahen zwei große tiefdunkle Augen erschreckt zu ihm auf. Ein kostbarer Theatermantel umhüllte die allem Anschein nach noch zierliche und jugendliche Gestalt; in dem kunstvoll hochfrisierten blauschwarzen Haare funkelte eine Diamanten-Agraffe. Sie warf einen langen, prüfenden Blick auf Mark, dessen Antlitz, von der nächsten elektrischen Lampe taghell beleuchtet, ihr zugewendet war und übersah mit einem zweiten die ganze Situation.

„Oh, dieser Tölpel von Kutscher!" sprach sie im reinsten pariserischen Dialekt. „Wie leicht wäre ein Unfall daraus entstanden!" Mark fühlte sich durch die fremden Laute, die zornig aus dem wundervoll geschnittenen Munde der Schönen kamen, eigenartig berührt. „Der Wagen ist untauglich", sagte er, sich ebenfalls der französischen Sprache bedienend, – „Ihr Kutscher hat mit seinen Pferden zu tun – dort sehe ich eine Droschke, in welcher Sie, weniger bequem vielleicht, Ihre Fahrt fortsetzen können. Aber ich nehme an, dass ein längeres Verweilen unter müßigen Gaffern nicht nach Ihrem Geschmack sein dürfte." Als die Fremde die gleiche Sprache aus Mark's Munde vernahm, wandte sie sich, augenscheinlich interessiert, ihm wieder zu. Ein nachlässiger Blick streifte die Passantengruppen, die sich schnell zu einer dichten Mauer um den Schauplatz des Unfall's gebildet hatten. Dann sagte sie: „Ich danke Ihnen, mein Herr, für Ihre Güte. Führen Sie mich zu jenem Wagen." Die Menge machte bereitwillig Platz, so dass sie dann die Droschke, hinter der sich bereits eine ganze Reihe Wagen aller Art gestaut hatte, erreichen konnten. Im Begriff einzusteigen, rief die Fremde plötzlich: „Jeanlin? Wo ist mein Diener?"

Der vom Bocke herabgeflogene Diener tauchte hinter Mark auf und drängte diesen ziemlich rücksichtslos bei Seite. Mark zog nachlässig den Hut und trat zurück, ohne sich noch einmal der schönen Fremden zuzuwenden. Er hatte eine Kavalierpflicht erfüllt, wie jeder andere sie im gleichen Falle erfüllt haben würde, was kümmerte ihn nun noch die, welcher er die kleine Gefälligkeit erwiesen hatte. So sah er nicht, dass die Fremde den Bedienten, der dem Kutscher das Ziel der Fahrt zurufen wollte, an den Schlag zurückrief, und er war schon zu weit entfernt, als dass er die Worte hören konnte, selbst wenn sie minder leise gesprochen worden wären, die sie ihm zuflüsterte: „Sieh Dir jenen Herrn dort an – denselben, der mir in den Wagen half. Folg ihm – spür' ihm nach – morgen will ich seinen Namen wissen." Der Schlag schloss sich. Jeanlin rief Straße und Hausnummer dem Kutscher zu, der seinen Pferden zuschnalzte und schnell davonfuhr. Ein berittener Schutzmann regelte schnell die Stauung der Gefährte – ein Paar seiner Kollegen zu Fuß ersuchten das Publikum, weiterzugehen, während man daran ging, das halbumgestürzte Coupé soweit wieder fahrbar zu machen, um es aus dieser stark befahrenen Strecke zu entfernen.

Härting und Mark, die sich wieder zusammengefunden hatten, schritten langsam ihrem Ziele zu, indem sie ihre Bemerkungen über den Unfall austauschten.

Von beiden ungesehen folgte ihnen Jeanlin.

III. Die schöne Fremde und der Prinz

Der Wagen, welcher die schöne Fremde von dem Schauplatz des glücklich abgelaufenen Unfalles entführte, näherte sich dem Tiergarten-Villenviertel, bog dann in die . . . Straße ein und hielt vor einer aus einem hohen Erdgeschoss und einem Stock bestehenden Villa. Schwere Seidenvorhänge verhüllten die oberen Fenster, aus zweien derselben schimmerte gedämpftes Licht. Das hohe, kunstvoll geschmiedete Einfahrttor rechts vom Vorgarten, dessen vergoldete Spitzen im schwachen Mondschein flimmerten, war geschlossen. Heller Lichtschein fiel vom Portal der Villa auf die Anfahrtsrampe.

Auf das Knallen des Kutschers öffnete sich durch eine mechanische Vorrichtung das Gitter und zugleich erschien auf den Portalstufen der Villa ein älterer livrierter Mann mit grauem Haupte, mit Schuhen und schwarzen Seidenstrümpfen bekleidet. Er eilte zu dem geöffneten Tor und an den Schlag der Droschke, den er aufriss, um der Insassin alsdann in respektvoller Haltung beim Aussteigen behilflich zu sein. Auch er sprach französisch. „Madame haben Unfall mit dem Wagen gehabt?" „So ist es, Mr. Edwards. Jagen Sie Didier, diesen Tölpel von einem Kutscher, morgen zu allen Teufeln." „Jeanlin blieb bei ihm?" „Ich sandte ihn mit einem Auftrage fort." Sie glitt mit leisen, fast lautlosen Schritten dem Eingang der Villa zu. Der mit Mr. Edwards Angeredete, der eine Art Haushofmeister zu sein schien, folgte ihr, nachdem er den Kutscher abgelohnt hatte und schloss das Tor.

Vom Vestibül führte eine breite, in halber Höhe sich teilende, teppichbelegte Treppe zu den oberen Gemächern hinauf. Hier empfing eine in ein schlichtes schwarzes Wollkleid gehüllte junge Dame die Heimkehrende, befreite sie von ihrem Mantel und öffnete eine Tür. Ein breiter Lichtstrom flutete daraus hervor. Eine wohltuende Wärme entströmte dem Kamin. Gefolgt von der Dienerin betrat die schöne Fremde das Boudoir. Es zeigte sich prächtig und anmutsvoll zugleich. Elfenbeinweiße schwerseidene Vorhänge verhüllten die Fenster. Ein purpurner Teppich, in den der Fuß schwer einsank, bedeckte den Fußboden. Mit kostbarem Stoff derselben Farbe waren die vergoldeten Möbel bekleidet. Der Lüster setzte sich aus zahllosen Glühlichtern zusammen, deren birnenförmige Glocken mattrosa gefärbt waren. Ein breiter Diwan nahm die eine Wandfläche ein. Ein kostbarer Teeapparat stand neben dem Kamin, ein zierliches, mit Schreibutensilien bedecktes Schreibtischchen zog dem Diwan gegenüber an der anderen Zimmerwand das Ange auf sich.

Halbzurückgeschlagene Portièren an der Türe links gewährten Einblick in einen zweiten Salon, der größer als dies Gemach zu sein schien. Ein Ausgang, den das Boudoir ebenfalls nach rechts zu haben schien, zeigte völlig geschlossene Vorhänge. Die Besitzerin dieser Räume ließ sich von der Zofe ihrer Handschuhe entledigen. „Berichte, Toinon! Briefe?" „Zeitungen aus Paris, Madame." „Ich lese sie nachher. Sonst nichts?" „Ach, ich vergaß – der Groom des Prinzen – –." Toinon eilte zu einem Tischchen in der Nähe des Diwans und nahm von einer Fayence-Schale ein Billet, das sie ihrer Herrin reichte. „Du wirst vergesslich, Toinon!" sagte diese mit einem strengen Blick auf das mit leichtem Rot sich färbende Antlitz der Zofe. „Ich bin gütig gegen Dich, aber ich verlange, dass alle Deine Sinne nur mir dienen." Toinon neigte sich demütig. „Es ist gut," schnitt ihre Herrin die Entschuldigung ab, zu der sie sich anschickte. „Geh' jetzt. Nein, warte noch!" Sie öffnete das Kuvert und las die mit einer Krone geschmückte Karte, welche ein paar französische Worte enthielt. „Der Prinz bittet mich, ihn heute noch zu empfangen. Er will um 11 Uhr kommen. Du wirst ihn die Hintertreppe hinaufgeleiten." „Haben Madame noch weitere Befehle?" „Nicht jetzt – geh!" Toinon verschwand.

Es war ein entzückendes Geschöpf, das jetzt inmitten des Boudoirs allein blieb. Das enganliegende Kleid von feinstem schwarzen Sammet hob ihre elastische Büste, deren wundervoller Teint, gehoben von dem dunklen Gewand, in dem herzförmigen Ausschnitt sichtbar wurde. Auf dem herrlichen Halse saß ein edelgeformtes Köpfchen; das Antlitz war von unendlichem Reiz, die Brauen waren zierlich geschwungen, lange seidene Wimpern beschatteten die dunklen, ausdrucksvollen Augen und der sinnliche Zug der blühenden vollen Lippen gab dem ganzen Antlitz etwas frisches, natürliches. Man wäre versucht gewesen, die Eignerin dieser bei allen schlanken Formen dennoch voll entwickelten Gestalt für ein junges Mädchen zu halten, das sich der Altersgrenze der Zwanziger nähert, wenn nicht diese Augen gewesen wären, deren Blick eine Summe von Erfahrungen und eine reiche Kenntnis des Lebens verkündeten. Und wenn wie jetzt, nun sie noch einmal die alabasterweiße feine Visitkarte in ihren Händen betrachtete, ein harter, fast höhnischer Zug ihre Mundwinkel umspielte, so gewann dies Antlitz, das soeben noch weich und lieblich wie das einer Jungfrau erschienen war, etwas energisches, ja fast dämonisches, das durch ein plötzliches Aufblitzen in den dunklen Augensternen noch verstärkt wurde.

„Der Prinz!" murmelten ihre Lippen. „Allons donc, spielen wir eine neue Szene in dieser lustigen Komödie!" Sie ging an dem Trumeau vorüber und ein leises Lächeln umspielte ihre Lippen, als das Spiegelglas ihre Gestalt zurückwarf. Ein einzelner silberner Ton von einer dem Auge verborgenen Glocke erschallte. „Er kommt!" flüsterte sie. Sie schritt zum Diwan und ließ sich, den linken Arm auf die Eckpolster stützend, darauf nieder. Leise Schritte kamen, gedämpft durch die schweren Teppiche, durch den Salon. Eine Hand schob die Portièren zurück und ein in schwarzes elegantes Zivil gekleideter junger Mann von annähernd 30 Jahren blickte lächelnd in's Boudoir. „Wir schlafen doch nicht Céline?" Sie sprang auf und eilte dem Eintretenden mit ausgestreckten Händen entgegen. „Schlafen, Prinz? Mit dieser Erwartung im Herzen? Fühlen Sie, wie es klopft!" Sie ergriff die Rechte des Besuchers und führte sie gegen ihre Brust. Er zog die Hand dafür an seine Lippen. „Wird nur der Hand, der armseligen Hand die Gnade zu teil," flüsterte sie und bog sich zurück, indessen sich ihre Lippen öffneten und zwischen dem rosigen Spalt eine schimmernde Elfenbeinlinie zeigten. Der Ankömmling umfasste und küsste sie.

„Wie liebenswürdig Sie mich heute empfangen, Céline –" auch er sprach französisch, wie die gesamten Insassen der Villa – „dass ich diese Liebenswürdigkeit heute doch auskosten könnte! Aber nur auf eine flüchtige Minute hat die Sehnsucht mich heute zu Ihnen getrieben." Sie verneigte sich mit vollendeter Anmut. „Ihre Karte überraschte mich heute, an diesem denkwürdigen Tage, doch etwas, Prinz. Ich glaubte Sie von den Ereignissen desselben ganz in Anspruch genommen." Eine leichte Wolke des Unmuts glitt über das Antlitz des Besuchers. „Na – meine Beteiligung daran – und heute, wo es sich nur um die Hauptbeteiligten dreht –" er lachte leise – „Kennen Sie das hübsche Märchen von dem Mäusespiel im Haus der Katze, als diese ausgegangen war?" Sie lachte wie amüsiert melodisch auf. „Oh, wohin geraten Sie! Von den Hohen und Mächtigen dieser Zeit zu den Katzen und Mäusen, Fi donc – Mäuse" sie schüttelte sich, wie von einem Schauder ergriffen. „Ich zittere, wenn ich von einer nur sprechen höre."

Der Prinz hatte sich ein Tabouret herbeigeschoben und auf dasselbe niedergelassen. „Zittern Sie nicht, Céline. Denn jenes Mär-

chen hat einen possierlichen Schluss. Wie die Katze zurück kam und wie nun die armen Mäuslein in eine wahre Todesangst gerieten". Céline faltete ihre wundervoll geformten feinen Hände zusammen und erhob sie wie flehend gegen den Sprechenden. „Ich beschwöre Sie, Prinz, nichts mehr von Katze und diesen abscheulichen Tieren. Warum erzählen Sie mir von ihnen und nicht von den Menschen –" „Ich bin ja schon mitten darin, chérie", lachte der Prinz, „denn meine Mäuse sind Menschlein, ach, oft so possierliche Menschen, wenn sie auch stolz und gespreizt unter der Last ihrer Würden einherstolzieren, und die Katze –" „Wer ist sie?"
„Wie können Sie lange raten, mon petit ange – sie war ja heute da, feierlichst geladen –" Céline fuhr wie erschreckt empor. „Mein Gott", rief sie leise – „Sie reden doch nicht von Ihm, diesem Monsieur de Bismarck –" „Er ist die Seele meines Gleichnisses. Ach, wie die Mäuslein von Hochwürdenträgern bis zu den Ratten – den – genug, wie sie alle ihre Todesangst, die Katze könnte sich wieder hier heimisch machen, hinter ihrer steifen Würde verbargen. Wie sie strebten und sich erschöpften darin, dem Vielgeehrten auch ihre Reverenzen zu machen und wie doch die Unruhe, die Angst aus allen Nähten ihrer goldbelitzten Röcke guckte, das war all das ennuyierende des ganzen Tages wert."

In den dunklen Augen des schönen Weibes flammte es auf. Sie lehnte ihr duftendes Haar an die Schulter des Sprechenden und sah von unten herauf schelmisch zu ihm auf. „Wissen Sie auch, mein Prinz, dass Sie mich über die Gebühr neugierig machen? Dass Sie da eine Welt vor mir entrollen, die mir ebenso märchenhaft und fremd ist, wie sie mich reizt, mehr von ihr zu erfahren?" Und sie klatschte nach Kinderart in die Hände. „Bitte, bitte, erzählen Sie!" Sie bot ihm, gleichsam als Aufmunterung, ihre Lippen. „Sie sind ein Kind, Céline – und Kinder speist man mit Märchen ab. Es war auch heut' wie ein Märchen. Aus tausend und einer Nacht. Selbst das vom Vogel Bülbül fehlte nicht. Ich glaube, als der Salonwagen mit dem Fürsten wieder Berlins Bannkreis verlassen hatte, sind ganze Gletscher von den biederen Herzen, die sich ein wenig schuldbeladen fühlten, herabgefallen." Céline sah ihn an, schüttelte den Kopf und sagte mit der Miene eines naiven Kindes von vierzehn Jahren, dem man Dinge erzählt, die noch nicht für ihr Alter passen: „Das versteh' ich nicht!"

„Wie sollten Sie es auch. Sie, der unsere höfischen Verhältnisse so fremd sind! Aber da sind manche von den anscheinend Kleinen und Belanglosen, die vor vier Jahren mitwisperten und mitflüsterten, bis ein großer und voller Ton daraus wurde, der das Ohr traf, für den er berechnet war. Das sind die kleinsten der Mäuslein, die so keck die spitze Schnauze emporstreckten, als die alte Katze von dannen gegangen war und die sich nun um den fettesten Speckbrocken stritten. Da war heute ein Kammerherr – über den hätt' ich weidlich lachen können. Der schlug drei Kreuze an jenem 25. März des 90er Jahres und heute wollte er vor dem Sohne des Alten von Friedrichsruh in Devotion ersterben. Und eine sehr alte, sehr – feindselige Gräfin, die die Nase zu rümpfen pflegte über den jungen Hofadel des ehemaligen Kanzlers, hat heute das Riechfläschchen kaum von der spitzen Nase getan." Céline lachte silberhell auf. „Qu' est ce drôle!" Und dann sprang sie auf, kreuzte die Arme gleich einer Sklavin vor ihrem Besucher und fragte schelmisch: „Darf ich meinem hohen Herrn ein Tässchen Karawanentee anbieten?" „Wenn Sie ihn selbst bereiten, Céline, mit vielem Vergnügen, Ich sehe nichts so gern, als wenn Sie den Tee bereiten!" Sie bedankte sich mit einer graziösen Gebärde für das Kompliment, lief zu dem Teeapparat und setzte die Flamme unter dem zierlichen, kupfernen Kessel in Brand. Während der Prinz fortfuhr in seinen amüsanten Schilderungen, die er mit beißenden Satiren mischte, vollendete sie in zierlichster Weise mit augenscheinlich gewandten Händen das Geschäft des Teebereitens, goss dann das duftende Gebräu des edelsten aller Tees in eine Schale von durchsichtigem, feinsten Porzellan und kredenzte diese auf ziselierter Platte dem jungen Manne, der sie lächelnd entgegen nahm. „Nun fehlt mir zur irdischen Glückseligkeit nur die Erlaubnis, eine echte Khed'ivial anzuzünden –" Das schöne Weib zog wie in halber Verlegenheit eine silberne Zigarettenschachtel aus der Tasche und bot sie ihrem Gaste dar. Er nahm eine der Zigaretten und entzündete sie. Ihr aromatischer Duft mischte sich mit dem des Tee's. Sie kniete vor ihm, halb gegen die Diwanpolster gelehnt, die Hände über den Knieen zusammengefaltet. So bot sie seinem entzückten Auge ein liebliches Bild. Und schmeichelnd bat sie mit der Unersättlichkeit eines nach den Geschichten seiner Amme lüsternen Kindes um mehr der kleinen Pikanterien, die der Besucher, wie er sie gehört haben mochte in all den kleinen Klatschkonventikeln, die jeder Hof, und sei es der kleinste, darbietet, herausplauderte, selbst auf's neue angeregt von dem, was er mit Behagen gehört haben mochte und hier mit Behagen seiner eifrig lauschenden Hörerin mitteilte.

Der Klatsch bei Hofe begnügt sich nicht mit den kleinlichen Objekten. Er geht über die subalterne Dienerschaft und Beamtenschaft hinaus, und hat weder Scheu vor dem goldenen Kammerherrenschlüssel, noch vor den goldenen Namenszügen, welche die Hofdamen tragen und den Attributen der Würde der feisten Hofämter. Und ganz besonders giftig und gefährlich wird dieser Klatsch, der oft von Lippen kommt, die sich streng und vornehm zusammenzuziehen wissen, wenn von dem Adel der Gesinnung und dem Adel der Geburt und all den Prärogativen des Adels die Rede ist, er wird am giftigsten und gefährlichsten, wenn er über dies Niveau der niederen und höheren Hofchargen die gespaltene Zunge emporreckt und sie nach denen züngelt, die zu hoch stehen sollten, um von dem Verleumdungsgeifer skandallüsterner und rachsüchtiger Menschen erreicht zu werden.

Der Freund des schönen, verführerischen Weibes hatte sich in die feinen Maschen der kleinen Bosheiten verstrickt, die ihm andere erst zugetragen hatten und die er hier ausplauderte, überzeugt, dass die Reizende da vor ihm, aus einem anderen Lande stammend, die Persönlichkeiten à la cour de Berlin gewiss nicht kennend, nichts weiter darin zu erblicken vermöge, als kleine Pikanterien, die ein Weib ihres nicht gewöhnlichen Schlages mit doppeltem Vergnügen anhört. Der Redende gewahrte nicht, wie es in den Augen seiner schönen Zuhörerin zuweilen seltsam aufleuchtete, wie sie eine scheinbar harmlose, nur auf den pikanten Kern der Erzählung oder der Anekdote gerichtet erscheinende Frage einstreute und ihn ohne sein Wissen und seinen Willen zwang, weiter und breiter auszuholen. Und wie sie dann plötzlich, scheinbar, als interessierten sie all' diese Dinge nicht, auf ein ganz anderes Gesprächsgebiet übersprang und eine Sekunden nur dauernde völlige Änderung des Thema's erzwang, um dann launenhaft wie ein Kind, das ein oft gehörtes Märlein immer noch einmal sich erbittet, auf ein Histórchen zurückzukommen – wahrhaftig, auch ein welterfahrener Mann hätte nicht zu zweifeln vermocht an der harmlosen Naivität dieser jungen Frau mit dem Kindeslächeln und dem plaudernden Kindesmunde. Und doch war all' das, was sie von seinen Lippen hörte, nur das Beiwerk zu dem Wertvollen, das sie noch nicht gehört.

Zwölf Schläge ertönten von der Nippesuhr auf dem Schreibtischchen der schönen Frau. Der Besucher erhob sich lässig. „Du Circe!" sagte er hastig. „Eine Minute wollte ich bleiben und nun ist eine Stunde daraus geworden." Sie schmiegte sich an ihn. „Sie gehen!" schmollte sie – „und nun dauert es gewiss Tage, bevor ich Sie wiedersehe – die Festtage – dann kommen wieder die großen Reisen – Sie sehen, ich bin orientiert –." „Große Reisen – nein, kleine Törin. Aber eine kleine interessante Reise." „Zu den Jagden, nicht wahr?" „Nein, nur ein paar Stunden weit. Ein Gegenbesuch - ." „Das versteh' ich nicht," lächelte sie. – „Ein Gegenbesuch. Ah – der heutige Tag – woran erinnert er mich – ist's wahr, mein Prinz – der Kaiser." „Psst!" mahnte der junge Mann mit einem unruhigen Seitenblicke nach den Portieren. „Man spricht nicht davon, jetzt noch nicht davon, ma petite – es ist ein Wunsch, ein halb ausgesprochener Entschluss, der vielleicht in dieser Stunde schon wieder verworfen sein mag – ja, wenn ich mich recht entsinne, ist er wieder verworfen. Passons là-dessus! Eine Zigarette, von Ihren wunderbaren Händchen mir dargereicht, ist mir unendlich wertvoller als all das, Céline –." Sie glitt zu dem Tischchen, auf das sie das Etui niedergelegt und schaute ihm mit strahlendem frohen Blick in's Auge. „Wissen Sie übrigens, mon prince," fuhr sie dann, ernst werdend fort — „dass Sie mich am Ende heute hier aufgefunden hätten, krank, vielleicht schwer verletzt, vielleicht tot –." „Scherzen Sie nicht, Céline –" „Und doch ist es so. Bei der Heimfahrt aus der Oper hatte Didier, mein Kutscher, den tölpelhaften Einfall, gegen einen Prellstein anzufahren. Die Achse an meinem Coupé brach, der Wagen stürzte –." „Nicht doch –." „Stürzte und ich wäre verloren gewesen, wenn nicht im selben Augenblick eine Hand den Schlag aufgerissen hätte und mir behilflich gewesen wäre, das Coupé zu verlassen." „Ah," rief der Prinz eifrig. „Und wer war er?" Céline zuckte gleichmütig die Achseln. „Ein Mann –" „Sie haben mit ihm gesprochen?" Es malte sich wie eifersüchtige Regung in der hastigen Frage. „Gesprochen? O, ich war fassungslos, – zum Tod erschreckt –." „Und wie kamen Sie hierher, wenn nicht in Ihrem eigenen Wagen?" forschte der junge Mann. „Jeanlin, mein Diener, war bei mir, – er holte einen Mietwagen herbei – ." „Ich atme auf – aber ich muß fort, man wird mich schon vermissen – ist Toinon zur Stelle, um mich hinabzugeleiten?" Céline drückte auf eine Arabeske in der Kaminverkleidung. Ein leiser Glockenton ließ sich hören. Toinon erschien unter der Portière. Der Prinz ergriff zeremoniell Célinens Hand und küsste sie. „A bientôt!" flüsterte er ihr zu, verneigte sich tief vor ihr und verschwand.

Einen Augenblick blieb Céline mit ihrem lieblichen Abschiedslächeln inmitten des Boudoirs stehen. Dann änderte sich blitzschnell ihre Miene. Ein triumphierendes Leuchten glomm in ihren Augen auf und zwei harte, höhnische Falten legten sich um ihre Mundwinkel. Noch eine Minute wartete sie. Dann kam Toinon zurück. „Ist er hinaus?" „Ich selbst geleitete ihn durch die Nebenpforte, Madame!" „Es ist gut. Ruf mir Mr. Edwards." „Aber," wagte die Zofe einzuwenden – „es ist Mitternacht und Madame haben noch nichts genossen." „Später! Geh' jetzt und tu', wie ich sagte!" Toinon ging. Céline eilte an ihren Schreibtisch und entzündete durch das Drehen eines Knopfes das elektrische Licht, das an einem Arme von Goldbronze angebracht, seinen vollen Schimmer über die Platte des Schreibtisches ausgoss. Aus dem Antlitz der schönen Frau war in diesem Augenblicke alles Mädchenhafte verbannt. Da sie handelte, erschienen ihre Züge schärfer, sie selbst von Grund aus verwandelt. Ihre Finger schienen wie absichtslos auf der Kante des zierlichen Schreibtisches zu spielen, plötzlich ertönte ein leise schnarrendes Geräusch, als schnappe eine Feder zurück und die Schreibtischplatte, die aus einer Tafel gefertigt zu sein schien, teilte sich in zwei Tafeln auseinander. Zwischen ihnen ward eine geringe Vertiefung sichtbar, gerade hinreichend, um einige breite Streifen Kartons in sich aufzunehmen. Einen derselben ergriff Célinens Hand, um dann mit festem Druck die Doppeltafel der Schreibtischplatte wieder zu einer einzigen zu verwandeln. Hinter ihr ertönte ein leises Hüsteln. Céline wandte sich um. Der Haushofmeister, Mr. Edwards, stand hinter ihr. „Wo ist Toinon?" „Ich habe sie hinabgeschickt."

„Gut, warte! Eine Nachricht von Wichtigkeit. Du wirst sie sofort noch zum Telegraphenamt besorgen." Mr. Edwards erwiderte nichts; aber das Abhängigkeitsverhältnis, das er sonst in seinem Gebaren Céline gegenüber mit bewunderungswerter Naturtreue festhielt, schien plötzlich verschwunden zu sein. Er trat hart an den Schreibtisch heran, stützte den Arm auf die Etagère desselben und sah aufmerksam dem Gebaren Celine's zu. So seltsam dies erschien, um so seltsamer war es, dass sie die Vertraulichkeit, die sich in Mr. Edwards Stellung ausprägte, nicht reizte, ja, dass sie, als sie einmal aufblickte, ihm triumphierend und freundlich zugleich zulächelte. Sie hatte den breiten Kartonstreifen, der eine Anzahl von schmalen Ausschnitten zeigte, über ein Blatt Papier gelegt, das nichts anderes war, als ein Depeschenformular, wie sie zur Benutzung des Publikums an den öffentlichen Schaltern der Telegraphenbüros ausliegen. Langsam, jedes Wort überlegend, schrieb sie durch den Pergamentstreifen, genau die Reihenfolge der einzelnen Öffnungen einhaltend, eine Anzahl von Worten, legte dann den benutzten Rahmen bei Seite und füllte die auf dem Formular leer gebliebenen Zeilenstellen mit anderen scheinbar mit den geschriebenen einen Sinn ergebenden Worten aus, dabei genau beobachtend, dass jedes Wort in der zierlichen Schrift, die ihr zu eigen war, nicht mehr Raum einnahm, als das auf dem Streifen des Morse-Apparates von den Typen desselben gedruckte.

Erst als sie die Feder niederlegte und das beschriebene Blatt, das nun einer Familiendepesche mit völlig unverfänglichem Inhalt, in französischer Sprache niedergeschrieben und an eine „Madame Gérard, Paris, Place des Capucines 44" adressiert, so ähnlich sah wie ein Ei dem andern, wagte Mr. Edwards das schöne Weib zu stören. „Was neues?" „Ja, der Kaiser wird den Besuch des Kanzlers in Friedrichsruh erwidern!" „Ah, das ist wichtig!" Céline stand auf und reichte ihm das Telegramm. „Da – geh sofort; Jeanlin ist noch nicht zurück?" „Nein!" „Dann musst Du gehen. Nur Dir und Jeanlin kann ich das anvertrauen."

Mr. Edwards, der trotz der vertraulichen Gesprächsformen, die zwischen ihnen zur Geltung kamen, wenn sie sich allein und unbeobachtet wussten, doch bei aller Vertraulichkeit die Linie eines gewissen Respektes festhielt, sagte jetzt nur: „Sei unbesorgt. Ich gehe sofort. In fünfundzwanzig Minuten ist das Telegramm aufgegeben." Er wollte in seiner behutsamen, leisen Weise das Boudoir verlassen, eine Bewegung Célines hielt ihn noch zurück. „Beobachte Toinon! Sie wird lässiger. Das beunruhigt mich." „Ich habe nichts Auffälliges entdeckt." „Ich bin eine Frau. Mein Auge ist schärfer. Also tu, wie ich Dir sagte. Und jetzt sende mir Toinon." Mr. Edwards nickte und verließ das Gemach. Céline ließ den Mechanismus der Tischplatte spielen und in ihr Versteck den benutzten Pergamentstreifen wieder verschwinden.

Als Toinon eintrat, war das Licht am Schreibtisch wieder erloschen und Céline stand, die Brillantagraffe aus den Haaren ziehend, vor dem Pfeilerspiegel. „Wollen Madame sich bereits zur Ruhe begeben?" „Ich werde noch lesen. Zuvor aber möchte ich nun wirklich eine Kleinigkeit essen – ein paar Sandwiches und ein Glas weißen Burgunder. Während ich das nehme, hilf mir bei der Nachttoilette. Für die Zeit, die ich noch aufbleibe, nehme ich das weiße, gefütterte Nachtkleid." Toinon flog und kehrte mit dem Begehrten zurück. Sie half dann ihrer Herrin bei der Nachttoilette und schürte auf ihren Wunsch die Kohlen im Kamin noch einmal auf. „Befehlen Madame sonst noch etwas?" „Nichts Toinon, Du magst zur Ruhe gehen. Ja so, Jeanlin soll sich morgen, sobald ich aufgestanden bin, bereit halten. Ich will ihn sprechen."

Nicht zum Lesen legte sie sich nieder, als Toinon das Boudoir verlassen hatte, sondern sie kehrte, in den weißen Schlafrock gehüllt, zu dem Schreibtisch zurück, dessen Beleuchtung sie mit einem Druck auf den Hebel auf's neue bewirkte. Jetzt aber war es weißes extra thick laid paper, das sie nahm und dessen einzelne Bogen sie auf das genaueste prüfte, ehe sie die Feder ergriff. Sie hielt sie gegen das Licht, um zu prüfen, ob in den Flächen auch nicht die Spur eines Wasserzeichens sich finde und erst, als sie auf's neue sich überzeugt, dass das Papier keine dem geschulten Auge sichtbare Marke der Fabrik, die es herstellte, trage und somit die Herkunft desselben nicht zu ermitteln war, zog sie einen Federhalter mit seltsam gestalteter Feder hervor und begann zu schreiben. Wer vorhin, als sie das Telegramm mit der ihr eigentümlichen feinen zierlichen Handschrift niederschrieb, und jetzt wieder über ihre Schultern gesehen hätte, der wäre wohl verblüfft gewesen über die männliche, charakteristische, steile Schrift, die jetzt auf das Papier floss. Kein Schriftsachverständiger der ganzen Welt hätte zwischen jener Handschrift und dieser die geringsten Ähnlichkeitsanklänge gefunden. Jenes war die feine, leichthingeworfene Schrift eines Weibes, hier schien eine Hand die Linien der Buchstaben gezogen zu haben, die mehr gewohnt war, den Säbel zu führen, als die Feder.

„Wohlgeborene Baronesse!
Seit Ihrer Heirat mit Ihrem Kammerherrn haben Sie sich von der Gesellschaft in einer Weise ferngehalten, welche die Herzen Ihrer Bewunderer mit Trauer erfüllen muss –."

Sie lachte boshaft in sich hinein. Und während ihre Feder fortfuhr, langsam drei Seiten des Bogens mit dem französischen Brieftext zu füllen, der die kleinen Andeutungen des Prinzen zu starken Bosheiten verdichtete, behielt ihr Antlitz den höhnischen Zug. „Nun noch die Unterschrift: Wer bin ich?" Ah, mein Prinz, wenn Sie wüssten, dass Sie in Ihrer naiven Unschuld selbst die Brandpfeile liefern, das heimliche und verzehrende Feuer der Verleumdungssucht aufs neue entzünden –" Sie barg den Brief, nachdem sie ihn couvertiert, in dem Geheimfache ihres Schreibtisches und löschte die Lichter.

In dem kostbar ausgestatteten Schlafgemach, das sie nun betrat, verbreitete ein in einer Ampel angebrachtes Glühlicht ein mattes, wohliges, dämmeriges Licht. Als die seidenen Kissen den Körper der schönen Frau umhüllten, flogen ihre Gedanken mit verstärkter Kraft zu jenem Momente zurück, in dem das Coupé zur Seite fiel und unmittelbar darauf eine Hand die Tür des Wagens aufriß und sich ihr helfend entgegenstreckte. „Er war ein schöner Mann!" flüsterte sie, indem sie ihre Arme unter der blauschwarzen Flut ihres aufgelösten Haares verschränkte – „Er sprach mich in den Lauten meiner Heimat an – und doch war's keiner meiner Landsleute. Er entzog sich meinem Danke, also war er stolz. Wer mochte es sein!" Und nach einer Weile, in welcher sie still und sinnend dagelegen, öffneten sich noch einmal ihre Lippen und um diese zuckte ein Lächeln, als sie flüsterten: „Jeanlin wird es erfahren!"

IV. Politik beim Opernball

Für Berlin und das Reich war der 27. Januar [1894] ein Festtag. Der König von Sachsen, der hehrste unter den Paladinen des ewig unvergessenen Barbablanca, der König von Würtemberg und mit ihnen viele deutsche Fürsten waren herbeigeeilt, um den jungen Träger der deutschen Kaiserkrone persönlich zu beglückwünschen. Von dem Hochgefühl des gestrigen Tages war auch der heutige Tag erfüllt. Als der Abend sich niedersenkte, flammten in den Riesenstraßen der Hauptstadt und auf den Hauptplätzen in allen Fenstern Lichter um Lichter auf – eine wundervolle und großartige Illumination zeigte sich den von dieser Lichtfülle fast geblendeten Augen. Die Freude über die erfolgte Aussöhnung zwischen Kaiser und Altreichskanzler suchte sich überall geltend zu machen. Die Angriffe, welche von den Gegnern des deutsch-russischen Handelsvertrages gegen die Regierung fortdauernd gerichtet wurden, hatten seitens der großen politischen Zeitungen, welche die Handelspolitik des Reichskanzlers Grafen Caprivi bekämpften, in den letzten Tagen des Januar eine Unterbrechung erfahren. Die Freude über die erfolgte Aussöhnung legte den Blättern zugleich eine gewisse Reserve auf. Man wusste, dass das Zustandekommen des Handelsvertrags mit

Rußland von allerhöchster Stelle warm befürwortet wurde und die Hochherzigkeit des Kaisers strahlte vom 26. Januar her in allzu hellem Lichte, als dass es nicht taktlos erschienen wäre, eine Politik, die Er vertrat, durch scharfe Angriffe gegen ihre Leiter und Verfechter gerade in diesen Tagen zu erschüttern zu versuchen.

Im Auswärtigen Amte sparte man keine Mühe, durch die zahlreichen „befreundeten" Korrespondenten die Politik des Reichskanzlers Caprivi in der deutschen und in jenem Teil der auswärtigen Presse, zu welchem man Fühlung gewonnen hatte, auf das nachdrücklichste zu unterstützen. Die bevollmächtigten russischen Staatsbeamten erwarteten von Tag zu Tag die Weisung des Petersburger Kabinetts, im Verein mit den deutschen Bevollmächtigten den Handels- und Schifffahrtsvertrag beider Reiche zu unterzeichnen. Um so größere Verstimmung erweckte im Auswärtigen Amte das erste Februarheft der von Dr. Mark herausgegebenen „Rechtsstimmen". Das Bedenken, der 26. Januar mit seinen Ehrungen für den alten Kanzler sei nur ein personeller Akt gewesen und die Regierung werde alle Schritte tun, um jede möglichen einflussreichen Folgen dieser Begegnung im Sinne einer ratgeberischen Tätigkeit des Mentors im Sachsenwalde von vornherein zu zerstören, war im leitenden Artikel des Heftes in schärfster Weise ausgesprochen und erregte noch am Erscheinungstage, am 1. Februar, ungewöhnliches Aufsehen, das durch telegraphisch verbreitete Auszüge noch verstärkt wurde.

Der Reichskanzler Herr von Caprivi hatte, als er im März 1890 auf seinen Posten berufen wurde, mit dem starren Pflichtbewusstsein des Militärs seine bedeutsame Stellung angetreten. Als solchem war ihm die Presse immer als eine quantité négligéable erschienen, deren Kraft bei ihrem sonstigen gewaltigen Einfluss an der starren Stahlwand des Militarismus versagte. So war es begreiflich, dass er geneigt schien, ihre Macht nicht anzuerkennen und die leichtabfertigende Art, mit welcher er von den Zeitungsschreibern im Reichstage sprach, bekundete deutlich genug, dass er ohne die Unterstützung der Presse sich aus seinem Posten behaupten zu können glaubte. Diese kühle Ruhe, diese der Presse gegenüber wohl nicht ohne Absicht zur Schau getragene Gleichgültigkeit wich freilich langsam mehr und mehr zurück. Mochte auch eine Anzahl von Blättern sich ihm und seiner Politik bedingungslos zur Verfügung stellen, mochten insbesondere die Organe jener Parteien, die ihre Spalten mit Jubelhymnen füllten, als Fürst Bismarck ging, den neuen Kanzler in einer Weise preisen, die den ehrlichen Träger des hohen Amtes selbst wohl manchmal nicht behagen mochte – nach der tiefen Bestürzung, welche die Anhänger des Alten Kurses erfasst hatte, trat eine immer deutlicher und bestimmter werdende Kritik dieses Kurses und des neuen Kanzlers des Reiches in den dem Alten treu gebliebenen Blättern hervor und verstärkte sich mit jedem weiteren Abschnitt in der politischen Tätigkeit des neuen Regimes.

Als Herr von Caprivi den Grafentitel erhalten hatte, war seine Ansicht über die Nützlichkeit der „Zeitungsschreiber" eine gewaltig andere geworden. Im Auswärtigen Amt stand man einflussreichen Journalisten und Korrespondenten nicht mehr kühl abweisend gegenüber, man war im Gegenteil sehr höflich und gefällig geworden. Die gesamte linke und halblinks stehende Presse war aus reiner Bismarckwut offiziös geworden und das „freiwillig gouvernementale" Blatt erhielt eine beängstigende Menge von Kollegen. Freilich – diese Stimmen, so lärmend sie für den neuen Kurs sich erhoben, jenem immer noch einem rocher de bronze gleichen Bürger- und Bauerntume füllten sie nicht das Ohr, das eine gesunde Reklamefurcht manchen Schreiern gegenüber unter welch' eigener Maske sie auch sich ihm nahen, taub macht. Nur die Stimmen, die sich, nicht lärmend, aber klar und deutlich gegen das Regime Caprivi erhoben, fanden dies Ohr geöffnet.

So unempfindlich man im Reichskanzleramt nach dem jähen Wechsel des Inhabers desselben gegen die Presse gewesen war, so empfindlich war man später. Der „Bismarcktag" war vollends geeignet, die Empfindlichkeit bis an die Spitze zu treiben und so wirkte Dr. Marks Artikel in den „Rechtsstimmen" im Reichskanzleramt wie ein Splitter in der feinen Haut unter einem Fingernagel. Der Kanzler hatte mit seinem Adlatus, dem treuen und für die Äußerungen der Presse besonders feinfühligen Ebmeyer, eine erregte Diskussion.

Der Kanzler saß in seinem Büro, in dem bequemen Interimsrock, den er arbeitend am liebsten trug. Er hatte das neue Heft der „Rechtsstimmen" vor sich liegen und in seinem Antlitz, das, an sich hart geschnitten und durch den vollen weißen Schnurrbart einen martialischen Zug bekommend, sonst dennoch nicht etwas freundlich-höfliches vermissen ließ, prägte sich ein tiefer Verdruss aus. „Sie kennen diesen Dr. Mark?" Der Adjutant des Kanzlers zuckte die Achseln. „Dem Namen und dem Rufe nach, Excellenz, persönlich nicht." „Was ist's für ein Mann?" „Ein Hannoveraner." „Ein seltener fürwahr! Diese Verehrung für meinen Vorgänger grenzt ja an's Wunderbare. Und das Blatt hat an Bedeutung gewonnen?" „Es wäre unnötig, das zu leugnen, Excellenz." „Selbst tonangebende Blätter nehmen Notiz von – diesem Leitartikel in den Rechtsstimmen?" „Die ersten und vornehmsten! Dieser Dr. Mark ist ohne Zweifel ein Publizist von bedeutenden Gaben." „Wie ist sein Ruf?" „Tadellos." Der Reichskanzler stand auf und machte einige rasche Schritte durch das Gemach. Dann blieb er vor seinem Adjutanten stehen.

„Lieber Ebmeyer, – ich möchte zwischen elf und zwölf Uhr den Geheimrat von Kowalczy sprechen. Sie haben wohl die Güte das erforderliche zu veranlassen." Der Adjutant verneigte sich. Graf Caprivi setzte seinen Spaziergang durch das hohe, bequem eingerichtete Gemach fort. Er hatte die Hände auf den Rücken gelegt und die Finger derselben spielten nervös mit einander. „Dieser Mann wird mir unbequem," murmelte er – „es muss versucht werden, ihn umzustimmen. Herr von Kowalczy mag's versuchen."

Zur bestimmten Zeit trat der Erwartete ein und Graf Caprivi richtete beinahe dieselben Fragen an den Geheimrat wie vorher an seinen Adjutanten. „Sie haben den Artikel in den ‚Rechtsstimmen' gelesen?" „Bereits am gestrigen Abend, Excellenz – ich war in der Lage, einen Abzug früher zu erhalten." „Was macht den Mann zu einem so scharfen und leidenschaftlichen Angreifer? Steht er im Dienste einer Partei? Ist's bezahlte Arbeit, die darin zum Vorschein kommt?" – „Fast möchte ich es wünschen, Excellenz" erwiderte respektvoll Herr von Kowalczy. „Die Möglichkeit, den Mann für uns zu gewinnen, wäre dann bedeutend näher gerückt. Allein, ich glaube, nach meinen Informationen wenigstens, nicht an diese Möglichkeit. Ich habe den Dr. Mark nur einmal flüchtig gesehen und das war bei der Gelegenheit des Empfanges des Fürsten Bismarck auf dem Lehrter Bahnhofe, über den ich Eurer Excellenz damals Bericht erstattete." „Welchen Eindruck machte der Mann auf Sie?" sagte Graf Caprivi rasch. „Einen durchaus günstigen," erwiderte Herr von Kowalczy rasch. „Und meine Informationen bestätigen die Richtigkeit dieses Eindrucks. Er ist ein sehr gewandter politischer Schriftsteller, und wie ich höre, bereits in Paris und London als solcher tätig gewesen. Das Erscheinen der ‚Rechtsstimmen' ist wohl seiner Initiative zuzuschreiben. Der Verleger ist Inhaber einer der ältesten und angesehensten Verlags-Firmen." „Ein Anhänger des alten Kurses, ich weiß," warf Graf Caprivi ein. „Nach jener Richtung wäre jeder Schritt vergebens. Bleibt nur die Möglichkeit, uns eventuell dieser scharfen Feder zu versichern, denn der Mann ist das Blatt und die Rechtsstimmen ohne den Dr. Mark würden ohne Bedeutung sein." „Sicherlich, Excellenz." „Haben Sie irgend welche Erkundigungen über das Vorleben des Dr. Mark eingezogen?" „Ich war bemüht es zu tun, als der Mann hier zu einiger Bedeutung gelangte." „Und Sie haben erfahren?" „Nur ehrenhaftes." „Bitte, erzählen Sie, der Mann interessiert mich." Der Reichskanzler nahm wieder in seinem Sessel Platz, lehnte sich zurück und sah den Geheimrat erwartungsvoll an. Dieser zog ein Notizbuch aus der Innenseite seines schwarzen Salonrockes hervor und schlug eine Seite auf.

„Dr. Hermann Mark entstammt einer Hannoverschen Beamtenfamilie, hat in Verden das Gymnasium besucht und in Göttingen und Marburg studiert, nachmals in Göttingen promoviert. Er ist zuerst in einem Hannoverschen Archiv als Bibliothekar beschäftigt gewesen, hat sich dann durch seine publizistischen Arbeiten bekannt gemacht und ist alsdann drei Jahre in Paris gewesen, wo er für einige amerikanische Journale korrespondierte. Eine Reihe von Feuilletons, die seiner Zeit Aufsehen machten, veröffentlichte eine bedeutende deutsche Revue. Von Paris ging er nach London. Er hat dort mit einer Reihe einflussreicher Persönlichkeiten verkehrt und ist, soweit meine Quellen über ihn reichen, im vorigen Frühjahr nach Deutschland zurückgekehrt, wo er, und zwar in seiner hannoverschen Heimat zunächst privatisierte. Seit vier Monaten lebt er, wie Eure Excellenz wissen, in der Reichshauptstadt als Herausgeber und Leiter der ‚Rechtsstimmen‘." „Aus all dem geht hervor, dass der Mann in gesicherten Verhältnissen lebte, dass er also von Haus vermögend war." „Ich habe auch nach dieser Richtung meine Nachforschungen angestellt. Seine Eltern sind verstorben. Das Erbteil, das sie ihm hinterließen, soll unbedeutend gewesen sein. Aber Dr. Mark wird auf der andern Seite als ein Mann von geringen Bedürfnissen geschildert."

Graf Caprivi strich nachdenklich den vollen weißen Schnurrbart. „Diese ‚Rechtsstimmen‘ sind mir unbequem, lieber Geheimrat, sie haben ein Echo in der großen Presse gefunden, das mich beunruhigt. Was Sie mir da sagten, ist vielleicht geeignet, diese Beunruhigung zu vermehren. Leute, wie Sie diesen Dr. Mark schildern, sind nicht häufig. Sie bieten keine Angriffsfläche. Sieht man ihn viel öffentlich, verkehrt er mit Leuten von Einfluss und Stellung?" „Wenig; noch weniger mit journalistischen Kollegen. Hie und da ist er zu einer Soirée erschienen, die durch die Teilnehmer einen leisen politischen Anstrich erhielt. Im Übrigen ist Dr. Mark mit einer jungen hannoverschen Landedeldame verlobt, die in einer verwandten Familie hier in Berlin lebt. Damit sind meine Angaben über den Herausgeber der ‚Rechtsstimmen‘ völlig erschöpft, Excellenz." „Vielleicht ist der Ehrgeiz seine wunde Fläche, seine Achillesferse, Herr Geheimrat. Versuchen Sie, durch einen Bekannten des Dr. Mark dessen Bekanntschaft zu machen. Natürlich unauffällig und zwanglos. Sie kennen ja den Verkehr mit dieser Art Leuten. Man müsste in ihn mit Hochachtung, mit einem Schein von Bewunderung den genialen Gegner erkennen und demgemäß behandeln – nun, Sie verstehen mich schon, Herr Geheimrat. Das Weitere lege ich in Ihre Hände. Ich höre gern bald von Ihren Erfolgen." Er winkte dem Geheimrat zu, der sich mit tiefer Verbeugung entfernte.

Wagen auf Wagen rollte am Abend des 2. Februar dem großen Opernhause zu. Stolze Karossen mit prächtigen Pferden kamen heran und wechselten ab mit den einfachen Mietskutschen. Und aus allen stiegen reich geputzte Damen, Offiziere und Beamte in Gala- und Hofuniform, Herren in Frack und Chapeaux claque. In den Räumen des Opernhauses sollte heute der große Subskriptionsball stattfinden, der ungleich besuchter zu werden versprach als in früheren Jahren. Das Kaiserpaar hatte sein Erscheinen zugesagt, tout Berlin, das an Rang und Titel hervorragende, das reiche Berlin und das schöngeistige war fast vollzählig zugegen.

Else hatte den leisen Wunsch geäußert, einen solchen Subskriptionsball kennen zu lernen und Dr. Mark hatte, obwohl ihm selbst nichts an dem Besuch des Balles lag, ihrem Wunsche nicht entgegen sein mögen; um so weniger, als auch Frau von Poyritz, Elsen's Tante, sich bereit erklärte, als Garde dame des jungen Paares sie zu begleiten. Es war Dr. Mark durch seine Verbindungen noch gelungen, trotz des ganz unerwartet starken Andrangs noch drei Karten sich zu sichern und so barg denn eine Droschke erster Klasse, welche, in die Reihe der vorfahrenden Wagen eingerückt, Schritt für Schritt nur vorwärts konnte, bis an sie die Reihe kam, unsere Bekannten. Else hatte ein einfaches cremefarbenes Ballkleid angelegt und das prächtige, goldblonde Haar zu einem dicken, schimmernden Knoten aufgebunden. Diese Einfachheit erhöhte die Lieblichkeit des jungen Mädchens, das inmitten der kostbaren, prunkvollen und überladenen Toiletten und ihrer schönen und stolzen Eignerinnen dennoch auffiel und manchen Blick auf sich zog. Die bunte, wogende, vielgestaltige Menge fesselte das junge Mädchen, dessen Kindheit und Jugend sich in den einfachen Verhältnissen des Landlebens abgespielt hatte. Ihre Augen strahlten, ihre Wangen hatten sich mit einem rosigen Schimmer bedeckt, als sie sich an Marks Arm einen Weg durch die Menschenflut bahnte, welche den weiten, zum Tanzraum umgeschaffenen Bühnenraum des Opernhauses bedeckte.

Mit dem Erscheinen der Majestäten erst erreichte der Ball seinen Höhepunkt. Der Kaiser erschien angeregt und heiter und zog viele der Anwesenden in ein flüchtiges Gespräch, während die Kaiserin, an deren imposanter Erscheinung wie immer die Blicke aller bewundernd hingen, sich einzelne Damen und Herren vorstellen ließ.

Frau von Poyritz hatte in einer Loge Bekannte entdeckt, und da jene noch freie Plätze in derselben besaßen, so folgten die drei der liebenswürdigen Einladung und sahen das bunte anziehende Treiben von hier oben mit doppeltem Vergnügen an. Else war ganz Auge und Ohr. – „Sehen Sie nur die Kleine," flüsterte Frau von Poyritz Dr. Mark zu, – „sieht sie nicht entzückend aus in ihrer schlichten Lieblichkeit? Es sind in diesem Meer von Glanz und Schönheit da unten und hier in den Logen nicht viele, welche ihr darin gleich kommen." Dr. Mark lächelte zustimmend. Er freute sich über Else's sichtliches Amüsement. Trotzdem vermochte er sich nicht recht behaglich zu finden. Dieser Glanz ringsum entsprach nicht seinem Geschmack. Dies Menschengewoge, diese Logenreihen, in denen ein fortwährendes Gehen und Kommen, ein Begrüßen und Plaudern, ein Konversieren hinter Fächern und Chapeaux claques, ein gegenseitiges Betrachten durch Lorgnon und Opernglas herrschte, brachten ihn nicht in die Stimmung, die augenscheinlich so vielen hier frohe Stunden bereitete. Ab und zu zog eine bekannte Persönlichkeit, eine Größe des Tages oder der Politik sein Interesse flüchtig auf sich. Im Grunde genommen ließ ihn das glanzvolle Bild dieses Subskriptionsballes teilnahmslos und kalt und eine gewisse Unzufriedenheit, die ihn selbst fremdartig berührte, machte sich von Viertelstunde zu Viertelstunde mehr in ihm geltend. Da traf ihn aus Else's Augen, die sich zu ihm herüber kehrten, ein bittender Blick. „Du wünscht, Else?"

„Ich habe eine Bitte, eine große Bitte," flüsterte sie. – „Das Kaiserpaar hat sich zum Einnehmen des Tee's zurückgezogen, wie man mir sagt und sieh, man tanzt wieder unten. Ich bin gewiss töricht, Hermann – aber ich habe das unwiderstehliche Verlangen, an Deiner Seite da unten eine einzige Tour zu tanzen." „Aber Else – sieh doch, welch' kleiner Fleck nur den Tanzenden frei gehalten werden kann." Sie sagte nichts weiter, aber ihr Blick sprach um so beredter. Und der ward traurig, als sie sah, dass er nicht geneigt schien, ihren Wunsch zu erfüllen. „Ei, Else," sagte Frau von Poyritz, die sich mit ihren Bekannten unterhalten hatte, und jetzt den Blick des jungen Mädchens auffing. „Was hast Du?" „Sie hat einen seltsamen, – hier seltsamen Wunsch, gnädige Frau," erwiderte Mark an ihrer Statt. – „Sie brennt darauf, in diesem Gewühl da unten zu tanzen." „Mit Ihnen, Herr Doktor?" „Ja!" „Das finden Sie seltsam? Ich sehe darin nur auf's Neue einen Beweis für die schöne Natürlichkeit Ihrer Braut. Flink, Herr Doktor, und ihr den Wunsch erfüllt! Ei, was sind Sie mir für ein Bräutigam, so ernst und still. Oder können Sie nicht tanzen?" „O, ganz prächtig!" verteidigte mit wieder aufleuchtenden Augen Else ihren Verlobten gegen diese Annahme. Dr. Mark stand auf. „Ich sehe schon," sagte er mit einem Lächeln auf den Lippen, aber doch mit einem Tone, der eine gewisse Resignation nur schlecht verbergen konnte – „ich hatte Unrecht getan, Deinen Wunsch nicht gleich zu erfüllen." Als sie hinunter gingen in den Saal, schmiegte sie sich an ihn und bat: „Tust Du es auch gern, Hermann?" Er wollte ihr mit einem Scherzwort antworten, als ein Herr dicht vor ihnen sich umwandte und Dr. Mark erkennend, einen Ruf der Überraschung ausstieß.

„Ah – so sind Sie wirklich da, Herr Doktor? Ich wollte es nicht glauben, da ich Ihre Abneigung gegen solche Festlichkeiten zu kennen glaube. Allein ein Herr, der Ihre Bekanntschaft zu machen wünscht, behauptete, Sie gesehen zu haben. Aber pardon –" unterbrach er sich. „Darf ich nicht den Vorzug genießen, der Dame vorgestellt zu werden? –" „Meine Braut, Fräulein von Rheden – Herr Dr. Paulsen, einflussreichster Korrespondent der Hauptstadt," scherzte Mark, trotzdem ihm die Begegnung mit dem dänischen Publizisten, demselben, den er am Bismarcktage Unter den Linden getroffen hatte, gerade jetzt – er wusste selbst nicht, weshalb? – unbequem war. „Das Kompliment muss ich Ihrem Herrn Bräutigam zurückgeben, mein gnädiges Fräulein," sagte der Däne artig – „denn sein Einfluss steigert sich mit jedem Tage. Ich sehe mit Vergnügen, dass Sie sich in den Saal zurückbegeben. Ich kann mich um so leichter eines Auftrages entledigen. Der Geheimrat von Kowalczy möchte Ihre Bekanntschaft machen. Ich hab' ihm versprechen müssen, Sie vorzustellen." Das Gesicht des Dr. Mark verfinsterte sich. „Herr von Kowalczy? Ah, das überrascht mich doch etwas. Der Herr leitet im Auswärtigen Amte ja –" „Die publizistischen Angelegenheiten, ganz recht!" fiel der Däne ein. „Ich bin ziemlich bekannt mit dem Herrn Geheimrat. Ein Kavalier vom Scheitel bis zur Sohle, ein ausgezeichneter Diplomat. Und von

Einfluss an Allerhöchster Stelle. Aber wem sage ich das! Das wissen Sie ja so gut wie ich. Dass er Ihre Bekanntschaft sucht, ist Beweis genug schon, dass man auf Sie aufmerksam geworden ist. Gratulor amice!" Dr. Paulsen hatte sich unaufgefordert dem jungen Paare angeschlossen.

Ehe sie die Gruppen, welche sie von dem freigehaltenen Tanzraume trennten, durchschritten hatten, schwieg die Musik. Der Walzer war zu Ende. Die erhitzten Paare strebten ihren Plätzen zu. „Ach, wie schade!" rief Else enttäuscht. „Ich hatte mich so auf den Tanz gefreut!" „Mea culpa! Mea maxima culpa!" rief Dr. Paulsen und presste mit flehender Gebärde seinen Claquehut gegen sein Herz. – „Ich bin untröstlich, mein gnädigstes Fräulein! Aber hier dürfen wir mit Recht, sagen: Aufgeschoben ist nicht aufgehoben. Man beginnt sogleich einen neuen Tanz. Und diese kleine Pause hier unten kommt gelegen – dort drüben sehe ich Herrn Geheimrat von Kowalczy –." „Ich weiß doch nicht recht," wollte Dr. Mark verstimmt abwehren.

Aber in diesem Augenblick drängte eine Menschenmenge sie nach jener Seite hinüber und ehe noch Dr. Mark seinen Entschluss, der Vorstellung aus dem Wege zu gehen, durchsetzen konnte, hatte der behende Däne den Geheimrat schon auf den Journalisten aufmerksam gemacht und jener trat zu ihm heran. Er verbeugte sich artig gegen Dr. Mark und mit vollendeter Höflichkeit vor Else. Sein Blick, der sekundenlang auf dem reizenden Antlitz des jungen Mädchens ruhte, drückte die volle Bewunderung aus, die er empfand. Man hatte die ersten höflich-gleichgültigen Begrüßungsworte gerade gewechselt, als eine muntere Polka herüber schallte. Augenblicklich stand Dr. Paulsen vor Else. „Genehmigen Sie?" fragte er zu Dr. Mark hinübergewendet und als dieser mit einem kühlen „Ich bitte!" Else aus seinem Arme entließ, bat er mit überschwänglicher Artigkeit Else um einen Tanz. Das alles machte sich so natürlich, dass Dr. Mark gar nicht die kleine Kriegslist des dänischen Kollegen ahnte, welcher den Wunsch des Herrn von Kowalczy, Dr. Mark zu sprechen, durch dies Tanzengagement am besten zu erfüllen glaubte.

Geheimrat von Kowalczy hatte etwas ungemein gewinnendes in

seinem Wesen. Sehr tüchtig in seinem Amte, diplomatisch vortrefflich geschult und in den höchsten Kreisen persona gratissima, war sein persönlicher Einfluss ein weitreichender und großer. Seine Stellung im Auswärtigen Amte war demgemäß eine sehr bedeutsame und diejenige, die er in Hofkreisen sich erworben hatte, nicht minder. Kein Wunder, wenn sich Männer der Presse, die sich dem neuen Kurse geneigt zeigen wollten, an den Diplomaten heranzudrängen suchten und nach einem freundlichen Worte von seinen Lippen haschten, wie eine hungrige Forelle nach der über dem Gebirgsbach tanzenden Fliege. „Ich hatte schon seit einiger Zeit den Wunsch gehegt, Ihre persönliche Bekanntschaft zu machen, Herr Doktor, leider fand ich die Gelegenheit nicht dazu. Man sieht Sie wenig in der Öffentlichkeit." „Ich bin beschäftigt, Herr Geheimrat –" gab Dr. Mark kühl zurück. „Meine Arbeitspflichten lassen mir wenig Zeit zu Vergnügungen." „Wir empfinden das doppelt," lächelte der Diplomat. „Ihre Arbeit und Ihre Abwesenheit dort, wo Ihre Kollegen zahlreich erscheinen." Dr. Mark verneigte sich. „Man erzählt nicht zu viel von Ihnen, Herr Geheimrat! Ihre Liebenswürdigkeit hat etwas gefährliches: sie entwaffnet den Gegner!" „Gegner! Ja so – ich erinnere mich. Sie sind uns ja ein Gegner, ein unerbittlicher, wie es scheint. Ihr letzter Artikel in den ‚Rechtsstimmen' greift uns scharf an." „Sie haben ihn gelesen." „Wie alles, was aus Ihrer Feder kommt, mein Herr Doktor. Sie sehen unsere innerpolitischen Verhältnisse durch eine Brille an, welche andere Einflüsse getrübt haben, wie ich meine. Sie bemühen sich, da dunkle Flecken zu entdecken, wo es hell und sonnig ist." „Wirklich?" sagte Mark mit leisem Spott. „Aber Sie irren, wenn Sie andere Einflüsse annehmen. Ich gebe keinem anderen Einfluss Raum als meiner Überzeugung. Und die hat leider – scharfe Brillen bekommen." Der Geheimrat erwiderte rasch: „Nichts lag mir ferner als der Gedanke, Ihre Artikel könnten sich nicht vollkommen mit Ihren Überzeugungen decken; gewiss nicht. Aber Sie werden mir zugeben, dass eine Überzeugung erst durch eine genaue Kenntnis der Tatsachen festgelegt wird. Und wenn ich Ihnen dienlich sein könnte, Ihnen zu dieser Kenntnis behilflich zu sein –." „Ich muss Ihre große Güte dankend ablehnen, Herr Geheimrat," erwiderte Dr. Mark kalt. „Es handelt sich für mich nicht darum, über die einzelnen Segelmanöver auf der Regierungsbarke orientiert zu sein, nachdem sie einmal einen Kurs genommen, der sie von ihrem Ziele, dem sicheren Ruhehafen für das aufgestörte Volk, entfernt, anstatt sie ihm zu nähern." „Ach, ich vergaß," warf der Diplomat, dessen höfliche Ruhe unverändert blieb, ein: „Es ist Ihnen lediglich um die Person des Steuermanns zu tun." „Nein," rief Mark, wider Willen warm werdend – „nicht darum, wenn ich Ihnen auch freimütig sagen will, dass das Volk mit zunehmender Beunruhigung sieht, wie an die Stelle der zielbewussten Fahrt ein Lavieren getreten ist, das den Schluss auf sich durchkreuzende Kommandos und keine einheitliche Steuerführung zulässt. Zu tun ist mir einzig und allein darum, das zum Ausdrucke zu bringen, was ich als Wunsch, als Sehnsucht des werktätigen Volkes, nicht der Partei-Coterien kennen gelernt habe. Und das ist die strikte Rückkehr zum Alten Kurse und wenn die Hand des alten Steuermanns zu müde und zu schwach geworden ist, um noch einmal sich fest an die Ruderspeichen zu legen – sein Geist ist weder müde noch matt, aber er kennt nur ein Ziel: die stete ruhige Fahrt jenem Hafen zu, der Deutschlands Größe und seines Volkes gläubiges Vertrauen birgt."

„In der Tat," sagte Herr von Kowalczy langsam – „nun kenne ich den Wind, der aus Ihren Artikeln uns entgegenweht." „Es ist derselbe Wind, der die Dunstwolken zu verscheuchen sich müht, die den Blick zu verschleiern drohen. Ein Wind, der die Luft reinigen will, Herr Geheimrat." Der Diplomat neigte das Haupt. „Ein Wind, der sich nur zu leicht zum Sturmwind verdichten kann, Herr Doktor. Und Sturmwinde sind denen am meisten gefährlich, die sich ihrer ganzen Kraft aussetzen." „Ich halte ihm Stand." „Sie scheinen mir in der Tat der Mann dazu zu sein. Und deshalb lassen Sie mich hinzusetzen: Schade um das, was dieser Sturmwind zerstören kann." Dr. Mark zuckte gleichmütig die Achseln. Ein Gefühl von Feindseligkeit gegen sein Gegenüber stieg in ihm auf. Der Widerschein davon mochte in seinen Augen lesbar sein, denn auch der Geheimrat fiel in den Ton kalter Höflichkeit zurück. „Jedenfalls freue ich mich, Sie kennen gelernt zu haben. Und da wir Gegner sind, auf einem so neutralen Boden." Er verbeugte sich und trat zur Seite. „Ein Schwärmer," murmelte er, als er weiter schritt. „Aber dieser Schwärmer kann gefährlich werden."

Dr. Paulsen brachte Else, die trotz der genossenen Tanzfreuden nicht freudig aussah, mit den üblichen Dankesworten zurück. „Nun, haben Sie sich mit Herrn von Kowalczy ausgeplaudert? Ein charmanter Herr, wie?" „Er ist sehr liebenswürdig!" sagte Mark ruhig. „Seit ich ihn kenne, glaube ich an den Einfluss, den man ihm zuschreibt." Die Promenade im Saale wurde etwas freier und da Paulsen, der in seiner ausgiebigsten Gesprächslaune zu sein schien, sich auch beim Promenieren an seine Seite heftete, so musterte Dr. Mark ungeduldig die Logen, an denen sie vorüberschritten.

Plötzlich machte er eine Bewegung der Überraschung und sein Blick, der gelangweilt und müde war, belebte sich. Ein rascher Seitenblick streifte Else, die dem plaudernden Dr. Paulsen, welcher sie auf einzelne hervorragende Ballbesucher diskret aufmerksam machte, mit wiedererwachendem Interesse zuhörte. Und jetzt kehrte Mark's Blick zu jener kleinen Loge im ersten Rang zurück. Im Hintergrunde derselben hatte er in kostbarer Toilette eine junge Dame entdeckt, deren auffallende Schönheit ihn an jene kleine Unfallepisode von neulich erinnerte. War sie es? Er fühlte das Verlangen, dies festzustellen und passierte, nun die Mitte des Saales mit seinen Begleitern nehmend, noch einmal jene Loge. Die schöne Fremde da oben musterte durch ein zierliches Opernglas die unten promenierenden Gruppen. Als Dr. Mark auf's Neue den Blick emporsandte, sah er, wie sie überrascht das Glas senken ließ und alsdann, wie um sich zu vergewissern, es von Neuem und diesmal auf ihn richtete. Er ertappte sich bei der geheimen Frage: Was wird sie tun? und er empfand ein Gefühl der Enttäuschung, als sie sich umwandte und einem tadellos in Frack und weißer Binde im Hintergründe der Loge lehnenden Herrn zu sich heranrief. Er war verstimmt und wusste nicht weshalb. Er gab kurze, trockene Antworten auf Else's und Dr. Paulsens Fragen, bis dieser sich endlich verabschiedete und er nickte nur, als Else sagte: „Meinst Du nicht, Hermann, dass wir Tante Poyritz wieder einmal aufsuchen müssen?"

Als sie die Treppen emporstiegen, begegnete ihnen ein tadellos gekleideter grauköpfiger Herr, der sich höflich im Vorübergehen vor dem Paare verneigte und in diskretem Tone Mark französisch anredete: „Madame de Saint-Ciré wünscht Sie zu sehen." Mit einer zweiten höflichen Verbeugung schritt er weiter, als habe er dem jungen Schriftsteller nur einen höflichen Gruß zugeraunt. Else blickte ihren Verlobten fragend an. „Ein Bekannter?" „Ein Kollege," erwiderte Mark, der gleich darauf dieser Unwahrheit sich schämte und seinen Unmut über sich selbst hinter einer finsteren Miene verbarg. Was war das heute mit ihm? Zum ersten Male hatten seine Lippen seiner Braut eine Unwahrheit gesagt. Es quälte ihn, und als er Else's traurigen Blick bemerkte, der sich langsam von ihm abwendete, fühlte er sich versucht, auszurufen: „Nein, nein, ich täuschte Dich – eine Dame, mit der mich das Schicksal auf die seltsamste Weise zusammen gebracht hatte, will mich sprechen." Aber er schwieg. Es war ihm, als dürfe er jene schöne Fremde und seine Else selbst in Gedanken nicht zusammenbringen.

Als sie oben im Foyer eine Ecke erreicht hatten, die von Menschen augenblicklich entblößt war, wandte sich Else zu ihm. „Du bist traurig und verstimmt heute, Hermann – ich sehe es Dir wohl an. Wir hätten nicht hierher gehen sollen." Er bemühte sich, einen leichten Ton anzuschlagen. „Das Auge der Liebe sieht also wirklich scharf, Else! Ich bin ein Barbar, Dir heute Deine Freuden zu verkümmern – aber ich fühle mich in der Tat etwas abgespannt – die letzten Tage nahmen mich stark in Anspruch." „So laß uns heimfahren. Ich will Tante Poyritz darum bitten!" Aber nun protestierte er. „Wohin denkst Du? Jetzt schon – nein, nein!" Er wandte den Blick ab und fragte sich zugleich, welche rätselhafte Macht ihn dazu bringe, aus ihm, der die Lüge hasste, einen Mann zu machen, der sich so leicht von einer Unwahrheit in die andere treiben ließ. Er wollte sich selbst strafen, so nahm er sich vor, jene in der Form schon so auffallende Einladung, die schöne Fremde, die nach ihrem Titel „Madame de Saint-Ciré" eine Frau oder eine junge Witwe sein musste – was zwang ihn, ihr zu folgen? Was wollte sie überhaupt von ihm? Ihm danken? Er wollte keinen Dank für etwas selbstverständliches. Nein, nein, er war entschlossen, keinen Schritt von Else's Seite zu weichen. Er drückte, froh über diesen Entschluss, leise und zärtlich ihren Arm. Glücklich lächelnd blickte das junge Mädchen zu ihm auf. Sein Blick, in dem Liebe und Zärtlichkeit schimmerte, verwehte mit einem Schlage all' ihre trüben Gedanken. Im heiteren Geplauder suchten sie Frau von Poyritz auf, die schon ungeduldig ihre Rückkunft erwartete.

Mark wollte die Fremde und ihre Einladung vergessen und es ging ihm dabei, wie es in solchen Fällen stets zu gehen pflegt. Seine Gedanken wanderten immer auf's neue zu der Fremden zurück und das Verlangen, der Einladung doch noch zu folgen, wurde immer stärker, je mehr er sich desselben erwehren wollte. Um eine gewaltsame Ablenkung zu haben, schlug er vor, eine Erfrischung zu nehmen. Glücklich fand man im Buffetsaal ein leeres Tischchen, eine mit Frau von Poyritz bekannte Familie, in deren Begleitung sich ein paar jüngere Offiziere befanden, gesellten sich hinzu. Als andere Plätze frei wurden, setzte man sich zusammen und schnell war natürlich Else von einem der jungen Offiziere zu einem Tanze geführt. Dr. Mark, der zu wenig Berührungspunkte mit den Neuangekommenen hatte, fühlte sich etwas vereinsamt. Und nun brach jenes Verlangen mit neuer Macht hervor. Else war der schützende Damm gewesen, nun war deren Sitz leer und ihr liebes Gesicht fern. Er erhob sich rasch. Er musste mit diesem seltsamen, ihn beunruhigenden Gefühl fertig werden. Jene Person, und wäre sie, wer sie wolle, sollte sich nicht mehr in seine Gedanken drängen und ihn untreu gegen sich selbst machen.

„Beurlauben Sie mich einige Minuten, gnädige Frau," wandte er sich Frau von Poyritz zu. – „Ich traf vorhin einen meiner journalistischen Freunde und versprach ihm, ihn im Laufe des Abends noch einmal auf einen flüchtigen Augenblick aufzusuchen. Ich denke zurück zu sein, wenn Else ihren Tanz beendet hat. Sonst hoffe ich in Ihnen eine gütige Fürsprecherin zu finden – wenn ich mich versäumen sollte." Die freundliche Dame winkte ihm mit dem Fächer zu. „Gehen Sie nur, Herr Doktor! Ich werde versuchen, Else's Trösterin zu sein, wenn sie Ihren Stuhl leer findet."

Das war ein harmloser Scherz und doch traf er Mark wie ein Vorwurf. Er war ärgerlich auf sich, auf die Fremde, auf die ganze Welt. Und doch schritt er mit immer eiligeren Schritten der Loge entgegen, welche die schöne Französin barg.

Vor derselben ging jener graue selbstbewusste Herr mit kleinen Schritten auf und ab. Mark gewahrte ihn und erkannte ihn wieder. Eine unbehagliche Empfindung stieg in ihm auf. Wer war der Herr? Der Gatte der Schönen? Das schloss schon die eigenartige Überbringung der Einladung aus. Ein Verwandter vielleicht. Der Herr begrüßte ihn höflich und gemessen. „Madame hat Sie erwartet." Er öffnete die Logentür und ließ Mark eintreten. Er selbst blieb draußen und nahm seine auf wenige Schritte sich ausdehnende Promenade wieder auf. Der zarte Veilchenparfüm, der die Loge erfüllte, das gedämpfte Licht in derselben und das in ihren Fauteuil sich zurücklehnende berauschend schöne Weib, das ihm die feine Hand lächelnd entgegenstreckte, machten Mark befangen. Wie feine Musik schlugen ihre sanften Worte an sein Ohr. „Ich fürchtete, mein Herr, Sie würden sich meinem Danke ganz entziehen. Und doch säße ich ohne Ihre rettende Hilfe vielleicht nicht hier!"

Dr. Mark beherrschte die französische Sprache vollkommen, und sie gab ihm in ihrem unerschöpflichen Reichtum an zierlichen und verbindlichen Phrasen das, was er in seiner Muttersprache vielleicht banal oder albern ausgedrückt hätte. Sie deutete mit dem wundervollen Fächer auf den Fauteuil ihr gegenüber und setzte, ihn aufmerksam betrachtend, das Gespräch fort. „Sie sprechen unsere Sprache, mein Herr, – Sie sprechen sie, wie man sie in Paris spricht und dennoch glaube ich, in Ihnen nicht den Compatrioten zu erkennen." „Sie haben völlig Recht, Madame – ich bin ein Bürger dieses Landes, ein Deutscher, aber ich habe ein paar Jahre in Paris gelebt." „Ich dachte es mir." Und nun lächelte sie schelmisch und sich ein wenig zu ihm hinüberbeugend, fügte sie leise hinzu: „Ich weiß es, Herr Doktor!" „Ah," machte Mark, nun wirklich überrascht, „Sie kennen mich?" „Seit wenigen Minuten – Ihren Namen und Ihren Stand heißt das. O, ich weiß, mein Herr! Man ist ein Politiker von Ruf, ein Schriftsteller de bonne faveur." „Und das haben Sie hier erfahren?" lächelte Mark, der immer stärker den

Bann fühlte, der von der schönen Frau ausging. „Ich dachte wahrlich nicht, so bekannt zu sein." „Und doch kennt man Sie, mein Herr Dr. 'Errmann Mark," sprach die Französin mit dem drolligen Versuch, den Vornamen des Schriftstellers deutsch auszusprechen. Und nun wechselte sie den Ton und sprach warm und herzlich, indem sie aufs neue dem jungen Mann die Hand entgegenstreckte. „Ich danke Ihnen für Ihre ritterliche Hilfe, die Sie mir neulich erwiesen. Hätte ich Sie eher erforschen können, ich hätte nicht so lange mit meinem Danke gezögert."

Mark nahm die Fingerspitzen und küsste diese. Eine heiße Blutwelle schien von seinem Herzen auszugehen und ihm das Blut bis in die Schläfen emporzutreiben. „Madame sind zu gütig," sagte er leise. „Sie machen aus einem Griff, der Ihre Coupétüre öffnete, eine Heldentat. Ich versichere Ihnen, dass es nichts weniger als eine solche war. Jedermann hätte Ihnen gern und sofort denselben Dienst geleistet!" „Also weisen Sie meinen Dank ab!" „Ich habe ihn soeben empfangen, schöner als eine wirkliche Tat ihn verdient hätte." Ein Blitz aus den Augen der schönen Frau traf ihn. „Ah, Sie sind galant." „Ihre Nähe ist allzu sieghaft, Madame, um es nicht zu werden." Ein leises Pochen an der Logentür ertönte. Ein Schatten flog über das Antlitz Célines, aber sie erhob sich. „So hat mir dieser Abend doch eine wertvolle Bekanntschaft gebracht," sagte sie, „und ich hatte ihn schon zu den verlorenen gerechnet. Sie haben in Ihrer Volksliteratur ein schönes Lied, Herr Doktor – ich weiß nicht, wer es gedichtet, aber das Wort fällt mir soeben ein: Wenn Menschen von einander geh'n –" Mark vollendete beklommen den Vers: „So sagen sie: Auf Wiedersehn!" Er fühlte einen Druck ihrer Hände, dann richtete sie sich auf und verneigte sich, gerade als zum zweiten Male ein mahnendes Klopfen an der Logentür hörbar wurde.

Mark schritt hinaus aus dem Veilchenduft in den dunstigen Korridor. Auf der Treppe stieß er mit einem Offizier in der Uniform der Gardehusaren zusammen. Ohne ihn anzusehen, eilte Mark mit einigen höflichen Entschuldigungsworten an ihm vorüber. Inzwischen hatte Mr. Edwards, er war der befrackte Herr, die Logentür geöffnet. „Vorsicht, Céline! Ich mahnte bereits ein Mal." „Was gibts?" „Ich sah ihn vorhin die große Treppe heraufkommen." „Wen?" „Den Prinzen!"

Gegen zwei Uhr bereits brachen Frau von Poyritz und Else auf. Mark begleitete sie im Wagen bis zur Potsdamer Straße. Er selbst benutzte ihn nicht weiter bis zu seiner Wohnung. Er musste frische Luft haben, den Kopf kühlen, der ihm heiß geworden war. Welcher Dämon hatte Besitz von ihm ergriffen?

V. Ein gewiefter Hofrat

Der helle Sonnenschein des kalten Februartages lag auf den mächtigen Dächern des alten Stadtschlosses. Die Gittertore der Portale waren geschlossen; der Schlossgendarm, der vor Portal 3 mit kurzen Schritten auf und nieder patrouillierte, stampfte von Zeit zu Zeit mit den schwerbesohlten Stiefeln auf den Steinplatten der Durchfahrt auf, um sich zu erwärmen, und sein Soldatenantlitz mit dem grauen Schnurr- und Backenbart sah ziemlich mürrisch drein.

Stadtschloss zu Berlin

Drinnen in der Wache der Schlossgarde war's bei weitem gemütlicher. Da hatten sie eine derbe Bowle Rotweinpunsch gebraut, zu welcher der Schwiegersohn des einen Gardisten, der in der Hofkellerei bedienstet war, den Stoff gespendet hatte.

Der Flaggenmast auf dem Schlosse zeigte kein Fahnentuch, ein Zeichen, dass die Allerhöchsten Herrschaften draußen in Potsdam, im Neuen Palais, waren. Das Kommen und Gehen der Adjutanten, der Ordonnanzen, der Offiziere, die persönliche Meldungen abstatteten, fehlte darum. Nur die Hofchargen und die Hofbeamten, welche im Stadtschlosse ihre Büro's und zum Teil ihre Wohnungen hatten, sah man von Zeit zu Zeit auf den Gängen und Treppen. In dem Büro eines der Hofämter, dessen oberster Chef hinausgefahren war zum Vortrag bei Sr. Majestät, saß in ein bequemes dunkles Zivil gekleidet ein kleiner rundlicher Herr, den sorgfältig gepflegten Nägeln seiner weißen, fleischigen Finger, an denen ein paar kostbare Brillantringe, augenscheinlich fürstliche Dedicationen, funkelten, mit einer zierlichen Nagelfeile die letzte Politur gebend. Eine behagliche Selbstgefälligkeit sprach aus dem Antlitz, dessen bereits ergrauende Haare an den Schläfen nach alter militärischer Weise vorgebürstet waren. Die Augen blickten hinter der Schutzwehr starker Brillengläser listig und doch mit vergnügtem Zwinkern in die Welt und ließen dem erfahrenen Menschenkenner keinen Zweifel darüber, dass der Herr die Pflege des eigenen Ich in der Liste seiner Pflichten obenan stellte, und dass zu den Geistesgaben, über die er verfügte, auch eine Portion Schlauheit sich gesellte. Hofrat X. zählte in der Tat zu den gewandtesten und in den tausend Irrgängen des Hoflebens erfahrendsten Beamten des Hofes. Ein wenig intriguant, außerordentlich geschmeidig und in allen den tausendfältigen Fragen der Etikette an diesem Hofe der „versierteste" Mann, nahm er unter den Hofchargen und Hofbeamten eine Position ein, wie sie weder in seinem Range noch in seiner Stellung eigentlich begründet war. Allein er wusste von dem kleinsten und geringsten Vorkommnis, das sich innerhalb der Schlossmauern ereignete, er erfuhr alles, ohne je seine Quellen zu verraten und er war zugleich das Sammelbassin der bonmots, der kleinen Histörchen und auf einer schwachen Unterlage von Wahrheit aufgebauten Anekdoten, welche an einem Hofe entstehen, man weiß nicht wie, und, ohne anscheinend geflissentlich kolportiert zu sein, überall geflüstert und gewispert zu werden pflegen, in den Vorzimmern der Allerhöchsten Herrschaften so gut wie in den Zimmern der Dienerschaft und in den Souterains, wo das kleine Heer der Küchen- und Tafelbediensteten seine Quartiere aufgeschlagen hat.

Diese vorerwähnten Eigenschaften machten den Hofrat X. zu einem ebenso gesuchten wie gefürchteten Manne. In einem Boden, der sich nur unter der Sonne der allerhöchsten Gunst als fruchtbar erweist, schlagen die Existenzen keine allzutiefen Wurzeln. Nicht nur das Parquet der Prunksäle bei Hofe ist gefährlich, viel gefährlicher noch sind die Bürozimmer und die zahllosen kleinen Gemächer, die Vorgemächer und die Räumlichkeiten der Hofdienerschaft. Die Intrige ist der Genius loci all dieser Appartements, sie macht sich ebenso gut den glattrasierten Lakaien wie die Träger erlauchter Namen dienstbar. Während der Hofrat in ruhiger Beständigkeit fortfuhr, seinen rosigen Nägeln im tadellosen Aussehen die höchste Vollkommenheit zu geben, trat ein moquantes Lächeln auf seine sauber rasierten Lippen. „Die Geschichte ist reizend", murmelte er. „Diese Bosheit ist geradezu köstlich und noch pikanter ist, dass Ihre Hoheit den Schmerz, welchen die anonymen Nadelstiche ihr bereitet haben, merken lässt. Und doch ist die Geschichte wahrlich nicht zum Lachen! Diese anonymen Briefe nehmen zu und die Stimmung, die durch sie in der Hofgesellschaft verbreitet worden ist, wird auf die Dauer ungemütlich. Und hier lässt mich auch mein Privat-Büro de renseignement, das ich mir so schön und heimlich eingerichtet habe, völlig im Stich. Ich möchte mit mir selbst darum wetten, dass all' diese Bosheiten nicht aus dem Küchengarten der Dienerschaft emporwuchern, diese geschriebenen stachlichen Kakteen sind Erzeugnisse höherer Treibkunst." Er versank in Sinnen und hörte sogar in seiner interessanten Beschäftigung des Nagelpolierens auf. „Es war ein kluger Gedanke von mir", begann er dann seinen leisen Monolog von neuem, „dass ich meine Fäden ohne Skrupel hinab spann bis zur letzten Wäscheverwahrerin. Talleyrand hat Recht: Bring' eine Zofe zum Lächeln und du öffnest ihr damit den Mund; zeig' einem Lakaien, dass du ihn kennst und er wird dir offenbaren, was du wissen willst. Aber dass ich gerade durch meine willfährigen Trabanten trotz allen vorsichtigen Forschens nichts näheres über die anonymen Briefe und deren Schreiberin – denn über solche Bosheiten verfügt kein Mann – erfahren kann, wurmt mich doch. Und dennoch muss das das Hauptziel meiner geheimen Tätigkeit bleiben. Der Eklat kommt und mit der Katastrophe ist derjenige, der das Gewebe der unsichtbaren Fäden aufdecken und zeigen kann, seines Erfolges sicher. Der ‚Geheime Hofrat' wird mir so wie so schon ungebührlich lange vorenthalten!"

Er ward in seinem Sinnen durch das hastige Öffnen der Tür gestört und sprang, als er den Eintretenden sah, von seinem Sitze auf, um sich ehrfurchtsvoll zu verneigen. Sein Vorgesetzter, Baron Brettnitz, der eine der höheren Hofchargen bekleidete, war eingetreten. „'n Tag, lieber Hofrat", nickte er nachlässig seinem Untergebenen und zugleich Vertrauten zu. „Gibt's was besonderes?" „Nichts, denn ich setze voraus, dass der Herr Baron bereits über den Verlauf des gestrigen parlamentarischen Diners beim Reichskanzler unterrichtet sind?" Der Baron hatte sich auf einem Sessel niedergelassen und strich mit einer nervösen Handbewegung über sein hageres Antlitz. „Wenig, lieber Hofrat. Seine Majestät hatten sich zu dem Diner ansagen lassen!" – „Der Kaiser ist bereits vor 7 Uhr im Reichskanzlerpalais erschienen und hat sofort Cercle abgehalten. Erst nach ½ 12 Uhr sind Majestät aufgebrochen". „Sie scheinen wie gewöhnlich vortrefflich orientiert zu sein, lieber Hofrat – ich habe in der Tat noch nicht nähere Details. Sind politische Dinge berührt worden?" „Nach meinen Informationen sogar hochpolitische Momente". „Ah!" „Besonders der Handelsvertrag mit Rußland. Nach dem Diner, das im Kongresssaale stattfand, haben Majestät es sich nicht nehmen lassen, alle Faktoren aufzuzählen, welche den Abschluss dieses Vertrages gebieterisch fordern. Insbesondere haben Majestät die Verstimmung erwähnt, welche in Petersburg durch die Verzögerung der Unterzeichnung eingetreten ist und sich besonders in wenig freundlichen Artikeln der panslavistischen Presse kundgibt. Majestät haben eine Parallele gezogen zwischen den dortigen Auffassungen von einer Regierungsgewalt und den bei uns herrschenden." Der Baron verzog das Gesicht zu einem sarkastischen Lächeln. „Das kann ich mir denken. Dort das einfache Czar powelä! – der Czar hat's befohlen und hier der umständliche Apparat Bundesrat und Reichstag. Man vernimmt in tiefster Devotion den Willen und den Wunsch der Majestät und redet dann wieder ganze Bände zusammen, ohne vom Fleck zu kommen." Der Hofrat verneigte sich. „Das war der Kern der kaiserlichen Ausführungen vom gestrigen Abend. Ich bewundere den Scharfsinn des Herrn Barons." „Die Minister waren zugegen?" „Sie und die gesamten Staatssekretäre." „Wer saß neben dem Kaiser?" „Zur Rechten Graf Eulenburg, links Herr von Bötticher." „Und vis-à-vis Graf Caprivi natürlich. Und wen hatte dieser an seinen Seiten placiert?" „Die Fürsten Fürstenberg und Radziwill." „Hat sich etwas besonderes ereignet?" „Nichts, was zu meiner Kenntnis gekommen wäre. Man hat nach dem Diner in einem Nebensaal zwanglos Platz genommen und der Kaiser hat sofort eine lebhafte Unterhaltung über die beregten Themata eröffnet." „Bei welcher es an einem scharfen Wort über unsere neueste Fronde, den güterbesitzenden Landadel, der eine so heftige Opposition dem Vertrage mit Rußland macht, gewiss nicht gefehlt hat!" „Herr von Levetzow hat sie mit ungewöhnlicher Wärme in Schutz genommen und verteidigt." „Ohne die gnädige Gesinnung unseres allerhöchsten Herrn einzubüßen?" „Majestät haben ihm im Gegenteil durch eine längere Unterhaltung neue Beweise höchstihres Wohlwollens gegeben." „So so!"

Der Hofrat machte die Bemerkung, dass sein Vorgesetzter etwas zerstreut sei und schwieg. Das scharfgezeichnete Gesicht des Barons drückte Unmut und brütendes Sinnen zugleich aus. Baron Brettnitz mochte die Fünfzig schon überschritten haben, gleichwohl war seine Gestalt jugendlich-schlank, seine Haltung die gerade, aufrechte des früheren Offiziers, sein Gang elastisch wie der eines jungen Mannes. In dem nach militärischer Art gescheitelten dünnen braunen Haare zeigten sich zahlreiche Silberfäden, von denen der langausgezogene braune Schnurrbart noch frei geblieben war. Baron Brettnitz war verheiratet. Seine Gattin war begütert gewesen und machte ein großes Haus. Eine einzige Tochter war der Ehe entsprossen. Zora von Brettnitz war Hofdame bei einer der Prinzessinnen des Königshauses, ein nicht eben schönes, aber sehr stolzes junges Mädchen, das bereits die Schwelle der Zwanziger überschritten hatte. Frau Fama, die in der Gesellschaft eines Hofes bekanntlich doppelt beschäftigt ist, hatte viel von einer geplanten Verbindung des Herrn Geheimrat von Kowalczy mit Zora von Brettnitz zu berichten gewusst. Und es schien wirklich, als solle die geschwätzige, und wie man weiß, nicht immer ganz zuverlässige Frau Fama mit einem solchen Gerücht recht behalten, denn seit Beginn der Wintersaison hatte man bei den Hoffestlichkeiten sowohl wie in den großen Gesellschaften, welche Mitglieder der Hofgesellschaft gaben, wahrnehmen können, dass Herr von Kowalczy die Hofdame sichtlich auszeichnete. Um so verwunderter war man, als im Neuen Jahre die geplante Verbindung anscheinend nicht nur nicht weiter betrieben wurde, sondern fallen gelassen zu sein schien. Der cordiale Verkehr zwischen dem Geheimrat von Kowalczy und dem Baron von Brettnitz hatte einem sehr förmlichen Platz gemacht, die Zeichendeuter des Hofes wollten in den Blicken der Baronin, wenn sie dem Geheimrat folgten, nicht immer freundliche Gesinnungen gelesen haben und Zora von Brettnitz war stolzer und unnahbarer als je. Es unterlag keinem Zweifel, irgend ein unergründliches Etwas hatte die gesamte Familie des Herrn von Brettnitz zur erbitterten Feindin des Geheimrats gemacht. Das war dem Hofrat so gut wie jedem Mitglied der Hofgesellschaft, welches diesem Verhältnis ein Interesse entgegengebracht hatte, wohl bekannt. Die Baronin von Brettnitz stand in dem Rufe, dass sie nichts vergesse, und alles, was man ihr widerfahren ließ, zu vergelten suche. Und noch eins wusste man: Im Brettnitz'schen Hause nicht nur regierte der Wille der Baronin unumschränkt. Der Baron musste seinen eigenen dem ihren auch außerhalb desselben unterordnen.

Das alles wusste der Hofrat und er, der den Baron besser zu kennen glaubte, als jeder andere, hatte schon längst den Zeitpunkt erwartet, an welchem die geheimen Feindseligkeiten, die gegen den Geheimrat von Kowalczy vorbereitet wurden, zu Taten sich verdichten würden. Nicht zu öffentlichen Angriffen natürlich, o nein, die verbindlichen Formen, welche die Stellungen der in Frage kommenden Persönlichkeiten im öffentlichen Zusammentreffen erheischten, mussten unbedingt gewahrt werden. Hier konnte es sich nur um einen Minenkrieg handeln, um fein und tief gesponnene Intrigen. Und der Hofrat glaubte ein Recht zu der Annahme zu haben, dass man ihm in diesem Minenkriege ebenfalls eine Tätigkeit zudenken würde. Er erwartete seine Inanspruchnahme hierzu eigentlich in jedem Augenblicke. Dennoch hätte seine glatte, gefestete Selbstbeherrschung fast einer Verblüffung Platz gemacht, als der Baron, plötzlich zu ihm aufsehend, mit eigenartiger Betonung fragte:

„Eine Gewissensfrage, lieber Hofrat! Wie stehen Sie persönlich zu der seit zwei Wochen wieder brennend gewordenen Frage: Hie alter – hier neuer Kurs?" Der Hofrat ließ eine Sekunde vergehen, ehe er antwortete. „Der Herr Baron erachten diese Frage als eine brennende? Ich muss zu meiner Beschämung gestehen, dass ich diese Frage mir noch nicht vorgelegt habe, – ja, – sie mir in der Position, in der ich mich befinde, auch nicht wohl vorlegen konnte." Er bemühte sich, dem forschenden Blick des Barons ein gleichmütiges Lächeln entgegenzusetzen. „Der 26. Januar hat manchem die Augen geöffnet," sagte der Baron langsam — „ich müsste mich täuschen, wenn ich in der Annahme fehl gehe, die Stimmung, die man hier gegen den Fürsten Bismarck teils künstlich erzeugte, teils durch Schärfung der bereits vorhandenen Antipathien verstärkte, beginne umzuschlagen. –" Das Gesicht des Hofrats mit dem verbindlichen Lächeln darauf blieb undurchdringlich wie zuvor. Aber im Stillen dachte der schlaue Fuchs: „Aha! Meine Ahnung beginnt sich zu erfüllen. Man kennt die Stellung des Herrn von Kowalczy gegen den Altreichskanzler, also schwenkt man in das Lager der Freunde des großen Staatsmanns ab." Aber laut sprach er:

„Der Herr Baron wissen wie immer die Situation scharfsichtig zu durchdringen." „Ich glaube in der Tat, etwas wie eine moralische Verpflichtung zu fühlen, die falschen Ansichten, die hier – in gewissen Regionen – immer noch herrschen, nach meinen persönlichen schwachen Kräften aufzuklären – es scheint ganz besonders jetzt wieder, nun die Aussöhnung zur res perfecta geworden ist, von gewisser Seite eine neue Ära der Verkennungen eingeleitet werden zu sollen und ich möchte mich demgegenüber keiner Pflichtverletzung meinem hohen Herrn gegenüber schuldig machen, indem ich untätig zulasse, dass – kurz, lieber Hofrat, Sie mit Ihrem Feingefühl haben erraten, was ich beabsichtige, ohne dass ich das weiter mit Worten präzisiere." Der Hofrat verbeugte sich. „Ich glaube erraten zu haben! Der Herr Baron haben unzweifelhaft schon Persönlichkeiten im Auge, die in der angedeuteten Weise versuchen könnten, das gnädige Wohlwollen, das Majestät für den Fürsten Bismarck aufs Neue entfalten, zu trüben." Er machte eine Pause, als sei es undenkbar, das ihm selbst der Gedanke an eine solche Persönlichkeit kommen könne. Aber der Baron war vorsichtig genug, nicht sogleich alle Karten seinem willfährigen Untergebenen aufzudecken. Und so sagte er nur: „Man hat Vermutungen – und man muss warten, ob sie Tatsachen werden. Aber einstweilen könnte man Ihren Rat hören. Es ist selbstverständlich, dass man an allerhöchster Stelle nicht Contremine macht und da fehlt ein Zwischenglied, ein Medium von Gewicht, von Einfluss." „Mit einem Wort, wenn der Herr Baron erlauben, die Öffentlichkeit!" Der Baron erhob sich rasch. „Sie haben meine Gedanken vorweggenommen, lieber Hofrat. Ja, die Öffentlichkeit. Aber diese Öffentlichkeit ist eine bedenkliche Sache – ein Schwert mit zwei Schneiden und dann – diese Persönlichkeiten, die ‚die Öffentlichkeit' machen – es ist das kein ganz leichtes Ding, lieber –"

Der Hofrat hatte sich seinem Schreibtisch zugewendet und aus der Lade desselben, die er schnell aufschloss, ein Heft hervorgenommen. „Haben der Herr Baron bereits Kenntnis von dem neuesten Hefte der ‚Rechtsstimmen' genommen?" „Nein! Ist was interessantes darin?" „Vielleicht dürfte den Herrn Baron das ganze Blatt interssieren", sagte der Hofrat mit eigener Betonung. „Kennen Sie den Herausgeber?" „Ich habe von ihm gehört." „Ein zuverlässiger Mann?" „Ein redlicher, wie ich mir sagen ließ." Die Blicke der beiden Herren begegneten sich. In dem des Barons lag ein stummer Zweifel. „Und dennoch halten Sie diese Zeitschrift für geeignet – hm! – den Zwecken jener Persönlichkeiten einen Damm entgegenzusetzen?" „Ja!" „So wissen Sie mehr von dem Mann!" „Vielleicht hinreichendes. Er verehrt den Altreichskanzler abgöttisch." „Ah!" „Und würde meines Erachtens auf das Schärfste diejenigen angreifen, von denen er annehmen könnte, dass sie auf's Neue die Saat des Mißtrauens zwischen dem Kaiser und jenem ausstreuen könnten." „Das ist in der Tat von Bedeutung." Der Hofrat spielte mit seinen Fingerspitzen.

„Nur müsste man" – er hüstelte leicht – „immerhin mit äußerster Vorsicht zu Werke gehen. Wollen der Herr Baron mich nicht missverstehen, für eine Intrige dürfte der Herausgeber jenes Blattes nicht zu haben sein. Er müsste in den Glauben versetzt werden, dass alles nur für das Gemeinwohl geschähe. Der Herr Baron verstehen mich! Dass es eine Art vaterlandsrettender Tat sei, den Kampf gegen diejenigen zu eröffnen, die sich zwischen den Kaiser und den Fürsten stellen –" Der Baron sprang auf. „Ich habe mich in Ihnen nicht getäuscht, lieber Hofrat. Ich denke doch, ich kann auf Sie zählen!" Der geschmeidige Hofbeamte verneigte sich. „Den Befehlen des Herrn Barons stets treu zu folgen, ist mein erstes Bestreben." „Nein, mein lieber", rief der Baron von Brettnitz, indem er seinem Untergebenen cordial auf die Schulter klopfte. „Nichts von Befehlen diesmal! Wenn Sie sich unseren, fremde und gefährliche Einflüsse fernhaltenden Bestrebungen anschließen wollen, so machen Sie sich um den Hof verdient, lieber Hofrat. Und ich würde nicht anstehen, in Bälde und bei gelegener Zeit diese Ihre Verdienste an maßgebender Stelle in das richtige Licht zu rücken. Ich kenne Ihren Wunsch", fügte er lächelnd hinzu, „nun wohl, seien Sie vorderhand der ‚geheime Rat' des Barons von Brettnitz und seiner Verbündeten und der offizielle ‚Geheimrat' wird nicht lange auf sich warten lassen." „Der Herr Baron würden mich glücklich –" „Abgemacht! Also – rekognoszieren Sie das Terrain der ‚Rechtsstimmen' und deren Herausgeber. Ich spreche mit Ihnen noch vieles über diese – unsere – Angelegenheit." Er nahm seinen Pelz mit Hilfe des Hofrats um und schritt mit freundlichem Gruß hinaus. Die devot lächelnde Miene des Hofrats verwandelte sich, als jener das Zimmer verlassen hatte.

„Der gute Baron glaubt Wunder wie schlau gehandelt zu haben", murmelte er, händereibend im Zimmer umhergehend – „und ich durchschaue die Intrige von Anfang bis zu Ende. Diese plötzliche Bismarckfreundschaft ist Maske, der Hass gegen den Herrn von Kowalczy der alleinige Kern. Wenn ich nur wüsste, wer den hervorgerufen hat? Was kümmerts mich im Grunde. Die Hauptsache ist meine Mitarbeiterschaft. Denn das wahre Medium in der ganzen Sache werde ich sein müssen. Das Spiel geht hoch. Man kann mit dem Einsatz alles verlieren. Vorsicht! Hofrätchen! Vorsicht!" Er ging, die Hände auf den Rücken gelegt, eine Weile nachdenklich im Zimmer umher. „Je mehr ich drüber nachdenke, desto richtiger erscheint mir mein erster Gedanke. Dieser Dr. Paulsen, von dem ich mir Nachrichten über den Herausgeber der ‚Rechtsstimmen' erbat, hat mir gewiss ein zutreffendes Bild von ihm entworfen. Es gilt nur, den Köder lockend genug zu machen und ihn so vorsichtig zu arrangieren, dass der Tintenfisch die Angel nicht merkt. Das wäre meine Aufgabe – ich hoffe sie zu erfüllen!"
Er klingelte. „Ist der Hofsekretär Bylle noch in seinem Büro", fragte er den eintretenden Diener. „Ich werde sogleich darnach sehen!" „Bescheiden Sie den Herrn Hofsekretär zu mir!" „Das wäre mein Mann", murmelte er, als er wieder allein war. „Seit der unglücklichen Affaire mit seiner Tochter ist der Mann zu jeder Intrige fähig, die sich gegen einen Hochstehenden richtet. Aber der Mann ist keine selbstständige Natur, die allein einen Schritt wagt. Für einen geschickten Helfershelfer wäre er mir grad der Rechte!" Der Diener kam zurück. „Nun?" „Der Herr Hofsekretär ist bereits gegangen. Er hat um Urlaub für den Rest des Tages nachgesucht." „So so!" „Haben der Herr Hofrat noch weitere Befehle?" „Nein! Es ist gut." Der Diener ging.

„Der pünktliche, gewissenhafte Bylle hat um Urlaub nachgesucht?" murmelte der Hofrat. „Ach, wie ist mir denn? Passierte nicht die Geschichte damals im Februar? Richtig, richtig – Am Ende ist heute gerade der Jahrestag jenes unglücklichen Ereignisses – Das wäre! Auf alle Fälle will ich mir Bylle morgen Vormittag herzitieren. Mit der frischen Erinnerung gehört der Mann mir!" Der Hofrat nahm wieder Platz an seinem Schreibtische. Und nun war sein Antlitz wieder ganz das Spiegelbild harmloser Selbstgefälligkeit, wie in jenem Augenblicke, ehe Baron von Brettnitz ihn in seinen Reflexionen unterbrach.

Der Hofsekretär Bylle, im Zivilkabinett beschäftigt, war wie schon sein Name andeutete, einer nordischen Familie entsprossen. Aber schon sein Vater war preußischer Untertan und nach langjähriger Dienstzeit in der Armee Kastellan auf einem königlichen Jagdschlosse geworden. Sein Sohn Konrad musste, wie er selbst es gewesen, Soldat werden und hatte die Zahlmeister-Karriere ergriffen. Der letzte Feldzug hatte seiner Gesundheit übel mitgespielt und eine Reihe von Jahren später musste er den Dienst quittieren. Da bot sich ihm durch alte Freunde seines inzwischen verstorbenen Vaters die Gelegenheit, in eine subalterne Stellung in einem Hofbüro einzurücken und hier war er bis zum Hofsekretär aufgerückt. Er hätte glücklich und zufrieden leben können, wenn ihm vor drei Jahren nicht eine kurze Krankheit die Frau genommen hätte. Da blieb ihm nur seine sechzehnjährige Tochter Bertha, ein wunderhübsches Mädchen, das nun seine einzige Freude und sein Glück war. Das junge Mädchen, von der Mutter tüchtig herangebildet, besorgte nun an deren Stelle die kleine Wirtschaft und kam nur hinaus, wenn sie den Vater nach Schluss der Bürostunden vom Schlosse abholte und an seiner Seite einen kurzen Spaziergang machte. Abend für Abend verbrachten Bylle und seine Tochter mit einander, rufend und plaudernd, und nur an schönen Sommertagen verbrachte man ein Stündchen in einem großen Biergarten vor dem Tor. Von Haus aus ernst und in sich gekehrt, war Bylle nach dem Tode seiner Frau noch schweigsamer und verschlossener geworden. Nur, wenn er von Bertha abgeholt wurde oder er heimkehrend von ihr begrüßt wurde, huschte es wie Sonnenschein über sein ernstes Gesicht. Und· der schweigsame Mann konnte in den Abendstunden, wenn sie beide beim traulichen Scheine der Lampe um den runden Tisch saßen, er rauchend, sie eine Handarbeit mit den feinen geschickten Fingern vollendend, gesprächig und fast heiter werden. Für seine Bertha sparte und darbte er, was sein Herz noch an Liebe besaß, floss ihr zu und der Gedanke, dass es jemals anders werden könne, wagte sich gar nicht an ihn heran. Das war ein Jahr und länger Tag aus Tag ein, durch die Wochen und Monate so weitergegangen. Und über der stillen Ruhe, in die Bylle sich eingesponnen hatte, vergaß er, dass Bertha mit jedem Tage mehr sich entfaltete und Tage kommen konnten, in denen ihrem Herzen nicht mehr die treue Liebe eines Vaters, und wäre es der zärtlichste der Welt, genügen würde. Jetzt freilich wusste er's, der stille Mann mit den starren Zügen und dem grauen Haupt, der jetzt die drei Treppen eines Hauses in der Breitenstraße hinaufstieg, um in seine kleine Wohnung zu gelangen, dieselbe, die sie mit ihm geteilt hatte, die unauslöschlich in seinem Herzen fortlebte, trotz allem, trotz allem –. Eben war er heimgekehrt von dem schmalen Grabhügel auf dem Stralauer Friedhofe, der abseits lag von denen der anderen, die hier ihre letzte Ruhestätte gefunden hatten. Denen, welche selbst den Tod suchen, gönnt die unduldsame Welt ja kein Begräbnis in geweihter Erde. Heute war's ein Jahr, dass man sie fand, nachdem er sie verzweiflungsvoll durch ganze Tage gesucht hatte, und wie fand! Entseelt in der Spree, den blühenden Körper halb zerfetzt von der Schraube eines Spreedampfers, welche die wieder nach oben getriebene Ertrunkene erfasst haben mochte. Man hatte den Körper schonend verhüllt, als der vor Schmerz halb verzweifelte Mann kam, um in der Toten, deren Antlitz in seiner marmornen Weiße noch dieselben schönen regelmäßigen Züge zeigte, die, als sie noch blühendes, warmes Leben hatten, so oft seine Freude und sein Stolz gewesen waren, – seine verlorene Tochter zu rekognoszieren. Eine Verlorene? War sie's? Der Mann hier in dem Zimmerchen, der ein Bildchen von der Wand nahm und mit brennenden Augen darauf starrte, schüttelte wehmütig den Kopf. – Eine Getäuschte, die sich den Tod gab, als sie erkannte, dass die Welt ihrer Träume versank in dem Augenblick, da sie erwachte –. Wie war das möglich gewesen? In jener Nacht, da sie blass, weinend, zitternd in seinen Armen hing, war's ihm wie ein Höllenspuk erschienen. Eine zufällige Begegnung vor dem Schlosse, als sie im Herbst eines Spätnachmittags gekommen war, ihn abzuholen. Ein junger, eleganter Mann, mit hübschen offenem Gesicht, dem sie aufgefallen war in ihrem frischen, blühenden Reiz. Sie sah, wie sie ihm gefiel und zum ersten Mal in ihrem Leben missfiel ihr das nicht. Und dann begegnete sie ihm häufig, zufällig, auf den wenigen Wegen, die sie machte. Und als sie eines Tages sich verspätete und ihren Vater nicht mehr vorfand, da bat er darum, sie die wenigen Schritte zu ihrer Wohnung begleiten zu dürfen. Errötend und mit heimlich pochendem Herzen hatte sie es gestattet. Dann war ein Brieflein gekommen und dann und dann – die alte Geschichte, die in tausendfältigen Variationen immer zu dem einen nie gewollten und stets erreichten Ziele führt. Ganz Vertrauen, ganz Liebe auf ihrer Seite, ganz Hingebung endlich. Sie hatte geschwiegen – noch war's ja nicht Zeit, ihr Glück dem Vater zu künden. Dann waren seine Besuche ausgeblieben und nun hätte der Vater an ihrem veränderten Wesen merken müssen, dass etwas sie bewege. Aber sie lächelte ja, wenn er kam und die Tränenspuren waren verwischt, wenn er heimkehrte.

Da war jenes große Hoffest gekommen. Einen Blick, einen einzigen Blick von einem Winkel aus, ungesehen und unbelauscht, in das glänzende Getriebe zu tun, war immer Bertha's Wunsch gewesen. Oft hatte er ihn abgewiesen. Hätte er's doch auch an jenem Abend getan! Aber sie bat so eigen, so dringend, als könne ein Herzenswunsch dadurch Erfüllung finden. Und so hatte er es getan. Der Kapellmeister des Garderegiments, dessen Regimentsmusik zu der Festlichkeit befohlen, war einer seiner Bekannten. Und so hatte Bertha an seiner Seite die Musikerestrade betreten, die auf einer Nebentreppe erreicht wurde. Und hier, im Hintergrunde, hinter den Musikern versteckt, hatte sie einen scheuen Blick getan in das bunte, glänzende Treiben dort unten in dem mächtigen prunkenden Saale.

Der ergraute Mann zuckte zusammen. Die Erinnerung an diese Minute ward wieder mächtig in ihm. Ihm war's, als lege sich in diesem Augenblicke wieder ihre Hand auf seinen Arm und eine Stimme, die ganz Angst und Entsetzen zu sein schien, fragte nach dem Namen eines in glänzende Uniform gekleideten Offiziers, auf den ihr zitternder Finger deutete. Und als er ihr den Namen genannt, den Namen eines alten Geschlechts, da war's wie ein halberstickter Schrei von ihren Lippen gekommen, den die tönende

Musik schnell verschlang, und gleich darauf fühlte er ihre Last an seinem Arme hängen, sah in ein todbleiches Antlitz mit geschlossenen Augen und trug sie mehr, als sie ging, hinaus. Und immer nur das eine Wort auf seine angstvolle Frage: „Fort, Vater, – fort von hier!" Bis sie das Freie erreicht und die kleine trauliche Wohnung, aus der alles Glück floh in dieser Nacht.

Es war in ihm aufgelodert, als ihre Lippen die Schuld beichteten. Er hatte in wahnsinniger Wut aufgeschrien, als er am andern Tag sie nicht in der Wohnung fand und ein paar gekritzelte Zeilen ihm das Ziel ihrer letzten Wanderung nur zu deutlich enthüllten, und er hatte wortlos die Hände emporgereckt zum trübgrauen Februarhimmel, als er vor der bei Stralau gelandeten Leiche stand. Tausend wilde Entschlüsse brannten in seiner Seele! – Aber er hatte sie nicht zur Ausführung gebracht, – nicht einen von ihnen. Jener, der mit seinem Glück ein tändelndes Spiel getrieben, ging unmittelbar darauf als Attaché zu einer fernen Botschaft ab. Nichts verriet in Bylle's Gebaren den tödlichen Schlag, den er empfangen hatte. Er blieb der schweigsame, strenge, gewissenhafte Beamte, nur sein Haar ergraute vollends. Aber in dem Innern dieses Mannes vollzog sich eine seltsame Wandlung. Ein stiller Hass glomm in ihm auf, – ein Hass gegen alles, was in dieser Welt groß, glänzend, mächtig war. Und heute war der Jahrestag ihrer Auffindung. Er weihte ihm sein ganzes Gedenken und vernichtete mit ihm zugleich die Rechtschaffenheit seines ganzen vorwurfsfreien Lebens. Er küsste das Bild, das die von ihm Gegangene in ihrer jungfräulichen Schöne darstellte und hängte es zurück an seinen Platz. Noch haftete sein Auge an ihm, als seine Hand ein zusammengelegtes Papier aus der Rocktasche brachte. Heute war ein kaiserlicher Erlass hinabgelangt in das Zivilkabinett, dessen streng secrete Behandlung besonders geboten wurde. Es sollte ein späterer Tag erst zur Veröffentlichung gewählt werden.

Der Mann wusste, was er jetzt begann, als er Feder und Tinte nahm und mit entstellter Hand die Abschrift, die er insgeheim genommen hatte, zu kopieren begann. Er wusste, dass er vor sich selbst und vor seinem Gewissen ein ehrenhaftes Leben auslöschte und ein niedriger Verräter wurde. Er wusste, dass von nun an die

Ruhe ihn fliehen würde – und dennoch schrieb er, schrieb er mit fester Hand und in seinem Antlitz zuckte keine Muskel. Und als er geschrieben, das Geschriebene couvertiert und die Abschrift, die er mitgebracht, im Ofen zu weißer, fliegender Asche verbrannt hatte, schrieb er die Adresse. Es dunkelte, als er sich erhob, den Brief zu sich steckte und hinausschritt auf die Straßen mit ihren hastenden, drängenden Menschen. Der harte Kampf des Lebens trieb sie zur Eile und Hast. War auch ein Verräter unter ihnen? Diese Frage summte in seinem Ohre, das Knarren der Wagenräder, das Klappen der Pferdehufe auf dem gefrorenen Boden schien sie ihm zuzurufen. Und doch stockte nicht sein Fuß, auf dem Antlitz wich nicht die steinerne Ruhe und seine Hand zuckte nicht, als sie den Brief in den Postkasten schob. Der aber trug die Adresse der Redaktion des Hauptorgans der sozialdemokratischen Partei.

VI. Eine bezaubernde Französin

In dem ruhigen westlichen Teile der Behrensstraße, in einem der letzten Häuser derselben, hatte Dr. Mark einen Salon und ein Kabinett im ersten Stock inne. Er sah selten Besuch bei sich, die Räume genügten ihm und zum Herbst war ja seine Verbindung mit Else und die dadurch bedingte Übersiedelung in eine größere Wohnung beschlossene Sache. Fast vierzehn Tage waren seit jenem Opernhausballe verflossen. Sie waren äußerlich für Dr. Mark ziemlich gleichmäßig verflossen. Am Tage Arbeit, dazwischen bei schönem Wetter ein Spaziergang mit Else, abends ein Besuch in der Familie v. Poyritz und ein gelegentlicher gemeinschaftlicher Theaterbesuch. Mark war in dieser Zeit zärtlicher, liebevoller, aufmerksamer gewesen als je zuvor und Else war glücklich. Man arbeitete bereits an ihrer Aussteuer und allerhand leuchtende Zukunftspläne woben sich in ihre Plaudereien ein.

Dr. Mark hatte in der Zwischenzeit Madame de Saint-Ciré nicht wiedergesehen. Dennoch hatte er viel an die schöne Französin gedacht, so sehr er sich auch mühte, die kleine Episode, die ja doch nur eine Episode sein konnte, sein durfte, zu vergessen; mitten in der Arbeit stieg das schöne Antlitz, das von sanftem Feuer erfüllte Auge, die ganze reizende Gestalt der Pariserin so lebhaft vor seinem geistigen Auge auf, dass er die Feder bei Seite legen und in einem kurzen Durchmessen seines Zimmers die Sammlung zur Arbeit wiedergewinnen musste. In der stillen Hoffnung, eine Abenteurerin in der schönen Fremden zu entdecken und von dem Augenblicke an von dem unbequemen Einfluss, den ihre interessante Persönlichkeit auf sein ganzes Innere machte, endgültig befreit zu sein, hatte er vorsichtig Erkundigungen über die Dame einzuziehen versucht. Was er erfuhr, steigerte auf's neue sein Interesse. Die Dame war, so lauteten übereinstimmend die Auskünfte, die junge Witwe eines immens reichen französischen Edelmannes, lebte en grand train und war von der französischen Regierung nahestehenden Personen der französischen Botschaft in Berlin empfohlen. Bei den Empfängen der Madame Herbette im Botschafts-Hotel am Pariser Platz hatte man Madame de Saint-Ciré freilich noch nie bemerkt, allein sie schien überhaupt die große Gesellschaft zu meiden. Man sah sie ab und zu in der Oper, in einem Elite-Konzert, in den Museen. Ein leiser Nimbus des Geheimnisvollen, das den Eindruck, den man von der schönen Witwe empfing, noch erhöhte, umgab sie, aber ihr Ruf war unantastbar.

Mark musste sich mit Beschämung eine weitere Schwäche eingestehen. Er hatte der Versuchung, zu erfahren, in welcher Umgebung sie wohne, nicht zu widerstehen vermocht und auf einem Spaziergangs seine Schritte nach der Straße gelenkt. Die vornehme Villa, welche sie mit ihrer Dienerschaft ganz allein bewohnen sollte, entfernte vollends von ihrer Bewohnerin jeden abenteuerlichen Schimmer. Anstatt sich endgültig, wie er gehofft, von dem Bilde des fesselnden Weibes, das seinen Lebensweg so eigenartig kreuzte, loszulösen, hatte er es nur tiefer eingeprägt. Er verdoppelte seine Arbeit und verdreifachte seine Aufmerksamkeiten seiner Braut gegenüber. Kein untreuer Gedanke kam in sein Herz. Das umschloss in starker, treuer Liebe das holde junge Mädchen, das sich ihm zu Eigen geben wollte, wenn die Blüten an den Bäumen, die der kommende Lenz hervortrieb, sich wieder gelb färbten. Nein, gewiss, nicht das schöne Weib in der Fremden war es, das sich in seine Gedankenwelt stahl, etwas lockendes, dämonisches, nicht den Körper, sondern den Geist bannendes ging von ihr aus und es erfüllte ihn mit Unruhe, dass seine erprobte Willenskraft sich zu schwach erwies, um ihn von diesem Banne zu befreien.

„Auf Wiedersehen!" Mit diesem Worte auf den Lippen waren sie von einander gegangen nach der flüchtigen, mit höflichen Redensarten allein angefüllten Minute. Ein Abschiedswort, wie man es häufig sich zuruft, ohne an die wieder zusammenführende Bedeutung des Wortes viel zu denken. Aber es war auch nicht das Wort allein und der Ton gewesen, in dem es gesprochen wurde, was ihn leise durchschauert hatte. Ihr Blick hatte warm und verheißend den seinen gesucht, seine Hand den leise vibrierenden Druck der ihren gefühlt. Was war jene Frau? Was wollte sie von ihm? Ihm danken? Je mehr er darüber nachsann, desto mehr erschien ihm dieser Dank wie ein Vorwand. Sie wusste, wer er war. Es war kaum glaublich, wenn alles andere, was über sie gesagt wurde, zutraf, dass sie Kenntnis über ihn auf jenem Subskriptionsballe erhalten hatte. Dr. Paulsen war ihm in den Sinn gekommen. Der Mann hatte ja hundertfältige Beziehungen und eine derselben lief vielleicht auch zu Madame de Saint-Ciré. Er hatte vorsichtige Andeutungen gewagt und bald herausgefunden, dass seine Vermutung irrig sein müsse. Dr. Paulsen, der ihn häufig aufsuchte, hielt ihm gegenüber mit seinen Verbindungen nicht lange hinter dem Berge.

Er ertappte sich bei der Erwartung, irgend etwas, ein Ereignis, ein Zufall, müsse auf's neue eine Begegnung mit ihr herbeiführen. Er schalt sich einen Toren und seine gereizte Stimmung gegen sich selbst ward nur größer, als er inne wurde, dass er über das Nichteintreffen dieser Erwartung unmutig war. Er war gewiss kein Anhänger jener neuen Seelentheorie und doch gab es Augenblicke, in denen er empfand, dass es einen geheimen Rapport zwischen jener Frau und ihm geben müsse. Diese gereizte Stimmung suchte einen Ausfluss. Die Feder ward ihr Medium. Schärfer und leidenschaftlicher wurden seine Artikel in den „Rechtsstimmen". Dr. Paulsen sprach leise, wohlgemeinte Warnungen aus. Man sei in den Kreisen, die seine Artikel erreichen wollten, verdrossen, erbittert gegen ihn. Mark überhörte die Warnungen. Er fühlte sich sicher auf dem Boden seiner Überzeugung.

Es war vormittags. Mark saß am Schreibtisch, der mit Broschüren, Papieren und Korrekturen bedeckt war. Seine Feder hastete über das Papier. Ein leises Pochen an seiner Tür störte ihn auf. „Herein!" rief er unmutig. Das Gesicht einer älteren Dame, der Inhaberin der Etage, von welcher er seine Zimmer gemietet, erschien in der Türspalte. „Verzeihen Sie die Störung, Herr Doktor! Aber es ist ein Diener da, der Sie selbst zu sprechen wünscht." „Ein Diener?" Die Familie von Poyritz hatte keinen Diener. Seine näheren Bekannten kannten dies notwendige Ingrediens eines herrschaftlichen Haushaltes ebenfalls nicht. Wie im Fluge durchmusterte Mark in Gedanken die ganze Reihe derselben. „Wollen Sie ihn sprechen?" Die Stimme der Dame, die auf seine Antwort harrte, machte ihn auf sein befremdendes Zögern aufmerksam. „Ja, ich bitte! Lassen Sie ihn eintreten!" Er blickte mit einiger Spannung nach der Tür. Jetzt erschien in derselben ein junger, schlanker Mensch, in dunkler mit schmalen roten Passepoils versehenen Livrée. Mark machte eine Bewegung der Überraschung. Diese Livrée war ihm am Abend des Unfalls unter den Linden aufgefallen. Jeanlin, der Diener der Madame Saint-Ciré, stand vor ihm. Er richtete in auffallend gutem Französisch eine Empfehlung seiner Gebieterin aus, überreichte ein zierliches Kuvert und fügte hinzu, ob er die Ehre haben könne, die Antwort des Herrn Doktors zu empfangen. Mark öffnete die Enveloppe und fand eine Einladung zum five-o'clock-Tee für den heutigen Nachmittag. Das Blut pulste rascher durch seine Adern und er atmete schneller, als er ohne Zögern antwortete: „Sagen Sie der gnädigen Frau mit meinen besten Empfehlungen, dass ich mir die Ehre geben würde, Ihrer Einladung Folge zu leisten." Der Diener verneigte sich höflich und ging.

Eine Sekunde hatte Mark das Verlangen, ihn zurückzurufen und ihm einen anderen, ablehnenden Bescheid zu geben. Aber er vermochte es nicht. Der geheimnisvolle Bann, den er fast erloschen wähnte, machte sich mit seiner ganzen ursprünglichen Kraft wieder auf ihn geltend. Er drehte und wendete das feingestochene

Kärtchen, auf welches eine Frauenhand in zierlichen Buchstaben die Worte der Einladung gekritzelt hatte, zwischen den Fingern hin und her. Ein feines Parfüm entströmte dem winzigen Kärtchen. Da fiel ihm ein, dass er schon über den heutigen Tag disponiert habe. Frau von Poyritz und Else wollten nachmittags einige Geschäfte besuchen und er hatte versprochen, sie um 5 Uhr bei Herzog zu treffen. Es beschlich ihn wieder jenes peinigende Gefühl, das er an jenem Abend auf dem Subskriptionsballe empfunden hatte. Er musste eine Entschuldigungszeile an Else richten und die bedingte eine neue Unwahrheit. Nun war er im Ernst ergrimmt über sich. Die geheime Scheidewand, die er in Gedanken zwischen jener Fremden und seiner Braut aufrichtete, stieg höher und höher und hemmte ihn selbst in seinem Tun und Denken. Er wollte Else die Wahrheit schreiben, dass eine unerwartete Einladung ihn hindere, das Rendezvous mit ihr und ihrer Tante heute einzuhalten und schrieb schon die ersten Zeilen nieder, aber er hielt wieder inne. Else würde ihn bei ihrem nächsten Zusammentreffen nach der Einladung fragen und – nein, die Scheidewand schob sich immer höher. Ärgerlich schrieb er endlich eine Zeile, dass Angelegenheiten seines Blattes ihn für heute festhielten, frankierte das Kuvert und machte sich zum Ausgehen fertig, um den Brief gleich in den nächsten Postkasten zu werfen. Und als er überlegte, dass die Nachricht Else so wahrscheinlich nicht mehr erreichen werde, zerriss er den Brief und warf ihn in den Papierkorb. Er musste das nächste Rohrpostamt aufsuchen und dort seine Absage schreiben. Im Grunde war ihm das nicht einmal unangenehm; seine Ruhe zur Arbeit war für diesen Morgen doch hin und ein Spaziergang auf der Straße würde ihm gut tun. Auf der Treppe traf er Härting.

„Oho!" rief ihm der Bildhauer entgegen. „Der Vogel will ausfliegen? Da komme ich ja gerade noch zur rechten Zeit." „Sieh da, Härting!" rief Mark und dabei fiel ihm ein, dass er fast vierzehn Tage hatte verstreichen lassen, ohne seinen Freund aufzusuchen. Und verlegen fügte er hinzu: „Wir haben uns eine ganze Weile nicht gesehen!" Der Bildhauer ergriff die Hand, die jener ihm entgegenstreckte und zog Mark die Treppe hinunter. „Hier in diesem Halbdunkel kann man sich ja nicht ordentlich in die Augen sehen und ich habe große Lust, Dich ungetreuen Freund einmal scharf zu mustern. Warum hast Du mich fast zwei Wochen nicht aufgesucht?" „Arbeit!" erwiderte Dr. Mark, der gleichwohl nicht verhindern konnte, dass ein leises Rot der Verlegenheit in seinen Wangen aufstieg. „Arbeit, und dann meine Bräutigamsverpflichtungen, Du weißt ja!" Sie hatten beide die Straße betreten.

„Wohin willst Du denn eigentlich um diese Zeit", rief der Bildhauer, seinen Arm nehmend. „Sonst waren ja diese Vormittage Deine Hauptarbeitsstunden. Das muss eine ganz besonders wichtige Angelegenheit sein, die Dich für diese Zeit aus Deinem Bau lockt." Mark lächelte wider Willen. „Die harmloseste von der Welt! Ich will das nächste Rohrpostamt aufsuchen." „Willst Du dem Reichskanzler Deinen Tadel seiner Regierungsmaßnahmen jetzt vielleicht per Rohrpost übermitteln?" „Ah, Härting, wenn Du solche Scherze machst, hast Du gute Laune!" „Hab' ich auch, erzähl' Dir nachher mehr davon. Im Übrigen, wenn Deine Rohrpost-Korrespondenz Geheimnis ist, so will ich nicht gefragt haben!" „Du bist doch immer wieder der alte borstige Gesell! Meiner Braut will ich mitteilen, dass ich ein geplantes Zusammentreffen mit ihr und Tante von Poyritz heute nicht einhalten kann, weil ich – hm! – na, weil ich eben dringend zu tun habe." Der Bildhauer sah ihn mit einem langen, pfiffigen Blick an. „Psst! Dringend zu tun? Und um eine Rohrpostkarte, die Dir irgend ein dienstbarer Hausgeist in wenigen Minuten holen und wieder zum Amt besorgen kann, kleidest Du Dich an und gehst selbst? Freunderl – ich kenn' Deine Gewohnheiten zu gut, da steckt etwas anderes dahinter!" Marks Blick wich dem forschenden Auge seines Freundes aus. „Ach Du!" machte er unmutig. „Du witterst hinter der kleinsten Kleinigkeit gleich besondere Dinge!" „Nein," sagte Härting langsam und sein Ton wurde ernst. „Aber ich sorg' mich um Dich. Du siehst nicht gut aus, Junge – sonst konnt' ich durch Deine Augen hindurch auf den Grund Deiner Seele sehen und jetzt ist ein Vorhang davor. Junge, die kreuzvermaledeite Politik! Wenn ich denke, dass sie Dich auch verderben könnte –!" „Härting!" unterbrach ihn Mark mit leisem Vorwurf. „Traust Du mir eine Handlung zu, die nicht vor meiner Ehre bestehen könnte?" „Unsinn!" knurrte Härting. „So war's nicht gemeint. Ich weiß wohl, Du kannst nicht anders schreiben. Dein ganzes Ich steckt in Deinen Artikeln drin."

„Hoho!" lachte er leise auf. — „Grün sind sie Dir im Auswärtigen Amte und im Reichskanzlerpalais wahrhaftig nicht, Junge, das hab' ich gestern erfahren!" „Du? Gestern?" Der Bildhauer nickte. „In Deinem Atelier? Oder in Deiner Klause? Wahrhaftig, Freund Isegrimm, Du machst mich neugierig!" „In meiner Klause? Nun, dahin verirren sich nur meine vertrautesten Freunde und die kümmern sich, mit Deiner werten Ausnahme, nicht um die extreme Dame Politik. Aber im Schlosse!" Mark zog überrascht seinen Arm aus dem des Bildhauers und blieb stehen. „Du?" rief er. „Du, der Du mehr Abscheu vor einem Frack hast, als ihn ein Phidias gehabt haben würde, Du warst zu Hof geladen?" „War ich! Zur Kaiserlichen Frühstückstafel. Übrigens ich nicht allein. Ein Vierteldutzend anderer Bildhauer, Begas natürlich an der Spitze, ebenfalls." „Und wie kommt Saul unter die Propheten?" „Du liebst Geschmack bei Deinen Vergleichen! Wenn Du für etwas anderes überhaupt noch Sinn hättest als für Deine hohe und höchste Politik, und so'n bisschen in Kunstnachrichten hineinguktest –". „Ich hätte es tun sollen. Verzeih's mir!" „So hättest Du erfahren, dass vor ein paar Tagen der Kaiser auch mein Atelier besuchte." „Das freut mich," rief Mark herzlich und die ehrlichste Freude strahlte auf seinem Antlitz. „Das ist eine gute Nachricht! Warte, nun wird der ‚Professor' nicht lange ausbleiben." „Sprich doch von so was nicht," knurrte Härting. „Dass ich mit zur Neuschmückung des Weißen Saales ausersehen bin, ist mir als Künstler viel mehr wert." „Und was sagte der Kaiser?" „Was er sagte? In meinem Atelier, meinst Du? Gutes und Schönes. Aber was kommt's auf die Worte an. Ich hab recht behalten, sag' ich Dir. In dem Kaiser steckt eine Künstlernatur! Es ist alles ursprünglich in ihm. Nichts eingelerntes. Er hat Urteil, sag ich Dir, mehr als die ganze Hofgesellschaft zusammen. Und er spricht's auch aus, – rund heraus, ohne viel Federlesens. Ich wollte, jeder Einzelne im Volk könnt' ihn so hören und sehen wie ich –." „Und warum können sie's nicht," erwiderte Dr. Mark unmutig – „weil wir den ganzen Krims-Krams des Hofzeremoniells haben, der alles verdirbt; weil wir eine Wand von Menschen um den Monarchen herum haben, die ihn trennen will von dem Volke um ihrer eigenen jämmerlichen Interessen willen." „Ruhig!" mahnte Härting, – „wir sind nicht in meiner Klause oder in Deinem Arbeitsgemach, sondern an der Ecke der Charlottenstraße, mein Junge. Und derartige Gespräche gehören nicht auf die Straße. Also stoppen wir damit ab." „Aber erzähle doch von gestern!" „Na ja – aber hoffentlich doch nicht über die guten Dinge, die wir gegessen und die edlen Weine, die wir getrunken haben. – Es waren noch ein paar Herren da, ‚große Männer', weißt Du – von der Regierung. An unserer Ecke war die Kunst das Gesprächsthema und bei denen drüben ihr Steckenpferd, die Politik, und da hört ich auch D e i n e n Namen." „Meinen Namen?" „Natürlich spitz' ich die Ohren, wie ein zum Droschkengaul degradiertes Schwadronspferd, wenn's Kavalleriemusik hört. Einer von den Herren, ein schöner großer Mann mit blondem Vollbart, der sprach von Dir. Einen ‚Schwärmer' nannte er Dich, wenn Du's hören willst." „Ein bequemes Wort für einen unbequemen Gegner!" „Übrigens musste jener Mann Dich kennen Mark, denn die wenigen Worte, die ich auffangen konnte, ließen sich dahin nur deuten." „Wer war's?" „Ja, wenn's kein Minister war, irgend ein Staatssekretär oder wie man die Herren nennen mag. Beim Vorstellen in solchen Momenten hört man ja doch nichts als den Titel und ein paar Gaumentöne, die den Namen vorstellen sollen." „Ich kenn ihn, glaub' ich," sagte Mark. „Ich glaub' gar, Du ärgerst Dich über den ‚Schwärmer'. Ich dachte, Du solltest drüber lachen." „Es mag allerdings für jene Herren eine Schwärmerei sein, wenn man gegen sie kämpft," bemerkte Dr. Mark bitter. „Lukrativer ist es jedenfalls auf ihrer Seite zu stehen. Wer ohne Eigennutz und ohne selbstische Interessen seinen Weg geht, wer angstvoll auf den Grund der Volksseele schaut und angstvoll in die Zukunft – der ist natürlich ein – Schwärmer!"

Der Bildhauer machte eine energische Handbewegung. „Lass sie! Uns soll's die Stunde nicht verderben! Da ist das Postamt! Erledige Deine Korrespondenz mit Deinem herrlichen Bräutchen. Wenn Du Deine Epistel durch meinen Namen entweihen willst, so grüße sie von ihrem ganz ergebenen Knechte Härting. Im Übrigen beeile Dich, Junge, denn ich warte lieber auf ein Modell – und das ist die niederträchtigste Warterei auf der weiten Gotteswelt, – als vor einem Postamte!" Dr. Mark hatte noch am Schalter einen kleinen Kampf mit sich selber zu kämpfen. Aber er ließ die Karte doch in den Einwurf gleiten. „Zum Frühstücken ist's noch reichlich früh," meinte Härting, als Mark wieder zu ihm trat. „Aber das Wetter ist heiter, wenn auch ein wenig kalt. Wenn Du Zeit hättest – ich liefe mich gern 'mal eine Stunde im Tiergarten aus." „Ich komme mit!" „Du? Wahrhaftig? Das ist schön! Aber Du – was ist's denn mit der dringenden Arbeit?" „Heut Nachmittag – jetzt kann ich!" „Dann ohne Worte weiter: Auf nach Valencia – oder, um in Berlin zu bleiben, nach dem großen Stern!"

Gegen zwei Uhr kehrte Dr. Mark in seine Wohnung zurück. Nun war er mit sich völlig in Reinem. Dieser eine Besuch bei der Französin sollte auch der letzte sein. Er hatte bei einem five o'clock-tea, bei welchem sich doch wohl eine kleine Gesellschaft zusammenfand, wohl immerhin die Gelegenheit, den Besuch abzukürzen. Er wollte den Bann, den jene Frau auf ihn ausübte, brechen, koste es, was es wolle! Der Gedanke gab ihm solche Beruhigung, dass er sich niedersetzte, um die zwei Stunden, die ihm blieben, ehe er an seine Toilette gehen musste, zu arbeiten. Er war bald so darin vertieft, dass er den „Extrablatt"-Ruf eines Dienstmanns unten auf der Straße kaum eine Beachtung schenkte. Erst als der Ruf aus schnapsheiseren Kehlen im Laufe weniger Minuten drei-, vierfach sich wiederholte, horchte er auf. „Extrablatt!" „Extrablatt!" „Allerneueste Depeschen!"

„Wieder der alte Schwindel!" murmelte er. „Irgend ein kleiner geldhungriger Verleger, der ein paar Depeschen abschreibt, ummodelt und sie als Sensationsnachrichten dem Publikum aufhängt!" Er wandte sich wieder seiner Arbeit zu, als seine Wirtin die Tür öffnete und ein Exemplar des ausgerufenen Extrablattes in der Hand, ihm zurief: „Ach, das schreckliche Unglück! So viel Leute verbrannt und verbrüht!" „Eine Feuersbrunst?" „Nein, Herr Doktor! Aus Kiel – Unglück auf einem Kriegsschiff. Während der Probefahrt – hier, bitte, lesen Sie!" Er nahm das noch druckfeuchte Blatt und überflog es. Die Szene an Bord des neuen Kriegsschiffes

„Brandenburg", so fürchterlich in ihren Einzelheiten, entrollte ihre ganze düstere Trauer selbst in dem trockenen abgehackten Stil der Depesche. Die Trauernachricht, die jeden, der sie vernahm, auf das Tiefste ergriff, verfehlte auch auf Dr. Mark ihre Wirkung nicht. Nachdem die Wirtin gegangen war, trat er an das Fenster und sah nachdenklich auf die stille Straße hinab. „Die Probefahrt der Brandenburg", kam es leicht von seinen Lippen. „Im Top der rote Adler Kurbrandenburgs und tief im Innern des eisernen Kolosses der tückische glühende Dampf – eine Dichtung gibt nach und im Nu sind Dutzende unserer wackeren Blaujacken tot oder schwer verletzt! Ein furchtbares Bild der Wirklichkeit –."

Seine Gedanken schweiften hinüber zu dem ragenden Schlosse, in welchem um diese Stunde der stolze Kriegsherr trauerte um das Leben der tüchtigen Männer, die da in der Ausübung ihres schwierigen Berufes den Tod gefunden. Er, der die deutsche Marine zu einer Elitetruppe zu bilden gesonnen war und ihr sein höchstes Kaiserliches Interesse entgegenbrachte, empfand gewiss in diesem Augenblicke einen größeren Schmerz als die Millionen seiner Untertanen, welchen zu gleicher Zeit die Schreckenskunde zuflog. Nicht Mark's Phantasie allein war es, welche die Szene, von welchem das Telegramm in dürren Worten berichtete, in ihren Details ausmalte. In dem Bestreben, alles, was sich ihm bot, durch eigenen Augenschein kennen zu lernen, hatte er während seines Aufenthalts in England der Probefahrt eines Handelsdampfers im Maschinenraum beigewohnt. Wie die Ingenieure und das Heizpersonal fast bis auf die Haut entblößt, hatte auch er in dem ölbedeckten Maschinenraume gestanden, inmitten dieser Gluthitze, die nur für eine kurze Viertelstunde den Aufenthalt gestattete und Ablösung auf Ablösung sich folgen ließ. Ihm war, als höre er das Keuchen, Schnauben und Pusten der aufs äußerste angespannten Maschinen, das Zischen des Ablassdampfes und das schütternde, stampfende Geräusch der Riesenwellen, welche die Schaufeln unter dem Heck des Schiffes zur rasenden Umdrehung brachten. Und nun eine schwache Detonation, ein Brüllen und heulendes Zischen des hervorpressenden glühenden Dampfes, eine weißgraue Wolke, die alles einhüllt und mit ihrer feurigen Zunge alles tötet, was in ihren

Bereich kommt.

Ein verlorener Tag heute! Wohl griff er zur Feder, aber die Gedanken ließen sich nicht zur Arbeit zurückbannen. Er griff dies und das an und ließ alles wieder liegen und verbrachte die Zeit bis vier Uhr mit geschäftigem Nichtstun. Dann machte er Toilette und gegen fünf Uhr fuhr er nach der Villa in der … straße. Er wurde erwartet. Ein älterer, würdig aussehender Herr, im dunklen livrierten Frack und mit schwarzen seidenen Strümpfen empfing ihn im Vestibül. Mark sah ihn etwas verwirrt an. Täuschten ihn seine Augen oder war das nicht der nämliche tadellos befrackte Herr, der ihm an jenem Abend im Opernhause zugeflüstert hatte: „Madame de Saint-Ciré wünscht Sie zu sehen!" Aber er hatte jetzt keine Zeit, weiter darüber nachzudenken, Jeanlin harrte seiner am Fuße der Treppe, um ihn hinauf zu geleiten in das uns bekannte Boudoir seiner Gebieterin.

Dr. Mark fühlte sein Herz pochen, als er dasselbe betrat. Weniger über die entzückende junge Frau, die ihn in einer hellen Robe, als einzigen Schmuck eine Kamelie an der Brust, entgegentrat, als darüber, dass er sich allein ihr gegenüber befand. „Sie sind pünktlich, Herr Doktor", lächelte sie ihm entgegen, – „ich danke Ihnen." „Diese Pünktlichkeit ist vielleicht ein Raub. Ich nehme Sie allein in Anspruch und beeinträchtige dadurch die Unpünktlichen." Sie sah ihn mit leisem Erstaunen an, dann begriff sie und lachte. „Ah, Sie erwarteten bei mir einen ganzen Cercle, lieber Freund – ich hoffe, dass Sie mir diesen Titel gestatten – nein, nein, Sie irren! Ich erwarte heut niemanden, als Sie allein!" Es wallte freudig in ihm auf. „Womit habe ich diese Auszeichnung verdient?" „Ich will Sie zu keinem Refus veranlassen, indem ich auf die kleine Affaire zurückkomme, die mir zu Ihrer Bekanntschaft verhalf," sagte sie, indem sie mit ihrer reizenden Anmut ihrem Gaste die Teeschaale kredenzte. – „Seitdem ich weiß, wer Sie sind, ist es Ihre Persönlichkeit, welche mein Interesse erregt." Und mit schalkhaftem Lächeln, das den Besucher völlig in Zweifel ließ, ob es der schönen Frau Ernst mit ihrer Behauptung sei, oder ob sie scherze, fügte sie hinzu: „Ein ganz klein wenig ist die Politik auch mein Feld!" „Danach ist Madame meine Kollegin?" Sie protestierte mit aufgehobenen Händen. „Sehe ich aus wie ein Blaustrumpf?" rief sie lustig und ihr Lachen, das wie feine Silberglöckchen tönte, rief in ihm ein Echo hervor. „Nein, nein – ich hätte dazu weder die Geduld noch die Kenntnisse und Talente. Mein Gatte war enragierter Politiker und unser Salon sah während der kurzen Zeit unserer Ehe die einflussreichsten und bedeutendsten Staatsmänner versammelt. Die Politik beherrschte unsere Diners und unsere Abende, so habe ich Geschmack daran gewonnen. Und seitdem ich hier lebe, verfolge ich die Ihrige mit um so größerem Interesse. Ja, ja, mein Herr Doktor," – sie lief zu einem Büchergestell von vergoldeter Bronze, das neben ihrem Schreibtisch stand und holte ein paar Hefte daraus hervor. „Kennen Sie diese Blätter?"

„Die Rechtsstimmen," rief Mark nun wirklich überrascht. „In der Tat, Madame, – ich erwartete nicht, mein Blatt in Ihrem Heim anzutreffen. Und – pardon für meine Zweifel – ich erwartete auch nicht, dass Sie unsere Sprache so weit beherrschten, um diese politische Prosa zu lesen." „Sie haben keine Bitte um Verzeihung nötig, mein Freund, denn ich verstehe sie wirklich nicht. Mein Haushofmeister, der auch die Dienste meines Sekretärs verrichtet und der deutschen Sprache mächtig ist, hat mir Übersetzungen davon vorgelegt. Wäre ich eine Deutsche, ich dächte wie Sie, ja selbst als Französin –" Sie zögerte ein wenig, das folgende auszusprechen. „Vollenden Sie!" bat er. „Selbst als Französin begreife ich Ihre Angriffe. Man hat Ihrem Monsieur de Bismarck übel mitgespielt. Ich entsinne mich des gewaltigen Eindrucks, den seine Entlassung damals bei uns in Paris machte. Ich sollte ihn hassen, diesen Alten von Friedrichsruh, wie Sie ihn nennen, aber ich bin nicht chauvinistisch genug, um ihn nicht zu bewundern. Wär's nicht ein seltsames Unterfangen für eine Dame meiner Herkunft und in meiner Stellung, ich hätte Friedrichsruh längst einmal aufgesucht –"." „Was sollte Sie hindern?" „Nichts vielleicht in Ihrem Sinne und doch manches in dem meinen," gab sie nachdenklich zur Antwort. „Aber Sie haben gewiss Beziehungen zu dem vieux Grand!" „Keine als jene, die meine aufrichtige Bewunderung und die Überzeugung hinüberknüpfen, dass uns sein Rat wiedergewonnen werden muss, so lange sein teures Leben der Nation erhalten bleibt." „Und für welche Sie so warm plädieren!" ergänzte Céline mit einem freundlichen Blick.

So waren sie zwanglos, als ob dies sich von selbst verstände, in ein politisches Gespräch hineingeraten. Von Minute zu Minute wuchs Dr. Marks Bewunderung. Die schöne Frau besaß nicht nur für die augenblicklichen Verhältnisse in Deutschland ein volles Verständnis, sie zeigte sich auch in Details eingeweiht, die selbst Mark fremd waren und die sein Interesse auf das höchste wachriefen. Ihre freimütigen Urteile über Persönlichkeiten, die im Vordergrunde des Tagesinteresses standen, entlockten ihm ein Lächeln. Die Anziehungskraft einer Frau von Geist vermischte sich bei ihr mit dem der verführerisch schönen Frau. Wie im Nu schwanden die Viertelstunden und als die Standuhr über dem Kamin mit ihrem Silbertone die siebente Stunde verkündete, sprang Mark fast erschrocken auf. „Sie sind wirklich eine Zauberin, Madame," sprach er mit glänzenden Augen. „Sie besiegen wirklich Zeit und " – „Raum," hatte er hinzufügen wollen, da er daran dachte, wie sie in der Zwischenzeit seine Gedanken beherrscht hatte. Aber er unterdrückte das Wort. Und heute war er es, der beim Abschied flüsterte: „Werde ich Sie wiedersehen?" War es Koketterie, die sie antworten ließ: „Tragen Sie Verlangen danach?" Und als er erwiderte, dass nichts ihm mehr Freude bereiten würde, hatte sie mit ernster Miene geantwortet: „Sie sollten es vielleicht nicht. Ich weiß, wie beschäftigt Sie sind. Und auf die Zeit, die Ihnen Ihre Arbeit lässt, erheben andere Anspruch." Das rief eine seltsame Doppel-Empfindung in ihm hervor. Er verstand die Anspielung auf seine Braut. Eine Art trotzigen Widerspruchs machte sich in ihm geltend. „Darf ich Sie wiedersehen?" fragte er dringender. Sie senkte die Augen und ein leises Rot stieg in ihre Wangen. „Überlassen wir das der Zukunft," erwiderte sie ausweichend und reichte ihm zum Abschied die Hand.

Als er die Treppe hinabschritt, begegnete ihm Toinon. Sie wollte mit gesenktem Haupt an ihm vorüber, als ihm der Hut entfiel, den er in der Linken trug. Dienstfertig sprang sie hinzu und überreichte ihn Dr. Mark, der, noch mit allen seinen Sinnen bei Céline, einige Dankesworte murmelte und hastig die übrigen Stufen hinabschritt.

Toinon war bleich geworden. Ihre Linke fuhr nach dem Herzen und ihre Lippen zuckten, als sie flüsterten:

„Großer Gott! Er ist es. Was will er hier?"

*

VII. Im Nest des Gallischen Hahnes

Céline war, als Mark gegangen, zum Kamin getreten und starrte mit verschränkten Armen in die rote, anheimelnde Glut, welche hinter den engen Stahlstäben des Rostes sichtbar wurde. Der harte, höhnische Zug, der sich um ihre Mundwinkel legte, wenn sie sich allein und unbeobachtet wusste, fehlte jetzt. „Sein Vertrauen ist rein wie das eines Kindes," flüsterte sie, „es widerstrebt mir fast, auch ihn zur Puppe meines Willens zu machen. Er ist gut und klug und tapfer, aber nicht gefeit gegen die Waffen der Lüge und des Verrates. Muss ich sie auch gegen ihn anwenden?" Sie raffte sich empor. „Torheit!" sagte sie mit völlig verwandeltem Gesicht. „Die Sentimentalität habe ich aus meinem Leben verbannt. Es gibt größeres als die Liebe, selbst für ein Weib: Die Macht und den Einfluss!" Sie schlug auf die Glocke. Toinon trat ein. „Ich werde zu Haus bleiben. Ich erwarte keinen Besuch für heute Abend. Du magst daher einige Stunden für Dich nehmen. Ich beurlaube Dich bis zehn Uhr. Geh und amüsiere Dich!" Toinon machte eine Bewegung, als wollte sie die Hand Célinens zum dankbaren Handkuss ergreifen. Aber sie führte die Bewegung nicht aus. Sie verneigte sich nur: „Madame sind sehr gütig! Ich danke!" Die Zofe ging. Céline blickte ihr nach. „Ich misstraue ihr vielleicht ohne Grund," murmelte sie – „aber gleichviel, ich hege Misstrauen gegen sie. Und doch darf ich sie nicht aus meinem Dienst lassen, bis hier meine Aufgabe erfüllt ist. Es war ein kluger Gedanke, Ernest die Rolle eines Dieners zuzuweisen. So vermag er sie gleich einem Vater genau genug zu kontrollieren. Aber für das, was uns heute Abend zu tun bleibt, ist sie besser fern als nah." Sie schlug zweimal auf die Glocke und Jeanlin erschien. „Ich habe Toinon bis zehn Uhr beurlaubt. Beobachte ihr

Fortgehen. Wenn sie gegangen sein wird, benachrichtige den Alten. Ich muss Euch sprechen." „Nachrichten aus Paris?" „Wichtige! Das nachher. Geh jetzt!"

Céline ging zu ihrem Schreibtisch, entzündete die Flamme und öffnete das Geheimfach. Die Briefe, die sie herausnahm, waren chiffriert. Sie nahm den Schlüssel, legte ihn darüber und überflog, hie und da leicht mit dem Kopf nickend, noch einmal, Seite für Seite, den geheimen Inhalt. „Man befürchtet eine erneute Annäherung an Rußland," sagte sie leise – „der Abschluss des Vertrages, der am 9. Februar erfolgte, hat die Befürchtung rege gemacht. Die Schürung des Parteihaders und die Vermehrung der ‚Mißverständnisse' zwischen Kaiser und Volk wird dringend von uns verlangt. Da heißt es wieder alle Eisen, die wir an diesem Hofe im Feuer haben, zum Glühen zu bringen. Ich muss sehen, wie weit Ernest seine Rolle unter der Hofdienerschaft gespielt hat. Mein Prinz" – ihre Lippen kräuselten sich – „geht in jede Falle, die ich ihm lege. Nein, nein – ich kann ihn nicht entbehren, diesen Dr. Mark. Er und die Bedeutung seines Blattes passen allzu gut in mein Spiel hinein!" Sie erhob sich und ging mit hastigen Schritten durch das Gemach. „Ich bin auf meinem gefährlichen Wege bisher ohne Skrupel vorwärts gegangen," flüsterte sie. „Und nicht das Gold war es, das mich lockte, als ich mich bereit finden ließ, in den geheimen politischen Intrigen zweier feindlichen Länder eine Rolle zu spielen. Mich reizte das Leben in dieser aufregenden Sphäre der Geheimnisse, der Nachforschungen, der großen und kleinen Intrigen. Ich gab mich selbst zum Opfer dafür. Und diesem Mann gegenüber, der mir unbekannt war, bis ein Seitensprung meiner Pferde, ein Prellstein, der die Achse meines Coupés brach, die Mittel eines zufälligen Zusammentreffens mit ihm wurden, wird mir schwer, was jedem anderen seiner Nation gegenüber mir selbstverständlich erschien. Was ist mir dieser Dr. Mark? Ein Werkzeug meiner Pläne – nichts weiter." Sie blieb stehen, blickte in die Glut des Kamins und stampfte mit den kleinen Füßchen auf den Teppich. „Nein, nichts, nichts weiter!"

Jeanlin trat ein. Er hatte die zornige Gebärde Céline's gesehen und ein Lächeln erschien auf seinem Antlitz. „Ah, Du hältst Monologe. Das ist mir neu bei Dir!" Sie wandte sich jäh um. „Du bist's, Ernest! So ist alles in Ordnung?" „Toinon hat das Haus verlassen. Die übrige Dienerschaft ist unten im Souterain. Sie hat nichts hier oben zu tun und keiner von ihnen wird sich hier herauf wagen." „Und Père Guychillard?" „Unser famoser Mr. Edwards, der die Ehre hat, mein Erzeuger und Dein Oheim zu sein – er wird sofort heraufkommen. Die Zeitungen aus Paris trafen soeben ein und er durchfliegt sie noch. Allons donc, was gibts neues?" „Warte noch! Erst zu Dir! – Du warst heute zu wenig in Deiner Rolle des Dieners Jeanlin, mein Teurer. Als Du den Dr. Mark hierher geleitetest, machtest Du eine Miene, wie ein beleidigter Liebhaber und nicht wie der wohlerzogene Diener eines herrschaftlichen Hauses. Ich hoffe, ich habe nicht nötig, Dir das noch einmal zu sagen!" Der junge Mann, den wir als Diener Jeanlin kennen gelernt haben, stieß einen leisen Fluch aus „Was willst Du mit ihm?" sagte er nach einer Weile schroff. „Ich begreife das Opfer, das Du dem Prinzen bringst, trotzdem es mich rasend macht. Aber was willst Du mit diesem Publizisten? Céline, in dem Augenblicke, in dem ich erführe, dass Dein Herz sich in diesem vermaledeiten Lande engagierte, ich –" „Bitte," erwiderte Céline kühl, – „sprich Dich aus, denn Du scheinst heute ein Bedürfnis dafür zu empfinden. Aber bevor Du das tust, vergiss nicht, dass wir uns nicht um unseretwillen hier befinden." „Ich weiß," sagte der junge Mann mit gefurchter Stirn, „und ich denke nicht daran, das auch nur in einem einzigen Augenblicke zu vergessen. – Tue ich nicht alles, was man von mir verlangt? Habe ich mich als unfähig, als ungeschickt, als unzuverlässig erwiesen?" „Nein!"

„Ach, Céline, und mit welchem Eifer würde ich mich unserer Aufgabe unterziehen, wenn Du aufhören würdest –" „Was?" „Die Spröde gegen mich zu sein!" Ein harter Zug erschien in dem Antlitz der Französin. „Du schwurst mir, kein Wort und keine Bitte an mich zu richten, ehe wir unser Werk getan." Der junge Mann senkte das Haupt. „Ich schwur's! Aber ich liebe Dich, Céline, – und jeder Tag, den wir hier noch verleben, foltert mich auf's neue." Sie trat lächelnd zu ihm und strich ihm, der sich auf einen Sessel geworfen hatte, mit einem Anfluge von Zärtlichkeit über das dunkle

Haar. „Geduld, Ernest, Geduld!" Er ergriff ihre Hand und presste seine Lippen darauf. Aber sie entzog sie ihm hastig. „Seien wir vernünftig," sagte sie rauh. „Wenn wir Frankreichs Boden wieder erreicht haben, zahle ich Dir den Preis, den ich Dir freiwillig aussetzte, und dieser Preis bin ich. Bis dahin aber bist Du der, zu dem mein Wille und unsere Aufgabe Dich macht, mein Diener! Mein gehorsamer Diener," fügte sie wieder lächelnd hinzu. „Und jetzt sei wieder Jeanlin, der mir Antwort auf meine Fragen gibt!"

„Frage, Céline!" „Was hast Du unter der Schlossdienerschaft erreicht?" „Wenig genug! Diese deutschen Lakaien tun wie die Ehrbarkeit selbst. Sie weisen jede Vertraulichkeit ab. Mit einem französischen Koch habe ich ziemliche Intimität erreicht, auch ein Leiblakai sieht mich gern." „Das war der männliche Teil. Sind Deine Erfolge bei dem weiblichen Dienstpersonal des Schlosses eben so schlecht? Sprich doch und zier' Dich nicht! Ich bin kein Kind und kein Gretchen, oder meinst Du, ich hätte Dich als Spürhund auf diese Fährte gesandt, wenn ich einen Tropfen eifersüchtigen Blutes in meinen Adern hätte?" „Nun", sagte Ernest mit zynischem Lächeln, „ich glaube, die Zofe einer Hofdame liebt mich. Sie hat mir wenigstens unzweideutige Beweise gegeben. Die Kleine hat ihren Willen an den meinen verloren. Sie wiegt sich in dem Traume, dass sie einmal meine rechtmäßige Frau wird und es gibt nichts, das sie mir verweigern würde. Aber das Feld, das sie uns nutzbar bestellen könnte, ist zu klein und vielleicht zu bedeutungslos." „Du sprichst wie ein Mann," sagt Céline. – „Sie ist ein Weib und die Sphäre eines Weibes reicht so weit wie sie will. Und du hältst sie für zuverlässig?" „Sie würde ihren Vater täuschen und ihre Mutter hintergehen, um meinetwillen, wenn sie beide noch besäße." „Ah, so steht sie allein?" „Die Familie der Hofdame hat sie seit ihren Kinderjahren erziehen lassen." Céline's Lippen kräuselten sich. „Dann sieh' Dich vor, mein Lieber, denn bei diesen Deutschen ist oft die Dankbarkeit eine stärkere Schutzwehr als alle anderen Empfindungen." Der junge Mann schüttelte den Kopf. „Hier nicht. Ihre junge Herrin ist hart und schroff gegen sie. Von Dankbarkeit für sie hab ich bei dem Mädchen noch nichts entdecken können, eher eine Erbitterung." „Gut! Es wird notwendig sein, noch mehr Eisen in's Feuer zu legen als bisher. Es gilt, das Mißtrauen, das an diesem Hofe herrscht, noch mehr zu schüren. Jene Briefe, von denen Du weißt, haben ihre Aufgabe vortrefflich erfüllt. Aber die Anstrengungen nach dieser Seite müssen verdoppelt werden. –"

Die Portière an der Tür teilte sich und Mr. Edwards trat ein, ruhig und würdevoll wie immer. „Da sind die Zeitungen." „Ernest sagte mir, dass Du sie schon durchflogen, Oheim Guychillard, ist etwas neues darin?" „Das ewige Geschwätz in der Deputiertenkammer und im Senat die Nachwirkung des Panama und die kleinen politischen plats du jour – viele Zeilen in vielen Spalten, nichts was Dich interessieren dürfte." „Setz Dich! Ernest macht Fortschritte im Schloss. Weniger bei den Männern als bei den Weibern. Ich habe das erwartet und es ist mir lieber so. Aber nun zu Dir. Du hast die Schritte getan, die ich Dir riet?" „Ja." „Du bist einsilbig heute, das ist eigentlich ein gutes Zeichen. Du prosperierst also." „Nein!" „Ah – trotz der Empfehlungen von Guesde?"

„Trotz ihrer! Diese deutschen Sozialistenführer sind keine leichtgläubigen Kinder, wie die unsrigen. Sie sind jetzt noch misstrauischer, als damals, als ich unter dem Sozialistengesetz unter ihnen weilte. Man behandelt mich artig, zeigt Interesse, glaubt mir wohl auch, dass ich Sozialist bin, aber mit den Artigkeiten ist's auch geschehen – in die Karten, die sie hier spielen, lassen mich die Herren nicht hineinschauen." „So sind also die Hoffnungen, die wir auf Deine Verbindung mit ihnen setzten, unrealisierbar?" rief Céline. „Warte, mein Kind," fuhr Guychillard, der sich hinter dem steifen Mr. Edwards der Saint-Ciré'schen Villa verbarg, fort – „auf diesem Gebiete hast Du keine Erfahrungen: Seit den Tagen der Kommune kenn' ich den Boden, auf dem ich ackere. Geht's mit den Großen nicht, so geht's mit den Kleinen. Diesen Bebel, Liebknecht, Auer und Singer und wie sie alle heißen, ist's um die Macht allein zu tun, die ihnen ihre Stellung als Führer der sozialistischen Arbeiterschaft dieses Landes in die Hand gibt. Und hat man einmal eine Machtstufe erklommen, dann wird man vorsichtig und tappst nicht gleich in alles hinein, wie ein politischer Heißsporn. Aber an denen fehlt es der Partei auch hier in Berlin nicht und die sind reif für meine Zwecke."

Céline's Antlitz, das sich mit Wolken umzogen hatte, heiterte sich auf. „Das tröstet mich," murmelte sie. „Wenn Du es sagst, Père Guychillard! Man ist hier zu zahm – man ficht mit Worten, nicht mit Taten. Man erwägt und bedenkt zu viel." „Man muss nachhelfen, meinst Du. Und wenn ich recht kalkuliere, so sind Deine neuen Botschaften aus Paris Sporenstiche, die man uns gibt!" „Du errätst das richtige. Kommt näher heran – ich werde Euch mitteilen, was man von uns fordert."

Toinon hatte einen warmen Mantel und einen runden Hut genommen, ihre leichten bebänderten Schuhe mit einem Paar fester Stiefeln vertauscht und das Haus verlassen. Sie ahnte die Ursache ihres Urlaubs. Ihre Herrin wollte allein sein. Hinter ihrem bescheidenen stillen Äußern verbarg Toinon einen lebhaften Geist und einen noch lebhafteren Spürsinn. Sie ahnte die Triebfedern, die Céline de Saint-Ciré hierher nach Deutschland getrieben und sie war um so gewisser in ihren Vermutungen geworden, als ein Zufall ihr verraten, dass zwischen diesem Diener Jeanlin, dem Haushofmeister Mr. Edwards, der trotz seines englischen Namens ein Franzose sein musste und ihrer Herrin ein Zusammenhang bestehe. Und als diese Vermutungen für sie den Charakter der Gewissheit angenommen hatten, war sie bemüht, das Dunkel, das diese Angelegenheit umgab, immer mehr zu lüften. – Während sie, ohne ein bestimmtes Ziel zu haben, dem Potsdamer Platz zustrebte, überließ sich Toinon den Gedanken, welche die Begegnung mit dem deutschen Schriftsteller in ihr erweckt hatte. Kaum länger als ein halbes Jahr war sie in den Diensten der Madame de Saint-Ciré. Man hatte in Paris in einem der gelesenen Boulevardblätter eine Zofe gesucht, welche eine distinguierte Dame auf Reisen zu begleiten habe. Es war besonderer Wert gelegt worden auf Anhänglichkeit und Treue und Toinon hatte den Versuch gewagt, sich selbst für die Stelle in Vorschlag zu bringen. Sie hatte Céline als jene distinguierte Dame gefunden, ihr gefallen und der Vertrag war schnell geschlossen, der sie in den Dienst ihrer jetzigen Herrin brachte. Ohne Mißtrauen war sie in ihrer Begleitung nach Deutschland gereist. Die Dienerschaft, die noch in Paris engagiert wurde, setzte sich nur aus Mr. Edwards und Jeanlin zusammen. Der Kutscher, der Koch und das Personal für die häuslichen Verrichtungen ward in Berlin in Dienst genommen. Madame de Saint-Ciré behandelte Toinon gütig und weckte ihr ganzes Vertrauen durch die Art, wie sie dieses in Anspruch nahm. Der Welt gegenüber eine vornehme Witwe, erschien sie Toinon's geschärftem Blick bald in einem ganz anderen Lichte. Von jenem Augenblick an, in welchem die Besuche jenes hohen Herrn begannen, die anscheinend von niemandem, außer ihr selbst, die ihn einzulassen und hinauszugeleiten hatte, bemerkt wurden, hatte Toinon's Mißtrauen gegen den Charakter ihrer Herrin begonnen und alle ihre kleinen Beobachtungen, die sie anstellte, ohne je neugierig zu erscheinen, hatten sie zu der Gewissheit gebracht, dass sie im Dienste einer der gewiegtesten Spioninnen der französischen Regierung stehe.

Um wahr zu sein, Toinon hatte sich, als diese Gewissheit für sie feststand, nicht sonderlich bedrückt durch sie gefühlt. Sie verstand nun, dass weder Jeanlin noch Mr. Edwards jenen vertrauten Ton, der sonst unter Dienstboten üblich ist, im Verkehr mit ihr anschlug. Aber sie dachte auch nicht weiter darüber nach – sie war Französin und was kümmerte es sie im Grunde, welche Motive ihre Herrin bei ihrem Handeln leiteten. Man zog sie nicht in das Geheimnis, sondern ließ sie außerhalb desselben. Das war ihr durchaus Recht und in all' den letzten Wochen hatte keinerlei Erwägung all' dieser Umstände ihre Ruhe gestört. Und nun war mit einem Male das junge Mädchen in Unruhe und Bestürzung versetzt und das seit dem Momente, in welchem sie in Dr. Mark einen neuen Besucher ihrer Herrin erkannte. Jahre waren verflossen seit jenen schönen Tagen, in denen sie den jungen Deutschen kennen lernte. In dem Hause am Boulevard Montmartre, in welchem Dr. Mark wohnte, war ihr Vater Concierge, das heißt, war es nur so lange, als er gesund war. Aber dann kam jene tückische Krankheit, die ihn auf das Krankenlager niederstreckte und die ganze kleine Familie in Not brachte. Da war es der junge Deutsche gewesen, welcher in den Stunden bitterer Not der treue Helfer wurde und als Vater Péricheux der Krankheit erlag und die Mutter und sie heraus mussten aus der kleinen Wohnung, die sie im Hause innegehabt, hatte er seine Hand nicht von ihnen gezogen und ihnen über die schlimmste Zeit hinweggeholfen, bis Toinon einen Dienst gefunden und für Mutter Péricheux eine kleine, magere, aber sie vor Mangel wenigstens bewahrende Versorgung aufgetrieben war.

Damals war Toinon kaum über die sechzehn hinaus – in jenem gefährlichen Alter, in welchem die Naivität des Kindes endet und die Leidenschaften rege werden im Herzen der Jungfrau. Die uneigennützige Freundlichkeit, welche der junge Fremde ihren Eltern bewies, machten ihn in ihren Augen zu einem Helden; das kühle gleichgültige Verhalten, das er ihr selbst gegenüber beobachtete, entflammte sie. Der junge Deutsche ward das Ziel ihrer Sehnsucht, ihrer heimlichen Gedanken, ihrer Neigung endlich, die bei dem heißblütigen Mädchen nicht stumm sich verschloss, sondern nach einem Ausweg suchte. „Halloh!"

Toinon sprang erschreckt zurück. Vor ihrem Antlitz war ein Pferdekopf aufgetaucht und die Hände des fluchenden Kutschers rissen jetzt das Tier zurück. In ihre Gedanken völlig vertieft, war Toinon beim Passieren des Straßendammes zu dem großen Inselperron inmitten des Platzes hinüber, fast in eine Droschke hineingelaufen. Nun blieb sie, mit stark pochendem Herzen, nach dem Schreck stehen und überlegte, wohin sie eigentlich gehen wolle, um die Stunden ihres Urlaubs zu verbringen. In ähnlichen Fällen hatte sie früher eines jener Spezialitätentheater aufgesucht, deren buntem Programm sie den Vorzug gab vor Vorstellungen in einer Sprache, von der sie wenig mehr als die zum Verkehr notwendigsten Wörter verstand. Heute jedoch fühlte sie sich wenig aufgelegt für eine Unterhaltung, wie sie Jongleure und Akrobaten, Taschenspieler und Kraftmenschen hervorbringen. Und alsbald war sie mit ihrem Entschluss im Reinen: Ein Spaziergang über die Leipziger Straße und zurück über die Linden und dann eine Erfrischung in einem Winkel eines hübschen Restaurants. Sie war dann noch vollauf bei Zeit zurück.

Die frisch geschöpfte Erfahrung, dass es in den Straßen Berlins nicht rätlich sei, seinen Gedanken allzu sehr Audienz zu geben, ließ sie vorsichtiger als bisher die Straßen kreuzen und auch auf den Bürgersteigen ihre Augen offen halten, um Kollisionen mit den um die Stunde noch zahlreichen Passanten der verkehrsreichen Straße zu vermeiden. Das machte ihr das planlose Umherwandern noch unbequemer als die Verfolgung eines Paares von fashionoble gekleideten Herren, denen die kleine Französin mit dem pikant geschnittenen Gesichtchen anziehend genug schien, um hinter derselben her zu promenieren, sie gelegentlich zu überholen und dann, stehen bleibend, sie mit sehr kecken und neugierigen Blicken zu mustern. Kleine Belästigungen dieser Art waren Toinon von Paris her nichts neues. Sie wusste, dass man dieselben am sichersten abweist, wenn man die Belästiger gar nicht beachtet. Heute war ihr eine derartige Verfolgung, die ihr sonst nur ein mitleidiges Lächeln abnötigte, doppelt peinlich und, um mit sich selbst wieder allein sein zu können, schritt sie zu dem zweiten Teile ihres Programms, ehe sie den ersten zu Ende geführt hatte.

Große Fenster, von innen mit Vorhängen verhüllt, eine schimmernde Laterne über dem Eingange, und die Aufschrift in Goldbuchstaben über der Front des Hauses lehrten sie, dass hier eines jener Weinrestaurants sich befinde, dem die zweideutige Welt einer Großstadt fern zu bleiben pflegt. Ohne Zögern schritt sie hinein und an der Reihe der lichtdurchfluteten Nischen hin, die um diese Zeit fast sämtlich noch leer waren. Hier begannen sich die Räume erst zu füllen, wenn die Theater und Konzerte ihr Ende erreichten. Mit der angeborenen Grazie und Sicherheit der Pariserin selbst der unteren Stände wählte sie ihren Platz in der dritten Nische, bestellte eine Fleischspeise und eine halbe Flasche leichten Rotweins und bat in ihrem gebrochenen Deutsch um ein paar illustrierte Journale. Mit ihnen anscheinend beschäftigt, ab und zu von dem Weine nippend, gab sie ihren Erinnerungen, welche der heutige Abend auf's neue geweckt hatte, freien Raum.

Es war auch eine abendliche Stunde, ähnlich der heutigen gewesen, in der Toinon damals den ersten Schmerz und die erste tiefe Beschämung empfing. Als sie einmal klar darüber geworden war, dass Dr. Mark, ohne dessen Hilfe ihre Eltern der bittersten Not anheimgefallen wären, das Ziel ihrer ersten Neigung sei, war der Gedanke, ihm dieselbe in ihrer ganzen Stärke zu offenbaren, in dem jungen, leidenschaftlich bewegten Mädchen übermächtig geworden. Das, was sie zu tun entschlossen, schien ihr ebenso heroisch wie edel und als sie eines Abends unter einem Vorwande Mutter Péricheux, die von dem Tode ihres Gatten noch zu sehr niedergebeugt war, um einen anderen Gedanken als dieses Ereignis zu haben, verließ, eilte sie schnurstracks dem Boulevard Montmartre zu in jenes Haus, dessen Portierwohnung die Tage ihrer Kindheit gesehen hatte und in dessen drittem Stock der deutsche Schriftsteller eine bescheidene Wohnung innehatte. Atemlos stand sie vor der Tür, die in einem schmucklosen Rahmen seine Visitkarte trug. Würde er zu Hause sein? Das war die einzige Frage, die sie bedrückte. Das Andere verstand sich ja von selbst. Ihr Spiegel und gelegentliche Bemerkungen über sie, die ihr Ohr erreichten, hatten ihr gesagt, dass ihr Wuchs zierlich, dass ihr Antlitz nicht ohne Reiz, kurz, dass sie ein niedliches, junges Mädchen sei. And wenn er nun ihre Dankbarkeit aus ihren gestammelten Worten vernehmen, ihr Sehnen aus ihren dunklen, seinen Blick suchenden Augen lesen würde – ach, – es durchschauerte sie schon jetzt – er würde sie in seine Arme nehmen und ihre Lippen, die so dürstend den seinigen sich entgegenstreckten, küssen. Und nun pochte sie leise an mit dem gebogenen Finger und wie eine Vorahnung kommenden Glücks durchrieselte es sie, als sein sonores „Entrez!" ertönte. Er saß an seinem mit Papieren bedeckten Tische, aus dem eine kleine, mit einem Schirm behangene Lampe brannte. Erstaunt nahm er die kleine Holzmaserpfeife, aus welcher er nach der Sitte des Landes den feingeschnittenen Caporal-Tabak rauchte, aus dem Munde und erhob sich rasch, als er Toinon erkannte.

„Wie? Sie sind es, Toinon?" rief er. „Ist Mutter Péricheux etwas passiert?" Sie war so bewegt, dass sie ein paar Mal atmen musste, ehe sie antworten konnte. „Nein, Herr – nein –." Er bot ihr einen Stuhl an und nahm den Schirm von der Lampe, damit ihr Schein das Zimmer besser durchhelle. „Aber es muss doch etwas vorgefallen sein, Kind, das Sie um diese Stunde hierher zu mir führt," sagte er dann und trat auf sie zu: „Sagen Sie es mir ohne Furcht, Toinon!" Sie erzitterte und ihre Hände erhoben sich wie bittend gegen ihn. In dem Ausdruck ihrer Augen lag alles, was sie dachte, fühlte, begehrte in diesem Augenblick. Er schien davon verwirrt und betreten und machte Miene, von ihr zurückzutreten. Da glitt sie von ihrem Stuhl herunter und auf die Knie und flüsterte: „Ich musste zu Ihnen – verstoßen Sie mich nicht! Seit langen Wochen denke ich nur noch an Sie!"

Und nun hatte sie erwartet, er würde sie aufheben und ihre Zärtlichkeit dulden und erwidern. Toinon fühlte, wie ihr jetzt noch, bei der Erinnerung an diese Stunde, das Blut heiß in die Schläfen stieg. Das, was damals geschah, war ja so ganz anders, als sie es erwartet hatte. Hart und rauh klang seine Stimme, als er ihr zurief: „Was soll das, Toinon! Stehen Sie auf, ich befehle es Ihnen!" Da waren die ersten Worte wilder Zärtlichkeit von ihren Lippen geflossen, ihm alles enthüllend, was sie erfüllte. Und er? In zornigen Worten hatte er sie von sich gewiesen, und dann erst, als sie zu weinen begann, als in ihr groß und brennend die Scham aufstieg, hatte er mit mildem tröstenden Wort zu ihr gesprochen. Und das erst hatte ihr das ganze Ungeheuerliche und Entwürdigende ihres Schrittes gezeigt, wie es sie zugleich mit scheuer Bewunderung von der Charakterstärke dieses Mannes erfüllte, der, Tausenden anderen unähnlich, die Gelegenheit zu flüchtiger Liebeständelei verschmähte und sie, die sich ihm darbot, ernst und eindringlich auf das unweibliche ihres Schrittes aufmerksam machte. Er litt nicht einmal, dass sie um diese Stunde den weiten Weg zu der Mansarde in Batignolles, die sie und ihre Mutter aufgenommen hatte, allein zurückkehrte. Er selbst nahm Mantel und Hut, um sie zu begleiten. Zerknirscht, wie eine reuige Verbrecherin, war sie gebeugten Hauptes an seiner Seite dahingeschritten und erst, als sie vor dem Hause standen, in das sie so ganz anders, als sie erwartet hatte, zurückkehrte, hatte sie es gewagt, nach seiner Hand zu fassen, und einen scheuen, ehrfurchtsvollen Kuss darauf zu drücken. Seit jener Stunde war das Bild des fremden Mannes nur noch tiefer in ihr Herz eingebrannt und jene Stunde peinigender Scham erwies sich für sie in den Jahren, die dann kamen, als ein sicherer Schutz gegen die Lockungen, welcher mancher fernere Tag ihr brachte.

Damals, als sie auf sein Betreiben in einem soliden Hause einen Dienst als Kammermädchen angenommen, hatte sie von seiner

Rückreise nach Deutschland gehört. Sie und ihn würde das Schicksal nie wieder zusammenführen. Allmählich schliefen auch die Erinnerungen an ihn ein. Nur auf dem Grunde ihrer Seele war in dem gelegentlichen Gedenken an ihn zugleich das Bild eines guten und edlen Menschen haften geblieben. Und all' das Halbvergessene hatte der heutige Abend auf's neue aus dem verborgensten Winkel ihres Herzens emporgerissen. In dem Hause ihrer Herrin, dort, wo sie ihn nie erwartet hätte, hatte der Zufall auf's Neue sie mit ihm zusammengeführt. Er hatte sie nicht erkannt, als sie ihm den entfallenen Hut wiederreichte und jetzt war sie froh darüber, wenn sie auch im ersten Augenblicke Trauer darob empfunden hatte. Ihre Herrin, die im Solde einer diesem Lande feindlich gesinnten Regierung hier lebte und er, dessen graden und festen Charakter sie selbst erprobt hatte, – was konnte es gemeinsames zwischen diesen beiden Menschen geben?

War auch er einer jener Verwerflichen, die den Begriff Ehre und Vaterland in ihrem Herzen ertöten ließen durch die dämonische Macht des Goldes? „Nein! Nein!" Halblaut hatte sie diese Worte hervorgestoßen, so dass der befrackte Kellner, der drüben an einem Tische in dem den Nischen gegenüberliegenden Raum soeben von einem Gaste die Zahlung entgegennahm, zu ihr herüberblickte, ungewiss, ob die Worte ihm gelten sollten. Toinon schaute wieder angelegentlich in das aufgeschlagene Blatt vor ihr, als interessiere sie eine der großen Illustrationen ganz besonders. Und doch sah sie nichts davon, vor ihren Augen verschwammen die feinen geschnittenen Linien des Bildes zu einer undeutlichen grauen Masse. Nein, nein! Das war nicht möglich, das konnte nicht sein! Nur eins der Opfer, die Madame de Saint-Ciré mit ihrer Schlangenklugheit in ihre Netze lockte, um Gewinn aus ihrer Kenntnis von Dingen, die für sie von Wert waren, zu ziehen – nur ein solches Opfer stellte er dar. Aber was war er, welche Gefahren drohten ihm von der Abenteurerin, der sie diente – diese Frage bewegte angstvoll ihr Herz.

Männliche Stimmen in der benachbarten Nische wurden laut. Ein paar neue Besucher waren eingetreten und hatten sich dort niedergelassen. Sie achtete nicht darauf, sie verstand auch nicht, was die Herren deutsch mit einander sprachen. Mechanisch blätterte sie in den Journalen Blatt um Blatt um, beendete ihre kleine Mahlzeit und trank von dem Weine, um plötzlich von einem Namen, der drüben genannt wurde, förmlich elektrisiert zu werden. Sie hatte den Namen des Dr. Mark gehört. Und nun lauschte sie und zum ersten Male empfand sie Betrübnis darüber, dass sie die Sprache dieses Landes zu wenig kannte, um ein in derselben geführtes Gespräch belauschen zu können. Denn die Wände, welche die Nischen abteilten, waren dünn und das Gespräch drüben wurde laut genug gepflogen, um den Schall der einzelnen Worte zu ihr hinüberzutragen. Neue Gäste kamen, das Lokal füllte sich zusehends. „Wir hätten ein anderes Lokal aufsuchen können," sprach einer der Herren nebenan – „man weiß nie, wer rechts und links in den Nischen sitzt." „Ändern wir die Sprache," nahm eine heller klingende Stimme das Wort. „Wenn es Ihnen recht ist, Herr Geheimrat, so setzen wir unser Gespräch französisch fort."

Als die Laute ihrer Heimat an Toinons Ohr schlugen, lauschte sie mit angehaltenem Atem. „Ich habe eine wertvolle Information für Sie, Herr Doktor!" klang die sonore Stimme. „Seine Majestät wird in den nächsten Tagen nach Wilhelmshaven reisen und bei dieser Gelegenheit den in Aussicht genommenen Besuch in Friedrichsruh ausführen!" „Ah!" „Das wird Ihrem Freunde Dr. Mark einen neuen Anlass zu Jubelhymnen geben!" „Freund" ist wohl zu viel gesagt, Herr Geheimrat. So nahe stehe ich dem Dr. Mark nicht." „Er wird natürlich allerhand Kombinationen an den Besuch knüpfen." „Wie die ganze Welt, Herr Geheimrat!" „Sie können schon jetzt in Ihren Korrespondenzen durchblicken lassen, dass alle diese Schlüsse jeder tatsächlichen Begründung entbehren und dass an dem Bestehenden auch fernerhin nichts geändert wird."

Der Kellner kam mit den bestellten Speisen und eine Weile hindurch vernahm man drüben nichts als das Klappern der Teller und der Messer und Gabeln. Toinon zog ihre Uhr. Es war halb zehn. Sie rief den Kellner heran und zahlte. Als sie eilig dem Villenviertel wieder zuschritt, flüsterte sie: „Ihm droht irgend ein Unheil! Wenn ich es abwenden könnte! Wie glücklich würde ich sein!"

VIII. Auf Friedrichsruh

Ueber den Besuch, den der Kaiser in Friedrichsruh abstatten wollte, erschienen die ersten Nachrichten. Die Anhänger des Altreichskanzlers wurden einigermaßen durch sie enttäuscht. Sie hatten gehofft, dass in Friedrichsruh das stattfinden würde, was an jenem 26. Januar in Berlin inmitten der Festlichkeiten dieses Tages nicht geschehen war – eine Aussprache zwischen dem Kaiser und dem verdientesten Berater seiner Krone. An diese Hoffnung knüpften sich andere um so fester und leichter, als die Unzufriedenheit mit der durch Caprivi inaugurierten Art, das Staatsschiff zu lenken, immer weitere Kreise erfasste. Ein Gefühl der Mutlosigkeit und des Misstrauens gegen die Regierung ergriff breite Volksschichten und suchte und fand Ausdruck in polemischen Artikeln, welche die teils freiwillig in das Lager des neuen Kanzlers abgeschwenkten freisinnigen Organe, teils die durch dem neuen Kurs gewonnene Korrespondenten bediente Presse mit ebensoviel Lobeshymnen auf den jetzigen Leiter der Geschäfte des Reiches erwiderte.

Die Hoffnungen auf einen längeren Besuch des Kaisers im Sachsenwalde, auf Stunden ruhiger Aussprache mit dem Mitschöpfer des neuen deutschen Reiches, entschwanden, als man erfuhr, dass der Kaiser den Besuch in Friedrichsruh mit einer Marine-Inspektionsreise nach Wilhelmshaven, die längst beschlossen war, in Verbindung bringen würde. Nur wenige Stunden also würde der Monarch in dem Herrenhause des Fürsten zubringen und die würden ausgefüllt werden durch die Empfangsfeierlichkeiten, die Begrüßung und das Diner – die Hoffnungen, die man auf das abermalige Zusammentreffen gesetzt hatte, erloschen.

Dr. Mark, der am Donnerstag Abend das Café Bauer ausgesucht hatte, um Freund Härting, der um diese Stunde dort zu weilen pflegte, aufzusuchen, traf statt des Freundes seinen Kollegen Dr. Paulsen, der ihn sofort in Beschlag nahm und ihn mit der Frage: „Na, Doktor – Sie sieht man am Montag doch auch sicher in Friedrichsruh?" sofort auf das lebhafteste zu interessieren wusste, so dass er, ehe er noch seine Oberkleider abgelegt hatte, mit ungewöhnlicher Lebhaftigkeit an Paulsen die Frage richtete: „Ah! sind die Dispositionen für die Reise endgültig festgesetzt?" „Soweit es bei solchen Reisen endgültige Festsetzungen gibt, allerdings." „Wie lange wird der Kaiser beim alten Kanzler bleiben?" Dr. Paulsen lächelte. „Ich errate den geheimen Sinn Ihrer Frage. Und der ist bei der Stellung, die Sie in der Streitfrage: ‚Neuer oder alter Kurs' einnehmen, ein völlig verständlicher. Aber meine Antwort wird Sie enttäuschen." „Wie?" „Der Kaiser wird nicht länger als drei Stunden Aufenthalt in Friederichsruh nehmen." „Das ist eine kurze Zeit." „Hinreichend, um das Diner beim Fürsten einzunehmen." „Im kleinen Kreise." „Wenn Sie's so nennen wollen – das Gefolge des Kaisers nimmt daran Teil, wie ich höre." „Also offiziell, wie immer." Dr. Paulsen zuckte die Achseln.

„Was wollen Sie? Haben Sie wirklich geglaubt, dass dieser Besuch mehr sein könne als eine erneute Aufmerksamkeit, welche der Monarch dem Fürsten widmet?" „Ach, lieber Paulsen, ich glaube, Sie ahnen nicht einmal, wie viele Tausende in diesem Lande das mit mir hofften", erwiderte Mark. „Ist die genaue Abfahrtszeit schon bestimmt?" „Die Blätter werden wohl noch heute Abend davon benachrichtigt werden, denn man hat sie mir vor einer Stunde mitgeteilt, und die Benutzung dieser Mitteilung nicht untersagt. Der Kaiser benutzt seinen Hofzug und wird gegen 6 Uhr in Friedrichsruh ankommen, und um 9 Uhr seine Weiterreise nach Bremen antreten. Ich werde am Montag mit dem Mittagsschnellzug nach Friedrichsruh fahren und mir die Geschichte dort ansehen. Zu sehen wird freilich verzweifelt wenig sein, denn die Absperrungsmaßregeln werden dort kaum weniger umfassend sein, als vor drei Wochen hier in Berlin. Ich fahre auch eigentlich nur, um zu sehen, wie sich das kleine Friedrichsruh für den kaiserlichen Gast schmückt. Aber Sie, Doktor, Sie sollten doch an jenem Tage dort nicht fehlen!" „Nein, wahrhaftig nicht!" sagte Dr. Mark rasch. „Ihre Worte haben in mir den Entschluss gereift. Ich werde jedenfalls dort nicht fehlen." „Famos! Und fahren wir zusammen?" „Ich kann Ihnen noch keine Zusage geben", wich Mark aus, „ich bin noch nicht mit mir im Reinen, ob ich nicht einen früheren Zug benutze, um ein paar Stunden im Sachsenwalde herumzustreifen."

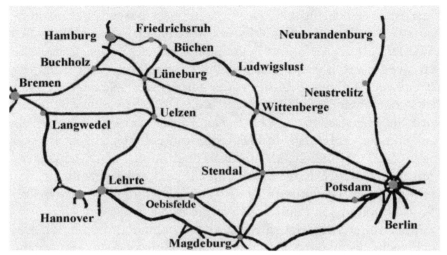

Eisenbahnstrecken Berlin – Friedrichsruh (Hamburg),
Berlin – Lehrte (Hannover), 1886

„So waren Sie noch nie dort!" sagte Paulsen, augenscheinlich stark überrascht. „Das nimmt mich Wunder." „Nie!" sagte Mark. „Ich gehöre nicht zu denen, welche dem Fürsten ihre Person aufdrängen." „Ich hätte Ihre Verbindung mit dem Sitze des Fürsten für intimer gehalten." Dr. Mark lächelte. „Was brauchts der intimen Verbindungen! Glauben Sie wirklich, dass der Fürst bereit ist, jeden Augenblick den Schatz seiner politischen Weisheit vor jedem Zeitungsschreiber auszukramen?" „Nicht vor jedem, aber vielleicht vor Ihnen. Meinen Sie, ich wüsste nicht, mit welchem Interesse man Ihre ‚Rechtsstimmen' gerade in Friedrichsruh liest?" „Was folgt daraus?" „Dass Sie Inspirationen von dort erhalten!" „Sie sind völlig im Irrtum, lieber Paulsen." „Ermächtigen Sie mich, das an gewisser Stelle zu wiederholen?" „Ich ermächtige Sie dazu sehr gern," lachte Mark. „Ich bin frei und unbeschränkt in meinen Urteilen, und zwar nach jeder Seite hin. Darauf lege ich den allergrößten Wert in meinem publizistischen Wirken. Das dürfen Sie ebenfalls verkünden, wo Sie wollen!" fügte er scherzend hinzu und erhob sich. „Sie wollen schon gehen? „Ich muss." „Dann addio! und a rivederci im Sachsenwald."
„Hoffentlich! Adieu!"

Mark ging und zwar schnurstracks nach Hause. Sein plötzlich geweckter Entschluss änderte seine Dispositionen für den heutigen Abend vollkommen. Das Verlangen, einen Tag Friedrichsruh zu durchstreifen, wuchs von Minute zu Minute. Während er eilig seiner Wohnung zuschritt, überlegte er, ob er Else mitnehmen sollte. Aber er verwarf diesen Gedanken sofort wieder. Er wäre dann auf einen Tag beschränkt gewesen und der Plan, schon morgen nach Friedrichsruh zu eilen, die Nacht zum Besuchstage des Kaisers dort zu übernachten und so Zeuge sowohl der Zurüstungen für den Empfang wie des letzteren selbst zu sein, setzte sich immer mehr in ihm fest. Und dann wollte er drüben sich ganz und ungestört seinen Empfindungen hingeben. Ein paar Zeilen, in diesem Sinne motiviert, würden Else beruhigen, sie war verständig genug, um seine Beweggründe einzusehen. Zu Hause angekommen, wartete seiner eine neue Überraschung. Unter den für ihn eingelaufenen Briefschaften befand sich ein Brief, dessen Inhalt ihn für die nächste Stunde ganz in Anspruch nahm. Er lautete:

„Sehr geehrter Herr!

Ihr mutvolles und energisches Eintreten für den unvergesslichen früheren Leiter unserer Politik hat Ihnen die Sympathie von Personen erworben, denen es die Umstände vorläufig verbieten, sich Ihnen zu nennen. Diese, wie Sie Bewunderer des ersten Kanzlers des neuen Reiches und dieselben Befürchtungen hegend, die Sie an den neu eingeschlagenen Kurs knüpfen, glauben die Zeit herangekommen, in welcher mit den unverantwortlichen stillen Ratgebern Sr. Majestät, dieselben, denen eine bestimmte Rolle in den Märztagen des Jahres 1890 zufiel und welche noch heute die festen Schranken zwischen Sr. Majestät und dem Altreichskanzler bilden, die Öffentlichkeit sich beschäftigen müsste. Es wird Ihnen der Nachweis erbracht werden, dass man mit Erfolg versucht hat, Personen und Tatsachen in einem der Wirklichkeit nicht entsprechenden Lichte zu zeigen und man wird Ihnen die Persönlichkeiten nennen, in deren Händen die Fäden der, welche große und schwerwiegende Entschlüsse hervorriefen, zusammenliefen. Man fordert und wünscht von Ihnen nichts, wie man Ihnen nichts verspricht. Man glaubt nur in Ihnen den mutvollen Verfechter des alten Kurses zu erblicken, welcher nicht anstehen wird, die Schleier zu zerreißen, die auf einem der bedeutsamsten und einschneidendsten Ereignisse der neuen Zeit immer noch ruhen, sobald ihm selbst sich diese Schleier heben. Man wird beginnen, Ihnen die Beweismittel in die Hände zu geben und überlässt Ihnen ohne jede Beschränkung deren Benutzung."

Der Brief, dessen Inhalt ebenso mystisch wie von Gewicht schien, trug keine Unterschrift. Mark war im ersten Augenblick geneigt, den Brief zu zerreißen und ihn seinem Papierkorbe zu überliefern. Aber, je häufiger er den Inhalt überflog, desto bedeutungsvoller erschien er ihm. Die Andeutungen über die Feinde des Fürsten Bismarck, die nicht öffentlich hervortraten, sondern im Stillen ihr zerstörendes Werk verrichteten, deckten sich mit seinen eigenen Wahrnehmungen und Mutmaßungen und der ganze Ton des Schreibens widersprach der Annahme einer Mystifikation. Dass der oder die Schreiber des Briefes sich nicht nannten, war verständlich genug. Waren sie wirklich in der Lage, die Aufschlüsse zu geben, welche sie in Aussicht stellten, so gehörten sie Kreisen an, in denen ein offenes Eintreten für den Fürsten Bismarck von vornherein nicht zu erwarten war. Und so tat denn Mark das gerade Gegenteil von dem, was er seinen ersten Empfindungen nach hatte tun wollen. Er zerriss und vernichtete den Brief nicht, sondern er verwahrte ihn fest und sicher in seiner Brieftasche.

„Warten wir es ab," murmelte er. – „Ich bin nicht mehr ein Neuling, der plump in eine Falle geht, so geschickt sie auch aufgestellt werden mag. Ist's den Männern Ernst mit ihrem Anerbieten, so werden sie mit dem in Aussicht gestellten Beweismaterial nicht zurückhalten. Und dann erst werde ich die Entscheidung treffen, ob ich die Hoffnungen, welche jene Herren auf meine Feder setzen, erfüllen kann." So sehr ihn auch die geheimnisvolle Mitteilung beschäftigte, so sehr verstärkte sie zugleich sein Verlangen, seine Fahrt nach Friedrichsruh unverzüglich in's Werk zu setzen. Er schrieb einige herzliche Zeilen an Else und ein paar informierende Worte an seinen Verleger und arbeitete dann noch bis tief in die Nacht hinein, um die Muße, die er sich an den beiden nächsten Tagen gönnen wollte, durch dringende Arbeiten nicht beeinträchtigen zu lassen.

Am anderen Vormittag stand Dr. Mark, soeben dem fahrplanmäßigen Frühzuge entstiegen, auf dem Perron des Bahnhofes in Friedrichsruh, seine Reisetasche, die etwas Wäsche enthielt, in der Hand. Zahlreiche Hände waren bereits mit der Schmückung der Örtlichkeit beschäftigt. Dicht neben ihm gab ein ergrauter Forstmann, in welchem er richtig den Oberförster Lange vermutete, einer Anzahl von Arbeitern, welche gefällte Tannen und Berge von Tannenreisig herbeischafften, Anweisungen. Die Tanne, der immergrüne Baum unseres deutschen Waldes, das Symbol der Lebensfrische, sollte naturgemäß den Haupteffekt der Dekoration abgeben und in der Tat war keine Örtlichkeit wie die hier in Frage kommende, geeigneter, die grüne Tanne als stimmungsvollen Schmuck zu erhalten, als dieser Bahnhof von Friedrichsruh mit seinem überdeckten Perron, der kaum dreihundert Schritt lange Weg bis zum Eingange des Parkes, in welchem, die gelblich-schlichte Hauptfront dem Bahnhof zukehrend, das Herrenhaus des Fürsten Bismarck liegt, und dieses selbst. Hart an den Schienengeleisen führt dieser Fahrweg vom Bahnhof bis zum Schloss Friedrichsruh dahin. Die Grundlinien der festlichen Schmückung waren somit von selbst gegeben, hohe Flaggenmasten waren, den Fahrweg einsäumend, bereits in die Erde eingegraben. Die Linden neben dem Bahnhof, die jetzt ihre kahlen Äste zum winterlichen Himmel hinaufreckten, wurden wie jene bereits mit dem in Unmengen herbeigebrachten Tannenreisig umhüllt. Überall legte man Hand an, eifrig und mit freudigen Gesichtern. In den Augen des einfachsten Arbeiters und Waldläufers, der hier an der Seite des Einwohners des kleinen Örtchens tätig war, blitzte die freudigste Genugtuung und das Werk einer herrlichen und ungemein stimmungsvollen Schmückung des Weges, den morgen der Kaiser passieren sollte, wuchs ihnen ordentlich unter den Händen hervor.

War das ein Wunder? Für sie alle war der Fürst nicht nur der gewaltige Lenker und Leiter unserer Politik gewesen, er war ihnen der jedem bekannte, leutselige Schlossherr, der für ihre kleinen Leiden und Freuden ein ebenso tiefes Verständnis bewies, wie für die großen Probleme, welche Völker in ihrem Verkehr mit einander zu lösen haben. Das Urbild des deutschen Mannes in dem Fürsten war es, das ihnen Bewunderung aufzwang und in dem Herzen des einfachsten und geringsten unter ihnen eine tiefe, ehrfürchtige Liebe zu dem alten Recken aufkeimen ließ, die in Blick, Gebärde und Wort immer und immer wieder zu Tage trat.

Sie alle hatten damals den Schlag mitgefühlt, der ihren Fürsten, wie sie ihn nannten, getroffen und der die hohe Gestalt des alten Kanzlers dennoch ebenso wenig gebeugt hatte, wie seinen Geist und seine Liebe zum Reiche, dessen Einigkeit seine Hand vor allem gefügt hatte. Doppelt genossen sie nun auch, ein jeder von ihnen, als sei er selbst dadurch ausgezeichnet worden, die Vorfreude der morgigen Ehrung durch den Besuch des jungen Kaisers. Es hatte in diesen Stunden keines mahnenden und antreibenden Wortes bedurft. Alles arbeitete unverdrossen neben- und miteinander, das Forstpersonal des Fürsten, die Arbeiter der Sägemühle, deren niedrige Schuppen mit den hohen Stößen geschnittenen Holzes davor hinten im Felde hinter dem Bahnhof liegen, und die Einwohner von Friedrichsruh und dem nahen Reinbek – alles wetteiferte mit einander in Liebe und Lust und freudiger Ausregung.

Dr. Mark genoss ein paar Augenblicke hindurch den vollen Zauber des muntern Bildes, das sich vor ihm entrollte. Der Zug, der ihn hierhergeführt, war schon hinter der Kurve nach Aumühle hinab verschwunden, ein Wölkchen weißgrauen Dampfes aus dem Schlot der Maschine zerflatterte noch über den glänzenden Streifen des Doppelgeleises. Klar und rein war die Luft. Unwiderstehlich fühlte er sich durch das hinter dem hohen Parkzaun inmitten kahler hochstämmiger Bäume emporragende Herrenhaus angezogen, das jenen Mann beherbergte, dem er, einem gewaltigen Impuls in sich folgend, sich selbst ganz zu eigen gegeben hatte. Es ward ihm mit einem Male so wunderbar frei und leicht um's Herz, seine Wangen färbten sich und sein Auge leuchtete auf, er segnete den Entschluss, der ihn heute schon hierhergeführt. Das sollte ein Tag werden! Eine Art Scheu hielt ihn ab, sich an einen der fleißig hantierenden Arbeiter zu wenden, um Erkundigungen einzuziehen, wo er ein Quartier für die kommende Nacht bestellen könne.

Da gewahrte er einen Kellner in der Restauration des Bahnhofes, der gerade, ein gefülltes Cognacgläschen auf einem umgekehrten Bieruntersetzer tragend, auf den Perron heraustrat und das Getränk einem der dies Dekorationswerk leitenden Beamten darbot. Mark wartete, bis der Kellner in das nicht sehr geräumige Restaurationszimmer zurücktrat und schritt nun ebenfalls in dasselbe hinein. Mit denkbar geringem Komfort ausgestattet, bot es ein paar Tische mit Stühlen und links vom Eingang ein kleines Buffet, hinter welchem er den das Glas ausspülenden Kellner wiedertraf.

„Es sind wohl schon viel Fremde hier?" „Das wollt' ich meinen! Die in Hamburg sind ja jetzt ganz toll auf Friedrichsruh. Heute geht's immerhin noch, aber morgen kommen sicher wieder ein paar Extrazüge." „Ich möchte die Nacht hierbleiben. Können Sie mir sagen, wo ich ein Zimmer finden kann?" „Gehen Sie gleich rechts herum zu Damm's Landhaus, gleich, wenn Sie vom Bahnhof kommen und am Parkgitter hingehen, der Parkwiese gegenüber liegt das Wirtshaus. Vielleicht haben die noch'n Zimmer frei."

Mark bekräftigte seinen Dank für die Auskunft durch ein Trinkgeld und suchte das ihm genannte Wirtshaus, Damm's „Landhaus" genannt, unverweilt auf. Nichts unterschied dasselbe dem Äußeren nach von einem dörflichen Wirtshause, das seinen „Ausspann," seine „Wirtsstube" und ein paar Fremdenzimmer hat. Nur beim Eintreten sah man, dass hier auch für besser situierte Besucher ein gewisser Komfort vorhanden war. Das sogenannte große Zimmer, in welchem die Friedrichsruher Jugend an Festtagen auch heute noch tanzt, war sauber gedielt, mit ein paar Ledersofa's und Tischen besetzt und Bilder, unter ihnen natürlich das des Fürsten Bismarck, zierten die Wände. Ein bequemes, sogenanntes Honoratiorenzimmer schließt sich daran und hierher flüchtete Dr. Mark, der die gewöhnliche Wirtsstube voll von rauchenden, Bier und „Korn" trinkenden Menschen fand und auch im „Saal" frühstückende Fremde erblickte. Und hier war er zu seiner angenehmen Überraschung allein und sah sich alsbald einem jungen, einfach gekleideten, artigen Menschen gegenüber, der ihn nach seinen Wünschen fragte.

Die vielen Menschen, die heute in dem sonst auch an Sonntagen stillen Wirtshause aus- und eingingen, hatten in Mark die Befürchtung erregt, seinem Wunsche, hier zu übernachten, werde kaum die Erfüllung werden. Um so freudiger überrascht war er, als der junge Mensch, nachdem er seinen Wunsch gehört und hinausgegangen war, um mit dem Besitzer des Gasthofes zu sprechen, wieder hereinkam und ihm sagte, ein Erkerzimmerchen sei noch frei, wenn das dem Herrn genüge, so könne er es bekommen. Ja, es genügte Mark vollkommen. Das Bett war sauber und frisch bezogen und auf das sonstige Meublement legte er kein Gewicht. Ob schlichte, tannene Stühle darin standen oder weiche Fauteuils, was kümmerte das ihn. Die paar Stunden, welche er hier zubrachte, hätte er auch, wenn sich keine sonstige Gelegenheit zur bequemeren Unterkunft geboten hätte, in einer Sofaecke oder auf einem Stuhle zugebracht. Er ließ seine Reisetasche oben liegen und kehrte in das Honoratiorenzimmer zurück, um eine kleine Erfrischung zu sich zu nehmen. Der junge Bursche, der ihn bediente, stand ihm auf seine Fragen freundlich Rede und Antwort, und kehrte, wenn ihn ein Ruf in die Wirtsstube oder in den „Saal" eilen ließ, immer wieder zu dem Schriftsteller zurück, dessen Fragen von so unverhohlenem Interesse für den Fürsten sprachen.

„Hier herüber kommt der Fürst auch dann und wann," sagte der junge Mann. – „Wenn Wahlen sind, ist dies Zimmer hier unser Wahllokal in Friedrichsruh. Dann kommt der Fürst allemal selbst herüber, um seinen Stimmzettel persönlich abzugeben. Ach Herr, hier in Friedrichsruh lässt jeder von uns, vom alten Oberförster Lange bis zum letzten Knecht hinunter für den Fürsten sein Leben. Wie er im vorigen Herbst so krank war, da war's die erste Frage an jedem Morgen und aus jedem Munde: „Welche Nachrichten sind aus dem Schlosse da?" Und wie er erst wieder ausfahren konnte, da war's wahrhaftig für uns alle ein Festtag. Für jeden von uns, die wir hier wohnhaft sind, hat der Fürst ein freundliches Wort. Er kennt uns alle, mich auch, Herr. Und geben Sie acht, wie das schön morgen werden wird. Haben Sie schon gesehen, wie sie da vorn beim Bahnhof und beim Schloss alles aufputzen? Ich muss morgen bei Tagesgrauen auch noch daran, unser Haus hier zu schmücken. Die Mägde haben schon Fichtenkränze und Girlanden gebunden und unser Wirt hat in Hamburg zwei neue schöne Fahnen geholt, die wollen wir auch heraushängen."

So plauderte ab und zu gehend, der junge Mann, indess Mark sein Frühstück verzehrte und mit Vergnügen den Worten lauschte, die auf's neue Kunde gaben von der herzlichen Verehrung, welche von jedem hier in diesem stillen Erdenwinkel, rings umzogen von den mächtigen Eichen und Buchen des Sachsenwaldes, dem Fürsten entgegengetragen wurde. Ehe Mark ging, um sich ganz den Eindrücken zu überlassen, welche Friedrichsruh auf ihn ausüben würde, kam der junge Bursche mit dem Fremdenbuche, in das Mark seinen Namen und Stand einzeichnete. Mit ruhiger Naivität las der Gehilfe des Wirtes den Eintrag und wandte sich dann Mark zu: „Ich hab's mir schon gedacht, dass Sie auch einer von denen sind, die in die Zeitungen schreiben". Mark lachte belustigt auf. Die naive Harmlosigkeit des Burschen gefiel ihm.

„Das Betreten des Parkes ist wohl verboten?" „Jetzt ja. Früher ward's so genau nicht damit genommen. Aber seit die vielen Leute von allen Orten herkommen, ist's strenger damit geworden. Sie können aber ganz um den Park herumgehen. Da vorn, wenn Sie zuerst den Weg an der Bahn entlang an dem Posthause vorüber nehmen, gehen Sie eine ganze Strecke am Park hin, biegen dann hinter demselben rechts ab, bis Sie an die Oberförsterei kommen und gehen den Weg durch den Wald, bis Sie hier rechts wieder, da drüben bei den Häusern, herauskommen". Sie waren inzwischen auf die Steinschwelle des Gasthauses getreten und der junge Mensch ergänzte seine Erklärungen durch lebhafte Armbewegungen.

Plötzlich griff er nach dem Arme Mark's, deutete dort hinüber, wo der Felsblock vor dem Eingange zum Herrenhaus, das Geschenk von Verehrern des Fürsten, sich erhebt und sagte: „Da, sehen Sie, da sind der Doktor Chrysander und Professor Schweninger herausgetreten. Der Fürst wird sich heute wohl häufiger draußen sehen lassen, ich hab's von den Forstleuten, die da beim Bahnhof die Arbeit beaufsichtigen, dass der Fürst selbst alles inspizieren will." Mark nickte kurz und schlug langsam den Weg dorthin ein, wo an der via triumphalis vom Bahnhof zum Herrenhaus mit immer regerem Eifer gearbeitet wurde. Neben den Fleißigen sah man auch schon manche, welche mit den Händen in den Taschen der Röcke und Paletots neugierig zuschauten und besonders ausdauernd im Warten sich an der Einfahrt zum Park des Herrenhauses zeigten. Das waren Fremde, wie er, die die Schaulust hergetrieben und welche die Zeit nicht erwarten konnten, den Heros zu sehen, dessen Name allein eine ganze Welt in Atem hielt. Es war possierlich, zu beobachten, welche Aufmerksamkeit schon Professor Schweninger und Chrysander bei ihnen erregten und mit welcher Neugierde man den vertrauten Leibarzt des Fürsten und seinen Sekretär betrachtete. Dr. Mark lächelte, als er nach einem kurzen Seitenblick auf die beiden Herren seinen Weg an dem Bahndamm entlang fortsetzte. Das gewaltige Interesse, das sich auf den Fürsten Bismarck konzentrierte, schloss alles ein, was nur mit ihm in Berührung kam.

Mit Interesse betrachtete er den hohen Sandsteinblock von der Grotenburg, den Verehrer des Fürsten diesem einst zum Andenken an die Hermannschlacht im Teutoburger Walde gewidmet hatten, wie die Inschrift auf der ovalen Schriftplatte besagte. Dann gelüstete es ihn, in den kleinen roten Ziegelbau einzutreten, der auf einem vom Parke des Fürsten abgezweigten Raum errichtet ist und in dem sich die Post und der Telegraph befindet, aber er schritt daran vorüber. „Nachher!" sagte er sich. – „Wenn ich Else die Eindrücke mitteile, mit der mich hier die ganze Umgebung erfüllt. Hinter dieser Parkumzäunung, die dichte dunkle Tannen dahinter noch undurchdringlicher für das neugierige Auge machen, liegt wie ein Schloss im Märchen das schlichte prunklose Herrenhaus, das Heim des Mannes, das Hunderttausende täglich in ihren Gedanken aufsuchen und das sie zum Ziel ihrer Sehnsucht machen. Wahrhaftig, das Märchen vom Dornröschen in neuer Beleuchtung! Und morgen kommt der Prinz, der es in der Hand hätte, das, was hier an Kraft und Willen schlummern muss, neu aufzuwecken zum Heile des Reiches!"

Leicht senkte sich der Weg, während der Bahndamm an seiner Seite höher emporstieg. Eine Talsenkung dehnte sich hier vor seinen Blicken aus, rechts hinüber, jenseits des Parkes erschien sanft ansteigend der gewaltige Sachsenwald mit seinen hochstämmigen kahlen Bäumen. An der Parkecke blieb er stehen und überflog das Panorama, das sich hier dem Auge bot. Einige kleine Häuschen links und quervor, unmittelbar vor dem Walde das trauliche Haus, das nach der ihm gewordenen Beschreibung die Oberförsterei sein musste, in welcher der treue Oberförster Lange wohnt. Als das Schlösschen in seiner ursprünglichen Form, ohne den später angebauten Flügel, noch das Eigentum des Hotelbesitzers Specht im nahen Reinbek, dem Sommervillenort begüterter Hamburger, war, bildete hier die Oberförsterei das Tusculum, welches Bismarck aufsuchte, wenn er übermüdet von der gewaltigen Last der Geschäfte, die auf seinen Schultern ruhten, den Lärm Berlins mit dem stillen Friedrichsruh vertauschte. Hier hinten war die Parkumzäunung niedrig und gestattete dem Blicke eine Ausschau auf die gewaltigen Baumgruppen desselben und auf die von Gebüsch umrahmte Wiese mit dem großen Weiher, die sich bis an den Wald heranzieht. Das hintere, einfache Holztor des Parkes war geöffnet und Mark wandelte die Lust an hineinzuschreiten. Aber er bezwang sich. Das, was die neugierigen Besucher dieses Ortes skrupellos tun, schickte sich nicht für ihn, der, getrieben von Liebe und Ehrfurcht für den Fürsten, welcher hier stille Tage verlebte, hierher geeilt war. Aber in jenen Waldgang bog er ein, der rechts von der Oberförsterei diesen Weg mit dem zwischen dem Schloss und dem Wirtshaus sich dahinziehenden Fahrwege verbindet und der, wenn die alten prächtigen Buchen und Eichen sich im vollen Laubschmuck befinden, über dem Haupte des Wanderers sich domartig wölbt. Wahrlich – jetzt vermochte er die Liebe des alten Fürsten für diesen Ruheplatz zu begreifen. Wie feierlich still war es hier – heute, am Sonntag schwieg auch das Geräusch der Maschinen der Sägemühle und nur selten durchbrach ein Pfiff einer Lokomotive dies Schweigen ringsum. So unscheinbar und schlicht ihm die Vorderfront des Herrenhauses erschienen war, so eigenartig passend in die ganze Parkszenerie erschien ihm die Hinterfront mit dem großen steinernen Balkon, zu welchem eine Freitreppe vom Parke emporführt. Eine breite, durch ein Holzgatter nur unvollständig geschlossene Lücke in der Umzäunung gewährte ihm hier einen vollkommen freien Überblick über jenen Teil des Herrenhauses und den Wirtschaftsflügel, der rechts an dasselbe anfügt.

In eigenartiger Stimmung kehrte er zu dem Wirtshause zurück, um den Appetit, der sich, angeregt durch das Umherwandern, bei ihm einstellte, zu befriedigen. Der junge freundliche Mensch, der hier im Hause die verschiedensten Dinge zu verrichten schien, kam ihm eilfertig und mit einem triumphierenden Lächeln entgegen. „Es ist dies hier für Sie abgegeben worden, Herr Doktor!" rief er und hielt ihm eine kleine weiße Enveloppe entgegen. „Für mich?" rief Mark verdutzt, „Ja, wer kennt mich denn hier?" „Ich hab dem Doktor Chrysander gesagt, dass schon einer von den Herren, die Zeitungen schreiben, hier sei und bei uns logiere. Als er Ihren Namen hörte, horchte er groß auf und ging dann schnell wieder zum Schlosse zurück. Und vorhin kam ein Diener mit dem Brief da – ich sollt's Ihnen gleich bei Ihrer Rückkunft geben." Ein freudiger Schreck durchrieselte Mark, als er das Kuvert öffnete und in der festen deutlichen Schrift Chrysanders die Worte las: „Seine Durchlaucht, soeben von Ihrem Hiersein unterrichtet, wird sich freuen, Sie bei sich zu sehen." Die Röte der Freude stieg in Mark's Wangen. Er sah nach der Uhr – es war eins vorüber. Der Salonrock, den er unter dem Pelze trug, erschien ausreichend für diese von ihm nicht gesuchte und doch eine Sehnsucht in ihm stillende improvisierte Zusammenkunft. Schnell entschlossen, aber mit leise pochendem Herzen schritt er der Einfahrt und dem Herrenhause zu, vor dessen Portal er einem ihm entgegentretenden Diener seinen Namen nannte und auf Dr. Chrysander's Karte in seiner Hand wies.

Der Diener riss die Tür rechts auf und ein einfacher Raum, ausgestattet mit einem Garderobeständer und ein paar Rohrstühlen, zeigte sich den Blicken des Schriftstellers. Es war das Vorzimmer, hinter dem die Wohnzimmer und der größere Speisesaal liegen. Kaum hatte der Diener ihm beim Ausziehen seines Pelzes geholfen, als eine Tür sich öffnete und Chrysander's kluges Gesicht sichtbar wurde. Mit der liebenswürdigen Höflichkeit, die den vertrauten Sekretär des Fürsten auszeichnet, begrüßte er den Ankömmling. „Der Fürst ist heute sehr stark in Anspruch genommen," begann er – „es bleibt ihm keine andere freie Stunde als die des Frühstücks. Er bittet Sie, daran Teil zu nehmen, zwanglos, wie es hier Sitte ist. Die Herrschaften haben sich soeben niedergesetzt. Ich bitte, folgen Sie mir!"

Des Fürsten mächtiges Auge ruhte freundlich auf dem Antlitz Marks, als dieser der Tischgesellschaft vorgestellt wurde und einen für ihn reservierten Platz schräguber dem Fürsten einnahm. „Ich freue mich, Sie auch persönlich kennen zu lernen, Herr Doktor! Aus Ihrem publizistischen Wirken sind Sie mir natürlich kein Fremder mehr. Ich bitte Sie nur, heute vorlieb zu nehmen. Sie sehen, es ist alles schon in vollster Vorbereitung für den morgigen Tag." Wie schnell fühlt man sich heimisch an dem Frühstückstische Bismarcks! Aller Zwang scheint von demselben verbannt. Fröhliches Geplauder unterbricht den Genuss der schnell sich folgenden Gänge. In Mark's Auge lohte die ganze Begeisterung, die er für sein gewaltiges Gegenüber empfand. Der Mund unter dem weißen überhängendem Schnurrbart, wie konnte er freundlich lächeln; welcher gewinnende Schimmer lag doch in diesen Augen, die unter den buschigen Brauen so blau und so treu leuchten und die doch so tief sich in die Deinen senkten, als läsen sie auf dem Grunde Deiner Seele alles, was Dich erfüllt und bewegt!

Schnell verfloss die für das Frühstück bestimmte Zeit. Mark war es, als seien es nur Minuten, die entflohen seien. In freudiger Überraschung sah er empor, als nach dem Frühstück der Fürst sich zu ihm wandte: „Wollen Sie ein paar Schritte mit mir durch den Park gehen, Herr Doktor?" An der Seite des Fürsten, der auf seinen derben, knorrigen Eichenstock sich stützte, schritt er dahin. Die mächtige Dogge, die sich sofort, als man vom Tisch aufstand, wieder an die Seite ihres Herrn begab, schritt würdevoll, im gleichen ruhigen Schritt wie dieser, zwischen ihnen, ab und zu den klugen Kopf zum Fürsten emporrichtend. Es schien, als wisse das kluge Tier, wem es ein täglicher Begleiter sei, so stolz trug es den schönen Kopf. „Man sagte mir, Sie seien Hannoveraner?" fragte der Fürst, als sie in den Park eingetreten waren. „Ich bin es, Durchlaucht." „Das macht Sie mir doppelt wert. Es sind ein wackerer, treuer Menschenschlag, diese Hannoveraner. Ich habe auch unter ihnen Freunde gewonnen." „Zahllose, Durchlaucht!" „Und ich habe ihnen den Schmerz, eine andere Dynastie als Herrin zu bekommen, nicht ersparen können. Ich weiß, mit welcher Liebe heute noch ein großer Teil des Volkes an seinem alten Königshause hängt, und welche Hoffnungen es mit dieser Liebe verknüpft. Es hieße die Treue gering schätzen, wenn man sie darob tadeln wollte." „Es bedarf der Zeit, um die Wunden zu heilen, die das Jahr 1866 meinen Landsleuten schlug, Durchlaucht. Und die Bewunderung, die sich durchringt aus anfänglicher Abneigung –"

„Nennen Sie es ruhig Hass", unterbrach ihn der Fürst. „Man hat mich 1866 in Hannover redlich gehasst. Aber es musste so kommen, wie es kam. Gern hätte ich dem ritterlichen Welfenkönig den Schmerz der Entthronung erspart. Aber man hat auch bei Ihnen inzwischen eingesehen, dass die Ziele, die mich trieben, nicht allein die der größeren Machtfülle Preußens waren." „Und heute leben dort Tausende und Abertausende, deren Herz höher schlägt, wenn die Lippen den Namen Bismarck sprechen," sagte Mark feurig. „Jener 26. Januar, dessen Eindruck ich in Berlin mit vollen Zügen genoss, hat seinen jubelnden Widerhall auch in meiner Heimat gefunden." Bismarcks Auge blickte sinnend zu der kahlen Krone eines mächtigen Eichstammes empor, zu dessen Füßen er stehen blieb. „Ja, es ist seltsam! In Ländern, mit denen wir damals in Feindschaft lagen, sind mir die aufrichtigsten Freunde entstanden. Nehmen Sie die Sachsen! Der Tag in Dresden damals wird mir unvergesslich sein! Und der knorrige Bayer, der seinen Partikularismus haben muss, wie sein Bier, soll er sich wohl fühlen, – ich habe in den Kissinger Tagen soviel Liebes und Freundliches von ihnen erfahren, dass der Rest meines Lebens nicht mehr ausreicht, um es allen zu danken." „Und doch stehen Ew. Durchlaucht Landsleute den anderen deutschen Stämmen nicht nach," erwiderte Mark. „Eine Sturmflut von Begeisterung ging vor drei Wochen durch Berlin. Es lag etwas erhabenes und zugleich erschütterndes in diesem Aufflammen der Volksseele." „In Berlin legt sich über die Glut nur allzuschnell wieder Asche," sagte sarkastisch der Fürst und sein Antlitz wurde wieder ernst, als zöge ein unmutiger Gedanke durch seine Seele.

Eine halbe Stunde mochte verflossen sein, als der Fürst mit seinem Gaste zum Herrenhause zurückkehrte, wo er sich von Dr. Mark mit großer Freundlichkeit verabschiedete. „Ich hätte mich gern Ihrer Anwesenheit länger erfreut und Sie gebeten, die Gastfreundschaft meines Hauses anzunehmen," sagte er, als er Mark zum Abschiede die Hand reichte, „aber die Umstände, die Sie ja kennen, zwingen mich, dieser Freude zu entsagen. Aber wenn Sie in späteren Tagen wiederkehren, so wird unter meinem schlichten Dache immer ein Raum und an meinem Tische ein Gedeck für Sie bereit sein!" Voll mächtiger Empfindungen eilte Mark dem Wirtshause wieder zu, dem geselligen jungen Menschen, der Miene machte, ihm auf's neue eine Probe seiner Redseligkeit zu geben, nur flüchtig zunickend. Er ging in das Erkerzimmer hinauf, obwohl dasselbe noch nicht geheizt war und ließ sich auf einem der schlichten tannenen Stühle nieder. Er musste allein sein, um sich selbst erst innerhalb der mächtigen Eindrücke, die er empfangen hatte, wiederzufinden.

Sein Blick ruhte auf den dunklen Tannenspitzen, die sich von der gelblichen Front des Herrenhauses dort drüben scharf abhoben. „Könnte ich sie niederwerfen, all' jene, welche mit den Waffen der Tücke und der Hinterlist kämpfen gegen Dich, Du Großer, Herrlicher!" flüsterten seine Lippen. Seine Hand, die zum Herzen emporzuckte, fühlte die Brieftasche in der Innentasche des Rockes. Der Brief vom gestrigen Abend kam in seine Erinnerung zurück. Er riss ihn hervor und las ihn auf's neue. Heute, in dieser Umgebung, jene Räume, die sein Fuß soeben verlassen, vor sich auf eine Entfernung von ein paar Dutzend Schritten, erschien ihm der Inhalt wie eine Mahnung, wie ein Schlachtruf! Eine ernste Entschlossenheit strahlte aus seinen Augen, als er sich nach einer Weile erhob.

*

IX. Begegnungen

eute gab es keine Sonntagsruhe in dem erregten, sonst so ruhigen Friedrichsruh. Fleißig wurde an der via triumphalis weitergebaut. Seit mehreren Tagen hatte man in der Erwartung, dass einer der nächsten Tage den Besuch des Kaisers bringen müsse, das Material zur Schmückung in riesigen Mengen herbeigeschafft. Das kam den Arbeitern heute zustatten. Die Fichtengirlanden und das Tannenreisig lag zu mannshohen Bergen aufgestapelt und jede Stunde förderte das Werk mehr. Schon standen die Fahnenmasten, grün umwunden, und von ihnen herab flatterten die Fahnen in den deutschen Farben. Jetzt war man daran gegangen, den Perron des Bahnhofes zu einer tannengrünen Halle umzugestalten.

Mark hatte sein kaltes Zimmerchen da oben doch bald wieder mit dem warmen Gemach unten im „Landhaus" vertauscht. Sein redseliger Ganymed hatte ihm mit dem Kaffee, den er sich bestellt, auch einige jener niedlichen mit lithographierten Ansichten des Herrenhauses etc. versehenen Postkarten mitgebracht, von denen Mark eine mit herzlichen Worten beschrieb und an Else adressierte. Die Post war um diese Stunde geschlossen und so ging er auf den Bahnhof, um die Karte dort in den Postkasten zu werfen. Als er am Telegraphenzimmer vorüberging warf er einen flüchtigen Blick hinein und stutzte. Dort stand eine Dame in kostbarem grauen Pelzmantel, ein gleiches Pelzmützchen auf dem Kopfe, vor dem Stationsassistenten und übergab ihm eine Depesche. Nur ein Teil ihres Profils war sichtbar, aber wie ein Blitz durchfuhr es ihn: „Das ist Madame de Saint-Ciré!" Die lebhafte Empfindung, welche diese Möglichkeit schon in ihm hervorrief, erschreckte ihn. Die Karte, auf welcher er seiner Braut Mitteilung von den Ereignissen der verflossenen Stunden machte und der Worte voll herzlicher Liebe angefügt waren, ruhte noch in seiner Hand. Und im gleichen Moment fühlte er sich gefangen genommen von dem Bilde eines anderen Weibes, das sein Herz zu rascherem Schlagen bringend vor ihm aufstieg, wenn eine nur flüchtige Ähnlichkeit vor sein Auge trat. Er warf die Karte in den Kasten und passierte die Glastür des Telegraphenzimmers aufs neue, entschlossen, keinen

Blick hinein zu tun. Aber sein Wille war machtlos geworden. Eine magische Kraft lenkte seinen Blick und – nun stockte sein Fuß und über seine Lippen drang ein lauter Ruf der Überraschung. Jetzt hatte die Dame, im Begriff, das Zimmer zu verlassen, sich voll der Perronseite wieder zugewendet – es war Madame de Saint-Ciré!

Alle Bedenken und Selbstvorwürfe schwiegen vor dem reizenden Anblick der Französin; ihr schönes Antlitz, von welchem sie den Schleier entfernt hatte, war sanft gerötet, die zierliche Mütze aus kostbarem grauen Pelzwerk kleidete sie zum Entzücken. Mark stand in bebender Erwartung, dass sie ihn sehen und erkennen würde. Nun trat sie auf den Perron und sah ihn. Das Rot auf ihren Wangen vertiefte sich und eine leichte Verwirrung schien sie zu überkommen. Aber dann eilte sie auf ihn zu und streckte ihm die Hände entgegen, mit dem glücklichen Lächeln eines Kindes. „Sie – Sie hier, Herr Doktor!" „Und Sie!" erwiderte er und es vibrierte der Ton seiner Stimme dabei – „wie seltsam und schön das ist!" „Da haben Sie das Wiedersehen," sagte Céline – „sagte ich es Ihnen nicht, als Sie mich darum fragten: wer weiß, wie bald! Morgen glaubte ich Sie hier zu sehen, aber dass Sie schon heute hier weilen, ganz wie ich – das überrascht mich doch!" Er gab ihr in kurzen Worten die Erklärung und fügte dann hastig die Frage hinzu: „So kehren Sie heute nicht nach Berlin zurück? Und Sie sind allein?" „Zwei Fragen auf einmal und für beide eine Antwort: ‚Nein!' – Ich kehre heute nicht zurück und bin auch nicht allein. Meine Kammerzofe begleitet mich." „Aber – eine Dame von Ihren Ansprüchen, – wo in aller Welt haben Sie denn ein Unterkommen gefunden, das denselben nur im kleinsten Teile genügt?" Sie sah ihn mit einem schelmischen Blick an. „Oho, mein Herr Doktor – halten Sie meine Ansprüche nicht für unerschwinglich! Ich bescheide mich gern, wenn die Umstände es verlangen. Und im Übrigen habe ich drüben in der Pension Werner ein paar Zimmer gefunden, die mir für den kurzen Aufenthalt wirklich genügen." „Dort also wohnen Sie? Ich hätte es mir denken können. Ich habe das Gebäude im Walde liegen sehen." „Und Sie, Herr Doktor? Ah, was sage ich! Sie sind gewiss hier auf dem Bahnhof, um den Zug nach Berlin zu erwarten und dahin zurückzukehren." „Nein," erwiderte Mark und sein Auge leuchtete dabei, – „mich hat derselbe Gedanke geleitet wie Sie und ich fasste denselben Plan wie Sie – ich bin mit dem ersten Frühzuge hierhergekommen und habe wundervolles erlebt –." „Das müssen Sie mir erzählen - ich nehme Anteil an allem –." Sie vollendete nicht. Aber in Mark's Innern erklangen die nicht ausgesprochenen Worte: „ – was Sie betrifft." Hastig aber sagte sie statt dessen: „Sie bleiben also auch? Aber dann wollen wir diesen Perron doch verlassen - ich liebe diesen Wirrwarr des Unfertigen nicht –." Sie gingen auf die Pension Werner zu.

Der Anblick des mächtigen Waldes hinter derselben reizte die Französin. „Ich hätte Lust – einen Spaziergang dort hinein zu machen in dies Gewirr von Baum und Strauch. Wollen Sie mich begleiten?" Ob er wollte! Man las ihm ja die Freude an den Augen ab. Sie wanderten den festen, nicht unangenehm zu gehenden Weg zum Kupferhammer hinauf. Hie und da lief eine starke Baumwurzel quer über den Weg und einige Male passierte es, dass Céline beinahe darüber gestrauchelt wäre. Dann bot Mark schnell seinen Arm zur Stütze, bis sie ihn endlich ganz nahm und nun an seiner Seite weiter ging, von allem plaudernd, was er im Gespräch berührte, froh, heiter, unbefangen, als sei dieser improvisierte Ausflug für sie selbst eine Quelle reizvollen Vergnügens. Sie waren so vertieft in ihr Gespräch, dass sie nicht bemerkten, wie sie bei einer Wegkreuzung die Fortsetzung ihres bisherigen Weges verschmähten und auf einen hübschen Seitenweg gerieten, der in weiten Schlangenlinien seitab durch den Forst führte. Bald traten die Kreuzwege häufiger auf und die beiden gerieten, ohne dessen inne zu werden, auf einen Waldpfad, der auf ein Dickicht zulief, und vor demselben plötzlich sein Ende erreichte. Céline sah belustigt auf. „Oh, wo sind wir? Dadurch führt doch kein Weg? Wo ist unser Weg geblieben?" Mark sah in leichter Verlegenheit drein. „Vergebung – die Schuld liegt an mir – wir sind auf einen falschen Weg geraten. Wir müssen zurück!" „Verirrt? Ein Abenteuer? Wissen Sie, dass ich das allerliebst finde?" Mark antwortete nicht sogleich. Er warf einen besorgten Blick um sich. Leichte Schatten senkten sich auf den Forst nieder. Ein Blick auf seine Uhr überzeugte ihn, dass es vier Uhr vorüber war. In einer Stunde war der Wald in Dunkel gehüllt. „Hoffentlich kommen wir bald auf den richtigen Weg zurück", sagte er besorgt. – „Ich muss mich tadeln, dass ich nicht besser Acht gab. Aber ich gab mich so ganz dem Zauber Ihrer Unterhaltung hin –" Céline lachte.

„Wie tragisch Sie das sagen! Was ist denn dabei – man irrt sich im Weg, sucht eine kleine Weile und kehrt mit dem doppelten Genuss auf den richtigen zurück." „Wir wollen es hoffen", murmelte Mark. „Jedenfalls müssen wir geschwinder zurück und Sie –" nun gewahrte sie seinen besorgten Blick – „Sie werden müde sein!" „O nein, ich bin ausdauernder, als Sie denken. Aber sagen Sie, haben Sie wirklich Furcht, dass wir uns nicht zu dem richtigen Wege zurückfinden könnten?" „Noch nicht", erwiderte er schnell. „Wollen Sie mir Ihren Arm wieder anvertrauen, Madame – wir kommen schneller vorwärts." Sie legte unverzüglich ihren Arm in den seinen. Sie gingen schneller als vorhin weiter – da durchschnitt den ihren ein anderer Weg im sehr spitzen Winkel. Nun blieben sie betroffen stehen und es ward ihnen klar, dass hier schon ein Irrtum verhängnisvoll sein könne. „Vorwärts", sagte Céline tapfer, „folgen wir dem Wege, den wir einmal eingeschlagen haben." „Und doch ist mir, als seien wir hier von unserem Wege abgewichen und als könne der vor uns liegende nicht der rechte sein, als müssten wir hier links in den Pfad, der den unsrigen schneidet, einbiegen." „So wählen Sie ihn – ich vertraue mich unbedingt Ihrer Führerschaft an." Mark überlegte kurz und bog in den neuen Pfad ein. Eine lange Strecke gingen sie nun schweigend nebeneinander her. Die Schatten im Gehölz vertieften sich und die Dämmerung sank schneller und schneller herab. Endlich blieb Mark stehen. „Ich habe mich getäuscht", rief er, „dieser Weg kann der richtige nicht sein. Wir mussten der Zeit nach längst schon die Lisière wieder erreicht haben und sehen Sie nur – vor uns wird die Horst dichter und dichter!" Céline lehnte sich wie ermüdet auf seinen Arm. „Also wirklich verirrt – ein Abenteuer, das fatal werden kann. Was sollen wir tun?" „Wir müssen zurück." „Die weite Strecke?"

Er sah sie voller Besorgnis an. „Sie sind müde und ich bin es, der Ihnen diese Sorge und Qual schafft. Wie ich mir zürne meiner Unvorsichtigkeit halber! Wären wir doch Ihrem Rate gefolgt." Sie sah ruhig zu ihm auf. „Beunruhigen Sie sich nicht meinetwegen. Ich bin stärker und widerstandsfähiger als Sie annehmen." Sie gingen zurück, schneller erst, dann als Mark merkte, dass sie schwerer sich auf seinen Arm stützte, langsamer. Es war dunkel geworden, als sie den Kreuzweg wieder erreichten und auf dem vorhin verlassenen ihren Weg fortsetzten. Ihr Gespräch stockte vollends, auf Marks Antlitz prägte sich die Erregung aus, die er empfand. Was sollte werden, wenn sie tiefer in den Wald hineingerieten, hier, wo auf stundenweite Entfernung vielleicht kein lebendes Wesen ihnen begegnete.

Nun wählten sie auf gut Glück die Wege, bis sie auf einen breiteren gerieten. Jetzt aber war es schon so dunkel geworden, dass sie an der Lichtung der Bäume oben den Weg, auf dem sie langsam und vorsichtig dahinschritten, besser zu erkennen vermochten, als diesen selbst. Die gefrorenen Wagenspuren auf dem Wege und die Baumwurzeln nötigten sie zur Langsamkeit und Céline schmiegte sich eng an Mark an. Trotz der Besorgnis, die diesen erfüllte, durchrieselte Mark jede Berührung ihrer elastischen Gestalt. Sie wandte manchmal den Blick zu ihm herauf und einige Male schien es ihm, als lege sich ihr Arm mit festerem Drucke auf den seinen. Aber das konnte auch die Unebenheit des Bodens hervorgerufen haben. Plötzlich stieß Mark einen Freudenruf aus und blieb stehen. „Sehen Sie dort!" rief er, den linken freien Arm weit in gerader Richtung vor ihnen ausstreckend. „Nein – was ist es?" „Ein Licht! Dort – etwas rechts von unserem Wege. Gott sei Dank – wir nähern uns wieder einer menschlichen Behausung." Schneller schritten sie vorwärts und nun plauderte Céline auch wieder. „So haben wir doch ein Abenteuer erlebt, ein richtiges Abenteuer," scherzte sie. „Aber es fehlt noch die eigentliche Pointe – eine Gefahr!" „Wie tapfer Sie sind!" sagte Mark – „manche meiner Landsmänninnen wäre in Angst und Sorge geraten." „An Ihrer Seite?" Das klang so ruhig und so voller Vertrauen, dass er fühlte, wie eine heiße Röte in seine Wangen stieg. „Sie sollten mir lieber zürnen," sagte er leise, „dass ich Ihnen ein so schlechter Führer gewesen bin."

Jetzt blinkten auch zur Linken ferne Lichter durch den Wald, in regelmäßigen Abständen. Und jetzt klang der Pfiff einer Lokomotive zu ihnen herüber. „Dort zieht sich die Bahn entlang!" rief Mark. „Hörten Sie den Pfiff und vernahmen Sie das dumpfe Rollen – es ist ein Zug, der sich Friedrichsruh nähert. Wir sind nicht auf dem Wege, auf dem wir uns in den Forst begaben, aber doch auf einem richtigen, der uns unserem Ziele wieder entgegenführt!"

Pension Werner in Friedrichsruh

Links vom Wege lichtete sich der Wald immer mehr. Die dunklen Konturen von Schuppen und ein großer Schornstein wurden sichtbar. „Ich irre mich nicht," rief Mark, – „das da zur Linken sind die Gebäude der Sägemühle des Fürsten Bismarck und drüben das große dunkle Gebäude ist der Bahnhof – deutlich sind die Positionslichter der Strecken schon zu erkennen. Dann sind die Fenster da vor uns die Ihrer Pension – unsere Verirrung im Walde ist noch glücklich abgelaufen." „Und ich bin um einen ungewöhnlichen Eindruck reicher. Wollen Sie es mir glauben, Herr Doktor, dass ich zum ersten Male zu so später Stunde in einem Walde war? Es ist so eigen, so heimlich-schauerlich, dies Knacken und leise Knistern im Gebüsch, dies Knarren der Äste da oben in den Baumkronen, wenn der Wind darüber hinstreicht!"

Kaum hundert Meter trennte sie noch von dem Gebäude der Pension Werner, als Céline plötzlich an eine über den Weg laufende Baumwurzel stieß und bei den nächsten Schritten einen leisen Schmerzensruf hören ließ. „Was ist Ihnen?" „Mein Fuß! Ich muss ihn, als ich eben über der Wurzel fast zu Fall kam, etwas vertreten haben. Er schmerzt." „Stützen Sie sich fest auf mich," bat Mark. „Wir haben nur ein paar hundert Schritt noch und Ihnen winkt nach den Strapazen unserer Irrfahrt die Ruhe." Sie machte ein paar Schritte und blieb dann seufzend stehen. „Es geht nicht. Das Auftreten verursacht mir Schmerzen." Mark sah sich verzweifelt um. Da, dicht vor ihnen, nicht zweihundert Schritt mehr entfernt, lag mit seinen freundlich erhellten Fenstern die Villa und angesichts des ersehnten Zieles musste ihnen auch noch das geschehen. „Getrauen Sie sich zehn Minuten allein zu bleiben? Ich eile in die Villa und hole Hilfe herbei." Sie griff angstvoll nach seinem Arm. „Nein, nein," flüsterte sie. „Lassen Sie mich hier nicht allein!" „So gibt es nur ein Mittel," rief er „ich muss Sie die kleine Strecke tragen!" Sie antwortete nicht. Er nahm das als eine Einwilligung und hob sie sanft empor. Er fühlte, wie sie erbebte, als er sie in raschen Schritten auf seinen Armen von dannen trug. Sie hatte das Antlitz von ihm abgewendet und ihr Atem ging schwer. Glücklich, ihr einen Dienst erweisen zu können, schritt er mit seiner schönen Last dahin, bei aller Vorsicht, die er anwandte, um nicht zu stolpern, doch leidlich schnell. Dicht vor der Villa hielt er an und sie glitt von seinem Arm. „Werden Sie die Stufen allein emporsteigen können?" rief er besorgt. Sie prüfte den Fuß. Er schmerzte noch, aber es ging vielleicht für die wenigen Schritte. „Sehen Sie," sprach sie, auf seine Hand gestützt, eine der Stufen ersteigend – „es geht wirklich. Sie dürfen mich ohne Besorgnis verlassen. Glauben Sie, es ist nichts Ernstes. Ein paar Stunden der Ruhe und ich bin frisch wie zuvor. Gehen Sie jetzt!" Sie drückte seine Hand. „Darf ich mich morgen früh nach Ihrem Befinden erkundigen," sagte er stockend. Sie schüttelte den Kopf. „Ich bitte – nicht! Wie sollte man hier Ihren Besuch deuten!" „Aber ich gehe in Furcht um Sie von Ihnen!" „Ich hoffe, mein Anblick wird Sie morgen beruhigen." „So sehe ich Sie?" „Dort, wo Ihr Kaiser uns morgen das

Schauspiel bereiten wird, vom Fürsten empfangen zu werden."
„Das sind fast vierundzwanzig Stunden!" Sie winkte ihm statt aller Antwort zu und stieg langsam die übrigen Stufen hinauf.

Langsam auch entfernte er sich, den Blick zurückgewendet. Nun öffnete sich die Tür. Im Lichtschimmer sah er noch einmal die schöne, schlanke Gestalt, die für wenige kurze Minuten auf seinem Arme geruht hatte. Ihr feines Parfüm hatte sich seinen Kleidern mitgeteilt und der Duft desselben erhitzte ihn. Er nahm den Hut ab und ließ die kalte Abendluft um seine heißen Schläfen wehen. Ermüdet und abgespannt kam er im Landhaus an. Vorn in der Wirtsstube neben dem Eingang tönten laute Stimmen. Hier saß eine Anzahl der am Schmückungswerk beschäftigt gewesenen Arbeiter und stärkte sich an dem einfachen Bier und dem wasserklaren Weizenschnaps. Im Hinterstübchen war es behaglich warm und die Hängelampe über dem Tisch vor dem Wachstuchsofa sandte ihren milden Schimmer durch das anheimelnde Gemach. Mit einem Seufzer der Erleichterung entledigte sich Mark seines Pelzes und seines Hutes und warf sich auf das Sofa. So groß sein Durst nach Ruhe war, so sehr fürchtete er sich, jetzt mit sich selbst allein zu sein. Ihm war, als habe er gegen Else einen Treubruch begangen und als sei seine Vergangenheit mit einem Male mit einer Bürde belastet, die ihre Schwere auf seine ganze Zukunft ausdehnen müsse.

Er atmete deshalb erleichtert auf, als der junge Mann eintrat und ihn nach seinen Wünschen fragte. Mark bestellte etwas Essen und Bier und brachte seinen Aufwärter schnell dazu, ein Gespräch mit ihm anzuknüpfen. „Seit länger als acht Tagen schon ging hier das Gerücht, dass der Kaiser kommen wolle," plauderte der Redselige. „Deshalb ist schon in der ganzen Woche Tannengrün aus dem Horst herbeigeschafft und die Weiber hier haben sich an den Girlanden die Finger wund gebunden. Nun wird's aber auch prächtig morgen. Nur viel sehen wird man nicht können." „Warum nicht?" „Es ist eine Ordre aus Berlin gekommen, dass alles in weitem Kreise abgesperrt gehalten werden soll. Vorhin war der Obergendarm drinnen in der Gaststube und der sagt's. Sie nehmen Bahnschwellen zum Absperren. Zum Absperren sind außer den dreizehn Gendarmen, die wir in der Umgegend haben, auch die Feuerwehrleute von unserer freiwilligen Feuerwehr und der Kriegerverein von Reinbek aufgeboten worden. Aber der Herr werden jedenfalls einen bevorzugten Platz bekommen. Wer mit dem Fürsten bekannt ist –" „Seit wann wissen Sie denn hier um das Kommen des Kaisers?" „Gestern erst hat's der Stationsvorsteher von Berlin angekündigt erhalten. Dann war's wie im Fluge herum. In ein paar Stunden wussten sie's überall hier." Der Redselige wurde abgerufen.

Mit Grauen dachte Dr. Mark an den langen Abend in dem stillen Friedrichsruh. Einen Augenblick kam ihm der Gedanke, ein paar Stunden nach Hamburg hinüberzufahren und zur Nacht erst hierher zurückzukehren. Aber er verwarf den Gedanken wieder. Er war seit den frühesten Morgenstunden auf den Beinen und die Sehnsucht nach Ruhe ward immer mächtiger in ihm. Und doch war's erst sieben Uhr vorüber und vor neun an ein Schlafengehen zu denken, erschien ihm lächerlich. So ging er, nachdem er sein frugales Mahl beendet, hinüber in die Gaststube, setzte sich in eine Ecke und lauschte dem Gespräche der einfachen Leute, die hier ihren Gedanken und Erwartungen über den morgigen Tag Auskunft gaben. Eine Weile hindurch fesselte das seine Aufmerksamkeit, dann aber machte sich seine körperliche und geistige Abspannung doppelt fühlbar. Er ging auf sein Zimmer und suchte zu schlafen. Und der Schlaf kam, mit ihm aber quälende Träume. Er sah Else, wie sie, die Hände nach ihm ausstreckend, immer weiter von ihm sich entfernte, bis sie immer schemenhafter wurde und endlich wie zerflatternde Nebel gänzlich verschwand. Dann fühlte er sich von weichen Armen umschlungen und weiche, fremde Laute schlugen an sein Ohr. Und als er die blonde Gestalt, welche die Züge Célinen's trug, an sich reißen wollte, schob sich zwischen ihn und sie ein widerwärtiges Satirgesicht, ihm im grinsenden Hohn zulachend. So wirbelten die Traumbilder durch seinen Schlaf und ließen ihn sich im Bette herumwerfen. Später stellte sich ein tiefer, traumloser, erquickender Schlaf ein. Als er aufwachte, schien schon der helle Morgen durch die Fenster. Es war acht Uhr vorüber. Mark erhob sich und kleidete sich schnell an. Sein gefälliger

Berichterstatter, der geschäftig unten im Wirtshause herumhantierte, empfing ihn mit einem hellen „Guten Morgen!" und fügte, die Hände reibend, hinzu: „Für uns wird's heute ein schwerer Tag werden. Extrazüge werden sie zwar von Hamburg nicht ablassen, wie der Stationsvorsteher gestern Abend erzählte, als Sie schon hinauf gegangen waren, auf höheren Befehl, wie es heißt. Aber unser kleines Friedrichsruh wird heute trotzdem gesteckt voll von Fremden sein, passen Sie 'mal auf, wie der Frühzug von Berlin und der Zehnuhrzug von Hamburg besetzt sein werden. Unser Herr hier war gestern in Hamburg und hat ganze Lasten von Fleischwaren heute mitgebracht und Bier haben wir mehr als zum Erntefest. Und heute Abend wird's doch hier sein, als wenn die Mäuse selbst die letzten Brocken weggegessen hätten."

Den ersten Blick sandte Mark, als er vor die Türe trat, zur Pension Werner hinauf. Er beunruhigte sich um die Folgen des Unfalles. Es schien ihm unerträglich, bis zum Spätnachmittag warten zu müssen, um dann erst vielleicht sie wieder zu sehen. Was mit dem ganzen langen Tage tun? Fast verwünschte er seinen Entschluss, zwei lange Tage hier sich aufgehalten zu haben. Aber, je mehr der Tag vorrückte, desto mehr fühlte auch er sich von der steigenden Erregung, die alle hier beseelte, mit ergriffen. Mit jedem der hier in Friedrichsruh haltenden Züge kamen neue Fremdenmengen. Sehr eilfertige Herren mit wichtigen Mienen, die jede offizielle Person auszufragen sich mühten, kennzeichneten sich durch ihren Eifer und den wiederholten eiligen Gang zum Depeschenamt als Berichterstatter. Aus den nahe gelegenen Ortschaften kamen sie heran zu Fuß und zu Wagen und ehe noch die Mittagsstunde herankam, durchströmte Friedrichsruh eine schon nach vielen Hunderten zählende Menschenmenge, welche von Stunde zu Stunde lawinenartig anschwoll und bald zu Tausenden angewachsen war.

Die via triumphalis, die mit dem einem Tannenhain gleichenden Bahnhofsperron begann und sich bis zum Einfahrtstor des Schlosses längs der Bahnlinie fortsetzte, war bis auf einige Kleinigkeiten, an die man die letzte Hand legte, vollendet. Hohe Flaggenmasten, im Top die deutschen Farben zeigend, erhoben sich in kurzen Zwischenräumen recht und links, von oben bis unten mit

Tannenreis umwunden und durch Girlanden mit einander verbunden. Die Absperrungsmaßregeln waren in der Tat weitgehende. Die Landgendarmerie des Kreises hielt alle Zugänge zum Bahnhof und zum Schloss des Fürsten streng bewacht. In einem weiteren Umkreise hatte man Eisenbahnschwellen dicht nebeneinander in den Boden gegraben und wenn man auch das triste Aussehen dieser von den Menschenmengen mit einigem Unwillen empfundenen Schranken durch Anbringung von Tannengrün zu mildern strebte, Schranken waren es trotzdem, welche dem Publikum gezogen waren, das sich in vielfachen Reihen dahinter staute.

Der Nachmittag kam und die Erwartung stieg. Alles harrte an seinen Plätzen geduldig aus, wer den seinigen verließ, konnte sicher sein, ihn zu verlieren, ohne Hoffnung auf Wiedergewinnen. Viel beneidet wurde eine kleine Anzahl von Bevorzugten, die an der Seite des Postgebäudes hart neben dem Schlossportal hatten posto fassen dürfen. Hier traf Mark, der sich vergebens nach Céline umsah und dessen Hoffnung, sie heute noch zu sehen, bei dem starken Andrange des Publikums immer geringer wurde, auf mehrere Bekannte, unter ihnen Dr. Paulsen, der ihn mit einem Scherzwort begrüßte. Paulsen, von dem man wusste, dass er immer gut informiert war, wurde von den Berichterstattern mit Fragen bestürmt. Es schmeichelte der Eitelkeit des Dänen, hier als „inspirierteste" Person zu gelten und so gab er bald hier und da eine Auskunft, welche denjenigen, der sie glücklich ergattert hatte, schnell den Weg zum Telegraph, der zum Glück nahe genug lag, antreten ließ. „Sie wollen wissen, wer sich in der Begleitung des Kaisers befindet? Aber mit Vergnügen, Herr Kollege! Natürlich in erster Linie der Kommandant des kaiserlichen Hauptquartiers, Generalmajor von Plessen, und der Chef des Marine-Kabinetts, von Senden-Bibran, das Endziel der Reise gilt ja, wie Sie wissen, einer Marine-Inspektion. Weiter der Hausmarschall Freiherr von Lyncker, die Flügeladjutanten Grafen Arnim, der Capitain wie der Oberstleutnant, endlich Flügeladjutant Graf Moltke und der Leibarzt Dr. Leuthold. Das ist alles."

Und zu Mark sich wendend, setzte er leiser hinzu: „Zwei neue Beweise von der gnädigen Gesinnung Sr. Majestät werden heute auch noch zu Tage treten. Ich bin darüber informiert, aber das ist nur für Sie, nicht für die anderen Herren. Zwei Gardisten in der feldmarschmäßigen Ausrüstung, welche den Beifall des Kaisers gefunden hat, begleiten den Hoftrain. Sie sollen dem Fürsten Bismarck vorgestellt werden." „Der Beweis gilt dem Generaloberst Bismarck und nicht dem Altreichskanzler," erwiderte Mark mit einem Anfluge von Bitterkeit. „Schön! Dann werden Sie den zweiten vielleicht gelten lassen," protestierte der unermüdliche Paulsen. „Sie wissen, welche besondere Neigung der Monarch der Marine zuwendet und Sie kennen auch das hervorragende Zeichentalent des Kaisers. Nun hat derselbe eine Anzahl von Schiffsprofilen, Darstellungen der Panzerstärken etc. gezeichnet und diese Zeichnungen sind in ein paar Exemplaren vervielfältigt. Eins davon wird der Kaiser heute dem Fürsten überreichen." „Eine hohe kaiserliche Gnade, ohne Zweifel!"

Es war halb fünf Uhr geworden und plötzlich lief unter der Menge eine Nachricht um, welche die Erwartung wieder auf den Gipfel trieb. „Der Fürst wird vor der Ankunft des Kaisers die Anordnungen hier noch einmal inspizieren," hieß es von Mund zu Mund. „Um fünf Uhr kommt er." Die Minuten bis dahin schlichen dahin. Endlich ging eine Bewegung durch die Massen. „Der Fürst kommt! Der Fürst kommt!" Und da kam er mit schweren, langsamen Schritten daher an die Einfahrt. Die weiße, gelbgeränderte Mütze seiner Kürassiere auf dem Kopf, den grauen Mantel über der weißen Uniform, die mit dem Abzeichen des Generalobersten-Ranges geschmückt war, die hohen preußischen Orden darüber angelegt, mit Schweninger, der an seiner Seite, wie immer ernsten Gesichtes, daherschritt, trat er aus dem Tor des Parkes und ein Jubelruf aus tausenden von Kehlen erschütterte die Luft. Auf einen Wink des Fürsten eilte sein treuer Oberförster herbei, der in der Nähe stand. Der Fürst deutete über den abgegrenzten Platz hin. „Das will ich nicht, Lange – so peinlich sollen die Leute nicht ferngehalten werden. Bis dahin" – und Fürst Bismarck deutete auf die äußere Reihe der den Weg einschließenden Flaggenmasten, „können Sie das Publikum ruhig herankommen lassen!" Der Fürst hatte diese Worte mit seiner sonoren Stimme so laut gesprochen, dass die am nächsten Stehenden den Sinn derselben zu erraten vermochten und von Mund zu Mund lief's weiter: „Fürst Bismarck hebt die Absperrung auf! Wir kommen näher heran!" Und mit einem Male, gleichsam als suche der Dank der Massen einen Ausweg, schallte ein neues sich immer wiederholendes „Hoch" dem Fürsten, der die via triumphalis abschritt, entgegen.

Als Bismarck an der Gruppe der Zeitungsberichterstatter vorüberkam, erblickte er Dr. Mark und grüßte ihn mit einem freundlichen Kopfnicken, indem er die Hand an die Mütze legte. – Paulsen sah Mark groß an. „Hören Sie 'mal, Kollege – Sie scheinen doch intime Beziehungen zum Fürsten zu haben; und neulich sagten Sie doch –" „Seit gestern, Paulsen! Man würdigte mich gestern der Ehre, an der Frühstückstafel teilnehmen zu dürfen." „Psst! Natürlich sind Sie vollgesteckt von politischen Informationen?" Mark musste wider Willen lachen. „Wie schlecht kennen Sie den Fürsten, Paulsen! Ich gebe Ihnen mein Wort, dass gestern in der Stunde, die ich im Schlosse war, auch nicht mit einem Worte die Politik gestreift wurde." Paulsen sah ihn ganz verblüfft an. „Würde ich Ihre Bedeutung als Publizist nicht allzu genau kennen, Mark, so würde ich wirklich an Ihrer Geschicklichkeit zweifeln. Und ein Mensch wie Sie hat aus dieser Stunde nicht Stoff für ein Dutzend sensationelle Entrefilets herausgeholt." „Nicht den Stoff für die armseligste Notiz, aber Stoff für das Lebensbild des gewaltigen Mannes, das ich mit mir trage, übergenug."

Der Stationssignalapparat meldete das Nahen des Kaiserlichen Hofzuges. Es war dreiviertel auf Sechs vorüber. In zehn Minuten lief der Train ein. Wieder trat der Fürst aus dem Einfahrtstor des Parkes. Diesmal trug er den blitzenden Stahlhelm der Kürassiere, Professor Schweninger und Dr. Chrysander folgten ihm. In einiger Entfernung stand der treue Pinnow, der Kammerdiener des Fürsten, bereit, den grauen Mantel, den der Fürst Bismarck trug, im Augenblicke des Empfangs dem Fürsten abzunehmen. Bismarck war augenscheinlich in bester Laune. Er trat, um die Minuten des Wartens abzukürzen, wiederholt an das Publikum und an die Gruppe der Berichterstatter heran und wechselte dort und hier ein kurzes, freundliches Wort mit einzelnen Persönlichkeiten, die seinen Blick auf sich zogen. Jetzt wurde weit hinten über dem Geleis die kleine weißgraue Dampfwolke des daherbrausenden Kaiserzuges sichtbar. Schnell vergrößerte sie sich, jetzt wurde die Maschine sichtbar und nun rollte der aus fünf Kaiserlichen Salonwagen bestehende Train heran.

Fürst Bismarck warf den Mantel ab und trat an den Übergang, welcher dem Parkeingang des Herrenhauses gegenüberliegt, heran. Langsam durchfuhr der Zug den geschmückten Bahnhof und wurde so zum Stehen gebracht, dass der erste Salonwagen, in welchem sich der Kaiser befand, unmittelbar vor dem Bahnübergange hielt. Hoch sich aufrichtend, trat Fürst Bismarck an den Salonwagen heran, dessen Tür sich öffnete. Mit jugendlicher Elastizität sprang der Kaiser heraus und streckte dem Fürsten, der, die Hand an den Helm gelegt, ihn militärisch grüßte, beide Hände entgegen. Fürst Bismarck ergriff sie und die in laute Hochrufe ausbrechende Menge ward durch die Herzlichkeit dieser Begrüßung enthusiasmiert. Der Kaiser hatte kaum bemerkt, dass der alte Kanzler ohne Mantel neben ihm stand, als er den Kammerdiener Pinnow heranwinkte und ihm befahl, dem Fürsten den Mantel wieder umzuhängen. Dann schritten die beiden die wenigen Schritte zum Parktor hinüber, umjubelt von der Menge, unter welcher manch echt deutsch fühlendes Herz höher schlug bei dem Gedanken: So, wie sie dort zusammenschreiten, der starkgeistige, ritterliche Monarch und der gewaltige Staatsmann, so gehören sie zusammen für alle Zeit, die diesem noch auf Erden geschenkt wird, nicht für eine flüchtige Stunde, die ein einfacher Druck der Hand beim Scheiden wieder beendet.

Dieser Gedanke war es, der Mark fast die Brust zersprengen wollte, als er dem an ihnen vorüberschreitenden Fürsten und seinem Kaiserlichen Gaste nachschaute. Die nächste Sekunde schon sollte die liebenswürdige Artigkeit des Kaisers gegen seinen ersten Kanzler des Reiches in einer reizenden kleinen Episode zeigen, welche alle, die Augenzeugen derselben waren, enthusiasmierten. Der graue Mantel, welchen der Kammerdiener Pinnow dem Fürsten auf den ausdrücklichen Befehl des Kaisers nur flüchtig wieder über die Schultern gehängt hatte, verschob sich beim Gehen von der Schulter und drohte herabzufallen. Da war es der Kaiser selbst, der herzusprang und dem Fürsten den Mantel eigenhändig wieder auf die Schulter legte. Fürst Bismarck schien von dieser Aufmerksamkeit freudig überrascht. Er blieb stehen und salutierte militärisch. Der Kaiser erwiderte lächelnd den Gruß und nun schritten sie, gefolgt von dem Gefolge des Kaisers, dem sich Professor Schwenninger und Dr. Chrysander angeschlossen hatten, zum Portal des Herrenhauses, wo die Dienerschaft des Fürsten aufgestellt war.

Begegnung von Wilhelm II. mit Bismarck in Friedrichsruh

Für die schaulustige Menge war damit der erste Teil des Kaiserlichen Besuches, die Ankunft, erschöpft. Müde vom stundenlangen Stehen, einer Erfrischung bedürftig, wirbelte alles durcheinander. Die Berichterstatter drängten sich um das Telegraphenbüro, dem heute in Erwartung des großen Andrangs Hilfsbeamte zugewiesen waren. Auch Paulsen hatte sich jenen angeschlossen. Er brauchte seine Depeschen nicht mehr aufzusetzen, er trug sie druckfertig in der Tasche und drängte sich nun durch die Schar der Reporter, um sie loszuwerden. Mark war es ganz erwünscht, dass jener durch seine Korrespondentenpflicht hier noch festgehalten wurde; er selbst eilte hinüber in das mit Menschen vollgestopfte Landhaus, um einen Trunk zu erjagen, denn der Durst peinigte ihn. Und als er nach langen Mühen diesen gestillt, mischte er sich unter die Menge draußen, spähend und um sich blickend, ob der graue Pelzmantel und das reizende graue Mützchen auf dem blauschwarzen Haar Céline's nicht vor ihm auftauchen wollten. Viele Damen, besonders Hamburgerinnen, Frauen und Mädchen aus der Umgebung waren erschienen, aber die Gesuchte fand er nicht. An der Via triumphalis staute sich schon wieder die Menge, um die Vorbereitungen anzuschauen, welche für die Illumination getroffen wurden.

War Céline schon wieder abgereist? War sie durch den kleinen Unfall des gestrigen Tages am Ausgehen verhindert gewesen oder noch verhindert? Diese Fragen beschäftigten ihn jetzt mehr als die Feuerwehrleute, welche die Fackeln zurechtlegten und die Mitglieder der Kriegervereine und die Forstbeamten, welche sich mühten, den freizuhaltenden Platz von den Menschen zu säubern, welche immer wieder über die ihnen zugewiesene Grenzlinie hinaustraten. Er strich bis an die Villa hin, welche die „Pension Werner" in sich aufnahm. Alle Fenster waren erleuchtet. Er bezwang seine Unruhe nicht mehr und trat ein. Eine ältere Dame erschien und fragte nach seinem Begehr. „Ist Madame de Saint-Ciré noch anwesend?" „Sie hat vor einer halben Stunde das Haus verlassen. Die Dame will mit dem Abendzuge schon, nicht erst mit dem Nachtkurier, nach Berlin zurückkehren." Mark empfahl sich eilig und lief spornstreichs zum Wirtshaus zurück. Seine kleine Rechnung hatte er bereits am Mittag beglichen – er brauchte nur seine Reisetasche vom Erkerzimmer herbeizuholen und war dann zur Reise gerüstet.

Der Perron war mit Menschen gefüllt, welche ihre Schaulust befriedigt hatten und schon jetzt an die Rückkehr dachten. Mark drängte sich durch das Gewühl und wurde nicht müde, nach Céline auszuspähen. Endlich entdeckte er sie, hart an die Wand des Bahnhofsgebäudes gelehnt, in ihrer Nähe Toinon, welche einen Halbschleier vor dem Gesicht trug und eine Gebärde der Überraschung machte, als sie Mark eilfertig herankommen sah. Auch Céline machte eine rasche Bewegung, als sie ihn erblickte. Dann aber trat sie ihm entgegen. „Kehren auch Sie zurück?" Aber er schien ihre Frage ganz zu überhören. „Ich bin den ganzen Tag über Ihretwegen in Sorge gewesen," rief er und der Ton, in dem er dies sagte, wie der Ausdruck seines Gesichts verrieten, dass seine Worte mehr waren, als eine bloße Redensart. „Ich war schuld an Ihrem Unfall und die Furcht, dass Sie sich ernstlich verletzt haben möchten, hat mich heute nicht verlassen." „Überzeugen Sie sich," lächelte Céline, indem sie ein paar kleine Schritte machte. „Ich habe mich gestern Abend niedergelegt und bin völlig frisch und gesund heute aufgestanden."

„Waren Sie bei der Kaiserankunft? Ich sah Sie nirgends, trotzdem ich viel nach Ihnen ausschaute." „Ich scheute mich vor einer allzu intimen Berührung mit dieser bunten, drängenden Menge," erwiderte sie, indem sie wie absichtslos sich noch weiter von Toinon entfernte, die auf ihrem Platze, den Handkoffer aus braunem Leder neben sich, stehen blieb. „Ich suchte mir einen bequemen Platz. Schade, dass Ihre Blicke so auf dem Irdischen haften blieben, Herr Doktor," fügte sie scherzend hinzu, „wenn Sie ihn nur ein wenig erhoben hätten, so würden Sie mich bemerkt haben. Ich hatte mir ein Fenster an der Seitenfront des Bahnhofsgebäudes gesichert, von dem aus ich alles in bequemster Weise überschauen konnte." Mark schlug sich vor die Stirn. „Ich Tor!" rief er, „daran nicht zu denken!" „Ihr Monarch war sehr zuvorkommend gegen den Fürsten, soweit ich bemerken konnte. Das bedeutet eine Annäherung." Mark schüttelte den Kopf. „Ich fürchte, nein. Ich erblicke darin nichts mehr als eine zeremonielle Artigkeit."

Die Hammerschläge des Stationstelegraphen meldeten, dass der erwartete Zug die letzte Station passiert habe. „In zehn Minuten ist unser Zug hier," sagte Mark zögernd. – „Würden Sie mir gestatten, in Ihrer Begleitung die Rückfahrt anzutreten?" Céline blickte wie nachlässig zu Toinon hinüber. „Verzeihung," rief Mark rasch, welcher der Richtung ihres Blickes gefolgt war und in der dunkelgekleideten Person neben dem Koffer mit Recht die Kammerfrau Célinens vermuten konnte. „Ich vergaß, dass Sie eine Dienerin mit hierhier brachten." „Meine Zofen pflegen mit mir das Coupé nicht zu teilen, sie fahren in der ihnen zukommenden Wagenklasse – ich nehme Ihre Begleitung gern an, Herr Doktor!" „Sie fahren erster Klasse?" „Wie immer !" „So bitte ich nur eine Minute Geduld. Ich habe die zweite Klasse benutzt und will mir schnell ein Zuschlagbillet lösen."

Mark eilte davon, dem umlagerten Schalter zu, an dem er kämpfen musste, ehe er sein Billet erhielt. Der Signalpfiff der Lokomotive tönte schon vor der Station, als er den Perron erreichte und er segnete den Zufall, dass die außergewöhnlichen Umstände heute ein sehr langsames Einfahren des Zuges veranlassten, denn dadurch nur wurde es ihm möglich, sich zu Céline durchzudrängen, ehe der Zug noch hielt. Toinon war verschwunden, sie suchte sich ihren Platz in einem Wagen dritter Klasse. Ein älteres Ehepaar stieg zu Céline und Mark in die mit blauem Sammet ausgeschlagene Abteilung der ersten Klasse, von dem letzteren nicht mit eben freundlichen Blicken betrachtet. Welche Gelegenheit zum Plaudern wäre ihm hier auf der drei Stunden dauernden Fahrt geboten gewesen! Céline hatte sich in ihre Ecke bequem zurückgelehnt, den Pelzmantel geöffnet und die Mütze neben sich auf das Sammetpolster gelegt. Mark zögerte, das auf dem Perron begonnene Gespräch fortzusetzen, er wartete darauf, dass seine schöne Nachbarin beginnen sollte. Aber diese schwieg und schloss sogar die Augen, als bedürfe sie der Ruhe. Nur einmal, als Mark den Kopf ihr zuwandte, zuckte es wie ein schalkhaftes Lächeln um ihre Lippen. Sie hielten auf einer größeren Station. Céline schlug die Augen auf. „Wo sind wir?" „In Ludwigslust. –" Sie bog sich zum Fenster und schaute hinaus.

„Bedürfen Sie einer Erfrischung?" wagte er zu fragen. Sie verneinte lächelnd und sandte dann einen prüfenden Blick auf das Ehepaar gegenüber, von welchem der Mann eingeschlafen war und leise schnarchte, während die Frau augenscheinlich ihrer französisch geführten Unterhaltung keinerlei Verständnis entgegenbrachte. „Hat Sie der heutige Tag nicht ermüdet?" begann sie mit einem Blick auf sein schlafendes Gegenüber. „O, ganz und gar nicht!" versicherte Mark. „Ich begreife, dass Sie ganz Auge und

Ohr waren. Ehrlich, Herr Doktor, sind Sie dabei auf Ihre Rechnung gekommen?" Er schüttelte den Kopf. „Ich nicht und jene Hunderttausende nicht, welche auf den heutigen Tag dasselbe Hoffen setzten, wie auf den 26. Januar." „Aber warum dann das Schauspiel dieser Versöhnung?" „Man trug der Stimmung des größten Teiles unseres Volkes Rechnung. Man war erschreckt, als Kaiser und Kanzler von einander schieden. Man begriff die Motive nicht. Erinnern Sie sich der Erstarrung, welche unser ganzes Volk damals erfasste? Ich befand mich damals im Auslande und ich hörte freiere Urteile, als sie meinen Landsleuten daheim in jenen Tagen an die Ohren geklungen sein mögen. Und als der Bann sich löste, da wurde der Ruf nach dem Alten von Friedrichsruh ein mächtiger und gewaltiger. Muss ich Sie daran erinnern, welche enthusiastischen Kundgebungen allerorts auf den Reisen des Kanzlers stattfanden? Und als er erkrankte, ward der Wunsch nach einer Wiederannäherung zwischen Kaiser und Kanzler immer lebendiger, die Stimmen, die dafür eintraten, immer lauter. Er wird endlich auch zu dem Ohr des Kaisers gedrungen sein." „Ist das so schwer zu erreichen?" „Ich fürchte, ja!" „Sie lieben Ihren jungen Kaiser?" „Ich bin ein Deutscher, Madame!" „Das heißt?" „Ich bringe meinem Kaiser die höchste Ehrfurcht entgegen. Diesem Kaiser aber noch mehr: Meine Bewunderung! Das Tragen einer Krone ist ein Amt, das verschieden aufgefasst wird. Kaiser Wilhelm II. aber fasst es als ein heiliges Amt auf. Sein Wollen, sein Streben, dem deutschen Volke ein echter Monarch zu sein, ist unanzweifelbar. Seine Tatkraft ist unerschöpflich und das Vertrauen des gesamten deutschen Volkes hat er sich errungen. Wüsste er nur, welchen reichen Schatz an Liebe unser Volk besitzt, bereit, ihm zuzuströmen. Er würde in ihrem Besitze der mächtigste Fürst der Erde sein." „Was hindert ihn daran, diesen Besitz anzutreten?" „Fragen Sie lieber, wer hindert ihn daran!" sagte Mark aufseufzend. „Der Kaiser glaubte durch jene Erlasse, welche der Anlass zur Trennung vom Altreichskanzler werden sollten, jene Massen von Unzufriedenen zu versöhnen und erntete Undank und Hohn. Gegen jene, welche diese Unzufriedenheit schüren, sollte er seine vollste kaiserliche Kraft einsetzen, zum Heile nicht nur der vielangefeindeten

Gesellschaft, sondern der ganzen Menschheit. Mit ihnen paktiert man nicht. Man besiegt sie, oder man unterliegt ihnen, ein Drittes gibt es nicht." „Und was kann ihm den Sieg sichern?" „Das Bürgertum und nur das deutsche Bürgertum, das jetzt von allen Seiten bedrängt, in seiner treuen Liebe dem Kaiser den Sieg über den Umsturz, von welcher Seite er kommen möge, verschaffen wird."

Céline fragte nicht weiter, sie schien nachzusinnen, aber vorher traf ein warmer Blick aus ihren leuchtenden Augen auf Mark. Und während ihre dunklen, seidenen Wimpern sich wieder über ihre Augen legten, dachte sie: „Er ist ein Schwärmer! Aber um wie viel besser ist er als ich!" Und jetzt schien eine unangenehme Erinnerung sie zu durchfluten, denn ihr Mund erhielt einen herben, feindseligen Zug. Mark bemerkte ihn und bog sich zu ihr hinüber. „Was fehlt Ihnen?" fragte er hastig. „Sie veränderten sich so plötzlich". „Abspannung –" sagte sie einsilbig. Er wagte kein weiteres Wort. Sie lehnte sich wieder in ihre Ecke zurück und schloss die Augen. Ganz betreten folgte er ihrem Beispiel, aber seine Gedanken überstürzten sich fieberhaft.

Welcher Dämon steckte in diesem Weibe? War sie eine Kokette, die ein schnödes Spiel trieb und ihn zum Spielball ihrer Launen machen wollte? Er empfand etwas wie Beschämung und Ingrimm zugleich. Er hatte ihr seine Bewunderung allzu deutlich gezeigt. Er würde das Andenken an die gestrige Episode im Walde bewahren und sie? Ihre förmliche Gemessenheit, die sie heute ihm gegenüber zur Schau trug, was war sie anders als ein deutliches: „Bitte, werden wir uns wieder fremd!"

Der Zug fuhr weiter und näherte sich seinem Ziele. Mark war froh darüber. Was hatte er sich von dieser gemeinsamen Bahnfahrt versprochen! Er wagte nicht, sich das klar zu machen. Aber stundenlang an der Seite dieses berückend schönen Weibes zu sitzen, ohne einen Blick von ihr zu erhalten, ein Wort aus ihrem Munde zu vernehmen, das empfand er als eine Qual. Von Zeit zu Zeit blickte er auf sie hin und ertappte sich dabei, dass dann sein Herz schneller pochte. Sie schien zu schlafen. Lichter tauchten rechts und links auf. Über eine Weiche, wieder über eine, rasselte der Zug. Die Gleise rechts und links vermehrten sich. Wagenreihen standen auf denselben. Der Zug fuhr in eine langgestreckte Halle ein. „Spandau! Eine Minute!" riefen draußen die Schaffner. Das Ehepaar ihnen gegenüber fuhr auf und der Mann sprang empor. „Donnerwetter! Ist das schon Spandau? Da hab' ich wohl geschlafen." Und er riss das Fenster auf und rief einem vorbeieilenden Schaffner zu. „Öffnen Sie die Tür hier!" Die Leute verließen den Waggon, ohne Adieu. Was hatten sie mit den Fremden zu tun, mit denen sie kein Wort gewechselt!

Mit einer Art von Beruhigung sah Mark, dass Céline trotz des Zuwerfens der Waggontür sich nicht regte. „Sie schläft wirklich!" dachte er. Und nun wagte er es, sie länger anzusehen, plötzlich aber errötete er. Céline hatte ihre Augen geöffnet und sah ihn lächelnd an. „Haben Sie mich nun genug studiert?" Er stammelte verlegen einige Worte, sie aber richtete sich hoch auf und lachte: „Sie glauben wohl gar, ich schliefe, – nicht eine Sekunde." Er war rot geworden wie ein Schulbube, den man bei einer Unart erwischt. Sie rückte zu ihm heran. „Sind Sie mir böse?" flüsterte sie. Den Mann durchschauerte der weiche Klang ihrer Stimme. „Wie können Sie so fragen!" „In wenigen Minuten endet unsere Fahrt – ich werde oft an Sie denken müssen." Er atmete rasch und mühsam. „Werden Sie das?" fragte er. „Mir ist, als hätte ich eine Zeit lang geträumt, und als nahe nun das Erwachen," flüsterte sie. „Und der Traum war schön!" Er hatte ihre Hand ergriffen, die nun leise vibrierend in der seinen lag. „Und der Traum war schön!" sagte auch er. Wie von einer magischen Gewalt gezogen, beugte er sich zu ihr nieder. Sie hob das Antlitz zu ihm empor und in ihren Augen schimmerte es feucht.

Und dann fanden sich ihre Lippen zu einem heißen, dürstenden Kuss zusammen. Und nun – als begriffen sie beide erst jetzt, was geschehen war, bemächtigte sich ihrer eine starke Verwirrung. Céline sprang auf und starrte durch das Fenster hinaus auf die Vorort-Häuserzüge Berlins, zwischen denen sie schon hinfuhren. Auch Mark erhob sich. Sein Herz pulste unruhig, sein Kopf brannte und doch fühlte er sich im Banne eines glücklichen Gefühls. „Vergeben Sie mir!" bat er leise. Céline wandte sich um. Mark glaubte eine Träne in ihren Augen schimmern zu sehen. „Und der

Traum war schön!" sagte sie leise und laut und fast hart fügte sie hinzu: „Und nun ist er vorüber!" Sie befestigte die Mütze wieder auf ihrem Haupte und schloss den Pelzmantel. Der Zug hatte schon den Rayon des Lehrter Bahnhofs erreicht. Kein weiteres Wort wurde zwischen ihnen gewechselt, bis der Zug hielt. Stumm lehnte sie seine Hand ab, die er ihr darbot, um ihr beim Aussteigen behilflich zu sein und sprang leichtfüßig auf die Steinplatten des Perrons. Am Ausgange stand ihr Diener Jeanlin. Toinon kam, den Koffer schleppend, eilfertig heran.

Stumm begleitete Mark Céline bis an ihr vor dem Bahnhof haltendes Coupé und verneigte sich hier vor ihr. Sie reichte ihm die Hand. „Ich danke Ihnen für Ihren Schutz, Herr Doktor," sagte sie kalt und fremd, während Jeanlin, der am Schlage stand, mit feindseliger Miene Mark anstarrte. Dieser trat zurück, um der Zofe, welche Céline zu sich in den Wagen rief, Platz zum Einsteigen zu geben. Als er sich ihr zuwandte, sah er Toinons Augen, die nun kein Schleier mehr verhüllte, mit bangem, traurigen Ausdruck auf sich geheftet. Er erkannte sie nicht. Vor seinen Augen stand nur ein Bild, das Célinen's. Jeanlin sprang auf den Bock, die Pferde zogen an, der Wagen rollte davon.

Langsam folgte ihr Mark. Ihn fröstelte. In sich gekehrt schritt er seiner Wohnung zu.

X. Im Zwiespalt

Als Mark in sein Zimmer trat und seine Studierlampe den Raum, in welchem er seine Arbeitsstunden verbrachte, erhellte, war es ihm, als kehre er aus einer fremden Welt in die eigene zurück, aber als sei er selbst in dieser ein Fremder geworden. Eine Anzahl von Briefen lagen auf seinem Schreibtische, zu oberst ein weißes Kuvertchen, in dessen Aufschrift er Else's Hand erkannte. Sonst hatte er nach einem Briefe seiner Braut vor allem gegriffen und selbst wichtige Korrespondenzen mussten warten, bis er Else's Epistel gelesen und sie mit vielen und herzlichen Zeilen beantwortet hatte. Heute war das anders. Er schob Else's Brief zurück, ohne ihn zu erbrechen. Der Kuss Céline's brannte noch auf seinen Lippen – ihm war, als mache er sich einer Entweihung seiner Braut schuldig, wenn er jetzt, heute Abend noch das lesen würde, was ihre tiefe und herzliche Liebe zu ihm in Worte fasste. Aufatmend, als könne ihn die Arbeit allein von dem Chaos seiner Gedanken befreien, sichtete er die Korrespondenz. Korrekturen und Korrespondenzen für sein Blatt, Manuskripte und Broschüren, deren Besprechung man in den „Rechtsstimmen" wünschte, waren eingelaufen und wurden mit rascher Hand gesichtet. Ganz unten lag noch ein Kuvert, dem er eine Karte entnahm, die für ihn eine Einladung für den morgigen Dienstag zu einer Soirée beim Konsul Almader enthielt. Der Salon des Konsuls und seiner Gattin, welche schöngeistigen Bestrebungen huldigte, war in seiner Art berühmt. An den Dienstagen gewahrte man dort die modernsten Schriftsteller und Künstler, daneben junge und ältere Diplomaten, einige Attachés von fremdländischen Botschaften und dazwischen, gleichsam als soliden Rahmen für das etwas zerflatternde Bild, einige Familien, die zu dem engeren Bekanntenkreise des gastfreien Konsulehepaares gehörten. Zu diesen rechnete sich auch die Familie von Poyritz und diesem Umstand wohl hatten auch Mark und Else es zu danken, dass man sie oft zu diesen Soiréen bat.

Ein paar Mal hatten sie die Einladung angenommen und mit Herrn und Frau von Poyritz dieselben besucht. Es hatte Mark in dem reichen Hause, in welchem der Reichtum der Gastgeber dennoch keineswegs aufdringlich zu Tage trat wie in so vielen Häusern der haute finance, wohl gefallen und die zwanglose Art, mit welcher man dort konversierte, dann und wann einem Vortrag, einem Liede lauschte und schließlich an kleinen Tischchen so gruppiert, wie es gegenseitiges Wohlgefallen oder der Zufall veranlasste, soupierte, ihm eine Einladung von Almaders immer wert gemacht. Heute legte er sie achtlos aus der Hand und seine Gedanken beschäftigten sich keinen Augenblick mehr damit. Dagegen beschäftigte er sich bis tief in die Nacht hinein mit dem Lesen der Artikel und der Korrekturen. Es schlug zwei, als er endlich die müden Augen rieb und Ruhe suchte. Aber er fand sie nicht. Übermüdet, ermattet, fand er dennoch den Schlaf nicht. Der furchtbare Zwiespalt, in den er geraten war, machte sich geltend. Was sollte nun werden?

Während er mit geschlossenen Augen wachend dalag, kamen ihm immer dieselben quälenden Gedanken. Was war ihm jene fremde Frau? Liebte er sie? Seine Lippen bebten angstvoll. „Nein! Nein!" sprachen sie und er fühlte, wie sein Herz dabei erzitterte. Und dann rief er sich seine liebliche Braut ins Gedächtnis, die Tage, in denen er seine tiefe herzliche Neigung zu ihr entstehen fühlte und in denen das reine Glück der Liebe und das schönere der Hoffnungen derselben sein Leben verschöne. Nein, nein, seine Empfindungen hier und dort konnten keinen Vergleich mit einander bestehen. Seine Liebe blieb Else'n erhalten, aber was, um des Himmels willen, war es, das ihn mit so starker Gewalt zu Madame de Saint-Cirés hinzog? War es eine mächtig ihn entflammende Leidenschaft, die in Asche zurücksinkt, wenn sie ihr Ziel erfüllt sieht? Und wieder flüsterten seine Lippen „Nein! nein!" und doch erzitterte sein Herz auf's neue dabei. Jene Frau hatte Macht über ihn gewonnen, über seinen Geist wie über seinen Körper, wie die buntschillernde Schlange Macht gewinnt über das Vögelchen auf dem Aste, das von dem starren Auge seiner Feindin gebannt die Flügel gelähmt hängen läßt und nicht an die Flucht denkt, die es retten kann. Sie fliehen! Das wollte er, musste er, das versprach er sich in dieser schlaflosen Nacht voll Unruhe und Selbstqual. „Ein schöner Traum!" Waren's nicht ihre eigenen Worte? Nun wollte er nicht mehr träumen. Er wollte die Nähe der verführerischen Frau fliehen, die ihm Gefahr zu bringen vermochte, wie keine andere. An nichts als an seine Arbeit, seine Pflichten, seine Stellung in dem politischen Kampfe, dem er sich gewidmet hatte, und an seine Liebe zu Else wollte er denken. Er beschloss, die Verbindung mit ihr zu beschleunigen. Der holde Blondkopf, seine Braut, sollte ihn von seinem ferneren Lebenswege alle Verführerinnen fern halten.

Er fühlte, wie dieser Entschluss ihm die Ruhe wiedergab und wie sich langsam und sanft der lang entbehrte Schlaf auf seine müden Augenlider niedersenkte. „Else!" flüsterten seine Lippen verlangend, als sollte ihm dieser Name ein Talisman sein für unruhige Träume! Und er wurde zum Talisman! Mark schlief sanft und ruhig, traumlos in den hellen Vormittag hinein. Als er endlich angekleidet nach seinem Kaffee klingelte, war die zehnte Stunde nicht mehr fern. Einen Berg von Zeitungen und Briefen hatte schon die Frühpost gebracht. Aber er schob alles zur Seite und griff nach Elses Brief. Er küsste die Zeile der Aufschrift, die ihre Hand geschrieben und erbrach ihn voller neuerwachter Sehnsucht.

Die ganze Zärtlichkeit seiner Braut strahlte ihm aus den Worten entgegen, die sie ihm schrieb. Ihre Freude über seine Erlebnisse, die er ihr im Telegrammstil auf der Friedrichsruher Karte gemeldet hatte, sprach aus jedem Satz. Aber zwischen den Zeilen und in den Zeilen begegnete er ihrer Sehnsucht, ihn sobald wie möglich wieder zu sehen. – Sie berichtete von der Einladung bei Konsul Almader's und fügte hinzu, dass Onkel und Tante Poyritz angenommen hätten und auch Dr. Marks Begleitung erwarteten. Und dann fuhr der Brief fort: „Ich bin so anmaßend zu glauben, dass auch Du ein wenig Sehnsucht nach mir haben müsstest, nachdem drei lange Tage verflossen sind, ohne dass wir uns sahen. Du gehst gern zu den Soiréen bei Almader's, und ich glaube, Du wirst auch morgen gehen. Tante Poyritz erwartet Dich deshalb zum Kaffee um fünf Uhr. Komme, Lieber – uns bleibt noch eine stille Plauderstunde, nach der ich mich so recht von Herzen sehne. Du bist mir soviel zu erzählen schuldig."

Die zärtlichen Versicherungen ihrer Liebe, mit welchen Else's Brief schloss, befestigten Mark's Vorsätze. Er beeilte sich, mit fliegender Hast einen Briefbogen mit Zeilen zu bedecken. Seine Sehnsucht nach Else verdoppelte sich beim Schreiben. Sie erschien ihm wie eine rettende Hand, die ihn aus Unreinem, Unwahrem herausziehen müsse und all' die alte Liebe, die zu ihr in seinem Herzen Wurzel geschlagen hatte, keimte auf's neue hervor und floss in glühenderen Worten, als sie ihm je in die Feder gekommen waren, auf das Papier. Er bat seine Wirtin, die auf sein Klingeln persönlich erschien, durch die Dienerin einen Dienstmann herbeizuholen. Else sollte seine Zeilen so schnell wie möglich erhalten. Als er den Dienstmann abgeschickt hatte, wandte er sich mit neuem Eifer der Sichtung seiner Korrespondenz zu. Eine Arbeitslust erfüllte ihn wie selten zuvor und eine freudige Kampfstimmung zu Gunsten des gewaltigen Mannes, für den sein Herz begeistert schlug, erfüllte ihn. Gelegener aber konnte ihn das Briefstück nicht erreichen, das, wieder ohne Namen, jetzt in seine Hand kam und das also lautete:

„Man gibt Ihnen hiermit, Herr Doktor, die ersten Enthüllungen in die Hände, den Gebrauch derselben völlig in Ihr Ermessen stellend. Zu den Männern, deren Wirken man Ihnen in dem ersten Schreiben andeutete, gehört Herr von A… Sie werden aus dem Initial und dem Endbuchstaben des Namens den Träger desselben zu erkennen vermögen. In ihm besitzt der ehemalige Leiter unserer auswärtigen Politik einen seiner mächtigsten und gefährlichsten Feinde. Er hat das Ohr und das Vertrauen des Monarchen und benutzt beides im angedeuteten Sinne. Sein Einfluss, den er auf die Presse besitzt, ist ein bedeutender, und er weiß ihn geschickt zu benutzen. In den Anlagen finden Sie Abschriften von Aktenstükken, für deren Authentizität Ihnen garantiert wird. Ihrer Diskretion glauben diejenigen, die Ihnen vertrauen, sicher zu sein."

Diesem Briefe waren Beilagen angefügt, welche Mark's gespanntes Interesse erregten und ihn so in Anspruch nahmen, dass er alles darüber vergaß. Vor seinen Augen entrollte sich ein Bild geheimen Einflusses, das ihm seine Wangen vor Zorn entbrennen machten und in ihm die Lust aufkeimen ließen, mit der scharfen Waffe der Feder, die er führte, den Kampf gegen diesen Einfluss aufzunehmen. Alles in ihm war glühende Kampfstimmung gegen die Dunkelmänner um die geheiligte Person des Monarchen. Kein Gedanke kam ihm, dass hier die schmählichste Intrige mit der geheuchelten Zuneigung zu dem alten Kanzler sich decken könne, um ihn zum Medium lichtscheuer Pläne zu machen.

„Alea jacta est!" sprach er halblaut, als er den fertigen Artikel zu den für die Druckerei bereit gehaltenen Manuskripten gelegt hatte, – „ich habe den Rubikon überschritten – nun garde à vous, Herr von Kowalczy!"

Als die fünfte Stunde heran war, trat er bei Poyritz ein, lebhaft begrüßt von der Herrin des Hauses. Mit einem leisen Aufschrei der Freude flog Else ihm entgegen. „Wie nett von Dir, mir gleich durch direkten Boten Deine Zeilen heute früh zu senden! Ich war so glücklich über Deinen Brief! Und Du bist gewiss erst spät in der Nacht heimgekommen, im überfüllten Zug, unter lauter fremden, gleichgültigen Menschen!" Er wechselte die Farbe. Da war es wieder hervorgetaucht aus dem Dunklen, das dämonisch schöne Antlitz der Französin. Die ersten Plauderworte Else's hatten es hervorgerufen. Er schloß ihre Hand in die seinen ein. „Ich bin froh, dass ich zurück bin!" „War es eine Anstrengung? Du siehst nicht gut aus, Hermann – bleich und abgespannt. Und nach den Zeilen von heute früh –" – sie lehnte sich dichter an ihn und flüsterte – „so zärtlich habe ich die noch nie empfangen – nach ihnen glaubte ich Dich glücklich, strahlend –" Er versuchte die Verwirrung, deren Beute er war, niederzukämpfen, und fand in Frau von Poyritz eine Unterstützung, die den beiden zurief: „Ach, dies verliebte junge Volk! Mein schöner Kaffee verliert seine Frische, derweilen Ihr Euch schöne Dinge sagt. Ihr habt doch nachher noch Zeit genug, zum zärtlichen Ausplaudern. Flink, Herr Doktor – und zur Strafe dafür, dass Sie mich alte Frau so lange warten lassen, hierher an meine Seite!"

„Das heißt eine Belohnung an die Stelle einer verdienten Strafe setzen," lächelte Mark, der seine Selbstbeherrschung wiedergewonnen, und küsste die Hand der gütigen Dame, um sich an ihrer Seite, Else gegenüber, niederzulassen. „Ei, Herr Doktor – haben Sie in Friedrichsruh einen Kursus in der Galanterie genommen –" lächelte Frau von Poyritz, indem ihr Blick Elsens behenden Händen folgte, welche den Kaffee in die alten Meißner Tassen eingoß und jedem darbot. Mark biss sich auf die Lippen! Musste ihn denn alles, auch die harmloseste Bemerkung an seine Begegnung mit Céline erinnern! „Ach nein, Tante Poyritz," sagte Else ernst werdend, während sie einen liebevollen Blick zu ihrem Verlobten hinübersandte – „ich finde Hermann heute ernster und in sich gekehrter als vor seiner kleinen Reise. Und doch klangen die ersten Zeilen, die Du mir auf der hübschen Karte aus Friedrichsruh sandtest, so stolz und glücklich!" „Seitdem er mit Fürsten am Tisch gesessen, sind wir ihn vielleicht zu niedrige Erdgeborene", scherzte Frau von Poyritz. „Aber er muss nun einmal mit uns unpolitischen Persönlichkeiten vorlieb nehmen!"

Mark versuchte auf den scherzenden Ton einzugehen und sich zur Heiterkeit zu zwingen. Aber er vermochte wohl Frau von Poyritz, nicht Else zu täuschen, welche mit stumm fragenden Blicken zu ihm aufsah. Erst, als er seinen Aufenthalt in Friedrichsruh, den Besuch im Schlosse, die machtvolle Persönlichkeit des Fürsten und das ganze bunte vielgestaltete Leben schilderte, welches gestern das stille Tusculum Bismarck's erfüllt hatte, ward er lebendig und warm und schien befreit von dem, was auf ihm lastete. Else hatte sich vorsorglich für die Soirée bereits angekleidet, um nach dem Kaffee Mark nicht auf sie warten lassen zu müssen, und das junge Paar blieb daher allein im Salon, den die große kunstvolle Hängelampe schön durchhellte, als Frau von Poyritz aufstand, um nun ihrerseits für den Abendbesuch bei Almader's Toilette zu machen. „Um acht Uhr kommt mein Gatte nach Hause und findet er mich nicht, so brummt mein geliebter Haus-Bär. Er wird mir nervös, so groß und stark er ist, wenn er dem Zuknöpfen eines Handschuh's zusehen muss. Da muss ich mich sputen. Und um Euretwillen kann ich mich ja beruhigt zurückziehen, Kinder," fügte die herzensgute Dame mit freundlichem Lächeln hinzu, „streiten werdet Ihr Euch gewiss nicht, mein ich!"

„Hermann", sagte Else schüchtern, als die beiden allein waren – „Du bist verändert gegen sonst, Lieber. Es ist etwas Unruhiges in Dich gekommen, das mir Sorge um Dich macht, selbst Deine heutigen Zeilen, so freudig sie mich stimmten, gleichen nicht den früheren. Es schimmerte eine Leidenschaft aus den Worten, die mich erbeben machte. Hab' ich Dein Vertrauen nicht mehr, Hermann? Sonst gab es keine Falte Deines Herzens, die Du vor mir verborgen hieltest." „Närrchen!" versuchte er zu scherzen, „Du träumst und schaust Gespenster am hellen Tage. Der politische Kampf, in dem ich stehe, hinterläßt seine Spuren auch an Geist und Körper!" „Wäre es nur das", flüsterte sie, indem sie mannhaft ankämpfte gegen die Tränen, die ihr in die Augen zu treten drohten, – „wäre es nur das, wie froh wollte ich sein." Er legte zart den

Arm um ihre Schultern. „Wäre nur erst die Zeit herangekommen, in der ich Dich immer um mich habe", sagte er in leisen, tiefen Tönen – „alles, was das Schicksal mir an Glück schenken will, ruht ja doch nur in Dir, in Deinen lieben kleinen Händen, die es mir entgegentragen sollen!" Er beugte sich über ihre Hand und küsste diese. „Schilt mich töricht," bat Else – „aber es erfasst mich oft eine Angst um Dich, wenn ich Dich ein paar Tags hindurch nicht sehe. Ich werde jetzt so leicht kleinmütig und verzagt!" Und nun hob sie ihre doch feucht gewordenen Augen zu ihm empor: „Du musst Geduld mit mir haben, Hermann." Ihm kam das Verlangen, sie zu küssen und sie schien den Kuss zu erwarten. Aber wie er sich zu ihren Lippen niederbog, flammte in ihm die Erinnerung auf an den Kuss, der gestern Abend im Coupé seine und Céline's Lippen vereinte. Es erschien ihm plötzlich, als entheilige er, als entweihe er das keusche liebliche Mädchen an seiner Seite, wenn er jetzt ihre Lippen berühre und schnell und flüchtig hauchte er einen Kuss auf ihre Stirn. Er fühlte, wie sie unter diesem kalten Kusse erbebte und wandte sich ab, um den traurigen Blick nicht zu sehen, den sie auf ihn heftete.

Hastig und unvermittelt begann er von ihrer Zukunft zu reden – zärtlich und sanft, dann, als fühle er die Verpflichtung, sie zu trösten, als habe er soeben ein Unrecht gegen sie begangen. Aber Else war stiller und einsilbiger geworden und nur ihr Herz schlug in rascheren Schlägen und ihr Atem ging rasch und stoßweise, als fühle sie sich beschwert von einer Last, über welche sie sich keine Rechenschaft geben konnte.

Else hatte hohe musikalische Talente und eine nicht sehr umfangreiche, aber klangvolle Stimme. „Else's Lieder haben Seele!" pflegte Herr von Poyritz zu sagen, wenn an einem der besuchsfreien und stillen Familienabende das junge Mädchen sich an den Flügel setzte und einige jener kleinen schwermütigen schottischen Balladen, die sie mit Vorliebe wählte, sang. „Geh, Liebste, sing ein Lied!" bat Mark, den das veränderte Wesen seiner Braut mit wahrer Pein erfüllte. „Nichts bereitet mir mehr Freude, als ein Lied aus Deinem Munde." Das junge Mädchen schüttelte den Kopf. „Nicht heute, Hermann!" „Ich bitte Dich!" „Bitte mich nicht," sagte sie sanft. „Glaub' mir, es ist nicht Unlust und böser Wille, die mich Deinen Wunsch versagen lässt. Aber mir ist, als könne ich heute nicht singen!" Er bat sie nicht länger. Müde schlich das Gespräch zwischen ihnen hin und es war ihnen beiden fast eine Erleichterung, als Frau von Poyritz angekleidet erschien und Else mahnte, sich ebenfalls völlig bereit zu machen. Herr von Poyritz konnte in jeder Minute erscheinen. Seine Toilette war stets in wenigen Minuten beendet und dann liebte er keine weitere Zögerung.

Es war wirklich zwanglos bei Konsul Almaders. Die behaglichen großen Räume zeigten eine gediegene Ausstattung; jeder aufdringliche Prunk war vermieden. Gegen halb neun Uhr, als Herr und Frau von Poyritz und Mark und Else eintraten, war schon ein großer Teil der ständigen Gäste der Dienstags-Soiréen der Frau Konsul erschienen. Diese, eine stattliche Dame mit klugem Gesicht und den ganzen Allüren einer Frau von Welt, empfing die Vier mit der Vertrautheit, welche eine längere Bekanntschaft entstehen lässt, küsste Else mit mütterlichem Wohlwollen auf die Stirn und reichte Mark die Hand. „Wie schön, dass Sie gekommen sind," sagte sie. „Heute finden Sie in meinem Salon einen Bekannten mehr. Ich hörte vorhin, dass Sie mit dem Bildhauer Härting eng befreundet sind." „O, Härting ist hier?" rief Dr. Mark freudig überrascht – „Das ist in der Tat eine angenehme Überraschung für mich, gnädige Frau. Härting ist nicht nur einer meiner Freunde, er ist sogar der einzige Freund, den ich besitze."

Härting, der die Eintretenden gesehen hatte, kam denn auch alsbald in die lauschige Ecke, in welcher man Platz genommen hatte und wurde von der Familie Poyritz und Else herzlich begrüßt. „Du hier, Härting –" flüsterte Mark ihm zu, nachdem er den Bildhauer bei Seite gezogen hatte. „Nun glaub' ich wirklich, dass noch Zeichen und Wunder geschehen." „Und doch ist die Geschichte einfach genug. Du kennst ja meine kleine Marmorgruppe Amor und Psyche – geh' 'mal da vorn hin in's Eckzimmer – da steht sie, mit einem ganzen Arrangement von Blattpflanzen dahinter. Das hat unsere liebenswürdige Wirtin übrigens auf dem Gewissen." „Dann ist also der Konsul der Käufer?" Härting nickte. „Ist er. Noble Leute! Ein bisschen Verständnis für die Kunst und sehr viel Liebe für sie." „Es ist dies der einzige Salon, den ich gern besuche," gestand Mark. „Wenn man sich nicht nur immer in das feierliche Schwarz werfen müsste, um solche Salonfreuden zu genießen," knurrte Härting. „Und die Menschen, die man als Dreingabe bekommt. Habe ja 'n paar Bekannte drunter, – aber ich bin doch heilfroh, dass Ihr gekommen seid. Aber Du – sieh' 'mal Dein Bräutchen an! Wo sind denn die hellen Kindsaugen hin? – Sie ist so ernst. Hat's einen verliebten Zank unter Euch jungen Leuten gegeben?" „Nein – o, nein! Gewiss nicht !" Härting sah forschend den Freund an. „Die verd . . . Politik! Dich macht sie auch nicht freundlicher, sollt' ich meinen!"

„Ei, ist das eine Art, hier flüsternde Zwiegespräche zu halten?" tönte Frau von Poyritz' muntere Stimme zu ihnen herüber. „Geschwind, hierher zu uns – wir profitieren auch gern von Ihrer Weisheit!" „Freund Härting hat diesen Salons eine neue Zierde gegeben," berichtete Mark schnell. „Seine Gruppe Amor und Psyche ist in den Besitz des Konsuls übergegangen. Sie ist drüben im Ecksalon ausgestellt, wollen wir gehen und sie ansehen?" „Aber sofort!" „Jetzt werden wir noch warten müssen," schaltete Herr von Poyritz ein – „drüben am Flügel steht schon eine Sängerin, den Dolch im Gewande – pardon, das Notenheft in der Hand. Und da setzt sich auch schon eine Langmähne an den Flügel." „Oh, Onkel Poyritz," sagte Else, die hinübergeblickt hatte, „Sie werden sogleich jener Sängerin in Gedanken das Unrecht abbitten, das Sie ihr tun. Es ist Fräulein Leisinger von der Hofoper, meine Lieblingssängerin – das wird ein köstlicher Genuss!" „Schade darum, dass sie der Bühne Valet sagen will," sagte Mark. „O, weshalb?" „Sie hat ein anderes lebenslängliches Engagement angenommen. Sie wird sich verheiraten." „Ei, wie interessant!" rief Frau von Poyritz.

„Psst!" machte ihr Gatte. „Man sieht schon auf uns. Die klaviertasternde Langmähne schießt einen Blick hierher, als wollte er Dich damit durchbohren, liebe Frau. Vor nichts aber möge Dich der Herr so sehr beschützen, wie vor dem Grimme eines Klavierlöwen. Er rächt sich am Ende und raubt uns mit einem selbständigen Klavierkonzert unsere gemütliche Stimmung." Der begleitende Pianist schlug einige Akkorde an und das Geflüster in den Gruppen verstummte. Man hatte die beliebte und berühmte Sängerin erkannt und wusste, dass es sich nun um einen echten Genuss, nicht um eine jener Soiréedarbietungen handeln würde, bei denen man sich bemühen muss, seine Gleichgültigkeit hinter einer möglichst interessierten Miene zu verbergen.

„Dich, teure Halle grüß' ich wieder–" Zauberisch schallten die ersten Töne der Elisabeth-Arie aus dem „Tannhäuser" durch die Räume und zwangen alle Hörer in ihren Bann. Selbst Härting, der solch' vertrackte „Musikohren" zu haben vorgab, dass er selbst vor den Sirenen sein Ohr nicht wie weiland Odysseus mit Wachs zu verstopfen nötig gehabt hätte, lauschte mit unverkennbarem Wohlgefallen und Else's Auge schimmerte feucht. In diesen Tönen, die, aus der Seele kommend, zu Herzen gingen, löste sich ein gut Teil ihrer Beklemmung, deren Ursachen sie selbst nicht zu ergründen vermochte.

Jubelnder Beifall erhob sich, als die Sängerin geendet. Das war nicht jener übertriebene, lärmende Beifall, mit dem man zu verdecken sucht, welche Langeweile man während des Vortrages empfunden hat. Man las die Begeisterung von den Gesichtern der Gäste und man drängte sich um die jugend-schöne Sängerin, die ihren Dank durch die Zugabe eines neckischen Liebesliedchens voll bewertete. Man machte auf den Almader'schen Soiréen nicht zu viel Musik, man bot den Ohren nicht zu viel und entging dadurch leicht der Gefahr, die behagliche Stimmung, die sich schnell geltend machte, selbst zu zerstören.

Man war in den Ecksalon gegangen und hatte Härtings Werk gebührend und mit Recht bewundert. „Gehen Sie nicht mit uns, Herr Härting?" hatte Else gefragt, als man sich zu diesem Zwecke erhob. Aber der Bildhauer schüttelte lächelnd den Kopf. „Ich bin schon als Kind ein Feind von Süßigkeiten gewesen", lachte er – „eine derbe Schwarzbrotrinde, je härter, je besser, war mir lieber, als alle Leckereien. Das ist an mir haften geblieben, bis auf den heutigen Tag. Ich weiß selbst, dass meine kleine Gruppe Amor und Psyche nicht schlecht ist, aber übertriebene Lobsprüche von Menschen zu hören, deren Urteil mich kalt lässt, das ist eine jener

Süßigkeiten, denen ich sogar aus dem Wege gehe." „Und darf ich Ihnen sagen, was Ihre Gruppe in mir hervorrufen wird?" Er drückte ihre Hand. „Sie? Alles, was Sie wollen. Denn von Ihnen glaube ich, dass Ihre Lippen nie ein unwahres Wort sprechen werden." Er hatte wärmer gesprochen, als es sonst seine Art war und damit ein leises Rot auf Else's Wangen hervorgerufen, als sie nun Herrn und Frau Poyritz und ihrem Verlobten, die vorausgegangen waren, folgte. Der Bildhauer sah ihr nach. Und was er dachte, das glitt in den leise geflüsterten Worten über seine Lippen:

„Mark! Mark! Achte mir auf diese holde Mädchenblüte! Ihr Glück wöge mir wahrhaftig alle Freundschaft auf!" Und zu sich selbst redend, fuhr er unmutig in seinen Gedanken fort: „Pfui, Härting! Wie kommst Du alter Junge zu dem hirnzerfressenden Neid! Er wird sie glücklich machen, der Kerl ist er dazu, 's ist ja auch gar nicht anders möglich. Mark müsste ja die Augen aus dem Kopf und das Herz aus der Brust verlieren."

Der weitere Verlauf des Abends verlief animiert genug. Paderewski, der geniale Künstler, der von Land zu Land eilt, um mit dem Zauber seiner Töne neue Freunde seiner Kunst zu gewinnen, seit Jahren bekannt mit der Almader'schen Familie, hatte eine Stunde zu kommen versprochen und setzte sich unaufgefordert alsbald an den kostbaren Flügel, um der Gesellschaft einen auserlesenen Genuss zu bereiten. Diese vermehrte sich bis zur elften Stunde, in welcher man auf den Dienstags-Soiréen in diesem gastlichen Hause das Souper zu servieren pflegte, fortwährend. Junge Herren mit aristokratischen Allüren und in tadelloser Salonkleidung, von fremdländischem Aussehen, der und jener mit einigen Miniaturorden an der Brochette auf dem Aufschlag des Fracks, stellten sich erst jetzt ein und mischten sich, von dem Konsulehepaar besonders freundlich begrüßt, unter die Gäste. Es waren junge Attachés, zwei davon von der französischen Botschaft, die übrigen von kleineren ausländischen Gesandtschaften – exotische Zierpflanzen, die man der Dekoration halber bedarf und die man aus diesem Grunde hegt und pflegt. Man gruppierte sich endlich zwanglos um die gedeckten Tischchen, saß an ihnen zu vier, fünf und sechs Personen, ganz wie es Laune, persönliche Bekanntschaft und Zufall zusammenfügte. In einem behaglichen Winkelchen finden wir unsere Freunde, denen sich Härting als willkommener fünfter angeschlossen hatte, wieder. Die geschulte Dienerschaft glitt zwischen den Tischen hin und her, wechselte geräuschlos die Teller und Bestecke und präsentierte die Platten, die mit vorzüglich zubereiteten Speisen bedeckt waren. Konsul Almader hatte das Glück, einen Koch zu besitzen, um den ihn selbst der russische Botschafter, der denselben gern für seine Küche geworben hätte, beneidete.

Nach dem Souper winkten den älteren Herren Spieltische, der jungen Welt ein Tänzchen, zu welchem Flügel und Violine die genügende Musik lieferten. Man tanzte, plauderte, spielte, wechselte ganz nach Gefallen seinen Platz und vertauschte diese Gruppe mit jener – die immer noch formenvolle Zwanglosigkeit schuf hier in den Konsuls-Soiréen ein Milieu, das all' den verschiedenen Berufs- und Gesellschaftsklassen, die ihre Repräsentanten hierher entsendeten, in gleicher Weise passend erschien. Härting, Herr von Poyritz und ein Geheimrat, aus dessen rosigem Antlitz ein paar muntere Augen strahlten und in ihrer Lebenslust das weiße Haar und den weißen Bart des alten Herrn Lügen zu strafen schienen, hatten sich zu einem soliden Skat niedergesetzt. „Nun ist mein Hausbär bis zum Heimkehren für mich verloren", klagte Frau von Poyritz in ihrer drollig-munteren Weise. „Der Skat müsste eigentlich durch ein besonderes Gesetz als ehe- und familienfeindlich verboten werden."

Else war hier in diesem Kreise eine vielbegehrte Tänzerin. Sie wollte nicht tanzen, ihr Sinn stehe ihr heute nicht danach, wie sie sagte, aber sie wurde überstimmt und fand an Frau von Poyritz keine Bundesgenossin. „Zier' Dich nicht, Elschen ! Doktor Mark hat ja nichts dagegen und Du bist jung. Du bist mir heut' so wie so nicht so fröhlich wie sonst, Kindchen – heitere Dich auf!" Zu Frau von Poyritz hatten sich ein paar Damen gesellt, so dass sich Mark, als Else tanzte, etwas vereinsamt fühlte. Zur gleichgültigen Konversation hatte er heute weniger Lust denn je, vom Kartenspiel war er nie ein Freund gewesen und zum Tanzen fühlte er sich wenig disponiert. So begab er sich in den ziemlich leeren Ecksalon und entdeckte hinter deren Pflanzenarrangement, welches zu Härtings Amor- und Psyche-Gruppe eine dichte grüne Hinterwand abgab, ein Plätzchen, das ihn in seiner völligen Abgeschiedenheit von dem Trouble drüben mächtig anlockte.

Mit einem Ah! der Erleichterung ließ er sich auf dem weichen Sessel nieder und überdachte seine Situation. Mit dem feinen Instinkt der reinen Liebe ahnte Else, vielleicht ohne sich dessen bewusst zu werden, dass auf die sonnenhelle gegenseitige tiefe Neigung zwischen ihnen ein leichter Schatten gefallen war und das machte sie still und in sich gekehrt. Zum ersten Male war ihm die nebelhafte Möglichkeit in's Bewußtsein gekommen, dass er Else verlieren könne. Sein Herz hatte sich bei dem bloßen, scheuen Gedanken krampfhaft zusammengezogen und ihm in seinen unruhigen Schlägen gezeigt, dass schon der Gedanke an diese Möglichkeit ihn zu vernichten drohe.

Er wurde in seinen Grübeleien gestört. Schritte näherten sich der Stelle, wo er, völlig allen Blicken verdeckt, sich befand und leise Männerstimmen wurden hörbar. Jetzt erst erkannte Mark, dass diese lauschige Ecke, die er ausgesucht hatte, ihn in eine unangenehme Situation, in die des unfreiwilligen Lauschers bringen könne. Er wollte sich erheben und den Platz verlassen, aber die Stimmen wurden schon in solcher Nähe hörbar, dass er jedes Wort verstand. Es waren Franzosen, die da vor der Marmorgruppe standen und obwohl sie nur halblaut mit einander sprachen, vernahm Mark doch genug, um wider Willen von ihrem Gesprächsthema interessiert zu werden. „Sie machen mich neugierig, Vicomte! Eine anonyme Verdächtigung unserer Botschafterin!" „Pssst! Nicht so laut, die Wände haben Ohren." „Doch nicht hier – wir sind völlig allein – man tanzt und konversiert drüben – ich brenne vor Verlangen, von Ihnen Neues zu erfahren." „Diese anonymen Briefe werden gefährlich! Sie verlassen den Kreis der Gesellschaft dieses Hofes, indem sie anfangen, die fremden Gesandschaften in den Kreis ihrer Verleumdungen zu ziehen." „So ist es eine ernste Angelegenheit?" „Eine unerhörte Bosheit und eine Lächerlichkeit obendrein." „Man verdächtigt die Botschafterin?" „Nicht das - wer könnte das auch! Man macht das Interesse, das sich von hoher

Seite für sie zeigt, zum Gegenstände einer niedrigen Insinuation."
„Man zeichnet Madame allerdings in hohem Grade aus." „Verdient sie es nicht? Sie ist die Inkarnation der vollkommensten Tugenden einer Frau. Eine Dame von Welt – es sind deren viele hier. Aber Madame ist eine Dame von Geist, von außerordentlichen Talenten und im Besitze eines überlegenen Charakters."

„Peste! Diese anonyme Seuche wagt sich also auch an sie heran! Haben Sie den Brief gesehen?" „Gesehen und gelesen. Der Botschafter gab ihn mir. Er war auf das Tiefste indigniert." „Begreiflich! Glauben Sie, dass er mit Madame darüber gesprochen hat?" „Ich bin sicher, dass er es nicht tat. Der Botschafter ist eine edel- und vornehmdenkende Natur. Er würde dieses Machwerk hinterlistiger Bosheit vernichtet haben, wenn ich ihm nicht abgeraten hätte. Man muss darauf dringen, die Quelle dieser Niedrigkeiten zu entdecken. Man vernichtet ein Beweisstück, indem man den Brief vernichtet." „Wie war er geschrieben?" – „In der Sprache unseres Landes. In glänzendem Stil." „Ah! Das deutet auf keinen gewöhnlichen Absender." „Derselben Meinung war der Botschafter. Der Briefschreiber führt sich im Eingang des Briefes als ein Mann ein, der jeden Augenblick bereit sei, selbst noch gegen uns ins Feld zu ziehen oder seine Söhne gegen uns in die Schlacht zu senden, der aber nicht wolle, dass aus anderem Anlass zwei Völker aufs Neue in Verwickelungen miteinander gedrängt würden."

„Parbleu! Die erbärmlichste Niedertracht, kaschiert durch den Edelmut. Und die Schrift?" „Eine ausgesprochene Mannesschrift." „Und keine Unterschrift?" „In Gestalt einer Frage, die herausfordernd genug ist." „Wie heißt sie?" „Wer bin ich?"

„Hat der Botschafter einen öffentlichen Schritt aus Anlass dieses Briefes beschlossen?" „Nein! Er wird ihn vertraulich dem Ober-Zeremonienmeister mitteilen!" „Taktvoll wie stets! Ich danke Ihnen für die Auskunft, Vicomte." „Aber – ‚geschlossene Lippen', wenn ich bitten darf, Herr de . . . – die Affaire ist zu heikel, um sie zu diskreter Plauderei zu verwenden." „Seien Sie unbesorgt. Meine vollkommenste Hochachtung gehört der Botschafterin." „Und meine tiefste Verachtung jenem anonymen Ränkeschmied. Im Übrigen eine neue Methode, um an diesem Hofe Verwirrungen anzurichten." Die Stimmen schwiegen. Die Schritte verloren sich.

Tief aufatmend erhob sich Mark und spähte vorsichtig durch die Blattpflanzen, die er zurückbog. „Gott sei Dank, sie sind gegangen. Ich habe Folterqualen ausgestanden, als unfreiwilliger Lauscher. Also mit den verwerflichsten Mitteln arbeitet man auch in diesen Kreisen – mit anonymen Briefen."

Das Gespräch, dessen Ohrenzeuge er geworden war, hatte ihn stark erregt. Jetzt galt es, unauffällig sein Versteck zu verlassen, um nicht in den Verdacht zu kommen, geflissentlich einen Lauscherposten eingenommen zu haben. Er vertauschte schnell seinen Platz hinter dem Blumenarrangement mit dem vor Härtings Werk, das er, ohne dass einer seiner Gedanken sich an die Gruppe heftete, angelegentlich zu betrachten schien. Der Tanz drüben im großen Salon war beendet. Einzelne Paare kamen, nach Kühlung sich sehnend, hierher. Und plötzlich fühlte Mark einen leichten Fächerschlag auf der Schulter, Frau von Poyritz stand hinter ihm. „Ist das erhört?" rief sie. „Hier also muss man Sie suchen, wenn man Sie finden will! Ah, Ihr Männer! Drüben der Skat und hier ein à outrance betriebener Kunsteifer. Wissen Sie, was ich an Ihrer Stelle täte, lieber Doktor? Ich sähe mir etwas weniger diese kleine Psyche hier an und schaute lieber mit freundlichem Blick in Else's Augen. Sie haben mir die Kleine heute traurig gemacht, Doktor, und ich komme express zu Ihnen, um Sie derb deshalb auszuzanken." „Aber meine liebe gnädige Frau –" „Psst! Ich bin heute weder Ihre liebe, noch Ihre gnädige Tante Poyritz, wenn Sie nicht den nächsten Tanz mit Else tanzen! Sie späht sich drüben nach Ihnen die Augen aus." Mark bot der prächtigen Frau den Arm. „So lassen Sie uns schnell zu ihr gehen!" –

„Wo warst Du, Hermann? Ich sah Dich so lange nicht?" fragte Else. „Ich fand ihn in die Betrachtung der Psyche versunken", nahm Frau von Poyritz für Mark das Wort. „O, nun begreif' ich," sagte Else und ihr Auge hellte sich auf. „Auch ich könnte stundenlang vor der Gruppe stehen und sie bewundern. Wahrhaftig, wer diese Psyche aus dem spröden Stein herausmeißeln konnte, muss ein guter Mensch sein!" „Du triffst wie immer, das Richtige, Else, mit Deinem feinen weiblichen Instinkt. Na, das Lob behagt Dir doch, Alter!" wandte er sich an Härting, der soeben hinter den Damen auftauchte. Hatte der Bildhauer die Worte Else's gehört? Vielleicht. Denn sein Auge leuchtete hell auf.

XI. Intrigen

Der scharfe Angriff, den das neueste Heft der „Rechtsstimmen" enthielt, machte ein starkes Aufsehen. Zum ersten Male richtete sich hier ein bitterer Vorwurf in der Behandlung der Frage nach der Ursache der herrschenden Verstimmungen, gegen eine einzelne bestimmte Persönlichkeit. Der Name war nicht genannt, aber in den Kreisen, für welche der Artikel berechnet war, war die Persönlichkeit, welche Mark treffen wollte, leicht genug zu enträtseln. Zwei Tage nach der Ausgabe des neuen Heftes erhielt Paulsen eine Karte, die ihn, so bald es seine Zeit erlaube, zum Geheimrat von Kowalczy in das Auswärtige Amt beschied. Der Däne beeilte sich, dem Wunsche des einflussreichen Beamten zu folgen und traf diesen in seinem Büro an. „Haben Sie die neuesten ‚Rechtsstimmen' gelesen," rief der Geheimrat dem Journalisten entgegen, nachdem die üblichen höflichen Begrüßungsworte ausgetauscht waren. „Gestern bereits, Herr Geheimrat." „Dann haben Sie auch diesen Artikel hier gelesen?" rief jener, auf das aufgeschlagene Heft deutend.
„Auch den." „Und Sie wissen, auf wen der Artikel abzielt!" Der Däne zögerte mit der Antwort. „Man könnte noch zweifelhaft sein," – sagte er endlich, nach Worten suchend. – „Die Andeutungen geben keine bestimmte –" Der Geheimrat unterbrach ihn. „Zieren Sie sich nicht, Herr Doktor! – Sie wissen genau so gut wie ich, dass ich es bin, gegen den der Artikel sich richtet. Es ist das ein Pfeil, der gegen mich aus einem Köcher abgeschnellt wird, der gefüllt zu sein scheint. Und Ihr Freund Dr. Mark ist es, der ihn auf die Sehne gelegt hat." „Ich kann daran leider nicht zweifeln."

Der Geheimrat sprang unmutig auf. „Was tat ich dem Mann, dass er mich angreift? Hier in diesem Artikel wird mir insinuiert,

161

dass ich die Gnade, die mir Sr. Majestät erweist, indem er mich häufiger in seine Nähe zieht, dazu benutze und benutzt habe, um die Rückkehr zum alten Kurs zu vereiteln. Gut -- ich gestehe zu, ich bin kein besonderer Freund des Bismarck'schen Regimes gewesen, aber ich bin ein Edelmann und mein Schild ist blank und rein, wie nur eins im Lande! Zu unwürdigem und falschem Spiel geb' ich mich nicht her. Ich bin meinem Kaiser wie meinem jetzigen Chef treu ergeben und wirke in dem Sinne der mir übertragenen Geschäfte ehrlich und ohne Hinterhalt. Und nun diese Angriffe – verstehen Sie den Anlass?" Paulsen bedachte sich. „Ich will und mag mit dem, was ich sagen werde, nichts andeuten," sagte er langsam. „Allein –" „Sprechen Sie!" „Ich war am verflossenen Montag in Friedrichsruh, um meinen Blättern gegenüber meine Korrespondentenpflichten zu erfüllen." „Ich begreife – weiter!" „Ich traf Dr. Mark." „Das war vorauszusehen." „Er weilte bereits am Sonntag dort." „Ah!" „Und ich hörte aus seinem eigenen Munde, dass er zur Frühstückstafel zum Fürsten geladen gewesen sei."

Der Geheimrat blieb auf seiner ruhelosen Wanderung durch das Zimmer stehen und blickte den Dänen durchdringend an. „Er hat mit Ihnen über diese Zusammenkunft mit dem Fürsten gesprochen?" „Wenige Worte, Herr Geheimrat." „Ich bitte Sie um deren Mitteilung." „Ich erkundigte mich, ob die Politik berührt sei. Dr. Mark verneinte diese Frage auf das Entschiedenste." „Und Sie – glauben ihm?" „Ich möchte es. Ich hatte bisher noch nie die Glaubwürdigkeit dieses Kollegen anzuzweifeln Gelegenheit. Diese Frage freilich und die politische Position Marks –"

„Nein, nein", wehrte Herr von Kowalczy ab. „Von jener Seite ist das Signal zu diesem Angriff nicht gegeben. Ich täusche mich darüber nicht. Der Fürst weiß, dass ich zu seinen Gegnern gehöre. Immerhin! Aber ich kenne des Fürsten Eigenart lange genug. Es ist nicht seine Art, die persönliche Gegnerschaft in solcher Weise zu manifestieren. Der Angriff geht von anderer Seite aus." „Aber von welcher?" „Ich bin völlig ahnungslos. Von Kreisen indessen, die mehr erfahren, als Sie und Ihre journalistischen Kollegen gemeinhin zu tun pflegen!" Er machte einige rasche Schritte durch das Zimmer und begann aufs neue:

„Wir leben jetzt in einer Ära der Verstimmungen und Verwirrungen. Bei Hofe treibt ein böser Dämon seinen tollen Spuk und bringt allerlei ungemütliche und selbst ernsthafte Situationen hervor. Und der Regierung werden täglich mehr Steine in den Weg geworfen, von Leuten, die sich dazu berufen halten, Quertreibereien über Quertreibereien auszuhecken. Aber die Angriffe blieben bisher sachlich oder wandten sich gegen den Leiter der Geschäfte des Reichs als gegen die eigentlich verantwortliche Persönlichkeit. Es ist ein neues System, das dieser Dr. Mark da anwendet. Und nach allem, was ich von dem Herrn kenne, ist er sicher nicht der Schöpfer dieses Systems. Die Intrige, die da gegen mich gesponnen wird, hat ihren Urquell in anderen Kreisen, als in jenen, in welchen dieser Dr. Mark lebt. Ich verhehle nicht, dass sie mir Unbequemlichkeiten schafft. Jede Gnade, die einer von uns von Sr. Majestät empfängt, weckt neue Neider und Feinde. Man gönnt mir nicht den Vorzug, den ich vor anderen genieße dadurch, dass mich der Kaiser häufiger in seine Nähe zieht. Ich aber bin gewillt, diese Intrige nicht sich entfalten zu lassen und ich habe dabei auf Ihre guten Dienste gerechnet, Doktor Paulsen!"

Der Journalist verbeugte sich. „Verfügen Sie über mich. Ich stehe ganz zu Ihrer Disposition." „Der Angriff des Dr. Mark gegen mich hat seinen Widerhall bereits in der deutschen Presse gefunden. Man nennt bereits meinen Namen als die Adresse, an die der Angriff sich richtet. Sie haben weitreichende Beziehungen zur ausländischen Presse. Die deutschen Zeitungen nehmen gern aus dieser Dementi's herüber, die man ihnen vorenthält. Ich bitte Sie, in den Blättern, die Sie bedienen, klarzustellen, dass ein solcher Angriff gegen meine Person ungerechtfertigt ist, dass die vorgebrachten Beschuldigungen jedes tatsächlichen Grundes entbehren. Eine aufklärende Notiz in diesem Sinne wäre mir willkommen." „Ich werde sie telegraphisch meinen Blättern übermitteln und zwar unverzüglich." Der Geheimrat ging zum Fenster und blickte sinnend hinaus. „Was halten Sie von einem persönlichen Schritt, den Sie eventuell bei Dr. Mark unternehmen würden?" Der Däne zuckte die Achseln. „Mir sind die Quellen, aus denen er schöpft, ebenso unergründlich wie Ihnen, Herr Geheimrat. Nur soviel scheint mir sicher, Doktor Mark handelt im guten Glauben." „Und wenn Sie ihn zu überzeugen suchen, dass er irrt?" „Das könnte ich nur, wenn ich in Ihrem Auftrag ihn aufsuchte!"

Das stolze Gesicht des Herrn von Kowalczy überflog eine Wolke des Unmuts. „Nein, nein!" sagte er hastig. „Das würde den Anschein haben, als fürchte ich die Feder dieses Herrn und – " hier richtete sich der Geheimrat hoch auf – „ich möchte diesen Schein auf das Allersorgfältigste meiden. Was ist mir dieser Doktor Mark? Was sind mir im Grunde seine Angriffe? Unterlassen Sie jeden Versuch, ihn anders gegen mich zu stimmen, lieber Doktor!" „Aber die ablenkende Notiz in den Blättern –" „Um sie bitte ich," sagte Herr von Kowalczy rasch. „Und je schneller sie erscheint, desto willkommener ist es mir!" Paulsen ging, von dem Geheimrat auf das Freundlichste verabschiedet. Herr von Kowalczy blieb allein. Eine finstere Falte erschien auf seiner Stirn und seine weißen sehr gepflegten Zähne gruben sich tief in die Unterlippe ein.

„Dieser Doktor Mark ist keck und verwegen," murmelte er. „Er fällt aus und führt einen Stoß gegen mich, ohne dass ich im Stande bin, in die Parade zu gehen. Wer führt ihm den Degen? Das ist keine gewöhnliche Pressepolemik, die man mit Achselzucken liest und im selben Augenblick vergisst. Es liegt in diesem ersten Artikel eine Drohung, irgend ein herbeigebrachtes Material gegen mich ausnützen zu wollen. Ah, und diese ‚Rechtsstimmen' haben Bedeutung erlangt durch die Furchtlosigkeit, mit der sie die Regierung bekämpfen. Der Graf wird mich auch nicht zu decken vermögen. Jene unsichtbaren Feinde haben eine gute Wahl getroffen, als sie mich zum Stichblatt der Angriffe erwählten. Meine Stellung bindet mir die Hände gegen sie. Verlieren wir also vor der Hand weder Ruhe noch Besonnenheit und warten wir ab, ob dies Blatt seine Angriffe gegen mich fortsetzen wird!" Und mit der gleichsam unerschütterlichen Ruhe, die Herrn von Kowalczy auszeichnete, setzte er sich wieder an seinen Schreibtisch und nahm die unterbrochene Durchsicht der darauf ausgebreiteten Akten wieder auf.

Toinon hatte die Weisung erhalten, um elf Uhr den Prinzen auf der Hintertreppe zu empfangen und auf dem bekannten Wege in

Céline's Zimmer zu geleiten. Als die Tür sich hinter dem Besucher schloss und Toinon auf den Korridor zurücktrat, stand Jeanlin vor ihr. Sie erschrak vor dem Ausdruck seines Gesichtes. „Ich habe mit Ihnen zu sprechen, Toinon!" Das junge Mädchen sah ihn erstaunt an und sagte dann spöttisch: „Ah, Herr Jeanlin – welche Ehre für mich! Bis jetzt haben der Herr Jeanlin äußerst selten geruht, dero tiefergebene Dienerin anzusprechen." Der junge Mann biss sich auf die Lippen. Er war auf dem besten Wege gewesen, sich zu verraten. „Das macht die übergroße Sprödigkeit von Mademoiselle Toinon," versuchte er zu scherzen, indem er schäkernd ihren Arm zu berühren suchte. Toinon maß ihn mit einem strengen Blick. „Diese Art des Gesprächs liebe ich nicht," sagte sie schroff. „Ich bitte, lassen Sie mich vorüber, Jeanlin, ich habe für Madame etwas herzurichten." Er folgte ihr ein paar Schritte und flüsterte: „Nur eine Frage, Toinon, eine einzige Frage. Madame kam mit diesem deutschen Doktor von Friedrichsruh zurück –"

Toinon zuckte leicht zusammen. Aber sie stand still und sah Jeanlin fragend an. Das tiefe Interesse für Doktor Mark war auch auf dem Grunde ihres Herzens wieder wach geworden und das machte den Wunsch in ihr rege, zu erfahren, worauf Jeanlin mit seiner Frage abziele. „Madame nahm nur Sie mit auf die Reise, Toinon –" „Das dürfte keine Neuigkeit mehr für den Herrn Jeanlin sein." „Mich interessiert's, Toinon – das heißt, jener simple Mensch interessiert mich. –" In Toinons Augen loderte es auf, aber sie bezwang sich. „Ich verstehe es wirklich nicht, Monsieur Jeanlin – und ich habe Eile. Was wollen Sie eigentlich?" „Waren Madame und dieser Doktor Mark auch in Friedrichsruh beisammen?" fragte Jeanlin leise und hastig. Die Entdeckung, welche Toinon bei diesem Augenblicke machte, brachte sie zur äußersten Vorsicht. Was aus der gespannten Miene Jeanlin's, aus dem glühenden Blick seiner Augen sprach, war Eifersucht. Wie eine plötzliche Erkenntnis überkam es sie. Dieser Mann, der sich unter der niedrigen Maske eines Dieners verbarg, liebte ihre schöne Herrin. Die Doppelfigur, die er spielte, war Mahnung genug. Und so wandte sie sich ab, und sprach so schnippisch wie nur je eine Kammerzofe über die Schulter gewendet: „Sie vergessen Ihre Stellung in diesem Hause, Monsieur Jeanlin. Auf eine solche Frage werde ich Ihnen nicht antworten." Sie wollte gehen, aber schon im nächsten Moment hatte er sie wieder erreicht und umspannte mit eisernem Griff ihr Handgelenk. „Seien Sie doch nicht so abweisend gegen mich, Toinon," zischelte er. „Was verschlägt's Ihnen, wenn Sie mir meine Frage beantworten. Ich frage aus Interesse für Madame. Ich misstraue diesem Deutschen." „O, wenn es das ist", sagte Toinon einlenkend – „so kann ich Sie beruhigen, Jeanlin. Wir sahen den Doktor Mark erst im Augenblick der Abreise." Jeanlin nickte beruhigt. „Ich danke Ihnen, Toinon!" Er stieg langsam und mit zufriedenerem Gesicht die Treppe hinab ins Vestibül, Mr. Edwards aufzusuchen.

Toinon stieg die Treppe zur Mansarde hinauf, in welcher sich ihr Stübchen befand. Die Frage Jeanlin's hatte tausend Gedanken in ihr geweckt. Gewiss, sie hatte Mark nicht vor dem Augenblick der Rückreise gesehen. Aber Céline hatte sich am Tage vorher eine Reihe von Stunden allein aus der „Pension Werner" entfernt. Und als sie zurückgekehrt war, hatte sie über starke Schmerzen am Fußknöchel geklagt und kurz erwähnt, bei einem Spaziergange im Walde sei sie über eine Baumwurzel gestolpert. Wie war ihr denn? In der flüchtigen Begrüßung auf dem Perron des Friedrichsruher Bahnhofs zwischen jenen beiden, die ja ganz in ihrer Nähe stattfand, war der kleine Unfall berührt worden. Wo hatte sie in jenem Augenblicke nur ihre Gedanken gehabt? Das bewies ja haarscharf, dass auch Mark an jenem Vortage des Kaiserbesuchs sich in dem stillen Orte bereits befunden hatte. Das bewies noch schärfer, dass Mark an Céline's Seite gewesen war, als jener Unfall stattfand. „Ah –" Toinon seufzte schmerzlich auf und in diesem Augenblicke machten sich in ihr fast dieselben Gefühle geltend wie in der Brust Jeanlin's vorhin – „dann gab es also doch ein tieferes Einverständnis zwischen diesen beiden!" Die Sorge um den Mann, dem sie soviel Dank schuldete, regte sich in ihr in ihrer vollen Kraft. Wenn sie entdecken könnte, welche Wege diese gefährliche Intrigantin, deren Dienerin sie geworden war, eigentlich ging! Jetzt war der Prinz bei ihr. Die brennende Begierde, zu erfahren, ob nur eine Liebeständelei diesen mit Céline verband oder ob die letztere auch jenen in die unsichtbaren Fäden ihrer politischen Intrigen zu verstricken trachtete, erwachte in ihr. So schnell der Entschluss ihr gekommen war, zu lauschen, so schnell schritt sie zur Ausführung.

Sie zog ihre zierlichen leichten Schuhe von den Füßen und barg sie in der Tasche ihres Kleides. Unhörbar glitt sie so die Stufen der oberen Treppe hinab und nun war es auf den dicken Läufern des Korridors unmöglich, ihren Schritt zu hören. Sie spähte das Vestibül hinab. Nichts regte sich dort. Um diese Stunde pflegte Mr. Edwards die Pariser Zeitungen zu lesen und Jeanlin sich in seiner Nähe aufzuhalten, bereit, bei jedem Wink Célinens zu Diensten zu sein. Nun stand sie an der Tür des Boudoirs und hielt den Atem an, das Ohr niedergebeugt zur Schlüsselöffnung des Schlosses. Die Stimme des Besuchers, hell und scharf, verstand sie völlig. Er sprach das Französische mit einem harten Akzent, welcher der Lauscherin in den ersten Augenblicken ein flüchtiges Lächeln abnötigte. Mehr und mehr aber prägte sich ein tiefer Ernst und eine gewaltige Spannung in Toinons Zügen aus.

„Wie amüsant, mein Prinz!" hörte sie Céline lachen und fröhlich dabei in die Hände klatschen. „Wie reizend Sie erzählen! O, an Ihnen ist ein moderner Sittenschilderer verloren gegangen. Wie pikant das alles ist! Dieser steife Würdenträger, seine adelsstolze Gemahlin und die Baronesse mit der freigebigen Neigung für einen armen aussichtslosen Lieutenant. Und wie wunderlich ihr Name war, wie hieß er gleich?" „Zore!" „Zoraïde klänge hübscher. Aber jener Name ist nicht französisch und nicht deutsch. Um dieses seltsamen Namens willen habe ich ein tieferes Interesse für die kleine Baronesse von Bett – Brett – o, diese wunderlichen schweren deutschen Namen." „Von Brettnitz, Céline! Sie sprechen übrigens diese wunderlichen deutschen Namen entzückend aus!" „O Sie Schmeichler! Sind denn übrigens diese Baron Brettnitz von altem Adel?" „Von sehr altem sogar." „Und die Baronesse Zore von Brettnitz – ist sie schön?" „Hm! Stolz, vornehm, brillanter Wuchs – mit Ihnen könnte sie sich nicht messen, Céline, die Sie alles haben, was Charme heißt." „Ich entwische Ihnen gleich, mein Prinz, wenn Sie so fortfahren! Und diese Zore von Brettnitz hat keine Ahnung von dem Briefchen, das sie auf dem Hofball verlor?" „Augenscheinlich nicht den geringsten. Man hat ihn dem

Geheimrat von Kowalczy, der sich um die junge Baronesse bemühte, in die Hände gespielt. Sonst wär's nicht zu erklären, wie plötzlich aus einem Werber der Baronesse ein Gleichgültiger entstehen könnte, welcher sie meidet." „Aber," rief Céline naiv – „man hat sich nicht darüber ausgesprochen." Der Prinz lachte, „Behüte, woran denken Sie? Unter dem Volke mag man sich über ähnliche Dinge aussprechen, in diesen Kreisen zieht man sich vorsichtig zurück, ohne ein Wort fallen zu lassen. Und man bleibt artig und höflich gegen einander, auch wenn man sich gegenseitig vergiften möchte." „Ich wette, Sie sind dem Herrn von Brettnitz nicht sehr gewogen?" „Ah bah – ein Mensch, ganz Form, ganz Hofmann, zum Verzweifeln korrekt in allem Äußerlichen, eine Säule des Zeremoniells, ein rocher de bronce des Hoftons in den anstürmenden Wellen einer freieren Lebensauffassung selbst in unseren Kreisen – ich mag ihn nicht, den Mann! Ich halte ihn für unversöhnlich, wenn sein Hass gegen jemanden erregt wird." „Dann wird sich also dieser Herr von Ko – Kowal –, pardonnieren Sie meine Zunge, Prinz! – hüten müssen." „Vielleicht. Im Übrigen ist der Manns genug, um sich zu wehren." „Man kommt noch zusammen?" „Wie sollte man nicht? Der Hof ist die Szene, auf welcher sich der alte Streit der Montecchi und Capuletti in hundertfältigen Variationen immer aufs neue abspielt. Man möchte sich meiden, einander fliehen, und trifft doch ,bei Hof' immer wieder zusammen. Für die Eingeweihten sind die Situationen darum oft possierlich genug."

„Und Sie, mein Prinz, gehören gewiss zu diesen Eingeweihten." „Wie sollte ich nicht? Es gibt immer geschäftige Müßiggänger an einem Hofe, die uns sehr zu ergötzen glauben, indem sie uns zeigen, dass diese glatten, korrekten Hofleute auch nur die Gefäße für allerhand große und kleine Leidenschaften sind. Danken Sie Ihrem Schöpfer, Céline, dass er Sie nicht in das Getriebe des Hoflebens hineingestellt hat." „Erfahren die höchsten Herrschaften von all dem nichts?" „Wenig genug. Bei Herrschern gibt es für gewisse Dinge eine Scheidewand, die selbst die kecksten Kammerherrn nicht gern überspringen." „Wie töricht und unerfahren ich doch bin! Ich hatte mir das Leben so voll Gravität, voll Ernst, voll Gemessenheit dargestellt und nun erfahre ich, dass auch in jenen Kreisen das Herz die größte Rolle spielt. –" Céline's Besucher lachte. „Setzen wir für ‚Herz' die ‚kleinen Leidenschaften' und Sie treffen den Kern der Dinge, schöne Céline. Da ist eine kleine köstliche Geschichte, die ich Ihnen noch verraten will." Céline klatschte in die Hände. „Ach, ja, bitte!" „Also – ein Herr –". „Aus der Hofgesellschaft?" „T'ja! Also ein Herr besitzt ein kostbares Opernglas – aus Elfenbein, darauf sein goldenes, mit Diamanten besetztes Initial." „Ah!" „In der letzten Woche besucht er die Oper. Das heißt, er nahm sich vor, sie zu besuchen. Aber der Logensitz, den er sonst gewöhnlich einnahm, blieb leer. Seine Freunde entdeckten ihn auch in keiner anderen Loge." „So war er nicht gegangen?" „Er musste es trotzdem sein, denn seiner Gemahlin gegenüber behauptete er es." „O," meinte Céline lächelnd, „die Geschichte verspricht gerade nicht viel." „Warten wir es ab! Das Opernglas wird vermisst – es muss verloren gegangen sein." „Man reklamierte es also öffentlich?" „O nein. Es fand sich." „Und wo?" „Bei einer berühmten Schönheit dieser Stadt, deren Züge und Wuchs nicht minder klassisch, wie ihre Lebensgewohnheiten sind."

Die Tür unten im Vestibül, die zu Mr. Edwards Zimmer führte, knarrte. Toinon flog von der Tür zurück und huschte mit Windeseile über den Korridor zu der nach oben führenden schmalen Treppe. Sie hätte keine Sekunde länger zögern dürfen. Jeanlin's Kopf ward auf den Treppenstufen sichtbar. Er kam vollends herauf und spähte über den Korridor hin. Nichts zeigte sich. Er nickte befriedigt mit dem Kopfe und ging wieder hinab.

Draußen war ein richtiges Märzwetter. Grauer Himmel, die Straßen voll Schmutz und Niederschläge, die zwischen Schnee und Regen schwankten. Es war einer jener ungemütlichen Tage, an denen man sich scheut, das Zimmer zu verlassen und die behagliche Wärme desselben mit der feuchtkalten Witterung draußen und der schweren, den Atem beengenden Luft zu vertauschen. Der Hofrat hatte soeben seine Kanzlei im Schlosse betreten. Ein Kanzleidiener war ihm behilflich gewesen, den Pelz ihm von den Schultern zu nehmen und ihn der Überschuhe zu entledigen. Behaglich die rundlichen Hände reibend, setzte sich der Hofrat an seinen Arbeitstisch, öffnete die Mappen mit den Eingängen und sichtete den Inhalt, legte dann die für seinen Chef bestimmten Briefe in das mit der Kanzlei durch eine Tür verbundene Arbeitskabinett und vertiefte sich mit Muße in die Lektüre der Zeitungen. Vor einer guten Stunde betrat Baron von Brettnitz sicherlich nicht das Büro. „Aha – das neueste Heft der ‚Rechtsstimmen'!" Der Hofrat wurde plötzlich ein anderer. Das glatte Lächeln, der höfliche Gleichmut machte einer Spannung Platz, die man nur selten an ihm bemerkte. Er schlug rasch das Heft auf und blätterte, bis ein Artikel seine Aufmerksamkeit völlig auf sich zog. Aber der Inhalt desselben schien ihm nicht zu behagen. Er schüttelte mehrfach den Kopf und seine Miene verfinsterte sich. „Er ist vorsichtig, dieser Redakteur – er geht um den heißen Brei herum wie eine alte erfahrene Katze, welche weiß, dass ein Verbrennen schmerzhaft ist. Er deutet immer nur an und erhitzt sich mit Vorwürfen, die den Geheimrat nicht deutlich und scharf genug treffen, um ihn tief zu verwunden. Wir werden mehr Register ziehen müssen, um unseren Strohmann zur energischen Aktion zu treiben. Aber mein hochverehrter Herr Chef ist allzu vorsichtig geworden – er möchte sich die gepflegten Hände waschen und sich dabei nicht nassmachen. Das ist eine Position, in der wir nichts erreichen." Er überflog den Artikel in den „Rechtsstimmen" noch einmal und warf das Heft unmutig auf die Platte des Schreibtisches. „Es hilft nichts," – murmelte er. – „Der kräftige Antrieb fehlt – wir müssen etwas Neues ersinnen, um den Baron zu einem entscheidenden Schritte zu treiben. Wir müssen mehr von unseren sorgfältig rangierten Karten aufdecken. In dieser Ära der unerwarteten Veröffentlichungen erschlichener oder ‚auf die Schreibtische geflatterter' Dokumente kommt es auf ein paar Aktenstücke mehr oder weniger auch nicht an, namentlich wenn man sie für seine Zwecke noch besonders präpariert. Ich werde Bylle einmal heranzitieren. Hat er seine Finger bis zum ersten Glied in unsere Affaire hineingesteckt, so wird er schließlich auch noch die ganze Hand hergeben müssen." Er klingelte einem Bürodiener, nachdem er seine Uhr geprüft hatte. „Bitten Sie den Herrn Hofsekretär Bylle zu mir herüber." Der Bürodiener schritt eilig von dannen, um den Auftrag auszuführen. „Mir bleibt noch mehr als eine halbe Stunde – Zeit genug, um die Angelegenheit ein Dutzend Mal zu erledigen." In der leise sich öffnenden Tür erschien das graue Haupt und die etwas vornüber geneigte Gestalt Bylle's.

„Der Herr Hofrat haben befohlen?" – „Befohlen? Nein, mein lieber Herr Hofsekretär, – nur gewünscht. Ich habe ein paar Minuten zum Plaudern gerade Zeit und bei Ihnen ist ja auch augenblicklich etwas stille Zeit – nicht?" „Man hat seine Arbeit, Herr Hofrat!" „Weiß! Weiß! Aber setzen Sie sich doch! Was sagen Sie zu dem ‚Vorwärts'? Hm? Woher kriegen diese Sozialisten nur die Aktenstücke?" Das Antlitz Bylle's blieb unbewegt, nicht die kleinste Muskel zuckte darin. „Vielleicht ergibt das die eingeleitete Untersuchung, Herr Hofrat!" „Richtig! Richtig! Man hat ja eine strenge Untersuchung angeordnet. Aber sie hat wohl kein Resultat ergeben, wie?" „Keins – wenigstens bis jetzt nicht." „Glaub's schon!" Der Hofrat beschaute anlegentlich seine rosigen Fingernägel. „Diese Untersuchungen haben gewöhnlich ein negatives Resultat", sagte er dann mit einem bedeutsamen Lächeln. „Unsere Hofbeamten sind die Treue ja selbst, es sind wohl höher gelegene Quellen, welche den Riesensee der Unzufriedenheit durch solche kleinen Indiskretionen speisen. Und gar den Sozialisten gegenüber – sind unsere Hofsubalternbeamten als ehemalige Soldaten unschmelzbares Erz, ist's nicht so, lieber Bylle?" „Der Herr Hofrat haben unzweifelhaft Recht. Von den Hofsubalternbeamten trifft auch niemanden der leiseste Verdacht an der Mitwirkung zu den sich häufenden Veröffentlichungen sekreter Erlasse im ‚Vorwärts'. Das hat die Untersuchung bereits vollkommen klargestellt." „Über die kürzlich stattgehabte Veröffentlichung des kaiserlichen Erlasses ist Sr. Majestät im höchsten Maße indigniert gewesen!" „Mein Chef war es in noch höherem Maße," sagte Hofsekretär Bylle in seiner unerschütterlichen Ruhe. „Und doch lag gerade bei diesem Aktenstück die Sache ganz einfach und klar. Ich selbst habe unter den Augen des Chefs den Entwurf abgeschrieben und Entwurf wie Abschrift sind nach der erfolgten Vollziehung des Erlasses durch Sr. Majestät in den Händen meines Chefs geblieben und im Tresor verwahrt worden. In diesem Falle ist die Veröffentlichung völlig unerklärlich, und die Untersuchung ist somit von völlig negativem Erfolge gewesen." "Wie die früheren," sagte der Hofrat das Haupt wiegend und mit feinem Lächeln setzte er hinzu: „und wie die kommenden!" Darauf erhob er sich und trat zu dem Hofsekretär heran.

„Mein lieber Herr Bylle, –" sagte er freundlich und klopfte ihm vertraulich auf die Schulter – „Sie wissen, dass ich Sie ganz besonders schätze. Und ich glaube, so'n bisschen Attachement haben Sie auch für mich, oder irre ich mich darin?" „Ich glaube, ich habe dem Herrn Hofrat bereits Proben davon gegeben!" „Die meine Dankbarkeit nur gesteigert haben; Sie wissen ja auch, dass Sie mir mit vollkommenster Ruhe vertrauen können." Bylle blieb wie unbeweglich. „Der Herr Hofrat bedarf einiger Informationen?" Der Hofrat nickte lebhaft und flüsterte: „Ja, lieber Bylle, – einiger, – die im Grunde genommen niemandem Schaden zufügen können." „Ich hege keine Furcht nach dieser Richtung." „Ah, ich wusste es, lieber Bylle. Sie auch sehen mich stets bereit, Ihnen meine Dankbarkeit zu erweisen, wenn Sie einen Wunsch hegen." „Ich hege keine Wünsche mehr, Herr Hofrat." „Ich weiß es – das Unglück, das damals Sie traf mit Ihrer Tochter –" Das Antlitz Bylle's änderte sich so plötzlich, dass der Hofrat fast erschreckt zu ihm aufschaute. „Meine Tochter? Was wissen Sie von meiner Tochter?" „Richtig, lieber Bylle. Die Erinnerung schmerzt, ich begreife das. Aber Sie sind ein Mann – Sie müssen überwinden." „Wer aber sagte Ihnen – ?" „Der Zufall, Bylle, der Zufall! Ich erfuhr von Ihrem schrecklichen Schicksal und eine zufällige Begegnung vorher ließ mich ahnen, weshalb das alles so kommen musste. Reden wir nicht weiter davon!" Der ergraute Mann erzitterte und ließ den Kopf sinken. „Ja – reden wir nicht weiter davon!" murmelte er. In den Augen des Hofrats leuchtete es triumphierend auf. Diese Erinnerung kam ihm gelegen.

„Nun will ich Ihnen sagen, worüber mir eine Information willkommen wäre. Es handelt sich um das letzte große Revirement in der auswärtigen Vertretung des Reiches. Ich möchte ergründen, auf welche Einflüsse diese und jene Veränderungen in der Besetzung der Botschafter- und Gesandtenposten, welche einiges Aufsehen machten, zurückzuführen wären. In meiner Stellung, lieber Bylle, möchte man in allem versiert sein, Sie begreifen das! Wollen Sie mir vertraulichst behilflich sein, diese Informationen zu erhalten?" Eine leichte Bewegung ging durch die vornübergebeugte Gestalt Bylle's. Er erhob den Kopf und sah den Hofrat fest und durchdringend an, der diesen Blick lächelnd aushielt. „Sie sollen die Informationen erhalten!" „Tausend Dank im Voraus, lieber Bylle." Dieser wandte sich zögernd der Tür zu, kehrte dort um und flüsterte: „Erlaubt es Ihre Zeit, mich für einige Minuten hinüber zu begleiten?" „Für einige Minuten, ja!" „Dann bitte ich darum. Oder besser, ich gehe voran und Sie erscheinen in einigen Augenblicken wie zufällig in meiner Kanzlei. Sie werden mich allein finden."

Der Hofrat rieb sich erfreut die Hände. „Gehen Sie, lieber Bylle, gehen Sie – ich komme sofort nach!" Als er allein war, überließ sich der Hofrat völlig der erwartungsvollen Freude, die ihn beseelte. „Alles geht nach Wunsch," flüsterte er. – „Nun bleibt mir nur noch die Aufgabe, den Baron anzuspornen, dass er schärfer ins Zeug geht und mir die nötigen Aufträge erteilt. Ich werde die Schwierigkeit ihrer Erfüllung lebendig genug schildern. Er braucht nicht zu erfahren, dass diese Schwierigkeiten im wesentlichen schon gehoben sind!" Er verließ die Kanzlei, deren Tür unverschlossen blieb. Geheimnisse hatte dies Ressort nicht. Auf dem Korridor begegnete er einem hübschen jungen Mädchen, das ihn ehrerbietig grüßte.

„Ah – Fräulein Weber!" sagte der Hofrat artig, indem er stehen blieb und das junge Mädchen dadurch zwang ein gleiches zu tun, „Ich hätte Sie beinahe nicht erkannt. Was macht das Hoffräulein?" „Die Baronesse befindet sich wohl," erwiderte das junge Mädchen, in welchem der Hofrat die Zofe Zore's von Brettnitz erkannt hatte. „Was führt Sie denn in diesen Flügel des Schlosses?" „Ein Auftrag meiner Herrin!" „Ich will Sie von der Erledigung desselben nicht länger zurückhalten! Adieu, schönes Kind!" Der Hofrat kniff das junge Mädchen leicht in die Wangen und schritt weiter. Diese schaute sich vorsichtig nach ihm um und blieb, als jener hinter der Korridorbiegung verschwunden war, vor der Kanzlei stehen, welche der Hofrat eine Minute zuvor verlassen hatte. Sie pochte leise an. Kein Herein ertönte. Noch einmal sah das junge Mädchen sich um. Rechts und links war niemand im Korridor zu sehen.

„Ich hab's Jeanlin versprochen," flüsterte sie, nur um sich Mut zu machen und trat ein. Sie lief mehr als sie ging in das Arbeits-Kabinett des Barons von Brettnitz, zog aus ihrer Tasche eine schmale geschlossene Enveloppe hervor, und legte sie unter die Briefsachen auf den Schreibtisch. Dann flog sie zur Tür zurück. Dort lauschte sie, ob ein Schritt sich nähere. Nichts. – Kein Geräusch. – Nun eilte sie leichtfüßig hinaus, drückte die Tür in's Schloss und huschte durch den Korridor. Von schwerer Last befreit, atmete sie hoch auf. „Nun wird Jeanlin mit mir zufrieden sein!" dachte sie.

Nicht zehn Minuten waren seitdem verflossen, als auch der Hofrat in seine Kanzlei zurückkehrte. Er war augenscheinlich sehr vergnügt und betrachtete mit selbstzufriedener Miene die linke Seitentasche seines Rockes, in welcher es von Papieren knisterte. Jetzt wartete er ungeduldig auf das Erscheinen seines Chefs. Später noch, als der Hofrat erwartet hatte, kam jener, augenscheinlich in nicht sehr angenehmer Laune, wie der Hofrat mit einiger Zufriedenheit bemerkte. Verärgerte Menschen sind leichter geneigt, anderen die Ruhe und den Frieden zu rauben. Mit einem stolzen Kopfnicken und kurzem Wort hatte der Baron von Brettnitz die höfliche devote Begrüßung seines Untergebenen erwidert. „Was neues von Belang?" „Nichts, Herr Baron!" „Korrespondenz für mich da?" „Der Herr Baron finden sie im Kabinett drüben." Baron von Brettnitz verschwand in demselben. Eine Weile hörte man nur das Knistern der geöffneten Briefe, unterbrochen hie und da von einem trockenen Räuspern des Barons und dem leisen Rasseln der Feder, welche der Hofrat jetzt kräftig über das Papier gleiten ließ.

Plötzlich wurde drüben im Kabinett ein Stuhl laut und polternd gerückt und ein halblauter, zorniger Ausbruch ward hörbar. Der Hofrat sah vorsichtig von seinem Bogen auf und versuchte durch die Spalte der nur angelehnten Tür die Ursache dieses ungewöhnlichen Geräusches zu erspähen. Es musste eine Mitteilung von außergewöhnlicher Bedeutung für den Baron gewesen sein, dass er seine kühle Ruhe so sehr vergaß. Erregt, mit verschränkten Armen, ging Baron von Brettnitz in seinem Kabinett auf und ab. Eine leidenschaftliche Erregung sprach aus seinen Mienen, seine Stirn war zu finstern Falten zusammengezogen und seine Lippen pressten sich fest aufeinander. Von Zeit zu Zeit schleuderte er einen hasserfüllten Blick auf einen zierlichen, mit festen Schriftzügen bedeckten Briefbogen, der neben dem halb zerrissenen Kuvert auf der grünen Tuchplatte des Schreibtisches lag. „Das ist eine Infamie!" zischte er. „Eine Teufelei sondergleichen! Ah, könnte ich nur diesen anonymen Briefschreiber vor die Mündung der Pistole – nein, vor die Reitpeitsche zwingen!" „Ich muss den Brief vernichten, meine Frau würde er zur Wut bringen und Zore, das arme Kind – oh, Teufel, Teufel, wie konnte sie auch so leichtsinnig sein, diesem simplen zur Kriegsakademie kommandierten Lieutenant Avancen zu machen! Und wenn es wahr ist, was dieser anonyme Wisch da behauptet, dass Kowalczy daraufhin höhnisch jede Verbindung mit Zore als eine Lächerlichkeit bezeichnet hat – ah, an ihm wenigstens könnte ich Rache nehmen!" Er betupfte die Stirn, auf welche die Erregung ihm den Schweiß getrieben hatte, mit dem Taschentuche und starrte auf den Brief nieder, während seine Gedanken in rasender Hast aufeinanderstürmten.

„Das wäre der Eklat – den meine Feinde herbeisehnen und den da dieser schurkische Wisch vorbereiten soll! Ruhe! Ruhe! Ich muss mich beherrschen, so wild es auch da drinnen stürmt. Ich darf nicht den Weg beschreiten, auf den die gekränkte Ehre meines Hauses mich hinweist. Eine anonyme Verdächtigung ist kein Beweis – ich könnte sie nicht einmal zur Grundlage einer Erklärungsforderung machen, trotzdem ich keinen Augenblick an der Möglichkeit zweifle, dass diese Schreiberei da den Tatsachen entspricht. Mit jedem Schritt, den ich in dieser Sache unternehme, rufe ich selbst den Eklat herbei – es ist zum Tollwerden! Schweigen müssen mit diesem Grimm im Herzen!"

Das Gift, das uns von unbekannter Seite dargereicht wird, wirkt doppelt. Es bereitete dem Baron von Brettnitz schon Pein, den Brief, welcher seine Gefühle so schwer verletzt hatte, nur zu sehen, und dennoch griffen seine nervös zuckenden Finger auf's neue nach dem Papier und seine Augen überflogen noch einmal den

Inhalt:

„Herr Baron! Man rühmt Ihrer Familie nach, dass diese vor anderen berechtigt sei, auf die lange Reihe Ihrer Vorfahren stolz zu sein. Solcher Stolz verpflichtet! Und da die Vorsehung Ihnen den Wunsch, einen Stammhalter an Ihrer Seite zu sehen, versagt hat, so wäre es die Aufgabe Ihrer Tochter, diese Verpflichtung einzulösen. Wir gewahrten mit Vergnügen, dass auch sie den bekannten Stolz ihrer Familie geerbt hatte und ihn vor unseren Augen täglich zur Schau trug. Und deshalb machte es uns Schmerz, zu sehen, dass dieser Stolz um so mehr von seiner Berechtigung verlor, je mehr das Herz der Baronesse Wege ginge, deren Beschreiten eben ihr Stolz hätte verhindern sollen.

Erinnern Sie sich, Herr Baron, jenes Hofballes, im alten Jahre, auf welchem ein sehr liebenswürdiger Diplomat auffallend der Baronesse den Hof machte und uns in die Erwartung brachte, zum Neujahrsfeste auch von einer neuen Verbindung zweier interessanter Persönlichkeiten unseres Kreises Kunde zu erhalten? Nun wohl, auf eben jenem Hofballe hatte die Baronesse das kleine Missgeschick, ein Billet zu verlieren, dessen Inhalt zum Unglück den Absender und die Zuneigung der Baronesse zu diesem nur allzudeutlich erraten ließ. Ein weiteres betrübendes Missgeschick wollte, dass ein Freund dieses Diplomaten das Billet fand und es sich nicht versagen konnte, seinen Freund darauf aufmerksam zu machen, dass er wohl in den Besitz der schönen Hand der Baronesse, schwerlich aber in den ihres Herzens gelangen werde.

Erinnern Sie sich, Herr Baron, unseres Staunens, als wir nach dem Eintritt des neuen Jahres die Baronesse in ihrem gleichen Stolz, den Geheimrat indessen in einer artigen Gleichgültigkeit erblickten? Man befragte den Diplomaten und erhielt zur Antwort ein Lächeln, das deutungsfähiger war als ein Wort. Das Wort kam später! Wollen Sie es hören, Herr Baron? Es lautete: ‚Die Baronesse ist eine ausgezeichnete und begehrenswerte Partie – für junge und namenlose Lieutenants der Linie.'

In dem Lande, Herr Baron, dessen Sprache wir für diese Zeilen entlehnen, würde man nicht ruhen, bis man sich für ein solches Wort gerächt hätte!

Denkt man in Deutschland kühler, Herr Baron? Familienehre."

Baron von Brettnitz schleuderte den Brief mit zorniger Gebärde auf den Tisch zurück, ließ sich auf seinen Sessel nieder und stützte das Antlitz in die Hände. Nicht die Bosheit, welche in dem anonymen Schreiben zu Tage trat, war es, die ihn mit zorniger Bitterkeit erfüllte, sein aufgestachelter Hass wendete sich nicht gegen den unsichtbaren Angreifer, sondern gegen den Mann, welchen der anonyme Brief ein so böses Wort reden ließ. Mächtig loderte es gegen den Geheimrat von Kowalczy in ihm auf. Brennender denn je war das Verlangen, den Diplomaten in schwere Verwickelungen gebracht, ja vielleicht gänzlich gestürzt, und in Ungnade zu sehen. Was er mit Hilfe des schlauen Hofrates begonnen hatte, musste fortgesetzt werden, um jeden Preis! Die Rache ist ein gewaltiges Beruhigungsmittel für die Stürme, welche der Hass in unserer Brust entfesselt. Die Möglichkeit, sich an dem Geheimrat rächen zu können, gab dem Baron von Brettnitz die Ruhe allmählich zurück. Zunächst galt es den Brief sicher zu bergen, damit kein unberufenes Auge ihn je erblicke. Vernichten wollte er ihn nicht. Einmal konnte ja doch der Zufall den Absender dieser anonymen Bosheiten verraten und dann wollte er sich an ihm für den Schmerz dieser Stunde entschädigen!

Baron von Brettnitz nahm eine leere Enveloppe, verschloss darin den Brief und versiegelte dann das Kuvert, das er obendrein in einem Geheimfach des Schreibtisches verbarg. Gerade wollte er sich zum Hofrat hinausbegeben, als das aufgerissene Kuvert jenes Briefes, der seine Adresse trug, in seine Hand kam. Über dem Inhalt des Briefes hatte er ganz vergessen, dies Kuvert näher zu betrachten. Jetzt erst sah er, dass dasselbe nicht durch die Post ihn erreicht hatte, sondern durch Menschenhand auf seinen Tisch gelegt worden sein musste. Die Möglichkeit, dem Absender vielleicht auf die Spur kommen zu können, erschien vor seinen Augen. Er sprang auf und trat zur Tür.

„Herr Hofrat, ich bitte – einen Augenblick!" Der Hofrat hatte mit geheimer Ungeduld auf diesen Moment gewartet. Es war ihm inzwischen klar geworden, dass seinem Chef eine Nachricht zugekommen sein müsse, welche ihn in besondere Erregung versetzte.

Es war nicht des Barons Art, im Zimmer herumzuwandeln und Ausrufe auszustoßen. Der Hofrat glitt denn auch geschwind in das Kabinett. „Was befehlen der Herr Baron?" „Haben Sie die Eingänge heute Morgen gesichtet?" „Gewiss, Herr Baron." „Und Sie selbst waren es, welche die Briefe auf diesen Platz hier legten?" „Aber natürlich, Herr Baron!" „Befand sich unter den Briefen einer, der nicht durch die Post gekommen war?" „Heute Morgen? Nicht ein einziger, Herr Baron. Ich bin dessen absolut sicher." „Dann bitte ich Sie, Ihre Erinnerung zu Hilfe zu nehmen, Herr Hofrat. Lag vielleicht, ehe Sie die Kanzlei und das Kabinett betraten, ein Brief, der meine Adresse trug, auf diesem Platze?" Der Hofrat schüttelte energisch den Kopf. „Ich bin dessen völlig sicher, Herr Baron, dass nichts, kein Brief, kein Papierstück, absolut nichts auf diesem Platze lag, Herr Baron." Dieser heftete seinen forschenden Blick auf das noch immer devot lächelnde rosige Antlitz des Hofrats. „Dann bitte ich Sie, mir zu erklären, wie dieses Kuvert hierher an diesen Platz und unter meine Korrespondenz geriet?" Der Hofrat blickte verdutzt den Baron und das Kuvert an. „Der Herr Baron haben das hier – heute Morgen – an dieser Stelle gefunden? Das ist unmöglich!"

„Und doch fand ich es, und der Inhalt des Briefes, den dieses Kuvert barg, legt es mir nahe, nach dem Absender zu forschen." „Dann war der Brief anonym?" sagte mit sichtbarer Überraschung der Hofrat. Und als jener nickte, fuhr er rasch fort: „Das ist Hexerei, wahrhaftig! Verzeihung, Herr Baron, aber das Erscheinen dieses Briefes unter Ihrer Korrespondenz ist so rätselhaft, so übernatürlich, dass ich auch nicht die mindeste plausible Erklärung dafür habe." „Sie haben die Kanzlei, nachdem Sie die Mappen geöffnet, nicht verlassen?" Der Hofrat schüttelte mit der ernsthaftesten Miene und sehr ausdrucksvoll den Kopf. „Nicht eine Minute!" „Das fass' ich nicht!" sagte der Baron. „Der Brief war da und es muss zwei Hände gegeben haben, welche ihn hierherlegten." Der Hofrat hob die Adresse des Kuverts zu seinen Augen empor und stieß einen leisen Ruf der Überraschung auf. „Was haben Sie?" rief der Baron. „Die Schrift!" „Kennen Sie dieselbe?" fragte eifrig Baron von Brettnitz. „Aber sehen der Herr Baron denn nicht – sie gleicht

– ganz auffallend – namentlich in den kleinen Buchstaben –" „Nun welcher?" fragte jener ungeduldig. „Der – der – Ihren!!" sagte der Hofrat zögernd, der zum ersten Male ein etwas verlegenes Gesicht machte. „In der Tat, Sie haben Recht, lieber Hofrat – es ist wirklich eine Ähnlichkeit vorhanden. Das –" Er unterbrach sich. „Das beunruhigt mich," wollte Baron von Brettnitz hinzufügen und es machte sich wirklich in diesem Augenblicke in ihm ein leises Gefühl der Beunruhigung geltend. „Der Herr Baron meinten?" „Nichts – nichts weiter von Belang, lieber Hofrat. Bitte legen Sie den Briefumschlag wieder dort auf den Schreibtisch zurück. Es ist müßig, ein weiteres Wort über diese Angelegenheit zu verlieren."

Der Hofrat gehorchte, mit einem bedauernden Blick auf das Papierblättchen – er hätte gar zu gerne eine Handschriftprobe zurückbehalten. „Haben der Herr Baron die neuesten ‚Rechtsstimmen' gelesen?" „Vor einer Stunde. Der Mann da, der Redakteur, arbeitet in unserem Sinne recht geschickt!" Der Hofrat wiegte wie zweifelnd das Haupt. „Gestatten mir der Herr Baron, anderer Meinung zu sein! Nach dem Aufsehen, den die erste Notiz fand, erwartete man im Publikum eine viel schärfere Behandlung der Angelegenheit. Ich habe viel darüber nachgedacht. Und wenn der Herr Baron auf Fortsetzung der eingeleiteten Agitation bestehen –" „Ah! Ich denke nicht, darin innezuhalten – jetzt weniger denn je!" rief Baron von Brettnitz und der ganze Grimm, der gegen den Geheimrat in ihm geschürt werden kann, kam in einem zornigen Aufblitzen seiner Augen zum Ausdruck. „Also steht der anonyme Brief doch mit unserer Affaire in Zusammenhang," dachte der Hofrat mit lebhafter Freude. „Vielleicht ist mir die Stimmung dieser Stunde günstig genug, meinen Chef zu einem entscheidenden Schritte zu bringen!" Und laut sprach er: „Dann sind weitere Schritte unsererseits unerlässlich!" „Und wir werden sie gehen, Herr Hofrat!" murmelte der Baron. „Unverzüglich! Sie haben darüber nachgedacht, so sagten Sie! Ich danke Ihnen für Ihren unablässigen Eifer im Interesse derjenigen, die gleich mir die Quertreibereien Einzelner verhindern wollen! Bitte, beginnen Sie Ihre Vorschläge!" Er ließ sich wieder auf seinem Sessel nieder und blickte gespannt auf den ruhig lächelnden Hofrat.

„Man muss diesen Leiter der ‚Rechtsstimmen' zunächst dazu bringen, den Namen des von ihm Angegriffenen in die Öffentlichkeit zu bringen." „Glauben Sie, dass das so leicht sein wird, lieber Hofrat? Ich fürchte das Gegenteil. Bisher hat dieser Dr. Mark das Material, das Sie ihm zustellten, allzu geschickt verwertet, um uns in dem Glauben zu lassen, er werde nun auf einmal plump dreinhauen. Den Namen zu nennen liegt für ihn ja auch noch nicht einmal ein Anlass vor." Der Hofrat verlor nichts von seiner lächelnden Ruhe. „Und doch halte ich daran fest, Herr Baron, dass jetzt der Name des Herrn von Kowalczy öffentlich genannt werden muss, soll die – Agitation, wie der Herr Baron unsere Affaire zu nennen beliebten, soll diese Agitation gegen den Diplomaten einen für ihn gefährlichen Charakter annehmen. Ich setze gar nicht voraus, dass dieser Dr. Mark zunächst geneigt sein wird, auf einen anonymen Antrieb hin, den Namen in den ‚Rechtsstimmen' zu nennen. Bezüglich dieses Punktes habe ich die Ehre, genau derselben Meinung wie der Herr Baron zu sein. Allein es mag der Erwägung wert sein, zu prüfen, ob nicht eine rein private Auslassung des Dr. Mark auf eine private Anfrage zu erzielen ist und ob man den Mittelsmann, den man hier für diese Anfrage erwählen müsste, nicht bestimmen könne, diese rein private Aufklärung, die ihn der Redakteur der ‚Rechtsstimmen' wahrscheinlich geben würde, in irgend einer Form bekannter werden zu lassen, bis endlich eine Zeitung sich des Namens bemächtigt und, indem sie Teil nimmt an der Indiskretion, durch die Veröffentlichung des privaten Schreibens diesen Dr. Mark unlösbar auf den Namen und die Materie festnagelt!"

Der Baron hatte durch wiederholtes Kopfnicken seinen Beifall kund gegeben. Jetzt rief er: „Sie sind in der Tat ein scharfsichtiger und scharfsinniger Diplomat, Herr Hofrat. – Dieser Plan ist vorzüglich, wenn e i n s gelingt!" „Und dieses eine ist?" „Einen passenden Mittelsmann zu finden?" „Ich habe auch darüber nachgesonnen, Herr Baron!" „Ah!" „Einer meiner persönlichen Bekannten, ein Schulmann, ist jüngst an die Schule eines hannoverschen Landstädtchens versetzt. Der Mann ist ein Streber und durchaus geneigt, jeden Wunsch, den man von einer einflussreichen Stelle an ihn richtet, zu erfüllen. Dieser Dr. Mark ist Hannoveraner, eine Anfrage aus seiner Heimat würde ihm unverfänglicher erscheinen, als jede andere. Er wird sie beantworten und – für das andere lassen Sie dann Ihren ergebenen Diener sorgen!" „Wird er sie beantworten – in einer Weise, die uns zur Erreichung unseres Zweckes dienlich sein kann?" „Er wird es, wenn wir auch unsererseits uns zu einem weiteren Schritte entschließen." „Zu welchem?"

„Das Material, welches wir dem Dr. Mark insgeheim zur Verfügung stellen, genügt nicht," erklärte der Hofrat fest. „Wir müssen mehr wagen. Wir müssen diesen Herrn von Kowalczy verantwortlich zu machen suchen selbst für die großen Veränderungen im auswärtigen Dienst des Reiches!" Baron von Brettnitz sprang auf. „Aber damit belasten wir einen Unschuldigen –." „Oh –" machte der Hofrat, – „ich bitte um Verzeihung, Herr Baron, wenn ich immer nur das Ziel im Auge habe, das der Herr Baron sich steckte. Und dies Ziel ist, dass –." „Dieser Geheimrat soll und muss unmöglich gemacht werden!" flüsterte der Baron. „Der Herr Baron halten also an diesem Ziele fest? Dann aber dürfen allzugroße Skrupel über die Mittel und Wege dies Ziel nicht unmöglich machen," erklärte der Hofrat. „Aber, Bester, wie wollen Sie sich ein Beweismaterial beschaffen, das nicht existiert?" „Es suchen – und wenn es nicht existieren sollte, seine Existenz hervorrufen." „Aber," rief der Baron erschreckt, – „das heißt also – fäl…" „Das heißt, harmlose Aktenstücke so geschickt ergänzen und gruppieren, dass sie einem Beweise gleichkommen!" „Und dazu wären Sie im Stande." Der Hofrat legte mit triumphierendem Lächeln die Hand auf die linke Brust, aus deren Tasche bei dieser Berührung ein leises Knistern hervorklang. „Ich werde es sein, Herr Baron." „Und es wird keine Entdeckung zu befürchten sein?" „Nicht die mindeste." „Und ich bleibe aus dem Spiel?" „Ihr Auftrag allein genügt mir!" Der Baron von Brettnitz zauderte eine kleine Weile. Dann sagte er: „Handeln Sie!"

XII. Spione im Zwiespalt

Zore von Brettnitz, die Hofdame Ihrer königlichen Hoheit der Frau Prinzessin, war heute in der ungnädigsten Laune. Anna Weber, ihr Kammermädchen, hatte unter manchen Seufzern und einigen still aus den Augen gewischten Tränen ihre Herrin zum heutigen großen Hofballe angekleidet und vollendete jetzt ihre Aufgabe, indem sie der jungen Baronesse das Juwelenkästchen reichte, aus welchem diese den Schmuck wählte, den sie heute zu tragen gedachte. Anna Weber war eines jener Kinder der Liebe, welche alles zu büßen haben, was ihre Eltern gesündigt. Auf dem Gute des Barons von Brettnitz war ihre Mutter bedienstet gewesen und dort auch hatte sie dem Mädchen das Leben gegeben, ohne dass der Vater bekannt geworden wäre. Es flossen der Mutter kleine Unterstützungen für die Erhaltung des Kindes zu, das in Pflege getan worden war. Die Mutter behielt man im Dienst und als Anna konfirmiert worden war, wies man auch ihr einen leichten Dienst zu, um sie, als sie das achtzehnte Jahr erreichte, der jungen Baronesse als Kammermädchen zu geben.

Anna's Mutter war inzwischen gestorben und das junge Mädchen, das nie in eine andere Umgebung gekommen war und von Kindheit an unter fremden Willen gehorsam sich hatte beugen müssen, war ohne jeden weiteren Halt, als jenen, den ihre untergebene Stellung im Dienste der Baronesse ihr zuwies. Anstellig und flinkhändig tat sie wahrlich alles, was sie tun konnte, um ihre stolze und herrschsüchtige Herrin zu befriedigen, ohne indessen erringen zu können, dass man ihr alle Aufopferung anders vergalt, als mit einer Behandlung, welche sie oft zu heißen Tränen brachte. Die natürliche Zuneigung, welche sie zu der Familie von Brettnitz empfand, hervorgerufen durch die unaufhörlichen Mahnungen ihrer Mutter „dieser in treuem Dienst die Dankbarkeit zu bezeigen, welche jene sich durch ihre Hilfe in der Aufziehung Anna's erworben hätte, war allmählich einem Gefühle von Hass gewichen, das sich in dem Herzen des jungen Mädchens immer mehr geltend machte. Sie war das Stichblatt für jede Laune ihrer Herrin geworden, die ihren ganzen Unmut, den sie bei Hof hinter einer lächelnden Miene und einem heiteren Wesen verbergen musste, an ihr ausließ, sie tyrannisierte und peinigte und schließlich erreichte, dass sie in ihrer nächsten Nähe in Gestalt derer, die sie für eine willenlose Dienerin hielt, eine hasserfüllte Feindin aufzog. Es war kein Wunder, wenn in Anna's Zukunftsträumen der nach Freiheit, nach Glück und Liebe zielende der am häufigsten wiederkehrende war. Die anderen Zofen, mit denen sie hie und da in Berührung kam, hatten ihre kleinen Liaisons, von denen sie ziemlich offen erzählten und die sie entschädigten für die kleinen und größeren Unannehmlichkeiten ihres Berufes. Niemand liebte sie, niemand interessierte sich für sie. Warum fehlte ihr auch jene lachende, pikante Leichtigkeit der anderen, welche die Männer so schnell zu locken und zu fesseln weiß!

In dem Logenkorridor des Opernhauses, in welchem sie ihre Herrin und Jeanlin Madame de Saint-Ciré erwartete, waren diese beiden mit einander zusammengetroffen. Ein Zufall hatte sie zu einem kurzen Gespräch mit einander veranlasst und die Höflichkeit des französischen Dieners, welcher ziemlich fließend sich im Deutschen auszudrücken verstand, und seine Galanterie hatten sie wohltuend berührt. Sie war errötet, als er mit einem bewundernden Blick auf sie geäußert hatte, Mademoiselle gliche in nichts einer Dienerin, alles an ihr passe viel eher für eine Herrin, und sie hatte nicht geantwortet, aber verlegen das Haupt gesenkt, als Jeanlin, als das Finale der Oper herangekommen war und die Logenschließer zu den Türen eilten, ihr zuflüsterte, er werde von diesem Augenblick an Verlangen tragen, sie wiederzusehen! Anna konnte bald beobachten, dass diese Worte nicht nur eine galante Bemerkung des Franzosen darstellten. Er schien mit dem Hofwesen, trotzdem seine Herrin augenscheinlich nicht bei Hofe vorgestellt war und Einladungen zu den Hoffesten nicht empfing, dennoch vertraut zu sein. Er passte die Gelegenheiten ab, wo er sie vermuten konnte und die Art seiner Werbung um ihre Gunst missfiel ihr nicht nur nicht, sondern entflammte gar bald das junge, liebeheischende Mädchen, bis sie an einem Hofballabende, an welchem sie einige Stunden schrankenloser Freiheit hatte, in ein Rendezvous einwilligte. Jeanlin benutzte seine Zeit ausgezeichnet. Er war ein hübscher Bursche und das, was er Anna von seiner heißen Liebe und dem Wunsche, sie einst als sein Weib in sein schönes Paris zu führen, zuflüsterte, war hinreichend, um ihm das unerfahrene Mädchen als willenlose Beute in die Arme zu treiben. Alle Gedanken und Gefühle des jungen Mädchens waren nur auf ein Ziel gerichtet: auf Jeanlin, dessen Geliebte sie geworden war und der sich zudem so zum Herrn ihres Willens gemacht hatte, dass sie ohne Gedanken und Skrupel sich zur Ausführerin seiner Wünsche und Befehle machte.

Mit teuflischer Schlauheit hatte Jeanlin die ersten stutzenden Bedenken Anna's, wenn er ihr zumutete, diesem oder jenem kleinen intimen Faktum nachzuspüren, bei Seite geräumt. So erzählte er ihr, dass ein befreundeter Diener, der in Diensten einer ausländischen Botschaft stehe, solche Informationen und Besorgungen, welche er von ihr fordere, gut bezahle. Und schmeichelnd fügte er hinzu: Jedes Goldstück, das er auf diesem Wege mehr in seinen Besitz bringe, nähere ihn seinem Ziele, den Lakaienrock von sich zu werfen, seine Anna zu heiraten, mit ihr nach Paris zurückzukehren und dort als Inhaber eines kleinen hübschen Restaurants Tage des Glückes und der Zufriedenheit an ihrer Seite zu verleben. Er hatte die Täuschung, in welcher er Anna, die sich ihm völlig zu eigen gegeben, erhielt, dadurch zu einer vollkommenen gemacht, dass er sie in den wenigen Stunden, die sie allwöchentlich zusammentrafen, sogar seine Sprache zu lehren begann, damit sie, wenn ihre Zeit gekommen sei, die Sprache seiner Heimat, die dann ja auch die ihre werde, wenigstens etwas kenne. Die ganze heimliche Vertraulichkeit erhöhte für Anna den Reiz ihres von ihr durchaus und ohne jeden Zweifel in Jeanlin's Ehrlichkeit ernstgenommenen Verhältnisses. Ihre Liebe stachelte sie an, Jeanlin in allen geheimen Aufgaben, mit denen er sie betraute, zu willen zu sein, und ihre natürliche Schlauheit und die Kenntnis der Schleichwege, die sie in ihrem Dienst und durch andere Kammerzofen erfahren hatte, unterstützten sie so sehr, dass sie im Laufe der wenigen Monate, ohne das Gewebe zu kennen, dessen Fäden sie schürzen und knüpfen half, die geschickteste Gehilfin geworden war, welche Jeanlin nur zu finden vermochte. Der Gedanke, durch ihre Tätigkeit dem heißersehnten Ziel ihrer Vereinigung mit Jeanlin näher zu rücken, trieb ihren Eifer an, sogar selbständig vorzugehen. Sie erlauschte und erhorchte mancherlei selbst und trug Jeanlin beflissen alles das zu, was sie aus dem Rayon der Hofdienerschaft Neues erfuhr.

Die Schwierigkeit, mit Jeanlin während der wenigen Stunden, die sie allwöchentlich sich frei machen konnte, ungestört und von jedem Unberufenen unbeobachtet allein zu sein, hatte Jeanlin schnell behoben, indem er in der Kaiser-Wilhelmstraße im Hinterhause eines der ersten Häuser bei einer skrupellosen Vermieterin ein Stübchen gemietet hatte, in welchem sie sich trafen. Dort, in dem kleinen bescheidenen Tusculum ihrer Liebe, hatten auch Anna's Gedanken am heutigen Abend mehr geweilt als im Ankleidezimmer ihrer jungen Herrin, der sie wieder einmal nichts zu Dank machen konnte. Sie sei entsetzlich ungeschickt heute, zankte die Baronesse, und als sie den Kamm durch die dunklen Haarsträhnen Zore's führte und dieser ein wenig unsanfter denn sonst die Haut der stolzen Dame berührt hatte, war jene aufgesprungen und ein Schlag von der Hand der Baronesse hatte ihre Wange getroffen. Es war gut, dass Zore von Brettnitz, bei welcher solch' kleine Züchtigungen nicht eben Seltenheiten waren, sich wieder ungeduldig in ihren Sessel sinken ließ und Anna ein ungeduldiges: „Mach fort, Du Gans! Und ich rate Dir, eine leichtere Hand zu haben!" zurief – sie sah somit nicht das hasserfüllte Funkeln in den Augen des jungen Mädchens und den Zorn, der für einige Augenblicke ihr hübsches, frisches Gesicht entstellte. Und wieder war es der Gedanke an das stille Stübchen drüben, ganz in der Nähe des Schlosses, welcher Anna beschäftigte und sie mit unterwürfiger Miene die Toilette der Herrin beenden ließ.

Unter der Deckadresse, welche Jeanlin dort hinterlassen hatte und unter welcher er alltäglich durch einen Dienstmann nach dem Eingang von Briefen fragen ließ, hatte sie ihm mitgeteilt, dass sie heute in den Stunden von 8 - 10 Uhr frei und bei ihm sein werde. Sie wusste, dass in dem Augenblicke, in dem sie tiefverschleiert die Hinterhauswohnung betrat, Jeanlin ihr in die Arme flog. Heute war es fast eine halbe Stunde später geworden und Anna, durch einen dunklen Mantel und ebensolchen Schleier vor jedem Erkennen geschützt, schlüpfte über den Schlossplatz und die Brücke, so geschwind ihre Beine sie vorwärts trugen. Ihr Herz klopfte vor sehnender Erwartung, in welche zugleich ein angstvoller Zweifel sich mischte. Würde Jeanlin sie trotz der Verspätung noch erwarten? Würde er nicht in der Annahme, ein unvorhergesehenes Ereignis verhindere gänzlich ihr Kommen, im Unmuth davongegangen sein?

Und heute, gerade heute sehnte sie sich nach dem, welchem ihr ganzes Herz gehörte. Seit einigen Tagen war sie nicht mehr im Zweifel darüber, dass zu den Banden, die sie an Jeanlin ketteten, ein neues stärkeres Band hinzugekommen sei. Die Sehnsucht, dies ihm anzuvertrauen, die Unruhe, in welche die Wahrnehmung sie versetzt, durch neue Beteuerungen seiner Liebe und seine Versprechungen völlig gebannt zu sehen, beflügelte ihre Schritte. Als sie den Hofraum betrat und hinter den festgeschlossenen Gardinen der Fenster, hinter denen sie Jeanlin vermuten durfte, Licht erblickte, stieß sie einen Seufzer der Erleichterung aus. Jeanlin, der pünktlich zum Stelldichein gekommen war, wartete von Viertelstunde zu Viertelstunde in wachsender Ungeduld, in die sich einige Besorgnisse mischten. Der Auftrag, den er ihr bei ihrem jüngsten Zusammensein erteilt hatte und welcher darauf hinauslief, den Brief, den wir kennen, unter die Korrespondenz des Barons von Brettnitz zu mischen, war nicht ungefährlich. Und wenn auch bisher Anna's Schlauheit und Gefälligkeit sich als vollkommen ausreichend erwiesen hatten, um seine Aufträge zur gelungensten Ausführung zu bringen, so konnten doch ein unglückliches Ungefähr, ein boshafter Zufall eine Entdeckung herbeigeführt haben, welche die dann unzweifelhaft einsetzende Verfolgung des Falles auf seine Spur gelenkt haben würde.

Er ging mit großen Schritten in dem Stübchen auf und ab und es waren sorgenvolle Gedanken, die ihn peinigten. Umsonst sagte er sich, dass seine plötzlich entstandene Besorgnis gänzlich grundlos sei. Vor acht Tagen hatte er Anna den Brief eingehändigt. War eine Entdeckung erfolgt, die sie betraf, so hätte die Zeit nicht verstreichen können, ohne dass die Folgen derselben auch ihm oder Céline bekannt geworden wären. Und dann: Hatte nicht gestern

Anna ihr Kommen für den heutigen Abend angemeldet? Ein leichter Schritt auf dem Vorsaal riss ihn aus allen Zweifeln und der leise Ton der Glocke an der Wohnungstür kündigte ihm Anna's Kommen an. Die Wirtin pflegte sich an solchen Rendezvousabenden, einer mit Jeanlin getroffenen Vereinbarung gemäß, nicht blikken zu lassen und so sprang Jeanlin denn leichtfüßig hinaus, um gleich darauf der durch das hastige Gehen erschöpften Anna gegenüber zu stehen. Ihre Erschöpfung, ihr schneller Atem spornten zuerst seine Furcht mächtig an.

„Um Gotteswillen," raunte er ihr zu, indem er die Tür verschloss. „Hat man etwas entdeckt?" Anna schüttelte den Kopf und ließ sich von ihm in das Zimmer führen, wo sie auf dem Sofa niedersank. „Du hast mich erschreckt," flüsterte Jeanlin, der sich neben ihr niederließ und sie mit seinen Armen auffing. „Du kamest so verstört herein!" Langsam entfernte Anna Mantel und Schleier. „Du hast keinen Grund zur Besorgnis," sagte sie leise und warf sich dann in Jeanlin's Arme. – „Alles ist in Ordnung. Ich fand eine Sekunde, in der ich ungesehen den Brief unter die anderen Briefe des Barons legen konnte. –" Er küsste sie.

„Wie Du klug und verständig bist!" Und als er fühlte, dass sie nach seinen Liebkosungen mehr verlange, als nach einem Rühmen ihrer Klugheit, bedeckte er ihren Mund mit Küssen und stammelte mit angenommener Leidenschaft dazwischen: „Wie ich Dich liebe! O, wie ich Dich liebe!" Sie hing an seinem Halse und überließ sich ganz dem süßen Taumel seiner zärtlichen Liebkosungen. Sie glaubte seinen Küssen, wie seinen gestammelten Liebesschwüren. Und zwischen Küssen und Worten dachte Jeanlin:

„Zum Teufel noch einmal! Den girrenden Seladon spielen zu müssen, während ich am liebsten von unseren Geschäften spräche – das ist eine anstrengende Affaire! Aber es ist das einzige Mittel, sie willfährig zu erhalten." Endlich umschlang Anna den Hals des Geliebten auf's neue und flüsterte ihm ein paar Worte ins Ohr. Jeanlin zog eine Miene, von der man nicht wusste, ob sie seine Verblüffung zeigen sollte, oder ob er einen aufsteigenden Lachkitzel unterdrücke. Anna hatte von ihrer heimlichen Mitteilung jedenfalls eine andere Wirkung auf ihren Geliebten erwartet, denn sie ließ plötzlich ihren Arm niedersinken und starrte ihn mit großem, erschreckten Blick an. „Du – Du sagst – nichts?" brachte sie beklommen hervor, ihre Brust hob und senkte sich stürmisch und ein feuchter Schimmer legte sich über ihre Augen. Aber schon hatte Jeanlin den Ernst der Situation begriffen. Er schloß sie auf's neue in seine Arme, lehnte ihren Kopf an seine Brust und begann in heißen Worten das Gefühl des Glücks zu schildern, in welches ihre Nachricht ihn versetzt habe. Anna lauschte mit geschlossenen Augen und das vertrauende Lächeln erschien wieder auf ihrem glühenden Antlitz. Wie herzerfrischend, glaub- und vertrauenswürdig alles von seinen Lippen klang!

„Das beschleunigt unseren Bund – natürlich, Kleine – das beschleunigt ihn! Ich sehe auch kein Hindernis. Ein paar Monate noch – unser süßes, kleines Geheimnis verrät sich bis dahin nicht – und in diesen tüchtig gearbeitet – und wir sind am Ziele. Ich habe uns schon einen kleinen goldenen Schatz gespart, mein Mädchen – goldene Aussichten sind noch hinzugekommen, wenn wir klug und mutig sind, und das sind wir doch, nicht wahr?" „Ich tue alles, was Du von mir verlangst!" „Baust Dir ja selbst damit ein weiches Nestchen," schmeichelte er. – „Warst ja klug und tapfer bisher!" „Ich bleibe es auch – nun erst recht, nun wir unlöslich verbunden sind mit einander, Herzensschatz! Wie die Zeit verflossen ist in Deinen Armen! Sprich schnell, die Zeit naht, in der ich wieder zurück sein muss!"

„Gottlob," dachte Jeanlin – „ich glaubte schon, dieser famose Zwischenfall wäre ein Hindernis geworden!" Und laut sprach er: „Es wird Mut und Entschlossenheit und vieler List bedürfen, Anna, wirst Du sie haben?" „Du fragst noch?" „Alles andere war Kinderspiel dagegen. –" „Sag', was es ist?" „Es gilt diesmal einer hohen Person eine Nachricht zukommen zu lassen." – „Nenne sie mir!" Er flüsterte ihr ein Wort in's Ohr, bei dem sie zurückfuhr und erbleichte. „Ihr? Wie sollte das möglich zu machen sein. Sie erhält nichts als durch die Hände des Hofmarschalls. Nein, nein, das ist ganz unmöglich." „Und doch muss es sein," sagte Jeanlin so rauh und kalt, dass sie ängstlich zu ihm aufschaute. „In unserem Interesse muss es sein," besänftigte er sie. –– „Man bietet uns eine große Summe – es handelt sich um eine wichtige Nachricht – die man bei gelegener Zeit – in einer, in einigen Wochen der hohen Dame auf geheimem Wege zutragen will. Es würde uns um Monate unserem Ziele nähern, wenn dieser kühne Wurf gelingt, Anna – nichts hält uns hier nachher. Wir haben Geld vollauf und können unsere Pläne voll Glück verwirklichen, sobald wir wollen. Die Anhänglichkeit an die Baronesse wird Dich nicht zurückhalten, wenn ich Dich rufe: Nun komm' mit mir!"

Das Mädchen lächelte, obwohl sich die Sorge urplötzlich in ihr Herz geschlichen hatte. „Nein, wahrhaftig nicht!" „Siehst Du! Und was mich betrifft – ich bin frei wie ein Vogel in der Luft, sobald ich frei sein will. — Besinne Dich, Anna, – um unsertwillen willst Du es wagen, den Brief an seine Adresse zu befördern, wenn ich ihn Dir gebe?" Anna zögerte eine Sekunde. „Ah," machte Jeanlin – „Du liebst mich nicht." Sie warf sich auf's neue in seine Arme und brach in ein Schluchzen aus. „Ob ich will?" weinte sie. – „Tue ich nicht alles, was Du von mir verlangst? Ich will, gewiss – ich will – aber, schilt mich nicht, Jeanlin – ich fühle auf einmal Angst – so große Angst!" „Närrchen!" tröstete er. „Nichts ist dabei – keine große Haupt- und Staatsaktion – keine staatsgefährlichen Dinge – o, nein – mein Gewährsmann hat mich darüber aufgeklärt – es handelt sich nur um eine Privatmitteilung – dem geheimen Absender, den auch ich nicht kenne, liegt nur daran, sie direkt in die Hände der fürstlichen Adressatin zu bringen!" Anna trocknete ihre Thränen.

„Ich muss wohl," sagte sie leise. „Dir zu liebe! Aber dann, nicht wahr, Jeanlin – dann hältst Du Deine Versprechungen?" „Habe ich sie Dir nicht beschworen? Kann ich falsch sein gegen Dich?" Es bedurfte nur geringer Anstrengungen, um ihm wieder das ganze gläubige Vertrauen des liebenden Mädchens zu erobern, das willenlos alles versprach, was er forderte. „Aber wie wird es möglich sein?" fragte sie, endlich auf das Thema ruhiger eingehend. „Zu den Gemächern hat nur die eigene Dienerschaft Zutritt – nicht fremde. Gewiss, Liebster, daran wird alles scheitern." „Es gäbe ein Mittel," sagte Jeanlin lauernd. „Welches?" „Kennst Du einen der Lakaien vom Dienst der Fürstin?" „Gewiss." „So mache Dich an ihn – werde seine Geliebte. –" „Jeanlin!" „Nur zum Schein, Anna, nur zum Schein –" schwächte er hastig den Eindruck seiner Worte ab. – „Dir zuzumuten, Du sollst – ach, wie schlecht kennst Du meine Liebe und Eifersucht," setzte er pathetisch hinzu. „Nein, nein! Aber man könnte eine lustige Komödie aufführen, bis er Dir zu Willen gewesen ist. Du, meine kluge Anna, wärst gewiss nicht verlegen um ein Dutzend unverfängliche Ausreden – und wenn's gewesen ist – heidi, sind wir beide auf und davon und lachen des betrogenen Narren!" Er wollte sie auf's neue an sich ziehen, aber zum ersten Mal widerstrebte sie ihm.

„Lass mich Jeanlin – es wird Zeit, ich muss gehen – " „So willst Du von mir gehen!" „Ach, wie weh hast Du mir mit Deinen Worten getan!" „Das wollte ich nicht – nein, wahrhaftig nicht – denke nicht mehr daran," fügte er mit anscheinend tiefbekümmerter Miene hinzu – „ich war ein Narr, das von Dir zu verlangen, ein wahrer Narr. Vergieb mir, Anna! Wir wollen absehen von dem Plane – ganz absehen! Freilich – wir hätten die Summe nötig gehabt – unsere Verbindung wird dann noch hinausgeschoben werden müssen, und nach dem, was Du mir heute anvertrautest –" Anna durchschauerte es. „Nein," rief sie flehend – „nicht hinausschieben. Wenn ich denken müsste, dass mein Zustand . . ." „Was aber tun?" murmelte Jeanlin. „Ich will ja alles tun, was Du willst," rief sie, sich an ihn klammernd – „nur denke daran, was Du mir versprochen hast!"

Und nun schwur er mit heiligen Eiden, alles zu erfüllen, was er ihr in traulichen Stunden zugeflüstert und brachte sie endlich wieder zur Ruhe, im Innern froh und zufrieden mit sich selbst, ihren Widerstand gründlich besiegt zu haben. Es schlug zehn Uhr und Anna sprang empor. „Ich muss fort – es ist die höchste Zeit." Er half ihr, Mantel und Schleier umzulegen und hüllte sich selbst in den dunklen Überrock, den er bei solchen Besuchen Anna's zu tragen pflegte. „Eil nicht so – ich komme mit Dir!" Aber sie drängte, unruhig geworden, und so gingen sie. Die Nachtluft wehte sie kühl an. Trotz des warmen Mantels fröstelte es Anna. Ängstlich verschmähte sie Jeanlin's dargebotenen Arm und schritt schnell an seiner Seite dem Schlosse zu. Diesseits der Brücke trennten sie sich. Sie hatte seine Hände ergriffen und flehte leise:

„Denk daran, Jeanlin – denk immer daran, dass uns nun nichts mehr trennen kann!" „Nichts mehr!" versicherte der Franzose und winkte der Enteilenden einen Gruß nach. Dann schritt er über den menschenleeren Schlossplatz, von Zeit zu Zeit nach den erleuchteten Schlossfenstern hinaufblickend. Er schlug den Mantelkragen in die Höhe und zog den Filzhut, den er aufgesetzt hatte, tiefer in die Stirn. „Teufel!" lachte er leise in sich hinein – „das war eine anstrengende Stunde. Der Satan hat seine Eisen doch allezeit glühend im Feuer liegen. Dieser närrische Zufall, dass diese naive deutsche Einfalt sich Mutter fühlt, hat mir mehr genützt und uns unserem Ziele näher gebracht, als tausend Stelldicheinstunden und mein ganzes Aufgebot an Galanterien und Liebesschwüren. Du bist doch ein Teufelskerl, Ernest – und der Zufall ist der größte Kuppler, den es auf Erden gibt!"

„Wie sie scheu wurde", fuhr er in seinem Selbstgespräch fort, „als ich ihr den Weg zeigte, solch' einem Lakaien zu Willen zu sein. Diese Gretchennaturen unter den deutschen Mädchen gehen doch verteufelt tief hinab in's Volk. Na, meinethalben – alle Mittel und Wege sind mir recht – ich denke, ich habe sie genug für den letzten Schritt präpariert. Arme Kleine, sie wird ein Bassin voll Tränen vergießen, wenn der geliebte Jeanlin eines Tages spurlos verschwunden ist. Dann wird sie sich trösten und der Nächste wird meine Unkosten zu decken haben." Auf der Schlossbrücke blieb er einen Augenblick stehen und blickte auf den Spreearm hinab, der voll von Kähnen lag. „Céline", flüsterte er, während sein Auge den zitternden Streifen folgte, welche der Mondschein auf die dunkle Flut warf – „ah, Céline!" Und mit einem Schlage war die Episode des heutigen Abends aus seiner Erinnerung wie hinweggeweht und das Bild seiner schönen Verwandten, deren Hand er im ränkevollen Spiele erringen sollte, tauchte in seinem ganzen verführerischen Scheine vor ihm auf. Zugleich aber marterte ihn der Gedanke an das verwegene Doppelspiel, das sie spielte. Und da war auch wieder der Gedanke, der ihn den Doktor Mark als Nebenbuhler um die Gunst der schönen Französin vor Augen führte. Längst hatte Jeanlin den jungen Schriftsteller in den Kreis derer, denen seine spionierenden Beobachtungen galten, aufgenommen. Oft hatte er abends, wie am Tage, vom Trottoir der Behrensstraße zu der Wohnung Mark's emporgeblickt und war ihm stundenlang nachgeschlichen, immer mit dem peinigenden Bewusstsein in der Brust, in das Interesse, das die Spionin dem deutschen Doktor zuwende, mische sich noch stärker das Interesse des schönen Weibes. Unwillkürlich bog er durch die Passage in die Behrensstraße ein und so sehr war sein ganzes Innere mit Mark beschäftigt, dass er, als er am Ausgang der Passage mit ein paar Herren zusammenstieß und in einem derselben Mark erkannte, einen lauten Ruf der Überraschung nur mit äußerster Selbstbeherrschung halb unterdrücken konnte.

„Na," rief Härting dem schnell Enteilenden nach. „Wenn man jemanden nicht mit Willen anrempelt, dann entschuldigt man sich wenigstens!" „Laß ihn doch, Härting", sagte Mark mit vibrierender Stimme, als sei er voller Ungeduld, von dieser Stelle wegzukommen –, „ein Mensch, der einen Trunk zuviel im Leibe hat – lass ihn doch!" „Der Kerl sah uns so spitzbübisch frech mit seinen schwarzen Augen an, dass ich ihm gern näher unter die Hutkrempe geschaut hätte", murrte Härting. „Da in die Behrensstraße, in der Richtung Deiner Wohnung, ist er eingebogen. Ich hätte Lust, ihm nachzusetzen und ihn mir doch näher anzusehen!" Härting machte Miene, seinen Worten die Tat folgen zu lassen, aber Mark hielt ihn fast mit Gewalt zurück. „So lass doch!" sagte er ungeduldig und fast schroff. „Was geht uns irgend ein ungehobelter Fremder an. Komm doch endlich!" „Was tausend ja, Mark – Du bist ja ordentlich ärgerlich, als sei ich der Attentäter," knurrte Härting, „erst diese Eile, da oben aus Deiner Stube fortzukommen, als ich Dich freilich just vor Torschluss aufsuche und nun Deine Ungeduld und Dein bitterböser Blick – Freundchen, die vermaledeite Politik hat ein Opfer mehr, um das es schade ist!"

Die beiden setzten, unter den Linden angekommen, ihren Weg fort, während Jeanlin, nachdem er im schnellen Schritt die Behrensstraß hinauf gegangen war, und sich vergewissert hatte, dass niemand ihm folge, aufatmend stillstand. „Heute sind wirklich alle Teufel los!" flüsterte er. „Oder meine Gedanken haben wahrhaftig die Kraft gewonnen, alles herbei zu rufen, mit dem sie sich beschäftigen. Kaum denke ich da an diesen Dr. Mark und schon renne ich an der nächsten Straßenecke mit ihm zusammen. Das war ja der Bildhauer, der bei ihm war, der unseren Pferden an jenem vermaledeiten Abend in die Zügel fiel, – die beiden scheinen auch ein Herz und eine Seele zu sein!" Langsam schritt er weiter. Plötzlich blieb er stehen, als habe eine magische Gewalt seinen Fuß gefesselt. „Was ist denn das?" begann er in seinem Selbstgespräch aufs neue. – „Drüben wohnt doch der Doktor! Irre ich mich auch nicht – da ist die Ecke – das ist der richtige Stock – das sind die Fenster . . . natürlich ist's seine Wohnung! Und er hat Licht? Und ist mir soeben erst begegnet. Was soll das sein?" Wie angewurzelt blieb Jeanlin stehen und starrte zu den Fenstern empor, hinter deren geschlossenen Gardinen ein schwacher Lichtschein sich zeigte. Schon wollte Jeanlin kopfschüttelnd weitergehen, als es ihn heftig durchzuckte. Ein Schatten zeigte sich hinter den Vorhängen. „Ich bin wahrhaftig toll heute, oder meine aufgeregten Nerven treiben einen Spuk mit mir", flüsterte er. „Das war die Silhouette einer Frau, die ich da sah. Eine Frau in seinem Zimmer, während er selbst dasselbe verlässt?" Eine ungeheuerliche Vermutung stieg in ihm auf und machte ihn erbeben. „Céline!" stöhnte er. Und während noch sein Herz in rascheren Schlägen pochte, lachte er sich selbst aus. „Ich bin wahrhaftig ein Tor heute – Céline ist ja doch zu Hause – wie käme sie auch in der Abwesenheit dieses deutschen Schriftstellers in dessen Zimmer. Es wird die Dame sein, bei welcher er wohnt – die sein Zimmer ordnet, oder, was weiß ich . . . ." Und er ging weiter. Aber das Verlangen, so schnell wie möglich nach Hause zu kommen, war doch mächtig in ihn geworden. Er rief eine vorüberfahrende Droschke an und stieg ein. „Zur . . . -Straße!" rief er dem Kutscher zu. „An der Ecke der Straße halten Sie!" Die Droschke rasselte davon.

Mr. Edwards saß in seinem Zimmerchen und las Briefe, als die Klingel vorn am Gittertor ertönte. Er erhob sich langsam und schritt hinaus. „Es wird Céline sein!" Aber es war Jeanlin, der mit unterdrückter Stimme dem grauköpfigen Alten zuflüsterte: „Wo ist Céline?" „Ist etwas geschehen?" fragte Mr. Edwards, von dem

Tone seines Sohnes überrascht. „Du siehst ja so erregt aus!" „Ist Céline zu Hause?" drängte Ernest. „Nein". „Peste!" fluchte Ernest so laut, dass Mr. Edwards warnend die Hand hob. „Ist sie gefahren?" „Nein!" „Und Du ließest sie fortgehen?" Mr. Edwards winkte ihm Schweigen zu. „Bist Du verrückt, auf offener Straße so herumzuschreien?" raunte er ihm zu. „Komm herein!" „Laß mich, ich muss wieder fort!" „Du bleibst," sagte der Alte ernst. Und laut rief er: „Kommen Sie herein, Jeanlin!" Zähneknirschend fügte sich der Franzose.

„Nun sag', was Du sagen willst", sagte Mr. Edwards ruhig, als sie in seinem Zimmer saßen. „Aber erinnere Dich gütigst, dass noch mehr Dienstboten im Hause sind. Toinon muss auch hier unten herumschleichen." Ernest fuhr wild auf. „Sie begleitet Céline nicht?" „Nein!" „So ist sie bei ihm!" rief Ernest – „mein Argwohn hat mich nicht getäuscht." „Bei wem?" „Bei diesem deutschen Doktor, den die Hölle verschlingen möge . . ." Mr. Edwards Hand legte sich schwer auf seinen Mund. „Psst! Toinon!"

Toinon trat an das Zimmer heran und öffnete die Tür. „Verzeihung, Mr. Edwards! Ist Jeanlin nicht schon zurück? – Ach, da sind Sie ja, Madame hat mir etwas für Sie aufgetragen!" „Was ist es, Toinon?" fragte Jeanlin, mühsam sich zur Ruhe zwingend. „Madame würde einen Mietswagen zur Heimkehr benutzen und sich dann sogleich schlafen legen. Das Haupttor der Villa könne geschlossen werden und Mr. Edwards und Sie könnten zur Ruhe gehen. Madame bedarf Ihrer Dienste heute nicht mehr." „Und die Ihrigen?" „Ich soll Madame um elf Uhr erwarten. Sie wird die Hintertreppe benutzen." „Ah!" Toinon betrachtete Jeanlin argwöhnisch. „So ist es mir aufgetragen." „Danke", sagte Mr. Edwards trocken. „Haben Sie sonst nichts Neues für uns, Toinon?" „Nein, Mr. Edwards!" „Gut!" Toinon ging die Treppe hinauf.

Jeanlin sprang auf und hastete zur Tür. „Halt, wohin willst Du?" „Ich muss Gewissheit haben!" „Ruhe! Und Vorsicht! Ich beschwöre Dich!" „Laß mich!" – „Du kennst Céline – sie führt doch durch, was sie sich einmal vorgenommen hat, Du wirst sie erzürnen!" „Und wenn es der Fall ist – ich muss klar sehen!" „Du bist albern, Ernest! Dieser deutsche Doktor und Céline – sie wird Dich auslachen!" „Mag sie!" Der Alte bemühte sich ein letztes Mal, seinen Sohn festzuhalten. „Bleib! Ich befehls Dir – im Namen unserer Sache!" Ernest lachte höhnisch auf. „Was kümmert mich die Sache – für mich dreht sich alles nur um den Besitz Céline's!" „Du bist toll!" „Ich werd' es, wenn ich nicht Gewissheit erhalte — so oder so!" Jeanlin eilte fort.

XIII. Ringen einer Agentin

Céline glaubte alle persönlichen Erinnerungen an den Besuch in Friedrichsruh von sich abgeschüttelt zu haben. Sie irrte sich. Immer wieder erschien Mark's männliche, feste Erscheinung vor ihr und sie war ehrlich genug, sich zu gestehen, dass es das Verlangen des Weibes war, das in ihr sich regte. Aber die Französin gehörte nicht zu jenen Naturen, die jeder Regung nachgeben. Sie wehrte sich gegen das Verlangen, das ihr Herz rascher klopfen machte und ihre Seele mit lockenden Bildern füllte. Nein, sie gehörte nicht zu jenen Frauen, welche in der Liebe allein den Zweck ihres Lebens erblicken. Hatte sie dieses rätselhafte Gefühl, das keinen Unterschied des Alters und Standes anerkennt und vom König bis zur Bettlerin alle unterjocht, jemals kennen gelernt? Wie ein Hauch von Trostlosigkeit kam es über sie, wenn sie wider Willen diesem Gedanken nachhing. Auch sie hatte zu jenen Mädchen gehört, deren Leben nur eine Stufenfolge der Niedrigkeit zu werden verspricht. Aber sie war klüger und vorsichtiger gewesen wie ihre Altersgenossinnen, welche als halbe Kinder noch sich des Rechtes begeben, den ehrbaren Mädchen zugezählt zu werden. Das Schicksal anderer, das sie täglich vor Augen sah, ward ihr eine Lehre. Sie folgte keiner gelehrten oder gepredigten Moral, sondern einer frühentwickelten Klugheit, als sie sich durch energische Sprödigkeit begehrenswerter machte und den Wert ihrer eigenartig aufblühenden und sich entwickelnden Schönheit damit stark erhöhte. Der Weg der ehrbaren Frauen lockte sie nicht gerade. Die Gattin eines kleinen Kaufmanns, eines subalternen

Gelehrten, kurz irgend eines „kleinen Mannes" zu werden, erschien ihr als ein zu wenig erstrebenswertes Los. Sie war bereit, sich zu verkaufen, ohne Liebe und Leidenschaft, aber nur gegen einen Preis, der sie in die große Welt mit ihren Höhen und Tiefen führte, welche sie mächtig anzog.

Ein Chevalier de Saint-Ciré, eine jener eigenartigen Existenzen der französischen Republik, welche ihre Revenuen aus dem geheimen Dispositionsfonds der Minister empfangen und diesen dafür ihre guten Dienste als geheime politische Agenten leisten, ein älterer Herr von leidlich guten Manieren und einem politisch so weiten Gewissen, dass ihm dieses gestattete, auf mehreren oft divergierenden Gebieten gleichzeitig tätig zu sein, schien Céline die geeignetste Persönlichkeit zu sein, um durch sie in die Welt, der ihr ganzes Sehnen und Trachten galt, eingeführt zu werden. Obwohl des Chevaliers Maitresse, fesselte sie den alternden Edelmann mehr durch ihre auch ihm gegenüber festgehaltene Sprödigkeit und durch ihre augenfällig hervortretende Begabung zur politischen Intrige so sehr, dass er nach einem kurzjährigen Zusammenleben mit Céline noch auf dem Sterbelager ihr seinen Namen gab – das einzige Erbe übrigens, welches er seiner jungen und schönen Witwe, die nur wenige Stunden mit ihm vermählt gewesen war, hinterließ. Der Name aber gab Céline eine ungleich bessere Position als ehedem. Ihre Eheschließung war legal erfolgt und der Name hatte dort, wo man auf Informationen, die nur auf krummen Wegen erreichbar sind, Wert legte, immerhin einen guten Klang. Man war in Kreisen, die, wie das Bureau de renseignement auf militärischem, auf den anderen Gebieten der großen Politik das Spionieren im Großen und völlig planmäßig betrieben, auf die junge und schöne Frau aufmerksam geworden, die um soviel besser für solche Zwecke in Dienst gestellt werden konnte, als ein viel schärfer beobachteter Mann, und man hatte alsbald die Dienste Célinens gewonnen – zu einer Aufgabe gewonnen, welche nichts Geringeres bezweckte, die Verstimmungen am deutschen Kaiserhofe und im deutschen Volke auf alle Weise zu verschärfen, das politische Ansehen der revolutionären Partei in Deutschland zu stärken und den Gang der inneren Politik dieses Landes, der nach

Bismarcks Rücktritt ohnehin ein schlafferer geworden war, auf jede nur mögliche Art und Weise zu erschweren. Schon während ihres Zusammenlebens mit dem Chevalier de Saint-Ciré, der wie alle politischen Agenten der französischen Regierung durch seine Mittelsmänner enge Beziehungen zu den sozialistischen Parteien Frankreichs unterhielt, war Céline mit ihrem Oheim Guychillard und dessen Sohn Ernest zusammengetroffen. Der Erstere, der unter den französischen Sozialisten eine Rolle gespielt hatte und vielfach in London in den Clubs der extravagantesten Radikalen, der Anarchisten, aufgetaucht war, ohne jedoch sich irgendwie dem Lichte auszusetzen, hatte schon im Auftrage Saint-Ciré's gearbeitet und stellte sich sofort seiner Nichte zur Verfügung, deren geistige Überlegenheit und Intrigenkunst er willig anerkannte. Ernest, sein Sohn, hatte nach seinen Schulen das Arbeiten in der Kanzlei eines Advokaten bald satt bekommen, sich als Reporter versucht und, mitten in der Bohéme schwimmend, als hübscher Junge, und mit offenem Kopf und einer guten Portion Verwegenheit begabt, sich nach allen Abenteuern wie nach dem bequemen Erwerb gesehnt, welche den geheimen Söldlingen der politischen Machthaber winken.

Als Céline ihren Feldzugsplan für ihre Berliner Mission entwarf, war ihr Ernest mehr im Wege als seine Mitwirkung bei ihrem Werke ihr erwünscht. Ernest hatte sich leidenschaftlich in seine schöne Cousine verliebt und war ein Narr seiner Leidenschaft. Ihn zurückzulassen, wäre Torheit gewesen, denn Ernest hätte alles daran gesetzt, Céline in Berlin aufzusuchen und sie vielleicht nicht nur kompromittiert, sondern in der Erfüllung ihrer Aufgaben zurückgehalten. Ihre Auftraggeber setzten aber auf ihre Berliner Mission so große Hoffnungen, statteten sie so fürstlich mit Geldern aus, dass ihr alles daran lag, die Hoffnungen, die man auf sie setzte, auch glänzend zu erfüllen. So machte sie Ernest's Leidenschaft zum Narrenseil, das ihn fest an ihren Willen band und das bis jetzt gehalten hatte, einzelne kleine eifersüchtige Eruptionen abgerechnet, welche sie schnell zu bannen vermochte.

Céline hatte ihre Zeit in Berlin vortrefflich benutzt. Zufall und schlaue Berechnung hatten Hand in Hand gewirkt, um ihr die Zuneigung eines Prinzen aus kleinem Fürstenhause zuzuwenden, der jedoch die engsten Beziehungen zum Hofe unterhielt und in Madame de Saint-Ciré weder eine Abenteurerin noch eine gefällige Galante ahnen mochte, vielmehr eine Frau von Welt und Geist fand, deren Eroberung man nicht in den ersten vierzehn Tagen macht, sondern deren Gunstbeweise durch eine längere Freundschaft erkauft sein wollen. So waren die einzigen Gunstbezeugungen, welche Céline in kluger Berechnung dem entzückten Prinzen gewährt hatte, ein Kuss ihrer Hand, ihrer Stirn und ein flüchtiges Berühren ihrer Lippen gewesen. Seinem Stande aber, und ihrer „Ehre" hatte sie konzediert, dass der Prinz ungesehen über die Dienstbotentreppe von Zeit zu Zeit zu ihr und zwar zu einem Tee- und Plauderstündchen erscheinen dürfe. Dass er selbst die Quelle jener teils rein pikanten Vorkommnisse in der Hofgesellschaft, teils wirklich politischer Informationen für seine kluge Freundin sei, war ihm bis zu dieser Stunde noch nicht zum Bewusstsein gekommen. Bei all' dem war bis jetzt nur Céline's Verstand beteiligt gewesen, ihr Herz war nicht dabei in Frage gekommen. Ernest's Leidenschaft flößte ihr Abscheu ein und sie war längst mit sich darüber im Reinen, ihm den versprochenen Preis für seine treuen Dienste nicht zu zahlen. Vielleicht würde ihre Weigerung, die Seine zu werden, ihr das Leben kosten – seine wildflammende Eifersucht würde sie keinem andern gönnen – aber so weit dachte Céline jetzt noch gar nicht. Was später sie selbst betraf – es war immer später noch Zeit, daran zu denken!

Und doch wusste und fühlte sie, dass auch sie einer großen Leidenschaft fähig sein könne, dass der Explosionsstoff der Nebe auch in ihrem Herzen schlummere und dass bisher nur der Zündstoff gefehlt habe, um die elementare Gewalt dieser mächtigsten aller Empfindungen auch in ihr zur Wirkung gelangen zu lassen. In dem Moment des kleinen Unfalls damals unter den Linden, in welchem ein natürlicher Schreck sie durchzuckte, war Mark zum ersten Male ihrem Blicke begegnet. Sein ernstes schönes Gesicht, sein männlich-ritterliches Wesen hatten im Verein mit der Überraschung, die sie empfand, als er in ihrer Muttersprache ihre hastige Frage erwiderte, einen stärkeren Eindruck auf sie gemacht, als es unter veränderten Umständen vielleicht wahrscheinlich gewesen wäre. Die flüchtige Begegnung in der Loge während des Subskriptionsballes hatte den Eindruck verstärkt und die weiteren Begegnungen ihr den jungen deutschen Schriftsteller näher geführt als sie dachte. Zunächst war die Hoffnung, ein neues Werkzeug für ihre Pläne zu finden, ihr die alleinige Triebfeder zu jeder weiteren Anknüpfung mit Mark gewesen. Seit jenem gemeinsamen kleinen Abenteuer im Sachsenwalde, nach der gemeinsam zurückgelegten Rückfahrt von Friedrichsruh und jenem Kusse, der ihr verriet, wie tief der Eindruck war, den sie auf Mark ausgeübt – nach all' diesem fühlte sie ein unruhiges Schlagen ihres Herzens, wenn sie an ihn dachte, ein verlangendes Beben, das sie häufiger durchzuckte, bis auch sie endlich entdeckte, dass das Weib in ihr die politische Emissärin zu befehden drohte.

Zunächst nahm ihr Kopf den Kampf mit dem Herzen auf. Aber das letztere warb Bundesgenossen und weckte die von dem starken Willen dieser Frau bisher gefesselte Sinnlichkeit. Und nun begann auch für Céline ein stummes Ringen, in welchem die Klugheit immer mehr an Terrain verlor, die Sinnlichkeit im Bunde mit dem die Neigung zu Mark immer tiefer einpflanzenden Herzen stündlich an siegender Kraft gewann. Der heutige Tag schon hatte Céline in seltsamer Stimmung gefunden. Sie, die rege, nimmer müde, ewig an ihrem Gewebe fortspinnende Frau, empfand auf einmal das eigene Verlangen, das „Recht auf Faulheit" für sich zu konstruieren. Es war weder Migräne, die sie veranlasste, nach dem Mahle auf ihrem Diwan sich zusammenzukauern und den Befehl zu geben, völlig ungestört bleiben zu wollen, noch Missstimmung. Es veranlasste in ihr ein neues wohliges Gefühl, sich einmal hinauszudenken aus dem Rahmen ihrer Tätigkeit – für wenige Stunden nichts zu sein als ein Weib, mit allen Empfindungen eines solchen. Der Wunsch nach einer leichten anregenden Lektüre überkam sie. Sie war sonst keine Freundin der Literatur, der modernen so wenig wie der alten. Die letztere erschien ihr zopfig und steif und wie für Menschen geschrieben, welche ihr ganzes Leben hindurch den Zwang der Schule wie in ihren Kinderjahren über sich fühlen. Und die moderne mit ihren ewigen Variationen des

Leitmotivs Liebe hatte sie angeödet.

„ Guy de Maupassant –". Sie wählte einen der Bände, die diesen Namen trug und schlug den Titel auf: „Bel-ami!" Der Titel berührte sie so eigen, dass sie ohne weitere Wahl mit dem Buche zu ihrem weichen Diwanwinkel zurückkehrte und, zusammengekauert wie ein in allen Lagen und Stellungen graziös bleibendes Angorakätzchen, zu lesen begann. Die Leidenschaft, die „Bel-ami" allen Weibern, mit denen sein Lebensweg ihn in Berührung bringt, einflößt und die er skrupellos ausnutzt, ein echter Praktiker der Frauenliebe, sprüht etwas von der Glut, mit welcher Maupassant sie zu schildern verstand, auch auf den Leser. Céline fand sich durch die Lektüre des Buches bald in eine Stimmung versetzt, welche das Blut schneller durch ihre Adern treiben, glühender zum Herzen zurückfließen machte. Die stille Neigung zu Mark flammte in dieser Stunde zur verzehrenden Leidenschaft auf, die keine Schranken anerkennt, keine Grenzen zieht und die sich nur sänftigen lässt in den Armen des Geliebten, um vom Genuss zu immer neuem Verlangen angetrieben zu werden.

Céline schleuderte das Buch von sich und sprang empor. Ihr Busen wogte und ihre Schläfen glühten. Sie fühlte, wie die Leidenschaft sie völlig einnahm und wie sie, glühender Lava gleich, alle Dämme, die ihr Verstand und ihre Klugheit wider sie aufrichten mochten, niederwerfen würde, um im Feuergusse über sie hinweg zu strömen. „Was will ich tun?" murmelte sie. „Ich bin wahnsinnig! Ach – ich kenne mich nicht mehr! Ich muss mich vor mir selbst schützen!" Sie eilte zur Klingel. Sie wollte Toinon, Mr. Edwards, Jeanlin herbeirufen, ihnen Aufträge geben, die sie in ihrer Nähe hielten, aber ihre Hand sank zurück. Ernest! Jetzt – in diesem Augenblicke, in dem alles in ihr zu Mark drängte, ihn sehen, dem sie als Preis sich selbst versprochen – nein! nein! Sie schüttelte sich wie im plötzlichen Ekel. Sie rang mit sich, aber ihre Sinne spotteten ihres Ringens. „Eil zu ihm!" sprach das Gefühl – „die Liebe ist eine tötende Krankheit, wenn man nicht Genesung findet in den Armen des Geliebten. – Der Abend ist da, such' ihn, dem all' Deine Gedanken gelten – fühlst Du nicht, dass er auch Deiner harrt, dass Ihr beide, wenn Ihr zusammen seid, der Welt vergesst und alles, was darinnen ist – eile Du Törichte, eile!" Und nun eilte Céline wirklich zur Klingel und deren Schall rief Toinon herbei.

„Wo ist Jeanlin?" „Madame haben ihm ja heute Urlaub gegeben!" „Ah so – ich vergaß! – Richtig, ich gab ihm Urlaub! Und Mr. Edwards?" „Unten, wie immer, Madame." „Gut, gut . . . Ich werde ausgehen, Toinon –" „Befehlen Madame den Wagen?" „Nichts da, – ich gehe." „Soll ich Madame begleiten?" „Nein, ich gehe allein!" „Allein?" „Ich wiederhole nicht gern!" sagte Céline streng. „Meinen Pelzmantel – die Mütze und einen dichten Schleier –" Toinon wagte noch einen Einwurf, als sie die Sachen brachte: „Es ist Abend – man ist hier so zudringlich gegen alleingehende Damen." „Ich nehme einen Mietwagen. Noch eins! Ich werde um elf Uhr zurück sein. Ich nehme den Schlüssel zur Hinterpforte. Du wirst mich dort erwarten, Toinon. Wenn Jeanlin zurückkehrt, so sag ihm, dass ich seiner Dienste nicht mehr bedarf. Auch Mr. Edwards mag mich nicht erwarten!" Céline verließ durch die Hinterpforte die Villa und eilte leichtfüßig die stille Straße hinab. „Wohin mag sie gehen?" dachte Toinon unruhig. „Um diese Stunde und allein? –" Die erste langsam daherfahrende Droschke rief Céline an und bezeichnete die Behrensstraße als Ziel ihrer Fahrt. Mühsam genug suchte sie dem Kutscher begreiflich zu machen, dass er nur halten möge, wenn er die Straße erreicht habe.

Mark arbeitete. Zu der Last seiner Redaktionsgeschäfte waren heute zwei Dinge hinzugekommen, die ihn völlig in Anspruch nahmen. Eines jener geheimnisvollen großen Kuverts hatte ihm heute neue Aktenstücke gegen Herrn von Kowalczy gebracht. Ein paar kurze anonyme Zeilen lagen dabei, die ihn auf die neuen Beweisstücke verwiesen. Stunden hindurch hatte Mark sie wieder und wieder durchgelesen, und die Aktenabschriften, denn als solche charakterisierten sie sich, hatten aufs neue seine Kampfesstimmung gegen den Geheimrat emporlodern lassen. Er zweifelte nicht mehr an der Echtheit dieser Beweisstücke – es lag ihm klar zu Tage, dass Herr von Kowalczy nach einem bestimmten Plane handelte und dass sein Eifer nicht nur gegen seinen einstigen Chef, sondern auch gegen alle sich wendete, welche dem Fürsten Bismarck noch warme Anhänglichkeit und Verehrung bewahrten. Aus diesen Abschriften da ging hervor, dass Herr von Kowalczy die geheime Triebfeder war, welche den Reichskanzler und dessen kaiserlichem Herrn Veranlassung gab, jene verdienten Männer teils zur Disposition zu stellen, teils auf andere, weniger einflussreiche und bedeutende Posten zu berufen. Nachdem das erste Material, das seine anonymen Gesinnungsgenossen ihm unterbreitet, alle seine Zweifel besiegt hatte, war seine Gutgläubigkeit gestiegen und in sein Studium der vorliegenden neuen Beweisstücke mischte sich auch nicht ein daraufhin gerichteter Gedanke mehr, dieselben könnten nicht echt sein. In den genauen Details, im Stil und in der Form trugen diese Kopien alle so sehr den amtlichen Charakter, dass auch nicht die leisesten Bedenken gegen die Authentizität dieses Materials in ihm aufstiegen. Wie ein hohes und heiliges Amt gegen seinen Kaiser und sein Volk erschien es ihm, diese Intrigen klarzulegen. Am heutigen Tage entstand ein neuer scharfer Artikel gegen den Geheimrat für die nächste Nummer der „Rechtsstimmen" – endlich musste doch der Fuchs seinen Bau verlassen und sich ihm, nein der Öffentlichkeit stellen!

Recht zur geschickten Stunde traf ein Brief bei ihm ein, in welchem ein Doktor Soundso, ein glühender Verehrer Bismarck's – der sich zugleich als ein Landsmann Marks erwies, die private Bitte an ihn richtete, dem Briefschreiber und seinem Freundeskreise, der wie wohl alle Welt mit fieberhafter Spannung die „Rechtsstimmen" lese und die polemischen Artikel gegen einen der Hauptfeinde Bismarcks verfolge, privatim den Namen dessen anzugeben, den anscheinend eine Schuld an dem unfreiwilligen Rücktritte des Altreichskanzlers treffe. Der Brief war in so höflichen: und zugleich so bismarck-freundlichem Tone gehalten, dass Mark geneigt war, ihn zu beantworten und diesen Wunsch seiner Landsleute zu erfüllen, – doppelt geneigt, nachdem das heute neu eingetroffene Aktenmaterial ihn bestimmt hatte, den Kampf zu Ende zu führen, koste es, was es wolle. So hatte er seinem „Bismarck verehrenden" Landsmann privatim, ohne indessen besondere Diskretion zu fordern – Ton und Inhalt jenes Briefes ließen ja eine solche Forderung ganz überflüssig erscheinen – Herrn von Kowalczy als denjenigen genannt, gegen welchen seine Angriffe sich richteten. Er hatte ferner seiner Freude Ausdruck gegeben, dass in seiner hannoverschen Heimat der Kreis jener Männer, die voller Sehnsucht nach dem alten Kurs auch den Führer desselben zurückwünschten, sich immer mehr erweitere, und fast willenlos waren ihm Worte scharfer Verurteilung derjenigen, die an dem Sturze des größten Staatsmannes unserer Zeit mitgearbeitet, aus der Feder geflossen.

Der Druckerbursche, der gegen acht Uhr abends die Korrektur-Abzüge brachte und die Mappe mit den neu abzusetzenden Manuskripten wieder mit in die Druckerei nahm, hatte auch diesen Brief mitgenommen. Es war ein verlässlicher junger Mensch, der pünktlich und gewissenhaft alle Aufträge erfüllte, die man ihm gab. Es waren Korrekturen dabei, die heute noch gelesen werden mussten, da sie am nächsten Morgen früh zurückerbeten wurden. Mark schob die Aktenkopien zur Seite und machte sich über die Abzüge her, von denen der eigenartige Geruch frischer Druckerschwärze ausströmte. Er hatte heute Härting versprochen, ihn in seiner Klause aufzusuchen und mit ihm bei „einem guten trinkbaren Stoffe" ein paar „vernünftige Gedanken" auszutauschen. So machte er sich denn hurtig an die Arbeit, um nachher den Arbeitsmenschen auszuziehen und ein paar Stunden einer einfachen Erholung zu widmen.

Céline hatte inzwischen das Haus erreicht und mit stürmisch pochendem Herzen die Fenster, die Jeanlin ihr als diejenigen von Marks Zimmer vor kurzem auf ihre direkte Frage bezeichnet hatte, erhellt gesehen. Das heiß sie durchströmende Gefühl, ihm nah zu sein, ließ sie all' ihre Klugheit vergessen. Wenn er nicht allein war? Wenn man sie bei ihm eintreten sah? Welchen Beurteilungen unterzog sie sich? Von allen diesen Fragen machte ihr nur die erste Beschwer. Die anderen flogen ihr durch den Kopf, ohne dass sie ihrer recht bewusst wurde. Mit ihrer behenden Leichtigkeit glitt sie die Treppe hinauf und drückte auf die Klinke der Vorsaaltür. Die Befürchtung, klingeln zu müssen und irgend einer gleichgültigen Person den Auftrag zu geben, Mark von dem ihm bevorstehenden Besuch einer Dame zu unterrichten, verschwand in dem Augenblick, als sie die Tür mit dem Druck ihrer Hand auf dem Türgriff nachgeben fühlte. Die Bedienerin der Wohnungsinhaberin war von dieser vor wenigen Minuten erst zu einer kleinen Besorgung ausgesandt und hatte in der Eile die Tür ungeschlossen gelassen. Da war die Tür, die sie noch von dem Gegenstände ihrer Leidenschaft trennte. Sie klopfte nicht an, sie öffnete gleich und glitt in das Zimmer, die Tür rasch hinter sich zuziehend. Und nun lehnte sie an derselben, mit herabgesunkenen Händen, unfähig, in der mächtig sie beherrschenden Bewegung ein Wort zu sprechen.

Mark war erschrocken emporgefahren, als er die Tür ohne jede Anmeldung sich öffnen sah und auch er stand in höchster Überraschung einen Augenblick wortlos da, als er in der Eintretenden eine tiefverhüllte Dame gewahrte. „Mein Gott!" rief er – „wer ist denn – ?" Céline zog langsam den Schleier von ihrem Antlitz, ohne ihre Stellung im Übrigen zu ändern, während Mark mit einem Ausruf der höchsten Überraschung auf sie zustürzte. „Céline –. Sie? Sie bei mir?" rief er – „Wie soll ich das deuten?" Er erbebte unter dem Blick, den sie ihm zusandte – und ein quellendes Wonnegefühl raubte ihm fast den Atem. Sie nickte ihm zärtlich zu. „Es sollte ein Traum bleiben – das, was zwischen uns geschehen damals – ich bin so stark sonst und nun empfinde ich Sehnsucht nach einem solchen Traum." Alles sank um Mark in bodenlose Tiefen bei diesen Worten – ihm war, als seien jenes wundervolle Weib und er allein noch auf einem Fleckchen Erde, nachdem die ganze Welt mit ihrem Getriebe und ihrem Chaos von Hass, Streit und Leidenschaften versunken. – Nur sie sah er noch, nur sie beherrschte ihn in diesem Augenblicke, eine taumelnde Freude ergriff ihn und während seine Blicke sich festsaugten an Céline's schönem Antlitz, an diesen feuchtschimmernden Augen, deren flammende Glut ihn zu versengen drohte, zitterte über seine Lippen in alles vergessender Leidenschaft immer nur der eine Name: „Céline!" Schwankend, als vermöge der leidenschaftliche Rausch selbst seinen Körper zu unterjochen, schritt er auf sie zu. Sie streckte ihm die Hände entgegen und nun riss er sie an sich, schlang wild die Arme um die Willenlose, der die zierliche Pelzkappe entfiel und bedeckte Mund, Augen und Haar der verführerischen Frau mit berauschenden Küssen. Ein einziger Augenblick hatte aus Mark, aus dem ernsten, zurückhaltenden Manne, einen halb Sinnlosen gemacht. Alles an ihm war zuckender Nerv, er glühte vor Erregung und in bebenden, zerrissenen, sinnlosen Worten quoll der Strom der Leidenschaft von seinen Lippen. Céline hatte die Augen wie im Übermaße des Glücksgefühls geschlossen. Das sanfte Oval ihres glühenden Gesichtes zu ihm emporgehoben, ruhte sie, eine leichte, süße Last in seinen Armen, die ganze Wonne dieser Minute auskostend. Minuten vergingen, ehe es den beiden einfiel, daran zu denken, dass sie immer noch hart an der nur eingeklinkten Tür standen und dass jede Sekunde die Möglichkeit einer Störung bot.

Nun erst bat Mark seine Besucherin, Platz zu nehmen und er bat so schüchtern – und doch so zärtlich zugleich, sie von ihrem schweren Pelzmantel befreien zu dürfen, dass sie lächelnd diesen abwarf und nun erst in ihrer ganzen lockenden Zierlichkeit seinen Augen sich darbot. Das was sie flüsterte, waren kosende Worte – es war, als ob sie beide empfunden hätten, dass jedes andere Wort zwischen ihnen den süßen Liebestraum, den sie beide genossen, zerstören, sie aus dem Bereiche ihrer Gefühle wieder in die Wirklichkeit treiben müsse. Und so verflossen Minuten auf Minuten und reihten sich zu viertel und halben Stunden aneinander. Unten von der ruhigen Straße tönte ein aus einem kurzen und einem langen Ton sich zusammensetzender scharfer Pfiff herauf, der sich in kurzen Zwischenräumen ein halb Dutzend 'mal wiederholte. Mark fuhr in die Höhe.

„Das ist – das ist –!" „Was haben Sie?" sagte Céline erschreckt. „Der Pfiff – hören Sie dort unten – das ist ein Signal, das ein Freund von mir und ich uns verabredeten. Härting kommt – mein Gott, ich habe ja ganz vergessen, dass ich zu ihm gehen wollte. –" Céline warf ihren Mantel um und setzte ihr Mützchen aus. „Was wollen Sie tun?" Mark hatte einen Fensterflügel aufgerissen. Blitzschnell war ihm der Gedanke gekommen, hinunterzurufen – er solle vorangehen – in das Pschorrbräu, er käme in einigen Minuten nach. Allein, als er hinunterblickte, sah er Härting schon in der Haustür verschwinden. „Er kommt herauf zu mir – er darf Sie nicht sehen, Céline!" „Um keinen Preis – wo verberg' ich mich?"

„Ich beschwöre Sie, Céline, zürnen Sie mir nicht," bat Mark fiebernd und fuhr fort: „Diese Tür führt in mein Kabinett – betreten Sie es so lange – ich werde Härting fortzuschaffen suchen. –" „Und wenn er nicht geht?" „Hören Sie? Das sind seine Schritte auf der Treppe – schnell, schnell –" „Aber wie komme ich hinaus?" Mark riß seine Schlüssel aus der Tasche. „Dieser kleine dort öffnet die Korridortür. Sie brauchen ihn nicht – sie ist von innen mit einem Riegel verschlossen – der andere hier ist der Hausschlüssel." „Und Sie?" „Ich werde in einem Hotel übernachten – da – er klingelt schon an der Korridortür –" Er öffnete die Tür zum Kabinett und schob Céline hinein.

„Ist Doktor Mark zu Hause?" tönte draußen Härtings Stimme. „Ruhe, Fassung!" stöhnte Mark – „Er darf nicht ahnen, dass Céline hier ist." Er warf sich auf den Stuhl am Schreibtisch und entfaltete eine Zeitung, um hinter derselben sein Antlitz und seine Aufregung zu verbergen. Ein glücklicher Gedanke kam ihm. Er wollte Härting sofort begleiten, auf diese Weise würde es Céline vielleicht möglich sein, noch bevor das Haus geschlossen wurde, dasselbe zu verlassen. Auf alle Fälle befand sie sich nun im Besitz der Schlüssel. „Du bist mir ein netter Besucher!" rief Härting beim Eintreten. „Sitzt der Mensch da ruhig hinter einer Zeitung und liest und denkt nicht daran, dass sein Freund ihn seit acht Uhr mit einem halben Schinken und einer Ladung von Pschorrbräu erwartet! Antworte, Treuloser, warum kamst Du nicht?" „Ich ward verhindert – dringende Arbeit – ich hab' wie wahnsinnig drauf los gearbeitet, um fertig zu werden." „Glaub' ich! Siehst ganz danach aus. Wenn Du Dich immer so echauffierst beim Arbeiten, wirst Du der Allerweltskrankheit Nervosität nicht lange mehr entgehen. Aber Mark – Junge, ist Dir etwas Unangenehmes passiert? Du siehst in der Tat aus, als habe Dich irgendeine Sache gewaltig aufgeregt!" „Hat sie auch – erzähl' Dir nachher davon, Härting! Ach, Du hast Recht, diese Politik kann einen ehrlichen Menschen warm machen. – Aber lass Dich nicht erst häuslich nieder – ich sehne mich, aus diesem verfluchten dumpfen Mauerloche hinauszukommen." „Dann beeil' Dich!" Mark durchzuckte ein neuer Schreck. Sein Mantel und sein Hut befanden sich im Kabinett. Er musste hinein, sie zu holen. Eine Bewegung Célinens, ein einziges geflüstertes Wort konnte ihre Anwesenheit verraten. „Da hab ich – was interessantes für Dich –" stammelte er, auf's geradewohl eine Zeitung aus dem Stoße ziehend – „sieh nach – unter Kunst und Literatur – es wird Dich interessieren." „Dann muss es 'mal was Außergewöhnliches sein", knurrte Härting, der sich am Schreibtisch niederließ und die Zeitung entfaltete. „Gut, suchen wir's".

Mark eilte in das Kabinett, dessen Tür er hastig hinter sich zuzog. Seine Hand streifte Célinens Pelz. Er suchte ihre Hand zu erfassen und drückte einen langen glühenden Kuss darauf. Dann ergriff er Hut und Mantel – er war gewohnt, strenge Ordnung bei sich zu halten und fand im Finstern mit einem Griff alles, was am rechten Orte sich befand – und kehrte zu Härting zurück, während er mit einer Hast, die bei ihm befremdend war, den Mantel umwarf. „Nun komm!" „Du willst mich wohl zum Besten haben mit Deiner interessanten Notiz," meinte Härting – „ich habe die ganze Zeitung von vorn bis hinten durchgeguckt und keine Notiz gefunden!" „Ach, laß doch die dummen Zeitungen und komm endlich!" „Na, hör' 'mal, – höflich bist Du heute Abend gerade nicht gegen Deinen Freund. Aber ich will das Deiner Anspannung zu Gute halten. Du arbeitest zu viel – ich werde mich hinter Fräulein Else stecken, damit sie Dir einmal in's Gewissen redet, Dich nicht ganz aufzureiben." „Ja – ja!" rief Mark gequält – „Nun geh' voran – ich blase nur die Lampe aus!" Er schob Härting fast mit Gewalt aus dem Zimmer und konnte einen tiefen Seufzer der Erleichterung nicht unterdrücken, als er mit dem Bildhauer die Treppe hinabschritt.

„Junge," sagte Härting ernst, indem er seinen Arm nahm – „Du gefällst mir heute wirklich nicht. – Ich mein' immer, es muss Dich noch ein anderes drücken, als nur diese vermaledeite Politik, die Dich jetzt ganz in ihre Fesseln genommen hat und die Dir noch alle Lebensfreude stehlen wird, wenn Du sie nicht eines schönen Tages ganz schießen lässt. Ich versteh' ja, dass Du's auch mit dem Herzen treibst, dies hochpolitische Spiel und nicht nur mit der Feder allein – aber sieh, lieber Junge, Du solltest doch ein wenig mehr Mensch dabei bleiben, und wenn ich Mensch sage, so mein'

207

ich eigentlich Bräutigam. Ich hab' diese prächtige Frau von Poyritz vor ein paar Tagen getroffen. – Du vernachlässigst Dein Bräutchen, Mark! Mensch, siehst Du denn nicht ein, dass ein Blick aus ihren Augen mehr wert ist, als diese ganze Katzbalgerei um einen Ministerposten oder um das bisschen irdische Macht, die doch allemal versagt, wenn man sich auf sie verlassen will!" „Ja, ja –" erwiderte Mark zerstreut – „lass uns noch nicht in's Bräu gehen, wir bummeln vielleicht erst einmal die Linden hinauf – ich muss noch ein Weilchen frische Luft schöpfen." „Die scheinst Du wahrhaftig nötig zu haben!" rief Härting. „Halte ich da diesem Menschen eine Standrede so ganz aus dem Stegreif und er redet von Bräu und Bummeln! Gut also – links hinüber, durch die Passage und unter die Linden. Und dort schüttest Du mir einmal Dein Herz aus. Ich will wissen, was dieser Dämon Politik heute wieder mit Dir getrieben hat."

Die wenigen Minuten, welche Céline in dem dunklen Kabinett zubrachte, hatten sie von dem leidenschaftlichen Rausche befreit. Dies Versteckspiel schien ihr unsagbar lächerlich und ernüchterte sie so sehr, dass sie fast etwas wie Ekel empfand. Wie hatte sie nur hierher kommen können? Sie öffnete die Tür des Kabinetts und trat in das dunkle Arbeitszimmer mit leisem Schritt zurück. Sie war toll, wahnwitzig gewesen, so schnell einer leidenschaftlichen Wallung zu folgen, die sie nicht zu meistern verstanden. Sie rümpfte die Nase, jetzt erst, nun sie ihre ruhige Sicherheit zurückgewonnen hatte, empfand sie den leichten Tabaksduft, der das Zimmer durchzog als etwas Unangenehmes, Häßliches. Es war, als habe sich ihre ganze Leidenschaft in dieser Küsseflut der letzten Stunde erschöpft, als sei sie nicht einmal kräftig genug mehr, das Bild des Mannes, dem sie sich in die Arme geworfen, gleich bedeutend wie vordem, zu erhalten. Dieser Geruch nach Tabak vollendete, was das Verbergen Célines im Kabinett begonnen. Die Lächerlichkeit tötet am schnellsten die Liebe, wie viel mehr vermag sie über die Leidenschaft! Céline lauschte. Alles war still draußen. Es war längst zehn Uhr vorüber. Die Besitzerin dieser Wohnung mit deren Dienerin hatten sich wohl schon zur Ruhe begeben. In ihrer Tasche klirrten die Schlüssel Mark's. – Das Abenteuer dieses Abends, so wonnevoll begonnen, verlor sich in Bizarrerien – sie hätte auflachen und zugleich weinen mögen – ach! Fast hätte ihr kleiner Fuß die Diele gestampft vor aufflammendem Zorn über sich selbst. Das Weib in ihr verschwand und je mehr der Verstand über das Gefühl zu triumphieren verstand, desto mehr trat die politische Emissärin wieder in ihr hervor. Sollte sie gehen, ohne einen Blick in die geistige Werkstätte dieses Mannes geworfen zu haben, der so kühn den gegenwärtigen politischen Machthabern entgegentrat? Die Lust, die herumliegenden Papiere zu durchspähen, wuchs mit jeder Minute, die Gelegenheit konnte nicht günstiger sein. Nie würde sie wieder hierherkommen. Die Raserei der Gefühle war für sie vorüber, nachdem sie einmal derselben nachgegeben. Sie spürte etwas wie der edle Jagdhund, der plötzlich die Fährte entdeckt. Und nun war auch ihr Entschluss gefaßt, zu dessen Durchführung sie unverzüglich schritt. Sie tastete sich zu dem Schreibtische hin und fand in der Nähe der Lampe das Kästchen mit den Streichhölzern. Geräuschlos machte sie Licht, warf den schweren Mantel von sich und glitt zur Tür zurück, deren Riegel sie vorschob. Nun war sie allein. Niemand konnte sie stören, wenn sie keinen Lärm machte. Sie nahm auf Mark's Stuhl Platz und durchblätterte behutsam die Papiere, die auf der Schreibtischplatte lagen, ohne ihre Lage zu ändern. Erst, als ihr die großen Aktenbogen auffielen und sie versuchte, diese zu lesen, funkelten ihre Augen auf.

Sie verstand nicht alles, was diese Kopien enthielten, aber sie verstand genug, um diese Bogen für so wichtig zu halten, dass sie sich alles verzeihen würde, was heute vorgegangen, wenn sie sich in deren Besitz setzen könnte. Sie grübelte darüber nach, wie dies zu ermöglichen sei. Mitnehmen – das hätte sie Mark gegenüber sofort bloßgestellt. Abschreiben? – Sie verstand zu wenig von der deutschen Sprache, um nicht die ganze Schwierigkeit dieser Arbeit sofort zu übersehen. Es würde nur ein behendes Nachmalen der deutschen Schriftzeichen sein können und Stunden erfordern. Und doch blieb dieser Weg der einzige – sie musste ihn beschreiten. Sie schied einige der Kopien aus und legte sich diejenigen zurecht, in welchen sie Namen von Diplomaten fand, die für ihre Auftraggeber von Interesse waren. Konzeptpapier war in Fülle vorhanden – Mark war gewöhnt, für seine Manuskripte große Foliobogen zu benutzen. Und ruhig und geschäftsmäßig, als sei dies ihr Boudoir und diese Aktenstücke dort die gleichgültigsten Dinge von der Welt, begann Céline das mühsame Werk des Abschreibens.

Mitternacht war nahe, als sie endlich in den Mantel schlüpfte, alle Hindernisse vom Schreibtisch bis zur Tür sorgfältig beseitigte und die Lampe auslöschte. Der Rückzug war das gefährlichste Moment. Wenn eine Tür knirschte, wenn jemand erwachte und Lärm schlug – wenn man sie mit Marks Schlüsseln fand und sie zur Polizei brachte – das Herz schlug Céline in diesem Augenblick bis in den Hals hinein – die Tollheit, die sie begangen, konnte das Grab ihrer bisherigen Erfolge in dieser Stadt werden. Mit angehaltenem Atem, so leise und vorsichtig, als könne ein Hauch selbst ihren Rückgang gefährden, öffnete sie die Tür und schloss sie draußen wieder. Von neuem lauschte sie. Alles blieb in der Wohnung, im ganzen Hause totenstill. Sie tastete sich zur Korridortür und fand endlich den Riegel, der einen leisen pfeifenden Ton beim Zurückziehen verursachte. Vom Kopf bis zum Fuß erzitternd, hielt Céline inne – aber der Ton war zu schwach gewesen, um von irgend jemandem vernommen zu werden. Als sie im Dunkel des Treppenflurs stand, atmete die Französin wie von schwerer Last befreit auf und doch stand das Schwerste ihr noch bevor. Es war völlig finster hier und ein falscher Schritt konnte sie zum Stürzen bringen und die Entdeckung ihrer Anwesenheit im Hause herbeiführen. Unbekümmert um den kostbaren Mantel, den sie trug, kniete sie nieder und tastete mit den Händen nach der Treppe. Und als sie die Stufen und das Geländer erreicht hatte, schritt sie Stufe für Stufe hinab, langsam und allmählich erst auf jede das volle Gewicht ihres Körpers niederlassend. Alles war getan, als sie den Schlüssel in das Schloss der Haustür schob, ohne jede Behutsamkeit. Sie durfte einem zufälligen Passanten oder einem patrouillierenden Schutzmann, der sie vielleicht beobachten konnte, nicht auffallen. So schloss sie auf, trat ruhig auf die Straße hinaus und verschloss die Tür wieder, mit dem frohen Gefühl, das jeder empfindet, der aus einer gefährlichen Stunde unversehrt hervorgeht.

Der ohnehin wenig begangene Straßenteil war leer. Nur ein paar Häuser weiter drüben auf dem Trottoir stand ein Mann, der aber schritt, als sie die Straße betrat, direkt auf sie zu. Sie nahm keine Notiz von ihm und ging weiter. Erst, als jener auf wenige Meter herangekommen war, stutzte sie. Sie erkannte Jeanlin. Sie fühlte Freude und Verwirrung zu gleicher Zeit. Freude, dass sie nach dem gefährlichen Werk einen Genossen an der Seite hatte, Verwirrung, da sie an die Ereignisse der letzten Stunden dachte. Aber sie blieb stehen und erwartete ihn äußerlich völlig gelassen. Die wütendste Eifersucht hatte Jeanlin's Antlitz entstellt. Mit funkelnden Augen trat er auf sie zu und erfasste mit hartem Griff ihr Handgelenk. Seine heisere Stimme zeugte von der gewaltigen Aufregung, in der er sich befand. „Du warst bei ihm – bei diesem deutschen Doktor – Du bist seine Geliebte!" stieß er hervor. Céline rang sich los. „Bist Du wahnsinnig, Ernest?" „Du machst mich wahnsinnig, Céline! Hüte Dich – ich bin rasend und ein Rasender ist zu allem fähig! Ich fordere Antwort. Bist Du die Geliebte dieses verfl... Deutschen?" Céline maß ihn mit verächtlichem Blick. „Ich glaube, Du hast getrunken. Fort da – und halt mich nicht an, wie ein Zudringlicher eine Nachtschwärmerin." Aber er drängte sich an sie. „Antwort will ich – auf der Stelle! Vor Stunden schon warst Du dort oben, ehe der Doktor fortging."

„Ach," sagte die Französin mit schneidendem Hohn. „Du spionierst also meinen Schritten nach? Recht so – das enthebt mich allen Versprechungen. Du brachst unseren Vertrag, nicht ich. Ich entbinde Dich von Deinen Verpflichtungen gegen mich und unsere Auftraggeber. Du bist frei, geh, wohin Du willst!" „Ehe ich Dich ihm lasse, liefere ich uns alle den Behörden aus," zischte Ernest, dem die Leidenschaft alle Besinnung raubte. „Du liebst diesen Mann – Du bist die Seine geworden – um diese Stunde betritt ein Weib nur die Räume des Mannes, dem es sich zu Eigen gegeben hat." „Du bist ein Narr! Und mit Narren red' ich nicht. Fort da, von meiner Seite, sag ich zum letzten Mal." Die kühle Ruhe Célines verwirrte Ernest doch. Er hatte geglaubt, sie in Verlegenheit zu finden, wenn er ihr plötzlich entgegentrat. Entweder besaß dieses junge Weib eine seltene Geistesgegenwart oder der Besuch in der

Wohnung Mark's hatte eine ganz außergewöhnliche Ursache. „Nur ein Wort der Aufklärung," sagte er, vom Drohen zur Bitte übergehend. „Was hattest Du um diese Zeit dort oben zu tun?"

Céline erkannte an dem veränderten Tone, dass sie gewonnenes Spiel habe. „Komm' mit," sagte sie – „und Du sollst sehen, was mich dort hinauf trieb." Sie ging hastigen Schrittes vorauf und er folgte ihr, von Zweifeln gefoltert. Als sie die Linden erreicht hatte, wandte sich Céline befehlend an ihn: „Die erste Droschke, die vorbeifährt, rufst Du an, lässt mich einsteigen und setzt Dich zum Kutscher!" „Céline!" „Still. Ich will's so – und Du gehorchst meinem Willen! Du lässt den Wagen bis an die Ecke unserer Straße fahren und mich vorausgehen. Toinon erwartet mich an der Hinterpforte. Du klingelst am Haupttor und weckst den Vater, wenn er schon zur Ruhe gegangen sein sollte. Ich will Euch beide heute Abend noch sprechen. Dann halte Dich zur Arbeit bereit. Du wirst die Nacht dazu nehmen müssen. Es sind wichtige Neuigkeiten, die ich mitbringe."

Sie hatte mit so ruhiger Bestimmtheit gesprochen, dass Ernest keine Entgegnung wagte. Spielte sie mit dem Doktor dieselbe Komödie wie mit dem Prinzen? Erst am Brandenburger Tor fanden sie einen Wagen. Céline stieg ein, gehorsam kletterte Ernest zu dem Kutscher auf den Bock. „Du kannst Dich sogleich schlafen legen, Toinon!" sagte Céline, als sie in ihrem Boudoir ankam und einige beschriebene Blätter aus den Taschen ihres Mantels zog. „Ich habe noch zu tun und werde meine Nachttoilette später besorgen."

„Wo ist sie gewesen?" dachte Toinon und der Argwohn, der seit dem Tage von Friedrichsruh neue Nahrung bekommen hatte, verstärkte sich. Er wurde zur brennenden Neugier, als sie, über den Korridor schreitend, eine Flamme im Vestibül brennen und Mr. Edwards das Tor aufschließen sah. Sie kauerte sich hinter dem Treppengeländer nieder und erblickte nach einigen Augenblicken Jeanlin, der Mr. Edwards in dessen Zimmer zog. Nun stand es fest bei ihr, wach zu bleiben und zu entdecken, was sich weiter begeben würde. Wenn sie nicht alles täuschte, so hatten Jeanlin und Mr. Edwards noch in dieser Nacht eine Zusammenkunft mit ihrer

Herrin. Sie ging nicht fehl in ihrer Annahme. Als sie die beiden die Treppe hinaufkommen sah, glitt sie geräuschlos die Obertreppe hinauf und ging in ihr Zimmer, das sie verriegelte. Wie gut diese Vorsichtsmaßregel war, zeigten ihr bald leichte Schritte, welche die Obertreppe heraufkamen und sich ihrer Kammertür näherten. Sie begann sich mit absichtlichem Geräusch auszukleiden und lächelte höhnisch, als sich bald darauf auch die Schritte wieder verloren. Nun warf sie ein dunkles Gewand über und huschte lautlos hinunter in den Mittelstock der Villa, vor die Boudoirtür ihrer Herrin!

„Lies, Ernest!" sagte Céline, indem sie ihrem Vetter die abgeschriebenen Aktenstücke hinüberreichte. „Du siehst, dass sie von meiner Hand geschrieben sind, trotzdem ich den Inhalt nicht völlig verstand. Du siehst also auch, wozu ich die Zeit benutzte, als ich dort mich befand, wo Du mich antrafst. Vorwärts!" Ernest las und sowohl in seinen wie in Mr. Edwards Mienen spiegelte sich alsbald die größte Überraschung ab. Céline streute in das Vorlesen dort Fragen ein, wo sie den Inhalt nicht ganz verstand, endlich rief sie: „Nun, Ernest – war der Gewinn dieser Aktenstücke ein Komödienspiel, das ich mit diesem sentimentalen deutschen Doktor aufführte, wert?" Ernest schwieg – seine Zweifel begannen zu schwinden. „Gut! gut – brillant!" sagte Mr. Edwards in seiner bedächtigen Weise: „Und was willst Du mit diesen Dingen da tun?" „Die müssen noch diese Nacht genau übersetzt und morgen mit dem frühesten an unsere Pariser Deckadresse gesendet werden. Das wird Deine Nachtruhe kosten, aber es muss sein. Du aber, Ernest, wirst aus dem Inhalt ein sensationelles Entrefilet machen und es morgen in aller Frühe chiffriert dem ‚Gaulois' telegraphieren. Morgen Abend muss es auf den Boulevards bekannt sein. Vorwärts – an die Arbeit!" Mr. Edwards erhob sich mit den Papieren und ging. Die Lauscherin hatte sich in eine finstere Ecke zurückgezogen. Ernest blieb nachlässig stehen. „Was willst Du noch? Ich dächte, es gäbe für diese Nacht mehr zu tun, als mich so anzustarren." „Wie kamst Du zu diesen Papieren? Mit dem Wissen des Doktors?" „Du bist ein Narr, Ernest!" „Gut, also ohne Wissen", murmelte er. „Du hast die Gelegenheit benutzt – das begreif ich. Aber wie verschafftest Du Dir diese Gelegenheit? Du schlossest die Tür auf. – Der Doktor wusste also, als er fortging, um Deine Anwesenheit in seiner Wohnung." „Er wusste es!" Ernest zuckte zusammen. Er trat finster auf sie zu. „Wie stehst Du mit ihm?" „Ich spiele eine artige Komödie mit ihm!" „Ich will es hoffen", erwiderte Ernest dumpf. – „Das merke Dir, Céline – mich treibst Du nicht mehr von Deiner Seite. Wir bleiben in diesem Leben Seite an Seite!"

Als Jeanlin hinabging, schlüpfte Toinon in ihr Zimmer. Sie setzte sich angekleidet auf ihr Bett nieder und sann nach. Céline war also bei Mark gewesen und hatte ihn anscheinend wichtiger Papiere beraubt. Sie musste ihn warnen, – und doch hielt sie eine unerklärliche Scheu davon ab. „Warten wir!" sagte sie sich. „Und halten wir die Augen auf! In der Stunde der Gefahr werde ich an seiner Seite sein!"

XIV. Gespräche über Politik und Liebe

ark war in den beiden Stunden, die er noch mit Härting zusammen gewesen, so wortkarg, dass der Bildhauer in eine ärgerliche Laune geriet und einmal über das andere die Politik verfluchte, welche die besten Menschen von Grund aus verderbe und zu nichts anderem gut sei, als die Menschen gegeneinander zu hetzen und sie gründlich zu verärgern. Was in diesen Stunden mit dumpfem Druck auf Mark lastete, war das Bewusstsein des schweren Unrechtes, das er Else zugefügt hatte, und die Unsicherheit, wie Céline ihr Fortkommen aus dem Hause bewerkstelligt haben möge. Er fühlte sich ruhiger, als er sich endlich von Härting getrennt hatte und nun in einem Hotelbette mit seinen Gedanken allein war. Diese stürmten wirr genug auf ihn ein. Was sollte nun werden? Der süße Taumel, der ihn ergriffen hatte, war verschwunden. Die Nachwirkung der wonnigen Viertelstunde, in welcher er die verführerische Fremde in seinen Armen gehalten hatte, entsprach nicht dem mächtigen Gefühl, das ihn durchbebt hatte. Die Schatten des Unrechts fielen zu stark auf das Geschehene. Céline und Else – es bereitete ihm eine unerträgliche Pein, diese beiden, von denen die eine seiner Liebe vertraute, die andere seine Leidenschaft bis zum Selbstvergessen entflammt hatte, untrennbar vor seinem geistigen Auge zu haben. Zu plötzlich, zu unerwartet war das alles gekommen. Liebte er diese Frau? Sein Herz schrie angstvoll: „Nein! Nein! Ich weiß nichts von deinen Verirrungen – ich gehöre der unschuldsvollen Maid jetzt und immerdar!" Die Scham zog ein in sein Herz, die tiefe unerbittliche Scham – er fühlte sich so niedrig, dass er hätte aufschreien mögen in bitterer Qual. Was sollte werden, was sollte nun werden?

Übernächtigt stand er am frühen Morgen auf. Er hatte nicht eine Stunde geschlafen. Als er sich hastig ankleidete und in den Spiegel blickte, erschrak er über sich selbst. Wie bleich und verstört er aussah! Er ließ sich den Kaffee auf das Zimmer kommen und ging gesenkten Hauptes in seine Wohnung. „Herrjeh – der Herr Doktor!" rief überrascht das Dienstmädchen, das ihm die Korridortür öffnete. „Ja," sagte er flüchtig – „ich habe meine Schlüssel am gestrigen Abend vergessen und war gezwungen, in einem Hotel zu übernachten. Nichts Neues für mich?" „Es ist ja erst ein halb acht Uhr," erwiderte das Mädchen verdutzt – „und die Frühpost kommt ja erst um acht Uhr." „Gut!" sagte Mark kurz und ging in sein Zimmer. Nichts davon verriet, welche Szene sich hier gestern Abend abgespielt hatte. Céline war also mit Hilfe seiner Schlüssel glücklich und ungesehen aus dem Hause entkommen. Ein eigentümliches Gefühl durchrieselte Mark, als er den Blick zu den Polstern des Sofas sandte, auf welchem er gestern, sie umfangen haltend, an ihrer Seite gesessen. Es war ihm, als zöge eine trockene Glut in seine Lippen und als sei die Luft im Zimmer unerträglich dick und schwer. Er eilte zum Fenster, öffnete die Vorhänge und riss ein Fenster auf, um mit Erleichterung zu fühlen, wie die kalte Morgenluft hereinströmte.

Einen Augenblick schien es ihm, als habe er nur wüst und schwer geträumt und als sei das alles nur eine tolle Ausgeburt einer erhitzten Phantasie. Aber er seufzte tief und schwer auf, das Geschehene ließ sich nicht mehr aus seinem Leben und aus seiner

Erinnerung hinwegbannen. Er war todmüde und versuchte doch nicht dem jungen Tage noch ein paar Stunden Schlaf abzuringen. Es fröstelte ihn in dem noch ungeheizten Zimmer, dessen offenes Fenster die kalte Luft in breitem Strome hereinließ. Er rief dem Dienstmädchen zu, dass sie Feuer machen und das Zimmer in Ordnung bringen möge und benutzte diese Zeit dazu, frische Wäsche anzulegen.

Er atmete auf, als die Morgenpost eintraf und ihm neue Arbeit brachte. Aber sein Geist zeigte heute keine Spannkraft, seine Feder glitt müde und träge über das Papier und wenn er eine Seite geschrieben hatte, strich er sie aus und warf sie in den Papierkorb. Was soll nun werden? Diese Frage summte unablässig vor seinem Ohre und klang ihm wie mit fernen tiefen Glockentönen ins Herz hinein! Er zitterte vor dem Gedanken, Else wieder entgegenzutreten ebenso sehr wie vor dem einer erneuten Begegnung mit Céline. Kann eine Leidenschaft, die zu solchem Begehren aufflammt, dass eine Erfüllung desselben alles, Ehre und Würde, uns vergessen macht, kann eine solche Leidenschaft so wenig tief sein, dass sie verfliegt wie Spreu im Novembersturm? Zu der Scham, die Mark heute erfüllte, kam eine Selbst-Nichtachtung, die ihn fiebern machte. Und diese verstärkte sich, je mehr er einsah, dass es nur die köstliche Form dieses fremden Frauenbildes war, das seine Sinne in verzehrende Glut versetzt hatte und dass sein Herz keinen Teil hatte an dem Geschehenen.

„Ich bin Elsen's nicht mehr würdig," klagte er sich in stummer Bewegung an. „Wie soll ich ihr wieder nahen? Wie vermöchte ich es, ihre reine Hand zu fassen, diese schuldbeladenen Lippen auf ihre keusche, unschuldsvolle Stirn zu drücken! Ich darf sie nicht wiedersehen, ehe ich mich nicht entsühnt habe in tiefer Reue!"

„Ich will ihr schreiben," dachte er und saß lange sinnend vor dem bereit gelegten Briefbogen, ungewiss, wie er beginnen, zagend, was er schreiben sollte. Bekenne ihr alles! rief es in ihm, flieh zurück an ihr Herz und erflehe ihre Verzeihung! Aber eine trostlose Antwort war's, die er sich selbst gab. Sie, die Keusche, Unberührte, wird vor Dir zurückschrecken! Und wollte sie selbst verzeihen, auf ihre tiefe innige Liebe zu Dir hat sich der giftige Mehltau deiner Schuld gelegt und sie wird daran erkranken und dahinsiechen. Nein – nein, er wusste nun, dass er ihr nichts bekennen könne, dass die erste Lüge tausend andere nach sich zog und dass er zu neuen Unwahrheiten schreiten müsste, wollte er seine Zeilen an Else richten. Er grübelte nach einem Ausweg. In den letzten Tagen waren es in der Tat seine Berufsgeschäfte gewesen, die ihn vom Poyritz'schen Hause völlig ferngehalten hatten. Welchen Grund konnte er finden, die nächsten Tage noch ihm fern zu bleiben? Er glaubte einen Ausweg gefunden zu haben, als er ein paar Zeilen an Else's Tante schrieb. Die kluge milde Art der Frau von Poyritz erschien ihm mit einem Male wie ein Hoffnungsstern. Sie würde Else leichter trösten können über sein Nichtkommen, wenn er ihr einige aufklärende Zeilen sandte. Das tat er nun. Er schrieb ihr, dass seine Redaktionsgeschäfte augenblicklich und vorübergehend einen Umfang angenommen hätten, dessen Bewältigung ihm um so schwerer sei, als er sich nicht ganz wohl fühle. Er wolle Else nicht in Furcht setzen, indem er diesen Grund seines Fernbleibens für die nächsten Tage dieser selbst angebe, aber er wolle auch die gütige Beschützerin ihrer Liebe nicht darüber im Unklaren lassen. Er schloss den Brief, ohne ihn noch einmal durchgelesen. Hätte er es getan, er würde gefunden haben, dass alles in dem Briefe so schwulstig, so gesucht und gemacht klang, wie es niemals sonst seine Art war. Er steckte die Zeilen in ein Rohrpost-Kuvert – den Vorrat an solchen Kuverts ließ er seit kurzem nicht mehr ausgehen – und sandte das Dienstmädchen damit zur Post. Dann wandte er sich wieder seiner Arbeit zu.

Träge und lustlos öffnete er die zweite Post. Das, was ihn sonst mit lebendigerem Interesse erfüllt hatte, langweilte ihn heute. Die privaten Ratschläge, Warnungen und Wünsche, die seit dem Kampfe, welchen er in den stark verbreiteten „Rechtsstimmen" wider die Unterströmungen des neuen Kurses unternommen, sich außerordentlich häuften, widerten ihn heute an. Am meisten die Mahnungen, die nur zum Teil Unterschriften trugen. Die anscheinend wohlmeinendsten waren die anonymen, die ihm rieten, das ausgegrabene Kriegsbeil schnell wieder einzuscharren, wenn er nicht persönliche Gefahren heraufbeschwören wolle. Persönliche

Gefahren! Ach, wenn sie ihm nur sich bieten wollten! Er beneidete heute diejenigen, die der Gefahr jeden Augenblick ihres armseligen Lebens abtrotzen.

Um ein halb zwölf Uhr brachte das Dienstmädchen Paulsen's Karte herein mit der Frage, ob Doktor Mark nicht allzu beschäftigt sei, um den Herrn da empfangen zu können. Mark erhob sich rasch. Der Besuch kam ihm nicht ungelegen, er entriss ihn seinen Gedanken. „Man sieht Sie ja gar nicht mehr," sagte Paulsen nach den ersten begrüßenden Worten. „Ich fürchtete schon abgewiesen zu werden." „Im Gegenteil! Sie kommen mir gerade recht. Eine Plauderpause zwischen der ewigen Schreiberei regt an. Setzen Sie sich! Da stehen Zigarren und hier ist Feuerzeug. Unter Bekannten nimmt man es mit den Formalitäten nicht so genau. Bedienen Sie sich nach Gefallen und plaudern Sie. Oder führt Sie irgend eine bestimmte Angelegenheit zu mir?" „Das gerade nicht," erwiderte Paulsen, mit langen Zügen seine Zigarre anrauchend. „Ich wollte mich nur einmal nach Ihnen umsehen. Teufel, sind das Stöße da auf Ihrem Schreibtisch! Mir wird weh, wenn ich die sehe! Die Redaktionsarbeit der ‚Rechtsstimmen' lastet wirklich ganz allein auf Ihren Schultern?" „Ganz allein. Ich bin ein ziemlich gewandter Arbeiter. Und ein anderer macht mir das nicht leicht zu Dank, was ich ihm überweisen könnte. Aber Sie haben so Unrecht nicht, wenn Sie vor den Hügeln an Briefen, Manuskripten und anderen Eingängen dort zurückschrecken. Sie sind noch unaufgearbeitet – ich sollte längst wieder einmal reinen Tisch gemacht haben. Und doch verliere und verbummele ich meine Zeit wahrlich nicht, das kann ich Ihnen versichern!" „Ich glaube das gern ohne Ihre Versicherung, Doktor! Ihr neuer Feldzug macht Ihnen zweifelsohne Strapazen?" „Er ist das erfrischende Element in meiner ganzen Tätigkeit." „In der Tat, Mark, Sie sind ein journalistisches Unikum. Aber wissen Sie, dass Ihre Freunde – und Sie werden mir doch erlauben, mich zu diesen zu rechnen – Ihretwegen in Sorge geraten?"

Mark deutete mit einer verächtlichen Gebärde auf den Schreibtisch. „Ich hab' Beweise davon – zu vielen Dutzenden. Ob's freilich in Wahrheit meine Freunde sind, die mich da warnen und mir allerhand schlimme Dinge prophezeien, weiß ich nicht. Ich meine, meine Freunde, d. h. diejenigen, die in diesen Dingen mit meinem Herzen fühlen, müssten mir freudig zustimmen und mir ein kampffröhliches ‚Vorwärts!' zurufen." Paulsen sog ein paar Sekunden schweigend an seiner Zigarre, dann sagte er langsam: „Wollen Sie mir ein ehrliches und offenes Wort gestatten, Mark?" „Auf ein ehrliches Wort habe ich immer ein gleiches und eine offene Frage findet bei mir immer eine offene Antwort!" „Nun denn! Dass Ihre Angriffe die betreffende Stelle nicht kalt gelassen haben, können Sie selbst denken." „Ich wollt's auch nicht hoffen!" „Sie haben sogar tief verwundet – so tief, wie eigentlich nur Vorwürfe verwunden, die unberechtigt sind!" Mark zuckte auf. „Wollen Sie damit sagen, Paulsen, dass ich Schuldlose angreife?" „Nein –" erwiderte der Däne langsam. „Aber es würde sich nur fragen, was Sie als Schuld betrachten und – welches die Quellen Ihrer Überzeugung sind." Mark trat vor seinen Besucher hin.

„Ehrlich und offen wollten Sie mich fragen, lieber Kollege – lassen Sie es mich ebenso machen: Stellen Sie diese Anfrage an mich in irgend einem Auftrage?" Der Däne schnippte die Asche von seiner Zigarre weg und sah ruhig zu Mark auf. „Ehrlich und offen: Nein! Ich hätte einen solchen Auftrag gern angenommen und ich habe ihn an entscheidender Stelle auch in Vorschlag gebracht. Aber man hat ihn abgewiesen und das zwar in einer Art, die mir mehr als alle Informationen, die mir zufließen, die Überzeugung gibt, dass Sie mehr auf die Schultern des Herrn von Kowalczy häufen, als diesen zukommt." „Diesmal sind meine Informationen besser als die Ihrigen, Paulsen," rief Mark. „Ich denke nicht daran, in meinem Kampfe gegen den Geheimrat innezuhalten. Jetzt erst recht nicht, nachdem ich weiß, in welchem Umfange – – in zwei Tagen erscheint das neueste Heft der ‚Rechtsstimmen', lieber Paulsen – lesen Sie den Artikel, den ich darin wider Herrn von Kowalczy veröffentliche und Sie werden begreifen lernen, dass dieser Kampf nicht nur ein berechtigter, sondern im Interesse unseres Volkes ein gerechter ist!" „So nennen Sie den Namen des Geheimrats?" fragte Paulsen hastig. Mark schüttelte den Kopf. „Nein! Wozu auch? Vorderhand ist's nicht nötig. Die beteiligten

Kreise wissen genau, was ich meine und auf sie kommt's zuerst an, ob sie sich eine Bevormundung durch den Geheimrat länger gefallen lassen wollen. Ich zweifle sehr daran."

„Schade," meinte Paulsen aufstehend – „wenn ich nur wüsste, was Sie eigentlich erzielen wollen!" „Man soll mich vor die Schranken fordern – nur dort gibt es kein Versteckspiel. Dort werde ich meine Beweismittel vorlegen und den Reichskanzler zwingen, sie anzuerkennen. Damit ist aber auch der Zweck erfüllt, denn nachdem vor der breiten Öffentlichkeit die Affaire sich abgespielt, sind Dinge, wie sie vorgekommen, hoffentlich für alle Zukunft unmöglich!" „Das heißt," sagte Paulsen langsam und gewichtig – „Sie wollen einen öffentlichen Skandal herbeiführen!" „Sie nennen es Skandal – ich nenne es Brandmarkung des neuen Systems, das zur Geltung gekommen ist, seitdem Er gehen musste, der allein wusste, was von Nöten war in den schwierigen Zeiten, die wir durchleben." „Ich sehe, man darf Ihnen nicht mit Bedenken kommen, Mark! Ihre Überzeugung, auf dem richtigen Wege zu sein, würde sie ohne weiteres niederrennen. Aber für einen Mann, wie Sie es sind, wäre ein größeres Kampfobjekt am Platze. Sie sollten nicht gegen Einzelne kämpfen, Sie sollten gegen jene kämpfen, welche bereits gewaltig gegen die alten Gesellschaftsformen anstürmen."

„Gegen die Sozialisten, meinen Sie?" „Ja – Sie wären der richtige Mann dazu! Ich habe Urteile und Bemerkungen von Ihnen gehört, welche mich frappierten und andere nicht minder, denen ich sie zutrug. Ihre Feder sehnt sich, Taten zu verrichten, wenden Sie sie gegen den Sozialismus." „Sie täuschen sich," sagte Mark, sehr ernst werdend. „Mit der Feder richten Sie nichts mehr aus gegen die Sozialisten. Die Feder und das Wort sind die unnützesten Dinge gegen Leute, die so konsequent ihre Ziele verfolgen, wie diese Zufriedenheitsräuber, welche unser Volk zu dem elendesten auf Erden machen werden. Das, was sie ersehnen, um was sie ringen und allein kämpfen, so harmlos auch die bunten Phrasenlappen sind, welche ihr Begehren verhüllen sollen, ist ganz allein die Gewalt. Gewalt gegen Gewalt! Ein Bismarck wäre im Stande gewesen, diese Kohorten der Aufstachler und Verführer des Volkes mit eiserner Gewalt niederzuwerfen und er würde Mittel und Wege gefunden haben, diese trostlose Vertretung des deutschen Volkes, diesen schwachnervigen und tatenscheuen Reichstag zu zwingen, ihm auf solch' eiserner Spur zu folgen. Sehen Sie die jetzige Regierung an! Sie wagt keinen entscheidenden Schritt mehr gegen die Sozialisten zu unternehmen. Bei Gott, im deutschen Bürgertum steckt mehr Wehrhaftigkeit gegenüber diesen Auflösern aller Ordnung als in den Kreisen, welche am grünen Tische sich nicht an die Gesetze herantrauen, die allein im Stande sind, das arbeitende Volk vor der Verhetzung zu bewahren und eine friedliche Fortentwickelung der Dinge zu ermöglichen." „Was Sie da sagen, interessiert mich doppelt," rief Paulsen, der sich wieder gesetzt hatte, interessiert. – „Wissen Sie, dass der Kaiser selbst, derselbe Kaiser, der mit seinen Erlassen 1890 dem Volke in edelherzigster Form beide Hände entgegenstreckte, jetzt durchdrungen ist von der Notwendigkeit, der sozialistischen Agitation Zügel anzulegen." „Andere sahen's früher voraus, dass das alles so kommen musste. Sehen Sie doch die Wut an, die elementar hervorbricht, wenn man den Namen Bismarck in die sozialistischen Massen schleudert. Kein Tag vergeht ohne eine neue Beschimpfung, keine Stunde, in der nicht irgend ein sozialistischer Maulheld oder Federwicht der sozialistischen Partei die ‚Großtat' zuspricht, den Fürsten Bismarck gestürzt zu haben. Dass doch der Kaiser endlich einmal mit eigenen Augen das Volk schaute! Er würde sich mit Entsetzen von manchem seiner heutigen Ratgeber abwenden."

„Graf Caprivi ist völlig anderer Meinung, so weit ich unterrichtet bin," sagte Paulsen, „ich vermute, er wird zum ersten Male vor dem Willen seines Kaiserlichen Herrn Halt machen, wenn das Gerücht eines neuen Ausnahmegesetzes, das schon wie ein fernes heranziehendes Gewitter in der Luft liegt, greifbare Gestalt annimmt." „Gewitter reinigen die Luft!" rief Mark. „Und ein solches Ungewitter, welches auf die Zerstörer des Volksfriedens endlich einmal ein Donnerwetter losließe, damit sie Respekt vor dem Gesetz, das sie unter tausend Deckungen immerfort zu verletzen trachten, bekämen, – heiliger Gott! – ist es denn nicht die eines Kaisers würdigste Tat, Kraft und Stärke zu zeigen?" „Ich hätte

Ihnen gern länger zugehört," sagte Paulsen, Hut und Stock nehmend. „Ich weiß, dass Sie ein Feuerkopf sind, lieber Kollege – und trotzdem wir in Ihrem Angriff auf den Geheimrat grundsätzlich auseinandergehen –, möchte ich Ihnen die Hand schütteln. Ich tu's mit der betrübten Überzeugung, dass Sie nicht am richtigen Platze stehen und nicht den richtigen Weg gehen. Leben Sie wohl!"
„Adieu, Paulsen – auf gelegentliches Wiedersehen!" Der Däne hatte diesen freundlichen Wunsch wohl nicht mehr gehört, wenigstens erwiderte er ihn nicht.

Das Gespräch hatte Mark warm gemacht und ihn ein wenig von sich selbst abgelenkt. Mit hastigen Schritten ging er, den Gedanken, den er soeben berührt hatte, weiter ausbauend, im Zimmer auf und ab. Darin unterbrach ihn die Meldung, ein Dienstmann sei draußen, welcher etwas abzugeben habe. Mark ließ ihn hereinkommen und empfing ein kleines Paket. Ein junges Mädchen, anscheinend eine Ausländerin, habe es ihm auf seinem Stande vor Café Josty eingehändigt, um es sofort an die darauf bezeichnete Adresse zu bringen. Bezahlt sei er. Eine eigene Empfindung durchzuckte Mark, als er in dem Paketchen seine Schlüssel fand. Nicht eine Zeile, kein Wort – nichts war den stummen Zeugen des gestrigen Abenteuers beigegeben. Wie sollte er das deuten? Litt auch sie unter den Eindrücken des gestrigen Abends? Es war ihm eine Erleichterung, keine Zeile von ihr zu finden, die auf's neue das, was er in seinem Innern begraben wollte, lebendig gemacht hätte. Eine Sorge freilich nahm die Zurücksendung der Schlüssel von seinem Herzen. Er konnte nun nicht länger zweifeln, dass Céline ungesehen seine Wohnung verlassen und die ihrige wieder erreicht habe.

Sein Magen meldete sich endlich. Er war noch ohne Frühstück und es war ein Uhr vorüber. So ging er, um in einem Restaurant der nahen Leipziger Straße, in welchem er keine Bekannte hatte und ungestört und einsam, wie er es am liebsten tat, essen konnte, seine Mahlzeit einzunehmen. Dem hastig und ohne Befriedigung eingenommenen Mahle ließ er einen Besuch bei seinem Verleger folgen, bei dem ihn geschäftliche Besprechungen eine gute Stunde festhielten. Es war drei Uhr vorüber, als er in seine Wohnung zurückkehrte. Man näherte sich dem Ende des Märzmonats und es gab bereits Tage, in denen die Sonne so goldig schien, als sei der Lenz schon im vollen Anzuge und an welchem nur die immer noch kühle und frische Luft daran erinnert, dass der Winter wohl im Weichen begriffen sei, aber immer noch tückisch mit Schnee und Frost der zum Keimen und Blühen sich rüstenden Natur zusetzen könne.

An solchen Nachmittagen hatte Mark sich um diese Stunde beeilt, bei der Familie von Poyritz vorzusprechen, um mit Else einen Spaziergang zu machen, auf welchem deren Tante sie in den meisten Fällen gern begleitete. Der Sonnenschein schien ihn zu locken – eine unendliche Sehnsucht bemächtigte sich seiner – um sofort von der Erinnerung, die nun so schal und bitter in ihm emporstieg, hinweggeschwemmt zu werden. Er suchte sich auf's Neue in seine Arbeit zu vertiefen, ohne sich sonderlich von ihr beherrschen zu lassen. Draußen ertönte die Korridorklingel. „Nun fehlte nur noch Härting, um mir Vorwürfe zu machen", murrte Mark. „Seinem Blick möchte ich heute am allerwenigsten begegnen. Das ist ja –" fügte er aufhorchend hinzu – „eine Damenstimme – und – mein Gott, es ist Tante Poyritz!" Sie war es wirklich, die nun das Zimmer betrat und Mark lächend apostrophierte.

„Es ist das erste Mal, dass ich einen Herrn in seiner Wohnung aufsuche. Aber das wenig Schickliche dieses Schrittes wird ausgeglichen durch meine Jahre und die Stellung, die Sie zu unserer Familie einnehmen. Huh – wie viele Papiere und Zeitungen, unter diesem Wust von Gedrucktem und Geschriebenem müssen Sie ja krank werden, armer Doktor." Mark gewann seine Fassung, die ihm zu entschwinden drohte, zurück, als er sah, dass Frau von Poyritz allein kam. „Welche Ehre für meine bescheidene Wohnung, Sie aufnehmen zu dürfen!" rief er. „Tausend Dank für Ihren lieben Besuch, was ihn auch immer veranlasst haben mag." „Das sind Sie ganz allein, Doktor – oder vielmehr Ihre Zeilen, die ich heute Mittag empfing. Aber haben Sie wirklich keine wichtigeren Fragen an mich zu stellen?" „Verzeihen Sie", sagte Mark verlegen – „aber die Überraschung bei Ihrem Eintreten – was macht Else?" „Sie gibt Ihnen auf eine so trockene Frage augenblicklich die beste

Antwort, mein lieber Herr Doktor Mark – sie sitzt in ihrem Zimmer und weint." „Oh!" „Und weint über einen Bräutigam, der bei allen seinen sonstigen guten Eigenschaften ein sehr nachlässiger Liebhaber geworden ist." „Ach, meine verehrte Frau von Poyritz!" „Gedulden Sie sich nur – Sie sollen schon die Zeit für Ihre Verteidigung erhalten. Vorderhand vertrete ich die Anklagebehörde. Wissen Sie," fuhr die vortreffliche Frau fort, indem sie den Ton wechselte und ernster wurde – „dass ich gar nicht mit Ihnen zufrieden bin und dass ich gekommen bin, um Ihnen einmal gründlich die Leviten zu lesen. Sie schrieben mir, Sie seien krank, warum richteten Sie keine Zeile an Else, nachdem Sie schon Tage vergehen ließen, ohne uns aufzusuchen?" Mark senkte den Blick vor dem klaren, forschenden Auge dieser Frau. „Ich dachte, Else zu ängstigen –." „Das haben Sie getan, denn ich habe ihr natürlich Ihren Brief nicht vorenthalten. Aber wissen Sie, was sie aus Ihren Zeilen herauslas?" „Sagen Sie es mir!" bat er leise. „Sie fiel mir um den Hals und weinte sich aus: Er liebt mich nicht mehr!"

Mark sprang erregt auf. „Ich schwöre Ihnen –" Aber Frau von Poyritz wehrte ernst ab. „Nein, schwören Sie nicht. Und lassen Sie mich so offen zu Ihnen reden, als sei ich auch Ihnen, wie Else, eine mütterliche Freundin. Es bewegt Sie etwas, Sie sind nicht krank, sondern verstört. Und nun frage ich Sie als eine erfahrene Frau, die wohl weiß, dass die Tage nicht sämtlich mit Sonnenschein erfüllt sind und auch die besten Menschen einmal straucheln können. Haben Sie sich einen Vorwurf zu machen, der Sie von Else und uns fernhält?" „Ja," sagte Mark, von den gütigen Worten der Frau erschüttert – „ich habe eine Torheit, mehr noch, eine Schlechtigkeit Else gegenüber begangen." „Wählen wir das erstere Wort, denn einer wirklichen Schlechtigkeit halte ich Sie nicht für fähig. Aber das müssen Sie mir ehrlich beantworten: War an Ihrer – Torheit, Ihr Herz beteiligt?" „Ich fürchtete es –", flüsterte Mark – „aber nun weiß ich, dass ich mich täuschte. Es war ein flüchtiger Sinnenrausch – mein Herz ist unberührt davon geblieben!" Frau von Poyritz sah traurig drein.

„Arme Else!" seufzte sie. – „Sie ahnt, dass jemand mit frevelnder Hand in ihr Glück gegriffen – Else liebt Sie so wahr und innig,

Herr Doktor, dass Sie dieser Torheit nie nachgeben durften. Ich weiß, es gibt Frauen, die einen Mann willenlos zu machen verstehen, ich hätte Sie indessen für einen festeren Charakter gehalten. Ihr Eingeständnis, so sehr ich mich darüber freue, dass Sie es mir nicht verweigerten, beunruhigt mich doch, Else's wegen. Solche – törichten Episoden sind wie ein Wurm an der zarten Wurzel der Liebesblume bei einem Mädchen, wie Else es ist." „Wüssten Sie, wie unglücklich ich mich fühle –" „Ich glaube es Ihnen", sagte Frau von Poyritz mit ernstem Kopfnicken. „Aber jedes Bedauern kommt nach dem Geschehenen zu spät. Ich muss die peinliche Sache näher berühren – hat jene Person Rechte über Sie gewonnen?" „Keine!" rief Mark – „Ein Unfall führte uns zusammen – ein Unfall, ich schwör's Ihnen! – vermittelte ein ferneres Zusammentreffen – sie war schön und voll Geist – mit der freien Lebensauffassung ihres Landes – ein Taumel von Leidenschaft überkam uns." „Ich weiß genug!" wehrte Frau von Poyritz seinen weiteren Worten. „Else darf nichts davon erfahren – sie würde sich innerlich an der Wunde, die sie von einer solchen Nachricht empfinge, zu Tode verbluten." Sie sann einige Augenblicke nach.

„Ich werde Else sagen, dass ich bei Ihnen gewesen bin, Mark. Bei Gott, ich lüge nicht gern, aber ich will auf Ihren Vorwand eingehen. Werden Sie ein paar Wochen unpässlich – ich will Else's Unruhe zu beschwichtigen versuchen!" „Wie soll ich Ihnen danken?" „Ganz gewiss nicht mit Worten! Wenn Sie noch die Kraft und die Fähigkeit in sich fühlen, Else glücklich zu machen, so sei das Ihr Dank und ich will alles aber gern vergessen, was mit dieser Stunde hinter uns liegt. Aber auch dies lassen Sie mich Ihnen sagen: Ehe nicht jene Leidenschaft, der Sie zu schnell folgten, gänzlich ausgerottet ist aus Ihrem Herzen, mit Stumpf und Stiel, so dass kein Körnchen daraus wieder emporwachsen kann, kehren Sie nicht zu Else zurück. Seien Sie krank, da Sie uns gegenüber krank sein wollten. Ich sehe die tiefe Reue in Ihren Augen und in Ihren Zügen, sie wird die Genesung beschleunigen. Wenn aber –" und hier hob die prächtige Frau sich empor und fasste wie bittend Mark's leise zitternde Hand – „wenn aber Ihr Bewusstsein zu dem Resultat kommt, dass Sie nicht mit ganzem Herzen, in alter Liebe und mit gefesteter Treue zu Ihrer Braut zurückkehren können, dann, Herr Doktor Mark – dann vernichten Sie Ihre Zukunftspläne, was Ihre Verbindung mit Else betrifft. Sie ist zu gut, um eine dieser modernen Ehen zu führen, in welcher jedes seine eigenen Wege geht!" „Ich bin genesen!" sagte Mark fest – „Ich fühle es in diesem Augenblick – mein Glück ruht allein in Else's Händen!"

Nun lächelte Frau von Poyritz und der Schimmer von Milde und Güte, welcher den Augen dieser Frau einen so mächtigen Reiz verlieh, tauchte in denselben wieder auf. „Halt! Nicht so schnell! Ich traue solchen Radikalkuren nicht. Solche Wunden, die man blind dem eigenen Glück schlägt, wollen ausheilen. Bleiben Sie ein paar Wochen krank, Doktor, und kommen Sie dann wirklich genesen zu uns zurück, so bin ich wieder, was ich so gern war, auch Ihre ‚Tante Poyritz!'"

XV. Wahrheitsliebe oder Verleumdung?

Zum eigentlichen Kranksein wären Mark in den folgenden Tagen, selbst wenn er die Rolle, die ihm Frau von Poyritz spielen ließ, naturgetreu hätte durchführen wollen, die Minuten zu kostbar gewesen. Schlag auf Schlag riefen ihn die Ereignisse in volle Aktion. Die erste Überraschung waren Auszüge aus einem boshaften Artikel des „Gaulois", welche die Telegraphencompagnien verbreiteten und in welchem Mark zu seinem höchsten Erstaunen das Material, aus welchem er seinen neuen, starkes Aufsehen erregenden Artikel für die „Rechtsstimmen" geschrieben, wiedererkannte. Diese gleichzeitige Veröffentlichung von Dingen, von denen die große Öffentlichkeit noch keine Ahnung hatte, brachte das Auswärtige Amt in die hellste Bewegung und ward in Regierungs- und Hofkreisen auf das lebhafteste besprochen.

Da kam nach Wochen ein Drittes hinzu, das mit einem Schlage alle Welt in Erregung und in die gespannteste Erwartung brachte. Ein Provinzblatt veröffentlichte Dr. Marks Privatbrief, den er an seinen hannoverschen Landsmann gerichtet hatte und im Verlaufe zweier Tage hatte sich die große deutsche Presse des dankbaren Stoffes bemächtigt und erging sich darüber in erregten und leidenschaftlichen Leitartikeln. Die einen forderten von Mark die Erhärtung seiner Angriffe durch die Veröffentlichung seines Beweismaterials, die anderen forderten die Behörden zum schleunigen Einschreiten auf, wenn sie nicht sich durch weiteres Verharren in ihrer schweigenden und abwartenden Haltung falschen Deutungen ausgesetzt wissen wolle. Kurz nach der Veröffentlichung empfing Mark einen Beamten des Reichskanzlers Grafen Caprivi. Der Kanzler ließ ihn ersuchen, seine weiteren Angriffe gegen ihn selbst zu richten, aber mit Angriffen gegen Beamte aufzuhören, die nach der eigenen Lage der Sache nicht im Stande seien, sich gegen die wider sie erhobenen Vorwürfe zu verteidigen. Mark beantwortete diese Herausforderung des Kanzlers mit einem Artikel, in welchem er seine Angriffe aufrecht erhielt und den Angegriffenen aufforderte, ihn vor die Schranken des Gerichts zu laden, wenn er dies wage. Seine Beweismittel würden völlig zur Stelle sein. Aber diese Wochen waren für Mark voller Unruhe, Aufregung und sich jagender Arbeit. Das Kampfestosen um ihn herum entsprach seiner ganzen Stimmung. Seine Aufgabe erfasste er mit dem ganzen tiefen Ernst, mit welcher sie begonnen, auch jetzt noch, ja sie erfüllte ihn mit neuem Lebensmut.

Diese Zeit, welche an Mark's Tätigkeit und Kraft die allergrößten Anforderungen stellte, ließ ihm naturgemäß nur geringe Muße. Kaum ein halbes Dutzend Mal war er inzwischen bei der Familie von Poyritz gewesen und er war der Frau von Poyritz im Stillen dankbar dafür, dass sie es klug vermied, die jungen Leute allein zu lassen. Else war stiller und blasser geworden. Ein geheimer Kummer schien an ihr zu nagen; aber sie war freundlich und voll Güte gegen ihn, wenn er kam, oft nur auf eine halbe Stunde kam, um dann wieder zu neuer fieberhafter Tätigkeit hinwegzueilen. „Du musst Geduld mit ihm haben," tröstete sie Frau von Poyritz, wenn sie leise über Marks verändertes stilles Wesen klagte: „Er hat einen schweren Kampf auf sich genommen und steht mitten im Streit der Parteien. Gott gebe, dass er ihn glücklich zu Ende führt!"

Else neigte dann wohl demütig den schönen Kopf mit dem reichen Blondhaar, als seien diese Worte wirklich ein Trost für sie gewesen. Im Stillen aber reifte in der Seele des liebenden Mädchens ein Entschluss heran und sie wählte den günstigen Augenblick, um ihn zur Ausführung zu bringen.

Der trübe, regnerische April nahte sich seinem Ende. Seit dem gestrigen Tage war die Kaiserin mit den kaiserlichen Prinzen von dem Aufenthalt in Abbazzia [1] wieder in das neue Palais bei Potsdam zurückgekehrt, einige Tage vor ihr auch der Kaiser, nachdem derselbe noch den Vermählungsfeierlichkeiten in Coburg [2] beigewohnt hatte. Und gerade in diese Tage hinein fielen die schärfsten Angriffe, welche Mark nun offen gegen den Herrn von Kowalczy richtete und welche alle Kreise in Spannung hielten. Geheimrat von Kowalczy hatte jetzt täglich längere Konferenzen mit dem Grafen Caprivi. Diesem letzteren waren die Angriffe nicht minder unangenehm, wie jenem, an dessen Adresse sie nunmehr auch mit offener Nennung seines Namens sich wendeten. An dem Morgen des letzten April, an welchem das neueste Heft der „Rechtsstimmen" erschien, war Herr von Kowalczy eilig zu seinem Chef befohlen. Graf Caprivi ging mit großen Schritten in dem bekannten Arbeitszimmer des Reichskanzlerpalais umher. „Dieser Mann muss toll sein!" murmelte er in den dichten weißen Schnurrbart. „So gehen die Dinge nicht weiter! Ein Ausweg muss gefunden werden – so oder so! Den Geheimrat schlägt man und mich soll der Schlag treffen. Meine Position ist nicht so fest gegründet, um über solche Dinge, welche im ganzen Reiche eine Erregung gegen meine Regierung hervorgerufen haben, mit einem stummen Lächeln hinwegzugehen. Ich muss einschreiten, und das Einschreiten ist mir verwehrt durch die Unmöglichkeit, die geheimen Aktenstücke als Beweis für die Unhaltbarkeit dieser Angriffe öffentlich

---

[1] Im kroatischen Seebad Abbazzia (Opatija) hatten sich am 29. März 1894 die Kaiser Franz Joseph I. und Wilhelm II. getroffen.
[2] Am 21. April 1894 vermählten sich auf der Veste Ehrenburg in Coburg der Großherzog Ernst Ludwig von Hessen mit der Prinzessin Victoria Melita von Edinburgh, einer Enkelin der Queen Victoria, die auf der Rückreise aus Italien an den Feierlichkeiten teilnahm.

zu produzieren!"

„Lieber Ebmeyer," wandte er sich an den eintretenden Adjutanten. „Sie kommen mir gerade recht. Sie haben den neuen Angriff da in dem Hefte wohl schon gelesen?" „Vor einer Stunde, Excellenz!" Graf Caprivi warf das Heft, das er seinem persönlichen Adjutanten gezeigt hatte, heftig auf die Platte des Schreibtisches zurück. „Was ist Ihre Meinung darüber?" „Ist es nicht möglich, die Affaire geräuschlos dadurch beizulegen, dass man dem Herausgeber jenes Blattes mitteilt, man sei bereit, ihm privatim den Beweis von der Haltlosigkeit seiner Behauptungen zu liefern?"

„Auch ich habe daran gedacht," erwiderte der Kanzler mit zusammengezogenen Augenbrauen. „Aber ich zweifle daran, dass man sich auf jener Seite dazu bereit finden lassen wird und ich weiß nicht, ob bei der breiten öffentlichen Besprechung dieser Angelegenheit das auch eine genügende Lösung sein würde." Major Ebmeyer hob die Achseln, als sei wenig auf diese Ausführungen zu erwidern. Der Reichskanzler fuhr fort:

„Diese Angriffe sind nur allzu sehr dazu geeignet, der Regierung Unbequemlichkeiten zu verschaffen. Seit dem Abschluss des Handelsvertrages mit Rußland suchen die Konservativen meine Stellung zu erschüttern. Man verzeiht es mir nicht, dass ich meine Mehrheiten da nehme, wo ich sie nehmen kann und dass ich mich selbst auf die Linke und die äußerste Linke stütze, wenn diese mir eine Stütze gewähren. Man wird mich aus dem Sattel heben wollen." Der Adjutant unterbrach ihn. „Excellenz sitzen allzu fest darin, als dass es den missvergnügten Landwirten und Bismarckschwärmern gelingen sollte, Sie daraus zu entfernen. Haben Excellenz gegenwärtig noch Befehle für mich?" „Keine, lieber Major!"

Als Major Ebmeyer das Zimmer verlassen hatte, kehrte sich Graf Caprivi mit düsterer Miene dem Fenster zu. „Die Friedenswochen sind vorüber," murmelte er. „Der Kaiser scheint nach seiner Rückkunft neuen Gedanken nachzuhängen. Seine Bemerkungen über die Notwendigkeit, dem Umsturz durch schärfere Mittel vorzubeugen, haben mich überrascht. Er scheint sich ernstlich mit dem

Gedanken zu tragen, durch Gesetzvorschläge der Agitation einen wirklichen Damm entgegenzusetzen. Irgend eine Art Sozialistengesetz wird immer daraus, man mag es drehen und wenden wie man es will." Er wirbelte die Enden des weißen Schnurrbarts zwischen den Fingern und fuhr in seinem Selbstgespräch fort: „Der Kaiser schien es ungnädig aufzunehmen, als ich die gegenteilige Ansicht aussprach und von gesetzlichen Maßnahmen gegen die Sozialisten mir keinen Erfolg versprach. Ich sehe Wolken im Hintergrunde, die sich schnell zu Wetterwolken verdichten können. Ich würde bei meinen Mahnungen beharren müssen, und –" Er vollendete nicht. Er dachte in diesem Augenblick an seinen großen Vorgänger, den er in allem nicht zu erreichen vermocht! Wie eine dunkle Ahnung überkam es ihn, dass sein Schicksal als Kanzler einst das gleiche, schnelle, unerwartete sein könne und unbewusst hob sich die Figur des Generals trotziger und fester in die Höhe, als stehe er schon mitten im Brausen des Sturmes, der ihn niederzuwerfen drohe. „Es wäre ein seltsamer Hohn der Weltgeschichte" flüsterte er, – „Jener ging, weil er dem neuen Kurs gegenüber dem Sozialismus nicht folgen wollte – wenn es mich von diesem höchsten Posten des Landes triebe, weil ich nicht mit dem umschlagenden Winde das Staatsschiff wieder in den alten Kurs treiben lassen will –?"

Das Eintreten des Dieners unterbrach den Grafen Caprivi in seinen unmutigen Betrachtungen. „Der Herr Geheimrat von Kowalczy." Der Kanzler wandte sich schnell um. „Ich lasse bitten!" Nichts von dem Unmut, der auf den Mienen seines Chefs zu Tage trat, war in dem Antlitz des Geheimrats zu spüren. Mit demselben ruhigen, leidenschaftslosen Antlitz, das er immer trug, trat er zum Grafen heran und nahm auf einen Wink desselben Platz.

„Sie haben die letzte Auslassung dieses Dr. Mark gelesen?" „Zu dienen, Excellenz!" „Was sagen Sie dazu?" „Sie war zu erwarten, Excellenz!" erwiderte Herr von Kowalczy in seiner unerschütterlichen Ruhe. „Und ich habe sie erwartet." „Die Affaire wird mir immer peinlicher – wir müssen sie zu einem Ende bringen. Eine Verfolgung des Mannes und des Blattes auf gerichtlichem Wege ist unmöglich – man würde uns auf gegnerischer Seite zwingen, geheime Aktenstücke der Öffentlichkeit zu übergeben." Er schwieg, als erwarte er von dem Geheimrat eine Antwort. „Ich bin ganz Ew. Excellenz Ansicht. Vermittlungsversuche, jene Angriffe zum Aufhören zu bringen, haben keine Wirkung erzielt. Die Umstände verbieten es, dass der Angegriffene den Schutz der Gesetze anruft. So bleibt nur ein Drittes." Graf Caprivi heftete seine klaren Augen fest auf das ruhige Gesicht des Geheimrats, der von seiner eigenen Affaire, die ihm peinlich genug war, sprach wie von der eines gleichgültigen Dritten.

„Ein Drittes ? Ich habe hin- und hergesonnen und habe keinen Ausweg gefunden. Welches Mittel meinen Sie?" „Das der Selbsthilfe!" „Ah!" machte der Kanzler „Das heißt also, Sie wollen . . ." „Den Mann, der mich angreift, zwingen, mir mit der Waffe Rechenschaft zu geben für das, was er mir tat." Der Kanzler sprang auf und machte einige rasche Schritte durch das Zimmer. Dann blieb er vor dem Geheimrat stehen, der sich gleichfalls erhoben hatte. „Ich begreife Ihren Entschluss, ich begreife ihn vollständig. Aber bedenken Sie, ungewöhnlich und auffallend bleibt diese Erledigung der Sache unbedingt. Und dann – Sie in Ihrer Stellung und jener Zeitungsschreiber . . . ." „Ich habe alle Seiten der Affaire wohl betrachtet, Excellenz, und diese selbst gründlich erwogen. Ich bin auch über die Persönlichkeit meines Gegners völlig orientiert. Es gibt nichts, was mich hindern könnte, ihn als einen vollständig Satisfaktionsfähigen zu betrachten." „Gewiss – ja! Aber fatal bleibt mir die Sache trotzdem. Und es gibt wirklich keine andere Entscheidung?" „Keine!" erwiderte Herr von Kowalczy kalt. „So sind Sie unwiderruflich entschlossen –?" „Unwiderruflich. Ich werde morgen, spätestens übermorgen durch einen meiner Freunde dem Dr. Mark meine Forderung überbringen lassen." „Und diese kann nach der Lage der Sache nur eine ernste sein!" sagte Graf Caprivi. „Sie wird so ausfallen, dass auch dieses Duell eine Entscheidung herbeiführt." „Aber wenn nun jener Dr. Mark renonciert –" „Ah!" machte der Geheimrat von Kowalczy und zum ersten Mal zeigte sich eine tiefe Erregung aus seinem schönen, ernsten Gesichte – „ich wüsste nicht, was – aber diese Befürchtung dürfte grundlos sein, Excellenz. Nach all' dem, was ich von der

Persönlichkeit meines Gegners kenne und erfahren habe, dürfte eine Weigerung nicht anzunehmen sein." „Aber," rief der Kanzler unmutig, „haben Sie auch bedacht, dass dieser Zweikampf mich meines fähigsten Mitarbeiters berauben kann?" Der Geheimrat verbeugte sich. „Der Ausgang des Duells ist etwas, was mich vorderhand gar nicht berührt, Excellenz. –" „Ja, ja – ich begreife ja das alles, – aber – unterrichten Sie mich von Ihren weiteren Schritten, Herr Geheimrat!" „Ich möchte Ew. Excellenz bitten, mich davon zu entbinden. Es ist nicht mehr der angegriffene Beamte, der sein Recht sucht, sondern der beleidigte Edelmann, der nur diesen Weg kennt, den ihm seine Ehre vorschreibt –"

Seit drei Tagen trug Anna in der Tasche ihres Kleides einen sorgfältig eingeschlagenen Brief, welcher die Adresse der Fürstin trug. Er brannte sie, so oft ihre Hand ihn berührte, wie Feuer. Ein unerklärliches Angstgefühl schnürte ihr oft auf Momente die Kehle zu und in solchen Augenblicken fühlte sie sich geneigt, den Brief in kleine Stückchen zu zerreißen und diese hinter dem Schlosse in die Spree zu werfen. Aber Jeanlin hatte sich ihrer Mithilfe allzu fest versichert. Mehr als vor allen anderen Folgen zitterte sie vor dem Gedanken, Jeanlin zu verlieren. Sie hatte ihm schwören müssen, alles daran zu setzen, den Brief direkt in die Hände der Fürstin zu spielen und jetzt zermarterte das Mädchen sich das Hirn, wie sie das ausführen solle.

Einer der Kutscher des Marstalls, welcher die Fürstin häufig fuhr, namentlich wenn sie nur kleine Fahrten in die Residenz machte und dazu ein Coupé benutzte, hatte Anna häufig, wenn sie im Schlosse zusammentrafen, mit freundlichen Worten angesprochen. Aber der Mann stand lange in den Diensten der Fürstin und sie war sicher, dass dieser nie etwas tun würde, was ihn in Konflikt mit seinem Gewissen und seiner Pflicht bringen könnte. Der unglückliche Brief raubte ihr am Tage die Ruhe und nachts den Schlaf. Und zu alledem kam die Befürchtung, Jeanlin könne an ihrer Ergebenheit zweifeln, wenn sie sein Begehren nicht mit allem Eifer zu erfüllen suche. Jeanlin war überhaupt seit einiger Zeit in seinem Benehmen gegen sie ein anderer geworden. Seine Zärtlichkeit erlahmte und das erfüllte sie mit trüben Gedanken. Es musste zu einem Ende kommen. Jede Woche, die mehr verstrich, erfüllte sie mit steigender Besorgnis. Nein – nein – es musste sein! Jede freie Minute, die ihr blieb, füllte sie mit Plänen, wie sie ihre Aufgabe erfüllen sollte. Sie durchspähte das Schloss, wenn die Fürstin dasselbe besuchte und kam zu den abenteuerlichsten Entwürfen. Sie versah ihren Dienst bei Zore von Brettnitz lustlos und zeigte sich voller Nachlässigkeiten, so dass auch von dieser Seite die Last, die drückte, durch lieblose Behandlung vermehrt wurde.

Der erste Mai war in's Land gezogen, der große Demonstrations-Feiertag der sozialistischen Massen. Am frühen Morgen hatte eine Mitteilung Zore's Anna gewaltig erschreckt. Die Prinzessin, deren Hofdame Fräulein von Brettnitz war, wollte bereits am nächsten Tage ihre Übersiedelung nach dem Jagdschlosse in der Nähe Potsdam's bewerkstelligen, in welchem sie die Sommermonate zuzubringen pflegte. Das bedeutete für Zore von Brettnitz die gleiche Übersiedelung und Anna musste, wie in jedem Sommer, ebenfalls ihre Herrin dorthin begleiten. So blieb ihr nur der heutige Tag zur Ausführung des Auftrages Jeanlin's – gelang es ihr heute nicht, so war alles verloren. Ihre Knie wankten, als sie die Treppen hinabschritt und zum ersten Portal des Schlosses hinabkam. Dort aber durchzuckte sie ein freudiger Schreck. Im Portal hielt das Coupé, das die Fürstin zu benutzen pflegte, wenn sie in die Residenz fuhr, um Einkäufe zu machen oder einen Besuch abzustatten. Auf dem Bocke thronte der ihr bekannte Hofkutscher, welcher ihr freundlich zunickte, als er ihrer ansichtig ward.

„Na, Fräulein Weber? Hab' Sie ja recht lange nicht gesehen? Ist's Leben noch frisch? Wie Sie schmuck und rosig heute wieder aussehen, rein zum Anbeißen!" Die Gemütsbewegung, in welcher Anna sich befand, hatte ihre Wangen höher gerötet. Jetzt hatte sie einen Plan gefasst, der keck, ja fast verzweifelt erschien. Nur Sekunden boten sich ihr, wenn sie ihn ausführen wollte. „Ach, das ist wohl der Wagen der Fürstin?" erwiderte sie auf die freundlichen Worte des Kutschers: „Wie schön der von außen ist – drinnen ist er wohl noch viel schöner?" „Gucken Sie nur durch die Türfenster," lachte der Kutscher. „Ja, ja – es fährt sich wohl weich und bequem darin!" „Wissen Sie, welches Verlangen ich bekomme?"

sagte Anna, lächelnd zu dem Kutscher aufblickend, während ihr Herz so heftig pochte, dass sie meinte, jener müsse es hören. „Nun?" „Ach, wenn ich mich doch für eine Sekunde einmal auf den Platz setzen könnte, wo die Fürstin sitzt – drinnen in dem Wagen!" sagte Anna. Der Kutscher wurde ernsthaft und sah sich scheu um. „Unsinn, Fräulein Weber! Das könnte eine schöne Geschichte geben, wenn man das erführe! Die hohe Frau kann ja jeden Augenblick kommen." „Fährt sie allein?" „Sie kam mit Gräfin . . ., der ersten Hofdame." „Und sie fährt wohl auch mit ihr zurück?" „Vermutlich!" „Ach," seufzte Anna und warf dem Kutscher einen zärtlichen Blick zu, „für eine einzige Sekunde nur!" Und ehe der Kutscher Einspruch erheben konnte, hatte sie den Schlag geöffnet und war in das Coupé geschlüpft. Mit zitternder Hand riss sie den Brief aus der Tasche und steckte ihn zwischen den Sammet des Polsters und der Rückwand, so dass ein Rand von ihm daraus hervorragte. Ihre Knie bebten, als sie wieder neben dem Kutscher stand. Nun hatte sie das ihrige getan. Die Fürstin musste den Brief finden. Der Kutscher war sehr ungehalten und sagte, sich zu ihr herabneigend, vorwurfsvoll: „Diesen Kindsstreich hätte ich Ihnen nicht zugetraut, Fräulein Weber! Wenn's jemand gesehen hätte, wär' ich leicht aus der Stellung gekommen. So was tut man nicht!" „Aber es hat ja niemand gesehen! Und ich habe meinen Willen gehabt. Tausend Dank – ich will's vergelten, wenn ich kann!" Sie hüpfte mit einer Kusshand gegen den unmutig den Kopf schüttelnden Kutscher in den Schlosshof und blieb in einer Türöffnung stehen, um pochenden Herzens die Abfahrt der Fürstin zu erwarten. Sie hatte in der Tat den einzig möglichen Moment benutzt, denn kaum zehn Minuten verflossen, als die hohe Gestalt der Fürstin in Begleitung der Gräfin sichtbar wurde, ein Lakai den Schlag aufriss und beide Damen einstiegen. Eine neue Furcht erfüllte Anna. Wenn die Blicke der Fürstin sogleich auf den Brief fielen, sie ihn öffnete und den Kutscher zum Halten zwang, ehe er den Rayon des Schlosses verlassen hatte, um sofort nach dem Urheber dieses Briefes zu forschen. Aber diese Furcht schien grundlos zu sein, denn Minute auf Minute verging, das Coupé musste sich schon innerhalb der großen Straßenzüge befinden. Die Fürstin kehrte nicht zurück. –

Anna wollte befreit aufatmen, aber die Last, die sie auf sich ruhen fühlte, wich nicht. In die Genugtuung, ihrem Jeanlin gegenüber alles getan zu haben, was in ihren Kräften stand, mischte sich die Furcht vor den Folgen ihres Tuns. Was enthielt jener Brief? Wenn er nicht so harmlos war, wie Jeanlin behauptete, wenn er mehr als „eine einfache Benachrichtigung" enthielt und Veranlassung zu einer sofort unternommenen Untersuchung gab? Träge, ach so träge schlichen ihr die Stunden hin. Der Abend kam und erst als die Nacht hereinbrach und sie, bis dahin unruhig wachend, in ihrem Bette lag, wich in etwas die quälende Angst, die sie empfunden. Jeanlin hatte doch wohl Recht gehabt, als er den Inhalt des Schreibens als einen harmlosen bezeichnete. Und doch ward ihr Schlaf beunruhigt durch quälende Träume, aus denen sie einmal schweißgebadet mit einem Schrei erwachte.

Jeanlin hatte sich, so ging ihr Traum, aus ihren Armen gerissen und sie hilflos zurückgelassen. Trüb und grau brach der nächste Morgen an.

Das Neue Palais in Potsdam 1888

XVI. Zerfall des Spionagenetzes

Der erfahrene Beobachter hätte am nächsten Morgen im Stadtschlosse leicht eine ungewöhnliche und auffallende Erscheinung feststellen können. Die Ruhe, die sonst von jedem Hofangestellten, vom ersten Würdenträger bis hinab zum letzten Schlossdiener äußerlich wenigstens stets zur Schau getragen wurde, hatte einer nervösen Aufregung Platz gemacht. Die Dienerschaft steckte die Köpfe zusammen und in den Hofkanzleien sah man verdutzte, verlegene und erregte Mienen. Es musste etwas geschehen sein, was die vornehme Ruhe des Lebens im Schlosse mit einem Male völlig zerstörte. Der Hofrat allein zeigte seine ewig lächelnde Miene; er sah rosig und blühend aus wie immer und doch klopfte heute sein Herz nicht gering. Es hatte gestern draußen im Neuen Palais irgend etwas so sehr das Missfallen des Kaisers erregt, dass eine scharfe Untersuchung bevorstand. Und zwar sollte diese schon am heutigen Vormittag einsetzen. Der Hofrat rieb wie immer die weichen Hände gegen einander, aber sein Hirn durchkreuzten Hunderte von Gedanken. Wenn er vor dem Erscheinen seines Chefs nur irgend einen Eingeweihten sprechen könnte, um zu erfahren, was eigentlich die Kaiserliche Missstimmung in so hohem Maße hervorgerufen habe. Ihm war nicht ganz wohl bei der Sache.

In den Souterrainräumen im Küchenflügel wusste man heute, wie so manchmal, mehr, als in den Hofkanzleien. Man wisperte sich zu, dass einer der anonymen Briefe, von denen jetzt immer so viel die Rede war, in höchste Hand gekommen sei und dass der Monarch selbst die strengste Verfolgung der Sache beschlossen habe. Man wusste – einer vertraute es dem andern heimlich an – dass der Brief in einer Hofkutsche gefunden und dass der betreffende Kutscher schon einem Verhör unterzogen worden sei. Es war noch nicht die elfte Stunde des Vormittags vergangen, als diese sensationellen Neuigkeiten auch die Ohren der Kammerfrauen und der Zofen erreicht hatten und nun durchschwirrten diese Gerüchte mit verdoppelter Schnelligkeit die Dienerstuben und Ankleidezimmer. Es war ein Zufall, dass Anna so spät davon hörte, aber als eine Ankleidefrau es ihr mitteilte, stockte ihr Herzschlag.

Es befiel sie ein so heftiges Zittern, dass die Erzählerin argwöhnisch wurde und sehr zweifelnd dareinsah, als sie stammelnd eine Erklärung zu geben versuchte. Anna sah ihr mit hilflosen Blicken nach, als jene eilig davonging. Sie hatte sich selbst verraten und sie war verloren. Wenn es sich bestätigte, dass der Kutscher schon einem Verhör unterzogen war, so musste der Verdacht, den Brief in das Coupé gelegt zu haben, auf ihr haften bleiben. Dann aber konnte sie selbst jede Sekunde die rächende Vergeltung erreichen. Sie musste fort – auf der Stelle fort. Sie musste sich verbergen und Jeanlin benachrichtigen. Jetzt half ihnen nur die schleunigste Flucht. Ehe die Nacht herankam, mussten sie unterwegs sein.

Wohin? Wohin? Der Ort ihrer geheimen Zusammenkünfte mit Jeanlin konnte ihr bis zum Abend ein Asyl gewähren. Mit zitternden Händen riss sie die notwendigsten Kleidungsstücke, die sie brauchte, von den Haken und machte ein kleines Bündel daraus. Als sie den Mantel umlegen wollte, brachen ihr vor Angst fast die Knie und sie musste sich einen Augenblick setzen. Mit verzweifelter Anstrengung raffte sie sich wieder empor – sie musste fort! Jede Sekunde Verzögerung konnte ihr und Jeanlin Verderben bringen. – Verderben und Schande! Sie huschte durch die Gänge und Korridore – jeden Augenblick gewärtig, dass man sie anhalten werde. Aber niemand achtete auf sie. Man hatte wohl noch nicht die Spur gefunden, die auf sie deutete – aber jeder Augenblick konnte, nein musste zur Entdeckung dieser Spur führen. Sie fand in der Wohnung die Wirtin vor und sie gegen ein großes Geldstück, das sie in deren Hand drückte, gleich geneigt, einen Dienstmann herbeizuholen und dem jungen Mädchen Papier und Schreibgerät zu geben. Mit fliegender Eile warf Anna einige Zeilen auf das Papier, die Jeanlin von der angeordneten strengen Untersuchung und der Gefahr der Entdeckung, in welcher sie beide schwebten, unterrichteten, und wartete dann, eine Beute von Qual und Angst, seines Kommens, um an seiner Seite zu fliehen.

Der Dienstmann, dem sie die doppelte Taxe gegeben hatte, kam zurück und meldete ihr, dass er in der Villa in der . . . -Straße den Brief dem Adressaten persönlich übergeben habe und dass dieser, nachdem er, die Zeilen gelesen, ihm nur zugerufen habe, er werde kommen. Dann sei er augenscheinlich ganz verwirrt im Innern der vornehmen Villa verschwunden. Stunde auf Stunde verrann. Mittag war längst vorüber. Der Nachmittag kam und der Abend nahte. Anna saß auf dem Sofa, auf dem sie so oft, von Jeanlin's Armen umfangen, geruht hatte, und die Tränen flossen im unaufhaltsamen Strome über ihre Wangen. Jeanlin kam noch nicht. Aber noch immer hoffte sie. Vielleicht traf er seine Vorbereitungen und das erforderte wohl Zeit. Vielleicht auch wollte er den Abend herankommen lassen. Aber immer mehr schlich sich eine dumpfe, atemverzehrende Furcht in ihre Seele. Sie hätte aufschreien mögen vor innerer Qual und lauschte doch bei jedem leisen Geräusche, bei jedem sich nähernden Schritt aufspringend, obwohl hundertmal enttäuscht, immer wieder hoffend, den heiß Ersehnten eintreten zu sehen. Und wieder vergingen Stunden, Jeanlin kam nicht. –

Céline hatte bei dem herrlichen, sonnigen Wetter eine Ausfahrt nach dem Tiergarten beschlossen. Draußen hielt schon der Wagen, bereit, die schöne Frau aufzunehmen. Toinon, welche ihre Herrin begleiten sollte, kam gerade die obere Treppe herab, als sie Jeanlin, bleich und verstört, die große Treppe heraufspringen und ohne anzuklopfen in Céline's Zimmer verschwinden sah. Wenn es für Toinon auch zur vollsten Gewissheit geworden war, dass Blutsbande die Herrin und Mr. Edwards wie Jeanlin verknüpften, so hatten die Letzteren doch vor ihr ihre Dienerrollen so konsequent festgehalten, dass Toinon aus der Art, wie Jeanlin in diesem Augenblicke die Maske fallen ließ, auf ein außergewöhnliches Ereignis schließen konnte. Sie blieb stehen und erwartete das Weitere. Ein lautes Klingelzeichen ließ auch Mr. Edwards die Treppe hinaufhasten und im Zimmer Célines verschwinden. Auch der Haushofmeister hatte seine würdevolle Grandezza verloren und sah erregt aus. Toinon getraute sich nicht, um diese Tagesstunde ihren gewohnten Lauscherposten einzunehmen. Aber auch von der Stelle aus, auf der sie stand, vernahm sie die lauten Stimmen; man nahm sich augenscheinlich keine Mühe mehr, etwas zu verbergen und die Vermutung, dass irgend eine Katastrophe eingetreten sein müsse, ward zur Gewissheit.

Céline, die sich gerade für die Ausfahrt angekleidet hatte, wandte unwillig den Kopf, als Jeanlin ein zerknittertes Papierblatt in der Hand, hereinstürmte. „Du scheinst zu vergessen, Ernest – wer ich hier bin und was Du sein solltest," sagte sie mit hochgezogenen Brauen. „Ach, was – mit der Geheimniskrämerei ist es vorbei. Wir müssen fort – auf der Stelle!" – rief Ernest ungestüm. Céline erbleichte und ihre Hand fuhr zum Herzen. „Was ist geschehen?" rief sie mit erstickter Stimme. Ernest rannte wie ein Besessener durch das Gemach. „Da lies selbst!" rief er, ihr den Zettel hinreichend. „Ja so, ich dachte nicht daran, dass Du diese deutschen Krakelfüße meiner Gans von Zofe nicht lesen kannst. Ich hab' ihr den Brief – Du weißt, den letzten, bedeutsamen, anvertraut, um ihn auf irgend eine unverdächtige Art der Fürstin in die Hände zu spielen –." „Sie ist dabei entdeckt worden?" rief Céline erschreckt. „Sie ist 's noch nicht – denn sie schreibt mir aus dem Zimmerchen, das ich mietete, um einen ungestörten Rendezvousplatz für meine Zusammenkünfte mit ihr zu haben – aber alles leitet auf ihre Spur. Sie ist aus dem Schlosse entflohen und fleht mich an, mit ihr noch heute Berlin zu verlassen und mit ihr nach Paris zu gehen. Die Gans!" Céline stampfte mit dem Fuß auf.

„Ah, Du, Du! Fort müssen, wo alles so schön hier im Zuge war!" Sie zerriss wütend den kostbaren Spitzenschleier, den sie in den Händen hielt und warf ihn auf den Teppich. „Sie muss es riesig dumm angefangen haben, – und sonst war das Mädel ganz findig. Aber seit sie anfängt – wie eine Klette an mir zu hängen, ist sie sentimental geworden. Ah, ich könnte mich selbst ohrfeigen!" Céline war zur Klingel geeilt und gab das Zeichen, das Mr. Edwards herbeirief. – „Und Du meinst, sie wird Dich verraten, wenn man sich ihrer versichert und sie verhört?" „Aus Hass, wenn sie sich von mir verraten sieht, unbedingt." „Und das ganze ist kein bloßes Angstgebilde dieses jungen Mädchens?"

„Ich will Dir ihre Worte übersetzen: ‚Das ganze Schloss ist in Aufregung. Der Kaiser soll in höchstem Zorn sein und die strengste Verfolgung des Täters beschlossen haben. Wir müssen fort, Jeanlin, noch diese Nacht – diesen Abend. Jede Stunde bringt uns Gefahr. Ich bin aus dem Schlosse geflohen, weil der Verdacht, den Brief in den Wagen der Fürstin gelegt zu haben, mich treffen muss. In diesem Augenblicke sucht man mich vielleicht schon.' Na, und das übrige kannst Du Dir ja denken," setzte Jeanlin trotz des Ernstes der Situation mit frivolem Lachen hinzu: „Bitte, Beteuerungen, Flehen. Dass sie mich verrät, wenn sie erst erfährt, dass sie mir nur ein Mittel zum Zweck gewesen ist, ist sicher!"

Mr. Edwards betrat eilfertig das Zimmer. „Du weißt schon?" rief Céline ihm entgegen. „Ich seh's an Deinen Mienen!" „Ich war dabei, als der Dienstmann mit jenem Unglücksbrief kam," rief Guychillard – „Ernest rief mir nur ein halbes Wort zu und rannte dann wie ein Besessener hinauf zu Dir. Ist's denn wirklich so schlimm und droht uns Gefahr?" „Es ist eine Tölpelei, die uns überrascht," rief Céline mit finsterem Blick. „Aber wir haben gar keine Wahl, wir müssen nach Frankreich zurück. War's ein blinder Lärm, so sind wir in einer Woche zurück. Aber wie die Sachen liegen, fürchte ich – sie finden unsere Spur, wenn wir nicht vorziehen, sie zu verwischen, indem wir ihnen aus den Händen entschlüpfen. Mag dann das Mädchen von einem Jeanlin faseln, so viel sie will. Wir sind jenseits der Grenze und es soll ihnen schwer genug werden, auch nur ein Wort mehr von mir zu erfahren, als jedermann wissen kann."

„Also reisen wir wirklich?" „Unverzüglich. Wir drei und Toinon. Die andere Dienerschaft bleibt. Wir kehren angeblich in einer Woche zurück. Vorwärts! Ernest, sei dem Oheim Guychillard behilflich, alles zu verbrennen, was etwa bei einer Haussuchung nach unserer Abreise verdächtig werden könnte!"

Mr. Edwards hob mahnend die Hand. „Laß uns ruhig überlegen und nichts übereilen. Ich stimme Dir bei, Céline, dass wir uns der Gefahr, in diese Untersuchung hineingezogen zu werden, nicht aussetzen dürfen. Ich stimme Dir auch darin bei, so schnell wie möglich nach Paris zurückzukehren. Aber vielleicht hat man Verdacht auf uns, ehe wir die Reise antreten und wir verstärken ihn, wenn wir den Kölner Zug nehmen, der das Ziel unserer Reise sofort verrät. Es kommt aber noch mehr dazu: Der Courier geht um ein Uhr und es ist nahe um Zwölf. Wir bedürfen mehr als einer Stunde zu den notwendigsten Vorbereitungen. Hör' meinen Vorschlag. Wir nehmen den 6 Uhr Zug und fahren nach Hamburg und treten von dort die Rückreise mit dem nächsten Kurierzug nach Paris an, wenn wir nicht vorziehen sollten, ein Packetboot bis Havre zu benutzen!" „Der Alte hat Recht", rief Jeanlin. „Seitdem ich diesen Wisch der albernen Dirne da in den Händen habe, ist meine Ruhe beim Satan. Bis zum Abend wird sie mich vergeblich erwarten. Aber dann – sie kennt das Haus hier – sie wird kommen und fragen und von unserer Abreise hören. Und dann steh' ich für nichts!" Céline hatte die schimmernden Zähne fest in die rosige Unterlippe gegraben.

„Jetzt fort müssen! Gerade jetzt! Den Prinzen habe ich so weit, dass ich ihn um den Finger wickeln kann. Und nun das!" Der alte Guychillard wandte sich ihr zu. „Ich hab' Dir's geraten – lass die Fürstin aus dem Spiel. Wir hatten erreicht, was wir wollten, keiner traute dem anderen mehr in dieser Hofgesellschaft und kein Boden war je so urbar gemacht für politische Intrigen wie dieser. Aber Du wolltest nicht hören!"

„Macht Euch auch noch Vorwürfe!" rief Ernest. „Teufel, darüber vergeht die Zeit und ich meine, unsere Minuten sind kostbar. Des Alten Rat ist gut – folg' ihm, Céline!" „Es bleibt uns nichts anderes übrig. Geh, Oheim – der übrigen Dienerschaft sage, dass wir auf ein paar Tage verreisen." „Und der Kutscher fährt uns zum Lehrter Bahnhof und abends weiß jeder, der es will, unser Reiseziel", spottete Ernest. „Das wäre grundgescheit von Dir!" „Ernest hat Recht!" rief Vater Guychillard.– „Aber die Sache ist einfach genug zu ordnen. Wir fahren zum Hauptbahnhof Friedrichstraße. Der Kutscher fährt heim und wir fahren mit Mietsdroschke hinaus zum Lehrter Bahnhof." „Das setzt voraus, dass wir uns beeilen!" rief Céline entschlossen. „Also – en avant, Ernest und Du, Oheim Guychillard – um 4 Uhr müssen wir gerüstet sein. Mir aber, Ernest, ruf' Toinon!" „Du willst sie mitnehmen?" „Soll ich sie hierlassen?" „Sie ist eine Beschwerde für uns!" „Und für meinen Dienst notwendig –." „Ach", murmelte Ernest mit glühendem Blick auf Céline – „was das betrifft –" „Basta!" – rief Céline rauh. „Wir haben genug geredet. – Und schickt mir Toinon!"

Toinon musste erst von ihrem Zimmer gerufen werden und kam mit vollkommen gleichgültiger Miene herab, noch immer zur Ausfahrt angekleidet. Sie heuchelte eine naturgetreue Überraschung, als sie Céline ohne Hut und Mantelet an ihrem Schreibtisch erblickte. „Wie, Madame? Der Wagen steht schon seit einer halben Stunde bereit." „Wir fahren nicht in den Tiergarten. Ich bekomme soeben ein Telegramm, das mich nach Hamburg ruft – zu einem kurzen Besuche bei einer befreundeten Familie. – Pack die Koffer – Du begleitest mich!" Toinon, welche die Augen ihrer Herrin forschend auf sich gerichtet fühlte, verzog keine Miene. „Sehr wohl, Madame! Wollen Madame mir angeben, für welche Aufenthaltsdauer etwa ich Kostüme mitnehmen soll –" „Ich weiß noch nicht", sagte Céline hastig. „Eine Woche – zwei – es können drei – ein Monat werden. Ich nehme Jeanlin und Mr. Edwards mit – auch sie können mir dort vonnöten sein." „Sehr wohl, Madame, ich begreife – ich werde die großen Reisekoffer nehmen, die wir von Paris hierherbrachten." „Tue das und eile Dich – um 4 Uhr reisen wir." „Ich werde mich beeilen, Madame." Toinon zog sich, augenscheinlich nicht im mindesten überrascht, zurück. Sie hatte genug erlauscht. Während des Packens entwarf sie ihren Plan. Sie selbst füllte ihre eigene Reisetasche nur mit unwichtigen Dingen, deren Einbuße sie nicht betrüben konnte. Im Fluge vergingen die Stunden; je mehr dieselben vorschritten, desto schwieriger schien es Jeanlin zu werden, seine Dienerrolle festzuhalten und seine Erregung zu verbergen. Auch Mr. Edwards schien von seiner würdevollen Haltung etwas eingebüßt zu haben. Die Einzige, welche kalt und entschlossen blieb, war Céline. In ihr stürmte es, aber äußerlich blieb sie ruhig. Sie barg ihre wichtigsten Aufzeichnungen in der inneren Sohle ihrer festen Reiseschuhe, die für diesen Zweck präpariert waren und vernichtete alles, was sonst geeignet gewesen wäre, auf den geheimen Zweck ihrer Anwesenheit in der Hauptstadt des deutschen Reiches hinzuweisen. Unten waren Mr. Edwards und Jeanlin in gleicher Weise tätig. Und als die vierte Nachmittagsstunde herangekommen war, holte Jeanlin eine Gepäck-Droschke herbei, und während Céline mit Toinon und Mr. Edwards die Equipage bestieg, wachte Jeanlin über das Aufladen der Koffer und folgte mit der Gepäck-Droschke den Vorausgeeilten nach.

Mit jeder Radumdrehung des Wagens atmete er erleichtert auf. Nur fort von hier – nur fort. Was kümmerten ihn noch die Aufgaben, die Céline ihren Pariser Vertrauten zu erfüllen versprochen. Leidenschaft für seine verführerische Cousine und ein Angstgefühl, das jeder Gedanke an die von ihm so schmählich Betrogene vermehrte, hielten sich in ihm die Waage. Als er vor dem Zentralbahnhofe Friedrichstraße vorfuhr, sah er den Kutscher Céline's bereits im Schritt zurückkommen. Jeanlin grüßte ihn vertraulich und Ernest fühlte sich versucht, ihm dafür eine Grimasse zu machen. Aber er unterließ es und grüßte höflich zurück. „Morgen reiß' ich diese Lakaienjacke in Fetzen!" brummte er. „Und nun soll Céline sehen, wie ich ihr Versprechen einzutreiben gedenke. Ist sie die Meine erst, dann meinethalben mit ihr in eine Hölle von Gefahren hinein. Aber ich will froh sein, wenn wir erst heil jenseits der Grenze sind!"

Mr. Edwards hatte inzwischen mit der Nonchalance des Fremden sich erkundigt, ob man auf diesem Bahnhofe nach Hamburg reise und erfahren, dass man einen der Vorortzüge zum Lehrter Bahnhof benutzen könne, um dort in den fahrplanmäßigen Zug einzusteigen. Aber wieder mit dem Eigensinn des Fremden, der gern seinem Willen nachgeht, und nicht so ohne Weiteres dem gemeinsamen Wege folgt, hatte Mr. Edwards dem Beamten erklärt, dann würde man lieber des Gepäckes wegen gleich zum Lehrter Bahnhof fahren. Der Portier, der eine Mark in der Hand fühlte, stürzte nach einer Droschke. Toinon aber ward hinausgeschickt, um Jeanlin zu sagen, er möge sofort mit dem Gepäck die Fahrt zum Lehrter Bahnhof fortsetzen.

Nichts war Toinon willkommener, als dieser Befehl, der sie Céline und deren Oheim aus den Augen entfernte. In dem Menschengetriebe in dem riesigen Bahnhofe und um denselben war sie im nächsten Augenblicke verschwunden und entfernte sich mit hastigen Schritten schnell so weit, dass an ein Aufsuchen gar nicht gedacht werden konnte. Céline und Guychillard warteten auf Toinon's Rückkehr fast zehn Minuten vergeblich. Dann begab sich der Letztere hinaus, um sie aufzusuchen. Vor dem Portale stieß er mit Ernest zusammen. „Teufel, Vater – wo steckt ihr denn?" rief dieser mit gedämpfter Stimme. „Ich dächte, überflüssige Zeit wäre just der Artikel, den wir gerade jetzt am wenigsten gebrauchen könnten!" „Wo ist Toinon?" fragte statt der Antwort der Alte. Ernest blickte seinen Erzeuger verblüfft an. „Ist sie nicht mit Euch? Sie stieg doch zu Euch in den Wagen?" „Wir sandten sie vor zehn Minuten zu Dir –" „Ich hab' sie nicht gesehen!" Auf Guychillards Antlitz spiegelte sich die Unruhe wieder, die er empfand. „Wo hält die Droschke mit dem Gepäck?" „Hier, unmittelbar vor dem Portal." „Und durch jenes Portal ging Toinon vor zehn Minuten hinaus." „Unsinn, sie hätte mich dann sehen müssen." Vater und Sohn wechselten einen besorgten Blick. „Sie hat sich von uns getrennt – sie hat vielleicht gelauscht –" „Ich erwürge sie, wenn sie mir wieder vor die Augen kommt!" flüsterte Ernest. „Still! Man beobachtet uns! Da ist nichts mehr zu machen. Wir müssen fort!" „Schneller denn je. Weiß Céline – ?" „Nichts! Ich will's ihr unterwegs sagen. Du kennst sie! Die wäre im Stande, die Reise aufzuschieben, um sich Toinons zu versichern." „Peste! – Das darf nicht sein!"

Der Portier trat zu Guychillard heran. „Ihr Wagen ist da, mein Herr!" Der Franzose dankte durch ein Kopfnicken. „Wir fahren hinüber zum Lehrter Bahnhof," flüsterte er Ernest zu, „halte Dich mit Deiner Droschke hinter uns. Es wird die höchste Zeit!" „Wo ist Toinon?" fragte auch Céline, als er zurückkehrte. „Beim Wagen! Mach fort nun!" Céline sprang in den Wagen, Guychillard ihr nach. Er setzte sich in Bewegung. „Ist Toinon bei Ernest?"

„Toinon ist beim Teufel!" brach der Alte los. „Sie ist auf und davongegangen und sie hat ohne Zweifel Lunte gerochen. Jetzt heißt's, die eigene Haut in Sicherheit bringen und Nacht und Tag reisen, bis wir über die Grenze sind." Céline antwortete nicht. Sie hielt die Lippen fest aufeinandergepresst und ihre Stirn war in finstere Falten gezogen. Und als der Train sich in Bewegung setzte und aus der düsteren Halle hinausdampfte in den sonnigen Spätnachmittag hinein, überflog sie ein Schauer und über ihre Lippen bebten die leisen Worte: „Ernest –! Nun bin ich ihm verfallen!"

Toinon war eine volle Stunde in abgelegenen Straßen herumgepilgert, ehe sie sich zu einem weiteren Schritte entschloss. Sie hatte von dem erregten Gespräch der Drei am Mittag genug aufgefangen, um sicher zu sein, dass ihre Herrin mit ihren beiden Verwandten auch ohne sie ihre Flucht fortgesetzt haben würden. Ja sie kalkulierte ganz richtig, dass ihr Entweichen diese Flucht nur noch beschleunigen werde. Erst als die Abgangszeit des Zuges, der in Frage kommen konnte, verstrichen war, suchte sie die Villa in der ...-straße auf und überraschte dort durch ihr Erscheinen den Koch, die beiden Stubenmädchen und den Kutscher, die es sich in Mr. Edwards Zimmer gemütlich gemacht hatten und sich, wie ein paar halbgeleerte Flaschen Wein verrieten, in Abwesenheit der Herrschaft gütlich taten. Der Kutscher eilte Toinon nach, um sich verlegen zu entschuldigen und seiner Verwunderung über ihre Rückkehr Ausdruck zu geben.

„Ich fahre mit dem Abendzuge nach," fagte Toinon gleichgültig. „Ich packe nur meine Sachen zusammen." „Soll ich nachher anspannen und das Fräulein zur Bahn fahren?" fragte der Kutscher sehr dienstfertig. „Nein, danke!" erwiderte Toinon unbefangen. „Madame möchte ungehalten sein, wenn sie das erführe. Ich lasse mir am Abend eine Mietsdroschke holen." Damit ging sie hinauf in ihr Zimmerchen, um in aller Seelenruhe ihre Sachen in einen verschließbaren Korb zu verpacken. Sie war völlig im Reinen über das, was sie tun wollte. Die Spionin war mit ihren Helfershelfern auf der Flucht, nun wollte sie Doktor Mark aufsuchen. Gewiss, er konnte keine Gemeinschaft haben mit einer Feindin seines Landes! Aber eine Aufklärung war sie ihm schuldig, ehe sie selbst die Stadt verließ. Das Wohin machte ihr keine Sorge. Sie hatte ihren reichlichen Gehalt nicht anzurühren gebraucht und war für eine Reihe von Monaten vor jeder Not geschützt. Sie wartete nur noch den Eintritt der Dunkelheit ab. Dann mochte der Kutscher, der an Beberts Stelle s.Z. in Dienst genommen war, ihr eine Droschke besorgen. Und während die Dienstboten hier glaubten, dass sie ihrer Herrin nachreise, würde sie in ein billiges Hotel fahren, sich dort installieren und dann Dr. Mark aufsuchen, tunlichst heute noch.

Das Abenddunkel war schon eingetreten, als sie hinabging in das Vestibül und hier den Koch und den Kutscher vor einer verschleierten Fremden fand, während die Dienstmädchen, die neugierig in der Nähe standen, hurtig verschwanden, als sie die Kammerjungfer ihrer Gebieterin herunterkommen sahen. Toinon hätte sich wahrscheinlich gar nicht um die Fremde gekümmert, wenn nicht in diesem Augenblicke Jeanlin's Namen an ihr Ohr gedrungen wäre. Das Erlauschte von Mittag kam plötzlich in ihre Erinnerung zurück. Wenn das das Mädchen wäre, von dem Jeanlin gesprochen!

„Was gibts es?" sagte sie, an die Gruppe herantretend. „Diese Dame da fragt nach Monsieur Jeanlin!" antwortete der Kutscher. „Ich werde Ihnen gleich zu Diensten stehen," sagte Toinon in gebrochenem Deutsch. „Ich dächte, Sie hätten wohl in Ihrem Rayon zu tun?" wandte sie sich an den Koch, der mit verlegener Miene in das Souterrain zurückschritt. „Und Sie," fuhr sie zum Kutscher gewendet fort – „Sie wollten ja so gütig sein, mir eine Droschke zu besorgen. Meine Zeit ist da. Wenn Sie nachher meinen Schließkorb zum Wagen bringen wollen, so bin ich Ihnen dankbar." „Ja, gewiss, Fräulein!" rief der Kutscher eifrig und lief hinaus.

„Wir sind allein," wandte sich Toinon zu Anna, denn diese war die Fremde, und nun bemerkte jene erst, wie heftig das verschleierte Mädchen zitterte. „Aber Sie scheinen krank zu sein – ich sehe, dass Sie zittern – kommen Sie mit mir in jenes Zimmer!" Anna folgte ihr und schlug den Schleier zurück. Ein bleiches, verhärmtes Antlitz mit Augen, die keine Tränen mehr zu vergießen vermochten, kam zum Vorschein. „Um Gottes Barmherzigkeit Willen, geben Sie mir Auskunft," flehte sie in Tönen, welche Toinon's Mitgefühl rege machten. „Wo finde ich den Herrn Jeanlin? Dies ist doch die Villa der Madame de Saint-Ciré, bei welcher er bedienstet ist. Der Mann muss mich vorhin falsch verstanden haben, denn er sagte, Monsieur Jeanlin sei mit der Herrschaft plötzlich abgereist. Das ist unmöglich, das kann ja nicht sein!" Toinon zögerte mit der Antwort. Die furchtbarste Seelenangst sprach aus dem totenbleichen Antlitz da vor ihr. Sie fühlte, dass ihre Antwort die Arme zur Verzweiflung treiben müsse. Aber konnte – durfte sie ihr die Wahrheit vorenthalten? „Der Kutscher hat Ihnen die Wahrheit gesagt – Jeanlin ist mit seiner Herrschaft plötzlich abgereist –" sagte sie langsam. „Abgereist –" wiederholte Anna tonlos, aber in herzzerreißendem Tone fügte sie hinzu: „Er kommt wieder – morgen vielleicht – in einigen Tagen – so sprechen Sie doch – so sagen Sie mir – barmherziger Gott – er muss ja zu mir zurückkommen!" „Trösten Sie sich," sagte Toinon sanft. „Ich fürchte, er hat ein schlimmes Spiel mit Ihnen getrieben. Er wird nie mehr hierher zurück – –" Sie unterbrach sich und sprang zu, um die Wankende in ihren Armen aufzufangen. „Verzweifeln Sie nicht – fuhr sie, durch die Wirkung ihrer Worte erschreckt fort – „vielleicht kommt er dennoch –" Anna richtete sich mühsam auf und tastete nach der Tür. „Wohin wollen Sie?" rief Toinon mitleidig.

Anna sah sie mit starren, glanzlosen Augen an. „Fort," murmelte sie, „fort!" „Aber ich kann Sie nicht gehen lassen – in Ihrem jetzigen Zustand." Sie wollte Anna zurückhalten, aber diese hob abwehrend die Hand. „Halten Sie mich nicht," – flüsterte sie – „ich weiß nun alles." Toinon sah ihr erschüttert nach, als jene die Stufen des Portals hinunterwankte und in der zunehmenden Dunkelheit verschwand. „Armes Mädchen," sagte sie halblaut – „wie wird sie es überwinden? Nach dem, was ich erhorchte, verbindet sie eine Schuld mit Jeanlin – der nun feig geflohen ist. Sie muss diesen Spion geliebt haben!"

Ja, Anna hatte ihn geliebt! Selbst in diesen entsetzlichen Augenblicken, in denen sie erkannte, dass ihre dumpfe Angst nicht grundlos gewesen war, dass jener ein frevelhaftes Spiel mit ihr gespielt, vermochte kein Hass in ihrer Seele aufzukeimen. Nur ein trostloses, alle Glieder lähmendes Gefühl des Verlassenseins kam über sie. Sie schlich die erhellten Straßen der vornehmen Viertel entlang, unbekümmert, wohin sie ihr Fuß trug. Sie war müde, sterbensmüde. Und ihr armer Kopf! Er schmerzte, dass er keines klaren Gedankens mehr fähig war. – Wenn sie ausruhen könnte – ausruhen! Lichterreihen blitzten von neuem ihr zu Häupten auf. Eine Straßenüberführung der Stadtbahn spannte ihre Bogen vor ihr aus. Hier war der Verkehr ein geringer. Wo mochte sie sein? Sie sah sich um und schüttelte den Kopf. Es war ihr, als vermöchten ihre Sinne die Eindrücke, die sie von außen erhielten, nicht mehr ihrem Geiste mitzuteilen. Ruhen, nur ruhen! Sie lehnte sich an eine Wand des gewölbten Bogens. „Ich bin müde!" zitterte es über ihre farblosen Lippen und ihr Kopf fiel vornüber.

Zwei Herren gingen in eifrigem Gespräch mit einander vorüber ohne sie eines Blickes zu würdigen. „Tolle Geschichten!" sagte der Eine. – „Dass das an unserem Hofe vorkommen kann! Na, der Kaiser hat ja die strengste Verfolgung befohlen. Wenn sie dem anonymen Briefschreiber nur auf die richtige Fährte gekommen sind – –!" „Diese Verhaftung ist das sensationellste, was wir bisher hier erlebt haben," erwiderte der andere. Dann verlor sich der Schall der Worte im Weitergehen. Wie der scharfe Laut eines Hundes das ermattet niedergebrochene gehetzte Wild aufjagt zu neuem verzweifelten Ringen um Leben und Freiheit, so scheuchten die gehörten Worte Anna wieder empor.

Was hatte sie getan?! Nun kamen die Häscher, die die Stadt wohl ihretwegen durchsuchten und warfen sie hinter Schloss und Riegel. Und dann kam, mit jeder Minute weiter keimend und wachsend, die Schande und – – Nein, nein – nur das nicht, nur das nicht! Und mit einem Schlage stand klar vor ihr, was sie nun tun müsse: Ruhen, ruhen, für immer! Aber wie? Sie hatte nichts als ihre beiden, vor Schreck wie gelähmten, zitternden Hände. Ein donnerndes Getös über ihrem Kopfe erschreckte sie und verstummte alsbald. Ein Vorortzug war in die nahe Station eingefahren. Sie erschauerte und doch flog es wie ein irres Lächeln um ihren Mund. O, diese schweren Eisenkolosse, die Hunderte von Menschen von Ort zu Ort in fliegender Eile ziehen, sie sind barmherziger als die Menschen. Die Menschen zerfleischen die Herzen und lassen die Opfer leben – jene Eisenrosse rasen über den zuckenden Körper hinweg, und nehmen auf ihren rasenden Schwingen das Leben mit hinweg, das nur noch erfüllt ist von Qual und Pein –

Die nahende Gewissheit ihres Schicksals gab ihr die Kraft zurück. Sie ging durch die Stadtbahnbogen und sah zur Rechten die Steintreppen, die zur Station hinaufführten. „Station Bellevue" stand da mit großen Lettern. Soweit hatten ihre müden Füße sie getragen. Sie löste ein Billet und schritt die Stufen zum Perron hinauf. Der Schleier verhüllte die marmorne Blässe ihres Gesichts. Nun zitterte sie auch nicht mehr. Die Ruhe, die ewige Ruhe winkte ihr. Ganz vorn heran an den Perron trat sie. Von links her rasselte ein neuer Zug heran.

„Zurück da!" rief vorwärtsspringend ein Bahnbediensteter, als er beim Einfahren des Zuges die dunkle Gestalt sich dem Geleis hastig nähern sah. Zu spät! Ein einziger Aufschrei drang zur Wölbung der Glashalle empor; die wirbelnden Räder, die Tuchfetzen zwischen den Speichen zeigten und mit Blut bespritzt waren, standen nach ein paar Dutzend Umdrehungen still. Der Lokomotivführer und der Heizer sprangen mit bleichen Gesichtern von der Maschine. „Ich habe die ganze Bremskraft wirken lassen," sagte der Erstere zu dem bestürzt herankommenden Stationsvorsteher – „aber die Person warf sich ja unmittelbar vor den Zug!" „Sehen wir nach – vielleicht ist sie nur schwer verwundet." Der Lokomotivführer zeigte auf die Räder seiner Maschine. „Sehen Sie dort –" flüsterte er. „Wir werden sie zermalmt finden!" Die Leute drängten zusammen nach der Gleisstelle hinter dem Zuge, wo ein regungsloser dunkler Körper in einer warmen, dunstigen Blutlache lag. Anna Weber hatte freiwillig ihre Schuld gesühnt.

XVII. Aussprachen

Härting's Atelier, das in dem Garten eines Hauses der Mittelstraße, ganz in der Nähe seiner Wohnung lag, war kein sogenanntes Prunkatelier, das von kostbaren Stoffen und Waffen, von tausend Dingen, welche das Auge fesseln, strotzte. Es war auch nicht übermäßig groß aber sehr hell. Ein Teppich teilte es in einen größeren Teil, in welchem der Bildhauer mit kunstgeübter Hand modellierte und aus dem spröden Marmor jene weichen Linien und anmutigen Gebilde schuf, welche seinen Namen zu einem so geachteten machten, und in einen kleineren, den Härting benutzte, wenn er Modelle im Atelier hatte und nach ihnen formte und mit dem weichen schmiegsamen Ton und dem Modellierholz arbeitete. Dieser zweite Raum mit den unten verhängten Fenstern zeigte auch den Luxus eines Diwans. Ein Tischchen trug die Geräte, welche er bei seiner täglichen Arbeit benutzte, ein anderes die Rauchutensilien und ein halbes Dutzend jener kleinen Maserpfeifchen, welche Härting den ganzen Tag über

249

rauchte. Ein paar Stühle, die wahrlich keine Prachtexemplare waren und ein durch eine Gardine verhüllter Verschlag, welchen die Modelle zum Aus- und Anziehen benutzten, stellte die übrige Ausstattung dieses Atelierteils dar und hier finden wir am Nachmittage Härting, just beschäftigt, die feuchten Tücher über eine angefangene Modellbüste zu legen, an welcher er ein paar Stunden fleißig gearbeitet hatte. Vor einer Viertelstunde erst hatte Härting sein Modell entlassen. Jetzt wollte er eine kurze Rast halten und dann in seine Wohnung hinaufgehen, um den Anforderungen seines Magens, der sich geltend machte, zu genügen und den Abend tunlichst Mark für eine Stunde aus seinen Arbeiten herausreißen.

„Mark! Der Teufel mag wissen, was in den Menschen gefahren ist!" begann er jetzt ein halblautes mürrisches Selbstgespräch und klopfte heftig die ausgerauchte Pfeife aus. „Lässt sich kaum noch sehen und hat man ihn einmal, so verdirbt der sonst so liebe Kerl einem die ganze Stimmung mit seinem sauertöpfischen Wesen. Diese verdammte Politik kann's auch nicht allein sein! Schadete ihm am Ende gar nichts, wenn er sich einmal festgefahren hätte und einen Nasenstüber bekäme. Aber das alles kann ihn nicht so verstimmt machen!" fuhr er sort und warf sich der Länge nach auf das alte, in allen Fugen krachende Sofa. – „Der Unmut sitzt tiefer, aber wo? Ich habe wahrhaftig nicht übel Lust, mich einmal hinter diese famose Frau von Poyritz zu stecken – und zu sondieren. Soll doch seine Else heimholen und diese ganze moderne Politik 'mal 'ne Weile sich selbst überlassen. Geht auch ohne ihn alles gerade verkehrt und jämmerlich genug! Und die Else, – die Else –."

Die Hand, welche soeben das Streichholz an der Atelierwand entzünden und die frische Pfeife damit in Brand setzen wollte, sank wieder herab und Härting starrte stumm vor sich nieder. Da war jenes Gefühl wieder, das er als ein unrechtes und hässliches so oft weit von sich bannen wollte und das doch in stillen Stunden immer wieder heranschlich. War er neidisch auf seinen einzigen Freund, dieses köstlichen Besitzes wegen! War er – –? „Dummheiten!" knurrte Härting, mit wütender Miene aufspringend, „Dummheiten, nichtswürdige Dummheiten! Diese verrückten Launen stecken am Ende auch mich noch an. Nichts da, Härting, Kopf hoch! Bei dir hat sich in der linken Brust gar nichts zu rühren. Das ist tot drinnen und soll tot sein – für alles andere als für meine Kunst." Er riss ein Streichholz an der Wand an und brannte seine Pfeife an, heftig dicke Rauchwolken vor sich hinpaffend.

„Das fehlte noch, in meiner kurzen Siesta mich mit Grillen herumzuschlagen und nachher den Appetit zum Essen und zum Pschorr zu verlieren, damit mein ‚Obelisk' mir nachher die ganze Flaschenbatterie wegtrinkt! Is nich, alter Härting! Vorwärts, nach Hause!"

Vorn, am Eingange des Ateliers, tönte die Klingel, als rühre eine schüchterne Hand daran. „Na?" brummte der Bildhauer aufhorchend. „Was ist denn das? Der ‚Obelisk' hat ja 'nen Schlüssel und Besuch kommt doch sonst um diese Stunde nicht zu mir." Sein Blick flog zu dem Verschlage hinüber. „Natürlich – das Modellmädel hat wieder irgend ein Tuch oder Gott weiß welchen unnützen Garderobegegenstand vergessen und stört mich noch einmal. Werd' dem Frauenzimmer Ordnung beibringen. Bei mir gibts keine Liederlichkeiten im Atelier, wie bei den jungen Schwerenötern!" Und brummend und scheltend trat er in das vordere Atelier, um die verschlossene Tür zu öffnen. Überrascht und mit einem leise aufsteigenden Rot in den gebräunten bartumflossenen Wangen trat er zurück.

„Ja, mein gnädiges Fräulein," stotterte er, die Pfeife aus dem Munde nehmend – „täuscht mich denn mein Auge nicht? Die Damen kommen zu mir in's Atelier? Wenn ich Ihnen nur etwas Schönes zu zeigen hätte, aber da sind nur angefangene Arbeiten." Und jetzt flog sein Blick suchend über den Vorraum. „Wo ist denn – ich sehe ja die gnädige Frau nicht?" „Ich bin allein!" kam es stockend von Else's Lippen und nun, da sie den Schleier hob, gewahrte er, dass sie leidend aussah und dass ihre Augen gerötete Ränder hatten wie von stillen Tränen.

„Um Gotteswillen!" rief er, die Pfeife fortschleudernd und ihr beide Hände entgegenstreckend, um sie in's Atelier zu ziehen – „ist etwas geschehen?" Sie wollte tapfer sein und lächeln, aber nun rann doch eine Träne über ihre Wange und machte Härting völlig fassungslos. „Ich bitte Sie, gnädiges Fräulein, weinen Sie nicht!"

rief er in seiner Herzenseinfalt so warm, dass Else fast erschreckt zu ihm aufblickte. „Sie kommen allein zu mir – mit Tränen in den Augen – was ist denn vorgefallen?"

„Ich wollte Sie aufsuchen – Marks halber," sagte Else hilflos, denn das Ungewöhnliche ihres Schrittes trat ihr erst jetzt in völliger Klarheit vor die Augen. Lange hatte sie ihn bedacht, heute hatte ihr eine Einladung zum Diner, welche Herr und Frau von Poyritz angenommen, und von der sie sich durch Vorschützen von Kopfweh dispensiert hatte, die seit langem herbeigesehnte Gelegenheit zur Ausführung dieses Schrittes gegeben.

„Marks halber?" rief Härting und er hätte wütend werden mögen, als er bei diesen Worten einen leisen Stich in der linken Brustgegend empfand. „Ja," sagte Else leise und hob scheu den Blick zu ihm empor. Und wie in angstvollem Zweifel brach sie in die Worte aus: „Sie sind doch sein Freund, Herr Härting?" Die Seelenqual, die aus Else's verändertem Aussehen und aus dem Ton ihrer Stimme sprach, brachten den Bildhauer wieder völlig zu sich selbst.

„Sein Freund!" bekräftigte er mit heftigem Kopfnicken. „Ich bin's, gnädiges Fräulein und zwar mit dem Herzen, nicht nur mit der Zunge. Mark's wegen kommen Sie – Sie suchen also seinen Freund in mir und bei Gott, Sie sollen sich nicht getäuscht haben! Hier im Atelier siehts freilich öde und unordentlich aus, drüben, in der anderen Hälfte ist's um 'ne Wenigkeit bequemer. Ich bitte Sie, kommen Sie hierher!"

Sie folgte ihm mit gesenktem Haupte und nahm erst auf sein wiederholtes Zureden auf dem Sofa Platz, während ihn ein unbestimmtes Zartgefühl veranlasste, einen Teil des Teppichs emporzuschlagen, so dass man von ihrem Platze aus den vorderen Teil des Ateliers überblicken konnte, und an das Tischchen gelehnt, einige Schritte von ihr entfernt stehen zu bleiben.

„Und nun," bat er und in seinem Antlitz lag ein Zug jener reinen Herzensgüte, der immer darin erschien, wenn hinter der angenommenen Rauhheit sein wahres Innere hervorleuchtete – „nun sprechen Sie so offen zu mir, als sei ich Ihr älterer Bruder. Was ist's mit Mark?" Nun sie sprechen sollte, kam über das junge Mädchen doch eine Verlegenheit, die ihr die Worte raubte und sie nur hilflos ihn anschauen ließ. Sie hatte sich dies alles viel leichter gedacht. Härting hatte ihr ganzes Zutrauen gewonnen. Mit weiblichem Instinkt witterte sie hinter seiner rauhen Außenseite den edlen Menschen. Zudem war er Mark's Freund und stand ihr als solcher schon näher als jeder andere Mensch. Und nun sie vor ihm saß und das ihm entdecken sollte, was sie in den letzten Wochen so stark bewegt, stockte ihr doch das Wort im Munde.

„Ist Mark krank?" war Härting's erste Frage. „Oder ist sonst etwas passiert? Ich habe ihn seit vier Tagen nicht gesehen, aber damals war er körperlich wohlauf, wenn auch etwas abgearbeitet. Nur verdrießlich war er, wie er jetzt immer ist." „Wie er jetzt immer ist," wiederholte Else mit zitternden Lippen und in einem Tone, der Härting mit einem Male alles enthüllte. Ein tiefes, heißes Mitleid zog in sein Herz. „Er vernachlässigt Sie?" sagte er leise und schonend, als tue selbst ihm diese Frage weh. Und als er als einzige Antwort ihre Angen sich wieder feuchten sah, da war's ihm selbst so weich um Herz, dass er seine alte Barschheit als Deckmantel seiner Gefühle hervorholte und schier vergaß, dass das da eine junge Dame sei, die ihm zuhörte.

„Da haben wir's!" brach er so laut und heftig los – dass Else zusammenfuhr. „Ich hab's ja kommen sehen! Diese vermaledeite Politik! Die besten Menschen entfremdet sie einander. Aber warte, Junge – auf heute Abend freue dich! Hab' dir schon einen Sermon zugedacht, aber vor dem kräftigen Wörtchen, das ich heute mit Dir reden werde, soll der selige Abraham a Santa clara sich vor Neid in seinem Grabe umdrehen! Ist's denn die Möglichkeit, um diesen albernen politischen Quitschquatsch auch nur eine Träne in Ihre Augen kommen zu lassen! Ach was, heute Abend – auf der Stelle gehe ich zu Mark und – Sie schütteln den Kopf, gnädiges Fräulein! Hab' ich nicht recht, tausendmal recht?"

„Nein", sagte Else mit zuckenden Lippen. „Auch Tante Poyritz hat mich damit trösten wollen – ich glaub' nicht mehr daran. Es ist etwas anderes zwischen uns getreten – er liebt mich nicht mehr!" „Aber das ist ja gar nicht möglich!" rief der ehrliche Bildhauer und führte mit der Faust einen heftigen Schlag nach dem umhüllten

Modellklumpen, seine ganze fleißige Arbeit vom heutigen Tage damit vernichtend – „das ist ja undenkbar – das ist – –!" „Und doch muss es so sein", sagte Else leise und traurig. „Ich hab' viel darüber nachgedacht in all' diesen Wochen. Seit er damals am Kaisertage in Friedrichsruh war, ist er ein anderer geworden. Ein völlig Verwandelter! Sonst hielt er jede Falte seines Herzens vor mir offen und mein Vertrauen war grenzenlos. Nun verbirgt er mir etwas und ich – ich habe den Argwohn niedergekämpft mit allen Kräften – immer und immer wieder, bis er zu mächtig wurde in meinem Herzen. Und nun komme ich zu Ihnen, so voller Vertrauen – geben Sie mir Mark's reines Herz, seine Liebe wieder!" Der Bildhauer wandte sich ab und verschwand vor dem Vorhang, um sich über die Augen zu fahren, in denen es heiß und feucht emporgestiegen war. „Entschuldigen Sie nur –" sagte er verlegen, „ich glaubte, es sei jemand an der Ateliertür. Sie müssen im Irrtum sein, mein liebes gnädiges Fräulein – es ist ja rein undenkbar. Sie und nicht Sie – Unsinn! Unsinn! Unsinn!" Das unglückliche Tonmodell spürte aufs neue seine derbe Faust, als könne er sich dadurch selbst Beruhigung verschaffen. Und er ward auch wirklich ruhiger.

„Gewiss – Sie irren sich – es kann ja gar nicht anders sein. Ich weiß, wie Mark Sie liebt – tief und innig – –" „Früher!" sagte Else leise. „Ja, früher!" Härting stutzte bei diesem Einwurf und wühlte mit der Rechten in seinem langen Bart herum. Wahrhaftig – Else hatte so Unrecht nicht – seit jenen Friedrichsruher Tagen war Mark auch gegen ihn verschlossener, mürrischer und unzugänglicher geworden. Ratlos lief er vor Else im kleinen Atelier auf und ab. „Was soll ich tun? Was kann geschehen?" „Die Wahrheit ergründen", sagte Else leise. „Die Wahrheit! Nur sie kann verhindern, dass –" Härting sah sie ganz entsetzt an.

„Sprechen Sie das Wort nicht aus, Fräulein Else!" rief er „das ist ja unmöglich. Zwei liebe, gute Menschen – um eines Missverständnisses willen –" „Es ist kein Missverständnis!" sagte Else fest. „Es steht irgend etwas zwischen ihm und mir und wäre es ein Schatten. Aber um meiner aufrichtigen Liebe willen muss ich klar sehen. Deshalb kam ich zu Ihnen, Herr Härting, als zu seinem einzigen Freunde, von dessen Freundschaft auch ich meinen Teil fordere – nun helfen Sie ihm und mir!"

„Ja – mit allem, was ich kann!" rief Härting bewegt. „Aber was kann ich?" „Sie sollen die Wahrheit fordern von ihm." „Ich will's, wahrhaftig – ich will's! Noch heute!" Aber Else schüttelte den Kopf. „Nein, ohne Zögern! Jetzt und – hier!" „Hier?" rief Härting überrascht. „Hier!" Jetzt verstand er und er empfand etwas wie Furcht vor einer schlimmen Überraschung. „Aber – ich verstehe Sie gewiss nicht – Sie wollen doch nicht selbst –". „Ja, Herr Härting," sagte Else und stand auf. „Ich will, ich muss Zeuge sein dessen, was er Ihnen berichtet – ich habe zu schwer in all' diesen Wochen gelitten –." Und als sie sein Kopfschütteln, seine ängstliche Miene gewahrte, fügte sie mit gefalteten und zu ihm emporgehobenen Händen leise hinzu: „Die Wahrheit kann ich ertragen, auch die schwerste – nur der Zweifel tötet mich!"

Es rief eine Stimme in Härting: „Schlag's ihr ab! Schlag's ihr rundweg ab!" Aber als er ihre Augen so bittend auf sich gerichtet sah, vermochte er nicht dieser mahnenden Stimme zu folgen. Er wandte sein Antlitz ab und schwieg. „Seien Sie ihm – mir ein wahrer Freund!" Er fühlte sich besiegt und grollte sich selbst darum. „'s ist 'ne Torheit – ich fürchte, es ist 'ne Torheit," sagte er endlich. „Aber ich kann Ihnen nicht widerstehen. Wie ihn aber hierher kriegen? Sie kann ich doch nicht allein –" Just im nämlichen Moment, als Härting einen neuen Grund zur Ablehnung gefunden zu haben glaubte, kam der „Obelisk" in das vordere Atelier, um dasselbe zu reinigen und blieb bescheiden an der Tür stehen, als er seines Herrn Besuch gewahrte. „Wer ist das?" fragte Else ängstlich. „Mein Faktotum!" rief Härting und sandte dem unglücklichen „Obelisk" einen Blick zu, der nicht eben freundlich war. „Selbst der Zufall kommt uns zu Hilfe!" sagte Else leise. „Senden Sie ihn zu Mark!" Härting machte noch eine verzweifelte Anstrengung, das Ansinnen Else's zurückzuweisen, aber ihr gramvolles Gesicht ließ sie im Keime ersticken. „Sie wollen es!" murmelte er. „Sei es denn!"

Er riß seine Brieftasche hervor und warf ein paar Worte mit Bleistift auf ein herausgerissenes Blatt: „Komme sofort in mein

Atelier – es gibt nichts Dringenderes für Dich!" Er faltete es zusammen und schickte den „Obelisken" damit fort: „Zu Dr. Mark – Behrensstraße – Du kennst seine Wohnung. Und nun nimm' Deine Beine in die Hand. In fünf Minuten bist Du bei ihm!" Das Faktotum verschwand.

Es ward still im Atelier. Else war an das Fenster getreten und Härting lehnte mit sorgenvoller Miene am Modelliertischchen. Er hoffte immer noch, der „Obelisk" werde Mark nicht daheim antreffen und unverrichteter Sache zurückkehren. Minuten vergingen – eine Viertelstunde. Da tönte ein leichter, hastiger Schritt im Vorraum. Else fuhr zusammen. „Er kommt!" flüsterte sie. Härting ließ den Vorhang wieder niederfallen und trat in das vordere Atelier hinaus. Im nächsten Augenblick stand Dr. Mark in der hastig aufgerissenen Tür.

„Da bin ich, Härting! Dein Zettel jagte mir Angst ein! Was gibts?" Der Bildhauer versuchte, sich zu einem scherzenden Tone zu zwingen. „Schäm' Dich, dass man solche Mittel nötig hat, um Dich von Deiner Politik wegzulocken!" Mark sah seinen Freund zweifelnd an und schüttelte dann den Kopf. „Dein Scherzen hat heute einen Beigeschmack, der mir fremd vorkommt, Alter," sagte er. „Du hast einen ernsten Anlass gehabt, mich holen zu lassen – gesteh' es nur!" „Nun denn – ja!" erwiderte Härting, der mit immer mehr Widerstreben die ihm aufgedrungene Rolle spielte. „Ich will, ich muss über eine ernste Sache mit Dir reden!" Marks Antlitz umdüsterte sich. „So sprich – wir sind ja allein hier!" „Ich habe – mit Frau von Poyritz gesprochen," sagte Härting mit Anstrengung. „Mark, Mark, warum vernachlässigst Du Deine Braut?" „Mit Frau von Poyritz?" rief Mark mit fliegendem Atem. „Und sie – sie hat Dir – –?" Härting schlang den Arm um die Schulter des Freundes. „Was ist es, das Dich von Else fern hält, Freund? Liebst Du sie nicht mehr?" „Ich liebe sie – jetzt mehr denn je!" erwiderte Mark – „Die Tiefe meiner Liebe zu ihr trat mir erst recht in's Bewußtsein, als ich – –?" Er verstummte. „Sprich Dich aus, Hermann!" bat der Bildhauer, durch dies Geständnis schon zum Teil beruhigt. „Nimm mir – und einem anderen die quälende Sorge vom Herzen! Was trennt Dich von Else?" „Meine Schuld!" sagte

Mark leise. „Welche Schuld könntest Du auf Dich geladen haben?" rief Härting, auf's neue erschreckt. „Warum eilst Du nicht zu ihr?" „Weil ich erst sühnen muss, was geschehen ist, in tiefer Reue!" „Um Gotteswillen!" rief Härting, die ganze kritische Situation vergessend. — „So hätte sie recht – irgend ein Weib steht zwischen Euch!" „Es stand zwischen uns!"

Ein tiefer, klagender Seufzer drang hinter dem Teppich hervor. „Härting!" schrie Mark auf – „Was war das? Du bist nicht allein – dort ist jemand –" Und mit einem Satze stand er vor dem Teppich und riss ihn zurück. „Else!" brach es in erschütterndem Aufschrei von seinen Lippen. Der Bildhauer eilte in den Vorraum und zog die Ateliertür fest hinter sich zu. „Lass sie sich wiederfinden, guter Gott!" flüsterte der treue Mann. „Lass diese Stunde für sie eine gesegnete werden!"

Else war, die Hände gegen das Gesicht gepresst, auf dem Sofa niedergesunken, vor ihr, in die Falten ihres Gewandes sein Haupt bergend, kniete in gewaltiger Bewegung Mark. Man hörte durch einige Augenblicke nur Else's konvulsivisches Schluchzen und Marks Stimme, der den Namen der Geliebten nannte und flehend sie bat, sich zu beruhigen. Endlich hatte das junge Mädchen ihre Erregung soweit bekämpft, dass sie Worte zu finden vermochte. „Ich wusste es – ich hab' es mir tausendmal gesagt und mein Herz hier schrie: Nein!" flüsterte sie mit zitternden Lippen. „O Hermann, wo blieb Deine Liebe zu mir?!"

Er beteuerte seine Liebe. Die Worte quollen aus der tiefsten Tiefe seines Herzens empor, aber sie brachten Else's Tränen, die immer noch über ihre bleichen Wangen rannen, nicht zum Versiegen. „Du glaubst mir nicht?" stammelte er vorwurfsvoll. Da endlich kehrten sich ihre ernsten Augen ihm wieder zu. „Wie habe ich Dir geglaubt! Wie Dir vertraut! Warum nahmst Du mir Glauben und Vertrauen?" „Laß mich beides Dir wiedergeben!" rief er stürmisch. „Mein Leben hängt daran!" Sie schüttelte wehmütig den Kopf. „Ich kann es nicht!" kam es in herzzerreißender Klage über ihre Lippen. Mark durchschauerte es. „Was kann ich tun," murmelte er, „nur Dir den Glauben an mich wiederzugeben?" „Die Wahrheit, Hermann! Die volle, reine Wahrheit! Sag' mir alles!"

Und nun beichtete er. Nichts verschwieg er. Durch welchen Zufall er Céline kennen gelernt, wie er auf jenem Subskriptionsball die ersten Worte mit ihr gewechselt habe und wie der Besuch bei der schönen, geistvollen Fremden ihn angezogen und angeregt habe. Stockend und zagend bald, bald im rascheren Flusse der Worte schilderte er die Ereignisse in Friedrichsruh, bei seinem Zusammentreffen mit ihr. Er fühlte, wie sie zusammenzuckte, wie ein Zittern ihre ganze Gestalt durchlief, als er zögernd bekannte, wie seine Leidenschaft geweckt wurde, und wie ihn bei Céline's Besuch der Taumel der Leidenschaft erfasst habe. Und weiter schilderte er seine tiefe Reue, seine qualvollen Tage und Nächte, die seither vergangen seien, in denen er den Sonnenschein seines Lebens, sie, habe entbehren müssen; – wie er habe sühnen wollen, was er im Sinnenrausche an ihr gefehlt habe, um als ein Reiner, für immer Gefesteter zu ihr zurückzukehren!

Und da sie noch immer schwieg und es immer noch heiß aus ihren Augen niedertropfte, flehte er endlich mit erstickter Stimme um ihre Verzeihung. Als er nun emporschaute und den wilden Schmerz in ihren Zügen gewahrte, da brach all' sein Hoffen nieder und in leidenschaftlicher Angst kam es von seinen Lippen: „Else – um Gott, Else – verlass mich nicht!" Er war wieder vor ihr niedergesunken – und jetzt auch fand sie Worte.

„Du hast leiden müssen, mein armer Hermann, selbstverschuldet leiden müssen – und ich litt mit Dir – ahnte ich doch den Schatten, der auf unser Glück gefallen war!" Neue Hoffnung erfüllte ihn. „So – verzeihst – Du – mir?" fragte er zagend. „Liebe ich Dich nicht, Hermann? Soll die Liebe nicht verzeihen?" Ein halberstickter Freudenruf drang über seine Lippen. „Else!" rief er stürmisch. – „Else – Du mein alles! Du gibst mir mich selber, dem Leben, dem Glück wieder!" „Dem Glück?" wiederholte sie träumerisch. „Ach, meine Träume von Glück - wie weit sind sie hinweggescheucht!"

Und da er sie sanft umfassen wollte, wehrte sie ihn ab. „Nicht also, Hermann –". Eine ruhige Bestimmtheit schien mit einem Male über das junge Mädchen gekommen zu sein. „Hör' mich an, Hermann!" sagte sie leise, während ihre Finger sacht über sein krauses Haar fuhren. „Wir müssen uns trennen – !" Nun fuhr er wie in wilder Verzweiflung empor. „Ich lasse Dich nicht, Else – ich kann Dich ja nicht lassen!" „Nicht für immer, Hermann," erwiderte sie wehmüthig. – „Aber so – so kann ich nicht Dein Weib werden! Die Wunde, die ich empfangen habe, will erst verharschen und vernarben. Lass uns unsere Verbindung aufschieben –." „Nein, o nein"! rief der gequälte Mann. „Es muss sein!" fuhr sie leise fort. „Nicht eine Widerstrebende wirst Du vor den Tisch Gottes ziehen wollen. Und ich könnte jetzt nicht, nicht in einigen Wochen so Dein Weib werden, wie ich es in meinen sehnenden Stunden gefühlt und erhofft –. Wir müssen mutig und stark sein und das geduldig ertragen, was das Schicksal uns auferlegt hat, Hermann. Ich will noch heute mit Tante Poyritz reden –"

„Sie weiß alles – alles habe ich ihr schon gebeichtet!" stöhnte Mark. „Sie wird mich verstehen," sprach Else weiter. „Und sie wird meinen Entschluss gutheißen." „Deinen Entschluss –", murmelte Mark tonlos – „in ihm werde ich mich ganz verlieren!" „In ihm sollst Du Dich ganz wiederfinden!" erwiderte Else sanft. „Wir wollen uns für ein Jahr trennen, Hermann." „Else, nur das nicht! Nur das nicht!" „Für ein Jahr, Hermann! Und uns nicht sehen! Hörst Du – nicht sehen und nicht schreiben. Aber denken magst Du an mich, wie ich täglich an Dich denken werde. Tante Poyritz mag der Mittelpunkt bleiben zwischen uns. Erstarke in dem Jahre, Hermann, und kehre nach demselben zu mir zurück. Ich will Dir beide Hände entgegenstrecken und mich mit neuem Glauben und neuem Vertrauen an Deine Brust legen!"

Sie schwieg. Nur die tiefen, schweren Atemzüge Marks waren vernehmbar. Die Bewegung, in welche Else's Worte ihn versetzt hatte, erschütterte den ganzen Körper. Er wollte aufspringen und flehen: „Nimm Deinen Entschluss zurück, Else," aber ihm war die Zunge wie gelähmt, in wilden Schlägen nur tobte sein Herz. Da fühlte er Else's beide Hände auf seinem Haupte.

„Geh, mein Hermann – und sei stark! Bewähre Dich in der Prüfungszeit und die Schatten, die uns heute umdüstern, sind zerflossen!" Er erhob sich, bleich und gebrochen. „Und so sollen wir Abschied nehmen für eine Ewigkeit von Zeit –"

„So wollen wir Abschied nehmen!" erwidete Else fest und stand auf. „Wir trennen uns für ein späteres glückliches Wiedersehen!" Sie reichte ihm die Hand. Er beugte sich nieder um sie zu küssen und hielt doch auf halbem Wege inne. Er umschloss sie mit beiden Händen, als könne er sie nimmer daraus entlassen und seine heftig arbeitende Brust war Zeuge der furchtbaren Gemütserregung, in der er sich befand. Sekunden standen sie so – dann zog Else ihre Hand sanft aus den seinen.

„Leb wohl!" sagte sie leise und er sah, wie sie schwankte, als befalle sie eine plötzliche körperliche Schwäche. „Else!" Sie winkte ihm wortlos zu und schritt der Ateliertür entgegen.

Als Härting die nahenden Schritte hörte, trat er ein und stand Else gegenüber. Ein Blick auf ihr ernstes, bleiches Antlitz und auf Mark, der gesenkten Hauptes im Hintergrunde stand, erklärte dem Bildhauer mehr als tausend Worte. „Was wollen Sie tun, Fräulein Else!" rief er. „Wohin wollen Sie!" „Heim!" „Doch nicht allein?" „Wollen Sie mich begleiten, Herr Härting?" „Ich?" rief der ehrliche Mann ganz erschreckt – „Und Mark?" „Wir haben uns ausgesprochen – wir bleiben die Alten – er und ich – wir haben uns nur Lebewohl gesagt – für ein Jahr." Mark stöhnte auf. „Für ein Jahr," sagte Härting erschüttert. Er wollte eine Entgegnung suchen, aber ein Blick in Else's ernstes Antlitz ließ ihn schweigen. Aber zu der tiefen Achtung, die das junge Mädchen ihm abgerungen hatte, gesellte sich jetzt ein fast ehrfurchtsvoller Respekt. Er ahnte alles und fühlte, dass alles, was aus dem Munde Else's kam, recht und gut war. Und so ergriff er ihre Hand und zog sie ernst und schweigend an seine Lippen. „Ich begleite Sie gnädiges Fräulein!" Er nahm seinen breitrandigen Hut vom Nagel und öffnete die Ateliertür. Mit einem wehmütigen Blick auf Mark schritt Else hinaus. Kein Wort ward weiter gesprochen.

Als die Korridortür ins Schloss fiel, brach Mark mit einem dumpfen Laut der Verzweiflung auf dem Sofa zufammen. Wie in halber Betäubung lag er eine Weile still und regungslos. Dann erhob er sich und strich sich die hämmernden Schläfen. „Auf ein Jahr!" „Auf ein Jahr!" so schienen ihm die raschen Taktschläge seines Herzens zuzurufen. „Auf ein Jahr!" Einen Augenblick hindurch strömte es auf ihn ein wie neues, glühendes Hoffen. Ein Jahr nur – und die namenlose Schwere dieser Stunde versank vor dem Strahlenschein der Liebe, die er dann wieder frei ihr bekennen durfte! Er suchte sich an diese Hoffnung festzuklammern, aus ihr die nötige Kraft für das Leben, das ihn festhielt, zu schöpfen. Aber sie entwich ihm, wenn er sie zu halten vermeinte und eine trostlose Öde schien sich um ihn her auszubreiten. Ein Jahr Else fern, – wie sollte er's ertragen? Sein ganzes Inneres bäumte sich plötzlich wild dagegen auf. Er hatte gefehlt, schwer gefehlt, aber seine Reue war aufrichtig und tief. Nie mehr in seinem Leben würde ein Augenblick ihn schwach sehen! Ach, wenn er jetzt einen Wagen nähme, hinausfuhr und Frau von Poyritz beschwor, die Mittlerin zu werden zwischen ihm und Else, sie zu beruhigen und zur Zurücknahme ihres Beschlusses zu bestimmen! – Wenn er Else in seine Arme riss und mit der Gewalt seiner Liebe sie in ihrem Entschluss wankend zu machen versuchte! Aber er setzte den schon erhobenen Fuß wieder nieder und ging nicht. Mit furchtbarer Deutlichkeit ward's in ihm klar, dass er sie nie bestimmen werde, sich von dem abzubringen, was sie beschlossen.

Die ersten Schatten der Dämmerung fielen in das Atelier. Er schüttelte sich, als überriesele ihn ein kalter Schauer. Die Reflexe der untergehenden Sonne vergoldeten mit rötlichem Schimmer den Dachfirst des nächsten Hauses. Hinaus! Hinaus! In's Freie! Er nahm seinen Hut und eilte hinaus. Hinaus aus dem Gewühl der Straßen in die „Lunge" der Riesenstadt, in den mit jungem Grün herrlich geschmückten Tiergarten, dessen Hauptwege erfüllt waren von promenierenden Menschen, die sich des Maiabends im Freien erfreuen wollten. Mark floh heute die Gruppen, die ihm entgegen kamen – er floh die belebten Wege und bog in die verborgensten Seitenpfade ein. Er versuchte zu einem klaren Gedanken, zu einem Plane, zu einem Halt in sich zu kommen. Aber alles in ihm versank vor dem Einen: Ein ganzes unendliches langes Jahr, ein Meer von Stunden, eine Ewigkeit sollte ihn von Else trennen! Die Sterne leuchteten schon am Abendhimmel, als er müde, verwirrt seiner Wohnung zustrebte! Teilnahmslos, den Blick auf den Boden geheftet, mit hastigen unsicheren Schritten ging er seinen Weg, zuweilen aufgeschreckt durch den warnenden Ruf eines Kutschers, wenn er die Fahrstraße kreuzte.

Vor dem Hause in der Behrensstraße, das Mark bewohnte, promenierte seit einer Viertelstunde eine Frauensperson, von Zeit zu Zeit vor dem Hause zurücktretend und einen neugierigen Blick zu den Fenstern in der ersten Etage emporwerfend, die immer noch unerleuchtet waren. Es war Toinon, welche Mark erwartete. Ungewiss, ob sie ihn antreffen würde, hatte sie, nachdem sie im „Grünen Baum" in der Krausenstraße Quartier genommen, sich hierher zur Behrensstraße auf den Weg gemacht. Sie kannte Marks Adresse genau und sah aus den nicht erhellten Fenstern sofort, dass er nicht daheim sei. Sie nahm sich vor, bis zur zehnten Stunde seine Rückkehr zu erwarten – im anderen Falle ihn am nächsten Frühmorgen aufzusuchen.

Als Mark sich dem Hause näherte, fasste Toinon, nicht ganz sicher, ob er es auch wirklich sein werde, neben der Haustür Posto, so dass er nahe an ihr vorüber musste. Jetzt erkannte sie ihn, er war es! Mark schrak zusammen, als er plötzlich mit französischen Lauten angesprochen wurde und hob wie abwehrend eine Hand gegen Toinon. Nahte ihm jetzt in dieser Stunde die Versucherin noch einmal? Aber das war nicht Céline, die jetzt den Schleier zurückschlug. Das war nicht ihre Stimme, die da sprach: „Sie kennen mich nicht wieder, Monsieur le Docteur Marc?"

Er hatte an ihr vorüber in's Haus schlüpfen wollen. Nun blieb er doch stehen und rieb mit dem Handrücken die schmerzende Stirn. „Ich kenne Sie nicht!" sagte er rauh und wollte sich von Toinon abkehren. Diese aber legte ihre Hand auf seinen Arm und zwang ihn dadurch, zu bleiben. „Erinnern Sie sich nicht mehr an Paris – als Sie dort weilten? Dachten Sie nicht zuweilen an jene, denen Sie Gutes taten, Wohltaten erwiesen, für die Sie jeden Dank ablehnten?" Und als er sie ohne zu antworten anstarrte, fuhr sie fort: „Erinnern Sie sich wirklich nicht mehr des Boulevard Montmartre und des alten Père Péricheux, Ihres Concierge – ?"

Jetzt huschte es wie ein Erkennen über seine Züge. „Ah, der alte Péricheux und die Mutter Péricheux und ..." Und nun kam seine Erinnerung zurück und er rief: „Toinon? Sind Sie's? Sind Sie die kleine Toinon?" Sie nickte. „Die größer gewordene Toinon – die nicht vergessen hat, welch' gute und heilsame Lehre Sie ihr mitgegeben haben und die Ihnen noch allen Dank schuldig ist für das, was Sie an ihren armen Eltern getan." „Toinon!" unterbrach er sie wie träumend. „Eine alte schöne Zeit steigt bei diesem Namen vor mir aus der Vergangenheit herauf. Und Sie sind in Berlin?"

„So sehen Sie mich doch nur einmal genau an" unterbrach sie ihn und trat zurück, so dass der Schein der nächsten Laterne auf ihr Antlitz fiel. „Haben Sie mich wirklich noch nicht gesehen?" Er sah sie an und wich bestürzt zurück. „Das sind Sie – wo sah ich Sie doch – mit ihr – mit ihr!" „Mit Madame de Saint-Ciré – wollen Sie sagen." Er erzitterte bei diesem Namen. „Und Sie kommen zu mir," sagte er stockend – „mit einem Auftrage von –" „Nein! ich bin frei. Ich komme, um Sie zu warnen – ich hätte vielleicht eher kommen sollen!" „Mich zu warnen?" „Gönnen Sie mir nur einige Minuten," bat Toinon – „lassen Sie uns miteinander die Straße ein wenig auf und ab schreiten, wenn Sie einer Dienerin diese Ehre erweisen wollen." Er ging an ihrer Seite her und mühte sich, bei dem dumpfen Druck, von dem er sein Hirn belastet fühlte, zu verstehen, was sie sagte.

„Ich war betrübt, dass Sie mich nicht erkannten, als Ihnen in der Villa der Madame der Hut entfiel und ich Ihnen denselben aufhob. Und ich war froh, als Sie mich nicht erkannten, als Sie in Friedrichsruh mit Madame die Rückreise antraten!" „Das waren Sie?" murmelte er. „Wo hatte ich nur meine Augen?" „Ich fürchtete für Sie – im geheimen längst – aber ich wusste nicht, was Sie in Wahrheit mit Madame des Saint-Ciré verknüpfte?" „Oh – " „Auch als ich erfuhr, dass diese Sie beraubt –" „Wie?" – „Um Papiere – von Bedeutung – um politische Aktenstücke." Mark blieb stehen und presste die Hand gegen die fiebernde Stirn. „Wovon reden Sie, Toinon!"

„Wissen Sie, wer diese Frau war, Herr Doktor Mark?" flüsterte Toinon, stehen bleibend. „Diese Frau, die heute Nachmittag mit ihrem Oheim und ihrem Cousin, die Sie als Mr. Edwards und den Diener Jeanlin kennen lernten, die Flucht ergriff, weil ihnen Gefahr drohte? Wissen Sie, wer sie war, diese Mme. de Saint-Ciré?"

„Wer?" keuchte Mark. „Eine Spionin im Solde meines Vaterlandes, hierher gesandt, um politische Intrigen anzuspinnen und für ihre Auftraggeber zu kundschaften!" Mark lachte gellend auf. „Eine Spionin? Im Solde Frankreichs? Und ich – und ich –" Wieder ertönte sein gellendes Lachen, so dass sich zwei von ihnen ziemlich weit entfernte Passanten umdrehten und Miene machten, zu ihnen zurückzukehren. Toinon ergriff Mark's Arm mit festem Griff und flüsterte:

„Um Gotteswillen – was tun Sie? Sie vergessen sich selbst! Schon werden die Leute aufmerksam! Um Gott – schweigen Sie!" Mark schwieg, aber sein keuchender Atem verriet die Aufregung, die ihn auf's Neue erfasst hatte. „Ruhe!" flüsterte er mit heiserer Stimme. „Ja, Sie haben Recht, Toinon – ich muss ruhig sein. Aber erzählen Sie mir alles – ohne Rückhalt – ich muss alles klar sehen."

„Ich habe gelauscht und gehorcht, erst, nachdem Sie in's Haus gekommen waren, Herr Doktor Mark, und nachdem alles wieder lebendig vor meine Seele trat, was Sie damals für meine alten Eltern getan – und für mich – Sie wissen wohl, als ich – Schon, als Sie in die Villa kamen, wusst' ich, dass ich einer Spionin diente. Aber es machte mir nichts – auch ich bin Französin – und mich ließen sie alle aus dem Spiel. Was ging's mich an? Das wurde anders, als ich Sie wieder sah! Ich fürchtete für Sie und lauschte. Und an jenem Abend, an dem die Madame de Saint-Ciré bei Ihnen war –" „Auch das wissen Sie?" „An jenem Abend kam sie zurück – mit Papieren – ich hörte sie vorlesen – ich verstehe diese politischen Dinge nicht! Aber ich hörte, wie Madame zu Jeanlin, der ihr eine Eifersuchtsszene machte, sagte, sie führe mit Ihnen eine Komödie auf und diese Aktenkopien da seien ihre Früchte."

Mark stand still, als habe ihn ein betäubender Faustschlag augenblicks auf die Stelle gebannt. Die Aktenkopien – die Veröffentlichung im „Gaulois", die ihn so befremdete – – Céline war allein in seinem Zimmer geblieben – er war nicht heimgekommen die Nacht – alles traf zu, alles reihte sich zu einem entsetzlich klaren Ganzen zusammen! Er stöhnte tief auf. Toinon blickte ihn voll Teilnahme an.

„Nicht wahr – Sie wussten nichts von den Plänen dieser Frau," sagte sie ängstlich. „Denn sonst droht auch Ihnen Gefahr. Deshalb bin ich nicht mit jenen zurückgefahren nach Paris – um Sie zu warnen, um mich dankbar zu bezeugen." „Eine Spionin – im Solde eines feindlichen Landes –" wiederholte er voll unendlicher Bitterkeit. „Und ich – und ich – o wie furchtbar rächt sich meine Schuld." Das Mädchen verstand kaum, was er sagte, aber sie sagte noch ängstlicher:

„So hören Sie doch auf mich! Es muss etwas Schlimmes passiert sein. Sie haben alle Drei eine Entdeckung zu fürchten, deshalb ergriffen sie so schnell die Flucht. Wenn Sie Teil daran haben sollten, Herr Doktor Mark – dann fliehen auch Sie, noch in dieser Nacht, ich beschwöre Sie!" Jetzt erst verstand dieser den wahren Sinn ihrer Worte.

„Nein, Toinon!" sagte er schmerzlich lächelnd, – „von solchen Dingen sind meine Hände rein." Sie atmete befreit auf.

„Dieu merci, Herr Doktor – nun kann auch ich beruhigt diese Stadt verlassen. Ich habe Sie wiedergesehen und weiß Sie außer Gefahr." Sie streckte ihm die Hand hin. „Lassen Sie mich Ihnen noch einmal danken für alles Gute, das Sie den alten Péricheux erwiesen haben. Nun führt uns der Lebensweg wohl nicht wieder zusammen. Leben Sie wohl!" Sie wandte sich ab und ging – eilenden Schrittes!

Wie ein gebrochener Mann schlich Mark müde die Treppen hinauf in seine Wohnung. Er zündete kein Licht und warf sich angekleidet aufs Bett. „Um den Judaskuss einer Verräterin hab ich mein Glück dahingegeben. Kann ich noch leben?!"

XVIII. Aufforderung zum Duell

echanisch erledigte Mark am folgenden Morgen die dringendsten Arbeiten. Alles, was Ruhe und Sammlung erforderte, schob er zurück. Sein Kopf war schwer, als habe er die halbe Nacht den Freuden des Bacchus geopfert und seine Augen lagen tief in ihren Höhlen. Er sah krank und leidend aus. Schön und sonnig war heute früh der junge Maienmorgen emporgestiegen. Die Sonne war sonst Mark's Lebenselement. Die Sonnenstrahlen schienen sonst eine kräftigende, stärkende Macht über ihn zu haben, sie machten ihm das Herz froh und die Gedanken hell. Heute tat ihm der verirrte Sonnenstrahl, der über die gegenüberliegenden hohen Häuser hinweg in sein Zimmer drang und über seinen Schreibtisch huschte, weh. Es sah allzu trübe und grau um ihn selbst aus, als dass die Sonne, seine alte Freundin, es darin aufzuhellen vermocht hätte! – Die ganze Nacht hatte er ruhelos durchwacht und war nicht aus den Kleidern gekommen. Seine Gedanken fluteten im ewigen Kreislauf umher, ohne dass er einen festen Stützpunkt für sie zu erfassen vermochte. Er fühlte sich wie losgelöst von allem, was ihm bisher im Leben schön und teuer erschienen war. Es war ihm, als habe der gestrige Tag zwischen allem, was war und zwischen dem jetzigen Augenblick eine gähnende unüberbrückbare Kluft gerissen. Zu den seelischen Qualen, die der Entschluss Else's ihm bereitete, gesellte sich die erniedrigende Pein, die für ihn aus Toinons Mitteilungen floss. Jene schöne berückende Frau sollte eine Verdächtige gewesen sein, welche alle Frauenkünste nur spielen ließ, um in dem Schandbereich einer Spionin Erfolge zu erzielen? War es möglich? Konnte die Natur so lügen, indem sie einer feilen, berechnenden Seele eine so köstliche Hülle gab? Die seelenvollen Augen mit ihrem warm scheinenden Glanz, sie hatten in ihm nur die Spähbegier verhüllt? Und er – er war ihr ein willenloses Opfer geworden, wie vielleicht hundert andere! Zu der Qual und der Pein gesellte sich die Scham. Mit welchem glühenden Eifer hatte er seinen Beruf, zu dem er sich auserwählt fühlte, ergriffen! Seine ganze Treue, sein ganzes Können, sein ganzes Wollen sollte dem Volke gehören, dem Volke, das in treuer Arbeit, voll hoffenden Vertrauens zum Throne emporschauend, die festeste Grundsäule des Staates war und blieb. Und ihn hatte das Schicksal mit jenem Weibe zusammengeführt, das hierher gesandt wurde, um den Frieden zu gefährden und im Geheimen neue Waffen gegen dasselbe zusammenzutragen! Wie leichtgläubig war er doch gewesen! Ihm musste ja alles jetzt als die raffinierteste, kaltblütigste Berechnung erscheinen. Und während er, noch im Taumel seiner Leidenschaft mit Härting davongegangen war, hatte sie hier an seinem Schreibtische gesessen und leidenschaftslos seine kleinen Geheimnisse zu durchstöbern gewagt, um dann stundenlang das Gefundene zu kopieren und zu ihren Zwecken auszunützen! Und in den Netzen dieses lockenden Weibes gefangen, wie ein Falter im Fangenetz eines Kindes, hatte er sein eigenes Glück untergraben – um eines Irrlichtes willen die Sonne aus seinem Leben hinweggebannt!

Träge schlichen die Stunden des Vormittages hin. Gegen halb zwölf Uhr wurde er in seinem unfruchtbaren Sinnen unterbrochen durch das Klopfen der Dienerin, die ihm eine Karte übergab.

„Dieser Herr möchte Sie in dringender Angelegenheit sprechen!" Mit einiger Verwunderung las Mark die feingestochene Karte, die den Fremden als einen Mann von hohem Adel avisierte. Befremdet dachte Mark: „Graf – , was verschafft denn mir die Ehre dieses Besuchs? Ist's wieder ein Vermittelungsvorschlag, mit meinen Angriffen aufzuhören? Wir werden sehen!" „Ich bitte!"

Ein hochgewachsener Herr, dem der Aristokrat aus jeder Miene sprach, trat ein. Mark ging ihm entgegen. „Habe ich die Ehre, Herrn Dr. Mark persönlich –"

„Der bin ich, Herr Graf. Was verschafft mir die Ehre Ihres Besuch's?" Er machte eine zum Sitzen einladende Handbewegung, welche von dem Besucher ignoriert wurde.

„Herr Geheimrat von Kowalczy hat mich mit seiner Vertretung beauftragt. Der Herr Geheimrat erblickt in den Angriffen, welche Sie gegen ihn richteten, eine Verletzung seiner persönlichen Ehre und ich komme zu Ihnen, Herr Doktor, um seitens des Beleidigten von Ihnen Genugtuung zu fordern." Mark trat einen Schritt zurück und seine seit gestern gebeugte Gestalt richtete sich gerade und fest auf.

„Ich habe diesen Austrag der Angelegenheit nicht erwartet, Herr Graf. Ich war bisher der Meinung, dass in einer Affaire, wie sie zwischen dem Herrn Geheimrat und mir liegt, die Lösung nicht durch die Mensurpistole zu bewerkstelligen sei."

Der Kartellträger des Geheimrats runzelte leicht die Stirn. „Ich bedaure, Herr Doktor, mich auf irgendwelche Erörterungen der peinlichen Veranlassung meines Besuches nicht einlassen zu können. Es sei denn, dass Sie alles, was Sie gegen den Herrn Geheimrat –" Mark machte eine so stolz abwehrende Bewegung, dass der andere schwieg und ihn nun erwartungsvoll anschaute. „Auch ich bin nicht geneigt, in diesem Augenblick auf die Sache selbst zurückzukommen", sagte er fest.

„Ich darf das so verstehen, dass Sie bereit sind, dem Herrn Geheimrat von Kowalczy die geforderte Genugtuung mit der Waffe zu geben?" „Sie verstanden durchaus richtig!"

„So habe ich die Ehre, mich meines weiteren Auftrages zu erledigen. Die Forderung lautet auf acht Schritt Barrière, Kugelwechsel bis zum Erfolg."

„Ah – der Erfolg ist in diesem Sinne die Kampfunfähigkeit des Gegners?" Der Kartellträger verbeugte sich. „Im Übrigen bitte ich Sie, das Weitere mit meinem Freunde, dem Bildhauer Härting zu besprechen. Er wird die Ehre haben, Sie noch heute aufzusuchen", fuhr Mark fort. „Ich werde ihn sofort von Ihrem Besuche und Ihrem Auftrage verständigen und bitte nur um gütige Angabe Ihrer Wohnung, Herr Graf, damit mein Freund mit Ihnen das Weitere verabreden kann."

Der Graf verneigte sich und kritzelte seine Adresse auf eine Karte, die er mit vollendeter Artigkeit Mark überreichte.

„So wäre mein Auftrag hier zur Zufriedenheit meines Freundes erledigt", sagte er höflich –. „Eins noch –" setzte er zögernd hinzu. „Der Herr Geheimrat hat mich gebeten, für die größtmögliche Beschleunigung des Ehrenhandels einzutreten." Mark gewann von Sekunde zu Sekunde mehr die kühle Ruhe zurück, welche der Augenblick von ihm erheischte.

„Ich werde meinen Freund instruieren, den Wünschen des Herrn Geheimrat von Kowalczy nicht entgegen zu sein!" Der Graf verbeugte sich.

„So habe ich nur noch zu bedauern, dass eine so ernste Veranlassung mir die Ehre Ihrer Bekanntschaft zuteil werden ließ!" sagte er höflich und mit einer Miene, die deutlich seine Zufriedenheit verriet, die Sache so prompt erledigt zu sehen. Mark folgte seinem

Besucher bis zur Tür und verabschiedete sich von ihm durch eine stumme Verneigung.

Als er sich wieder allein in seinem Arbeitszimmer befand, erstaunte er über die Veränderung, die diese wenigen Minuten in ihm hervorgebracht hatten. Eine ernste Stunde trat an ihn heran – sie sollte den Mann in ihm finden! An der Gefahr, die ihm in dem Zweikampf mit dem Geheimrat drohte, richtete sich der Niedergebeugte wieder auf. Ein nächstes Ziel baute sich vor seinem beunruhigten Geiste auf, ein Ziel, das Klarheit und Festigkeit verlangt wie kaum ein anderes. Die Forderung hatte ihn nur im ersten Momente überrascht. Jetzt erschien sie ihm so natürlich, dass er es verwunderlich fand, wie man auf Seiten seines Gegners nicht eher auf den Gedanken dieser Lösung gekommen sei. Aber war es wirklich eine Lösung der ganzen Angelegenheit? Konnte ein Knall Angriffe entkräften, eine Kugel ein Beweismaterial vernichten, sein Tod das Geschehene ungeschehen machen? Sein Tod?! Der Gedanke berührte ihn so eigen, dass er das Wort zweimal, dreimal halblaut vor sich hinsprach. Freilich, das war die beste Lösung für alles, alles! Sein Herz klopfte in ruhigen Schlägen, als seine Phantasie wieder geschäftig zu arbeiten begann und ihn den grünumlaubten Platz zeigte, auf dem er seinem Gegner gegenüberstand. Da blitzte es auf und er sank nieder. Und ganz genau sah er, wie der Arzt sich über den Niedergefallenen beugte, an seinem Herzen horchte und dann sagte: „Es ist vorbei mit ihm – er ist tot!" Und er sah Else, wie sie sich über den Leichnam warf und die erblassten Lippen küsste. – – Kein Jahr war vergangen, und doch küsste sie ihn wieder! Ein rasendes Verlangen erfasste ihn, seine Phantasiegebilde verwirklicht zu sehen —.

Das Schlagen einer Uhr, welche die zwölfte Stunde anzeigte, rief ihn aus den Irrgängen seiner Phantasie in die Wirklichkeit zurück. Er strich sich über die Stirn, die heiß und trocken war, und reckte und dehnte sich. Jetzt war keine Zeit mehr zum Grübeln und Sinnen, zum Brüten und Träumen. – Die Stunden, die ihm vielleicht noch blieben, würden im Handumdrehen verflossen sein. Er musste handeln. Er kleidete sich zum Ausgehen an und steckte des Grafen Karte zu sich. Der Ehrencodex erforderte es, dass er ungesäumt seinen Sekundanten aufsuchte und dieser sich unverzüglich zur Verfügung des gegnerischen Sekundanten stellte, um alle nötigen Vereinbarungen zu treffen. Mark beschleunigte seine Schritte. Vor ein Uhr verließ Härting nur in seltenen Fällen sein Atelier. Wenn er sich beeilte, so traf er ihn noch an. Im Vorraum traf er den „Obelisk" mit dem Reinigen einiger Utensilien beschäftigt.

„Ist Härting noch drinnen?" Der „Obelisk" nickte schweigend. Am Tage war das Faktotum des Bildhauers schweigsam – er taute erst zur Abendzeit auf, wie Härting behauptete, wenn er sich ordentlich „begossen" habe. Mark trat ohne weiteres ein. Härting stand noch in seinem Atelierkittel vor dem Marmorblock, an dem er gearbeitet hatte und prüfte den Schwung einer Linie, als er Mark erblickte. Schnell legte er die Geräte aus der Hand und kam auf ihn zu.

„Grüß Gott, Mark – wo stecktest Du gestern Abend? Ich suchte Dich auf – ich wollte bei Dir sein – ich dachte, Du hättest mich brauchen können. – Aber ich fand Dich nicht und als ich später vorbeikam und nach Dir schauen wollte, waren Deine Fenster dunkel. Ich hatte Sorge um Dich!"

„Ich lief umher, ich weiß selbst nicht, wo überall ich war. Ich musste erst in mir und mit mir fertig werden." Der Bildhauer legte beide Hände auf die Schultern des Freundes. „Und bist Du's geworden, Mark?" Dieser senkte den Blick. „Wie kann ich's?!" flüsterte er.

„Mut, Junge!" suchte Härting ihn aufzurichten. „Sie ist ein herrliches Mädchen, Deine Else! Ich habe sie hochgeschätzt – aber erst gestern hab' ich ihren ganzen Wert erkannt. Wie schnell flieht ein Tag vorbei und das Jahr hat nur ein paar hundert!"

„Seit gestern dehnt sich mir jede Stunde zu einem Jahr!"

„Unsinn! Kopf hoch! Nicht zurückblicken! Immer vorwärts, gradaus! Ein Ziel winkt Dir, wie keinem anderen Sterblichen!"

„Der Tod!" „Oho!" lachte Härting. „Das Ziel brauchen wir nicht erst zu erstreben, es kommt von selbst an uns heran. Aber das hat bei solchen Leuten, wie wir sind, gute Zeit!" „Wer weiß?"

„Höre einmal," sagte Härting – „mit solchen Dingen soll man nicht scherzen. Dazu sind sie zu ernst. Ich glaub' schon, dass Deine

Stimmung keine rosige ist. Aber von Tragik sehe ich nichts auf Deinem Lebenswege." „Ich sehe sie!"

„Zum Kuckuck!" fuhr Härting unmutig auf. „Zum Rätselraten pass' ich genau so gut wie der Esel zum Seiltanzen. Kommst Du nur, mir Rätsel aufzugeben?" „Nein, sondern um Dich zu bitten, das große Rätsel meines Lebens vielleicht mit lösen zu helfen."

„Versteh ich nicht!" rief der Bildhauer mürrisch. Mark zog die Karte des Kartellträgers hervor. „Nun denn – ich bitte Dich, Dich in einen besuchsfähigen Anzug zu kleiden und diesem Herrn da möglichst noch in dieser Stunde Deine Aufwartung zu machen."

„Graf ... –" las Härting. „Und zu diesem soll ich –" „Gehen und mit ihm die weiteren Vereinbarungen treffen für den Zweikampf, zu dem mich Herr von Kowalczy durch den Grafen vor einer Stunde fordern ließ."

„Du?" rief der Bildhauer entsetzt und trat einen Schritt zurück. – „Du willst Dich mit ihm schlagen?" Mark nickte. „Ja – und da es meinem Gegner auch erwünscht ist, die Sache schnell abgetan zu sehen, so ist es auch mein Wunsch: So schnell wie möglich!"

„Und Du meinst, ich wäre so närrisch und –" „Ich meine, dass Du heute noch mein Freund bist, trotz allem, was geschehen ist. Ich meine, dass Du Dich nicht eine Minute länger besinnst, sondern die Wohnung des Grafen aufsuchst. Und ich meine endlich, dass ich mich nicht in Dir täusche, wenn ich Dir sage: Es handelt sich um den letzten Dienst Deiner Freundschaft!"

„Mark," rief Härting ergriffen – „wenn Du verwundet würdest, wenn Du –" „Sprich nur gelassen aus, was Du denkst. Wenn ich falle, so ist's am Ende, nichts weiter." „Und Else?" sagte jener leise. „Vielleicht werde ich dann fester in ihrem Gedächtnis weiter leben denn je!"

Der Bildhauer begann wütend im Atelier herumzurennen. „Ist denn die ganze Welt plötzlich verhext?" rief er polternd. „Erst kommt solch' eine Person und lockt Dich von Deiner Braut weg, dass ein ehrlicher Christenmensch bei dem Jammer, den sie davon hatte, aufheulen möchte, wie ein Kettenhund, und nun kommt auch noch diese verdammte Hexe Politik und droht Dir mit einem niedlichen Pistolenschuss, 's ist ja, um ganz verrückt zu werden!" In diesem Tone polterte Härting eine Weile weiter, dann trat er an den Freund heran: „Sind's schwere Bedingungen?" „Es geht ums Leben!"

Der Bildhauer stampfte mit den Füßen auf. „Und mir denkst Du im Ernst die schöne Rolle zu, dabei zu sein, wenn –"

„Wenn es sich vielleicht um meine letzte Stunde handelt! Ja, Härting, diese Rolle denke ich Dir zu, keinem anderen, als Dir! Willst Du mir sie verweigern?" Härting wandte sich ab um seine Rührung zu verbergen. „Und Du gehst, Alter? Du gehst gleich?"

„Ich gehe!" Mark drückte die Hand des Freundes. „Komm, begleite mich auf meine Bude, damit ich mich für den Herrn Grafen da in Wichs werfen kann!" Während sie gingen, fragte Härting, der sehr ernst geworden war: „Wie lauteten die Bedingungen?" „Acht Schritte Barrière, Kugelwechsel bis zu Kampfunfähigkeit."

„Soll ich auf mildere Bedingungen dringen?" „Keineswegs. Die Proposition des Geheimrats ist mir recht!" „Aber Du hast seit Jahren keine Pistole in der Hand gehabt! Du hast eine Verantwortung Deinem Verleger und Deinem Blatte gegenüber. Du hast manches zu ordnen – ich will einen kurzen Aufschub verlangen!" „Auf keinen Fall, der nächste Zeitpunkt ist mir der liebste!" „Eine heillose Geschichte!" fluchte Härting, in dem der Grimm wieder losbrach. „Wo treffe ich Dich nachher?" „In meiner Wohnung!"

Damit schieden sie; Härting, um in einer Laune, die selbst dem „Obelisken" ungewöhnlich gefährlich schien, Besuchstoilette zu machen; Mark, um lustlos und appetitlos ein paar Bissen zu sich zu nehmen, nur um seinem Magen die nötigste Befriedigung zu verschaffen. Am Nachmittage kam Härting und schleuderte gleich beim Eintreten seinen Hut ingrimmig in eine Ecke.

„Ist alles in Ordnung?" „Um zwei Männer sich dem tückischen Fluge der Kugeln auszusetzen? Freilich! Frage auch noch!" „Die Bedingungen sind doch dieselben geblieben?" „Ich marschierte ja dank Deiner Vorschrift mit gebundener Marschroute!" Mark atmete tief auf. „Und die Zeit?" Härting antwortete nicht, sodass Mark seine Frage wiederholen musste. „Morgen!" kam es langsam über die Lippen des Bildhauers. „Morgen schon?" sagte Mark leise. Aber er richtete sich auf und sagte mit einem ausdrücklichen

Kopfnicken: „Also gut! Morgen! Doch mit dem frühesten?" „Mit Sonnenaufgang!" „Und wo?" „Im Grunewald. Die anderen Herren werden mit ihrem Wagen um ½ 4 Uhr am äußersten Ende des Kurfürstendammes uns erwarten. Wir haben ihnen dann nur nachzufahren. Deines Gegners Sekundant – übrigens von einer Höflichkeit und Artigkeit, als hätten wir miteinander das Menu für ein Sektfrühstück zu vereinbaren – meinte, es gäbe da ganz in der Nähe einen bequemen Platz für die Affaire." „Somit ist ja alles erledigt!" „Ja, denn den Unparteiischen und den Arzt bringen jene Herren mit. Man fragte mich, ob ich damit einverstanden sei. Ich hatte nichts dagegen, ist Dir's recht?" „Gewiss, mein Alter."

„Hast Du Pistolen?" So naturgemäß die Frage war, so zwang sie doch ein leichtes Lächeln auf Marks Lippen. „Wie sollte ich? Ich bin seit langen Jahren kein Student mehr und in der Zwischenzeit ist eine solche Sache nicht an mich herangetreten. Aber, willst Du noch einen Weg für mich machen, Freund?" „Frag auch noch!" brummte Härting. „Ich liefe am liebsten bis zur Rendezvousstunde im Trabe umher, bloß, um diese verdammte Unruhe in mir los zu werden. Was schreibst Du denn da?" „Ein paar Zeilen an einen Kollegen. Ich glaube, Du hast ihn auch schon gesehen, den Dr. Paulsen. Der hat in Paris einmal ein paar Schießereien gehabt und der hält auf solche Dinge. Aber lass Dich in kein Gespräch mit ihm ein – er ist ein bisschen ausforschend." „Aus mir soll er weniger herauskriegen, wie aus einem toten Huhn!" murrte Härting, ärgerlich seinen Hut aufstülpend und nach dem Kuvert greifend, welches Mark ihm entgegenhielt. „Wenn ich nur die Dinger kriege! Es ist eine verteufelte Arbeit mit einem solchen Zweikampfe, hat man 'mal die Finger hineingesteckt, so möchte man auch gern in allen Dingen nach dem Codex verfahren. Ich bleibe dabei – 's ist 'ne närrische Welt und ich bin der größte Narr, dass ich Dir nachgegeben habe!" „Geh – geh, mein Alter!" Mark war allein.

So war denn alles entschieden. Die Sonne, die mit ihrem warmen Schimmer die Straßen überflutete – würde er sie morgen zu dieser Stunde noch erblicken? Eine weiche Stimmung kam über ihn. Er nahm seine Brieftasche hervor. Die Stickerei rührte von Else's feinen Fingern her. Eine Tasche barg ihr Bild. Er nahm es, küsste es und sah dann lange mit schwimmenden Augen darauf. „Ich muss fest sein!" sagte er, „und an alles denken! Mir bleibt noch viel zu tun!" Und nun handelte er, als sei er sicher, dass die Frühmorgenstunde des nächsten Tages ihm den Tod brächte. Einen langen Brief schrieb er an Else. Die ganze Zärtlichkeit, die ihn in diesem Augenblicke erfüllte und die an Tiefe noch diejenige überstieg, die er damals empfand, als er dem jungen Mädchen zum ersten Male seine Liebe enthüllte, strömte in die Worte, die er mit fliegender Feder niederschrieb. Er nahm Abschied von ihr – für immer – er wisse, dass er sie nicht wiedersehen werde und im Angesicht seines Schicksals beteure er noch einmal die tiefe, unvergängliche Liebe, die er für sie hege.

Als er endlich den Brief schloss und siegelte, seufzte er erleichtert auf. „Das war das Schwerste – welches Leid musste ich Dir zufügen, meine Else!" Noch ein paar Zeilen schrieb er nieder. Sie waren für Frau von Poyritz bestimmt. Er dankte ihr darin für all' die Liebe und Güte, mit der sie ihm entgegen gekommen sei und empfahl Else ihrer treuen Obhut und ihrem lindernden Troste, wenn er nicht mehr sein werde. Nun war alles geschehen. Verwandte besaß er nicht mehr. Ein paar kleine Kostbarkeiten bestimmte er für Härting und Else und schrieb diese Bestimmung ebenfalls nieder. Das Geschäftliche, das ihm noch zu tun übrig blieb, war schnell getan. Seinem Verleger schrieb er schnell ein paar Worte, die zugleich die Empfehlung eines jungen, fleißigen Kollegen waren, den er in den letzten Wochen kennen gelernt und dem das Schicksal bisher keine Rosen auf dem Weg gestreut hatte. Die nächste Stunde brachte er damit zu, seine Papiere zu ordnen.

Dann hörte er das Rollen einer Kutsche und vernahm, wie dieselbe vor dem Hause hielt. Wenige Minuten später erschien Härting, einen flachen polierten Kasten unter dem Arme, den er behutsam auf den Tisch stellte. „Willst Du nicht ruhen?" fragte er, besorgt über das bleiche Aussehen des Freundes. „Ich werde später noch genug Zeit dazu haben," sagte Mark mit halbem Lächeln. „Ich möchte lieber noch eine Stunde hinaus in's Freie. Die Sonne geht unter – ich liebe die Sonne so, wenn sie sich erhebt und wenn sie zur Rüste geht. Ich quäle Dich heute, Alter, – schilt mich nicht drum. Morgen ist ja alles vorbei!" „Und dann trinken wir eine Flasche vom besten Steinberger Kabinett und verschwören solche Dummheiten für die Zukunft!" rief Härting. Mark antwortete nicht. Er hatte sich dem Fenster zugekehrt und schwieg eine Weile.

„Sagtest Du nicht, Du wolltest noch eine Stunde ausgehen?" fragte der Bildhauer, den die Unbeweglichkeit Mark's besorgt machte. „Mich musst Du freilich mitnehmen, denn bis die fatale Geschichte vorbei ist, verlasse ich Dich nicht mehr!" Mark reichte ihm statt aller Antwort die Hand. „Noch eine Stunde in den Tiergarten," sagte er dann. „Ich habe diesen prächtigen Naturpark von der ersten Stunde an, in der ich Berlin betrat, lieb gehabt. Komm, Alter!"

Sie gingen und jeder schwieg. Jeder hing seinen eigenen Gedanken nach. „Ich hätte noch einen Wunsch, Härting," sagte Mark, als sie den großen Stern querend in der Richtung auf das Potsdamer Tor weiterschritten. „Du wirst noch Millionen Wünsche im Leben haben!" rief der Bildhauer, froh, dass das schwer auf ihm lastende Schweigen endlich gebrochen wurde. „Na – was ist's denn für einer?" „Wir wollen durch ihre Straße gehen, nur einen Blick möchte ich zu dem Hause emporwerfen, das sie birgt," sagte Mark leise. In Härting verstärkte sich das Unbehagen. „Du steckst einen wahrhaftig an mit Deiner Schwarzseherei!" rief er unmutig. „Zum Kukkuck, ein Duell ist doch noch keine absolut sichere Anweisung auf einen Platz in den jenseitigen Gefilden!" Er verstummte, als er Marks bittenden Blick gewahrte. „Na ja doch!" brummte er. „Immer zu! Und morgen früh, wenn die tolle Geschichte vorüber ist, können wir wieder vorbei gehen und dann machst Du hoffentlich ein vergnügteres Gesicht."

Die Dämmerung war bereits hereingebrochen und in der Poyritz'schen Wohnung ließ man schon die Vorhänge herab. Von Else war nichts zu erblicken.

Mark fröstelte und er hüllte sich fester in seinen leichten Paletot.

„Nun komm – nun wollen wir ruhen, bis die Stunde schlägt!"

*

XIX. Das Ende

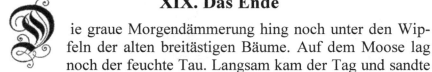
ie graue Morgendämmerung hing noch unter den Wipfeln der alten breitästigen Bäume. Auf dem Moose lag noch der feuchte Tau. Langsam kam der Tag und sandte als Vorboten hinter dem Nebel hervor die ersten zitternden Strahlen der aufgehenden Sonne über die Landschaft dahin. – Nichts störte die Stille des abgeschiedenen Ortes. Da knisterten und knackten die am Boden verstreuten trockenen Zweige und am Rande der Lichtung erschienen, kurz aufeinander folgend, zwei Gruppen von schwarzgekleideten Männern. Die gegnerischen Parteien waren auf dem Rendezvousplatze erschienen. Freiherr von Kowalczy war begleitet von seinem Sekundanten und einem zweiten Herrn, der sich Mark und Härting als Baron von .... und zugleich als Unparteiischer vorstellte. Ein vierter Herr packte am Fuße einer alten Buche aus einem Wachstuchkonvolut allerhand Instrumente aus und näherte sich dann ebenfalls Mark und dessen Sekundanten, sich mit kühler Höflichkeit vorstellend. Es war der Arzt, der Oberstabsarzt eines Garde-Regiments. Die beiden Gegner hatten jenen üblichen kalten Gruß miteinander ausgetauscht. Härting und der Graf waren zu kurzer Zwiesprache abseits zusammengetreten. Man wartete noch eine Weile, bis die Dämmerung aus dem Walde schwand und der erste freundliche Sonnenblick auch die von dichtem Wald umgebene Lichtung erreichte. Härting trat zu Mark heran.

„Halte Dich gut, Junge – sieh, Deine Freundin, die Sonne kommt – in einer halben Stunde ist die ganze Geschichte vorüber!" „Vorüber!" murmelte Mark.

Jetzt trat der Unparteiische in Tätigkeit. Mit der ruhigen Sicherheit eines Mannes, der in der Austragung solcher Ehrenhändel wohlbewandert ist, steckte er mit einem trockenen Zweig die Mitte ab und sprang die Distanzen ab, um hier ebenfalls die Standorte der beiden Gegner in gleicher Weise zu bezeichnen. Inzwischen hatten die Sekundanten die Lose bereitet, welche die Wahl der beiderseits mitgebrachten Pistolen entscheiden sollten. Sie entschied für Mark's Waffen. Gleichgültig sah dieser zu, wie die beiden Sekundanten die Pistolen mit peinlichster Sorgfalt luden, wie sie dieselben dann unter dem daraufgelegten Tuche aus der Hand des Unparteiischen in Empfang nahmen und sie den Gegnern reichten, die auf ein Zeichen des Unparteiischen auf ihre Plätze getreten waren.

„Ruhig, mein Junge!" flüsterte Härting. „Er wird Dich nicht schonen, glaub' mir. Hier ist sich jeder selbst der Nächste!" „Leb' wohl, Alter!" erwiderte Mark leise. Auch die Sekundanten und der Unparteiische nahmen nunmehr ihre Plätze ein. Das Folgende erschien Härting, dem es vor den Augen zu flimmern begann, wie ein wüster Spuk. Scharf und schneidig hallte das Kommando des Unparteiischen durch den stillen Wald. „Eins – zwei – !"

Zwei Schüsse, die zu einem Knall zusammenflossen. Beide Kämpfer schienen unverletzt. Beide standen. Härting hatte schon einen unterdrückten Freudenruf auf der Zunge. Da sah er Mark wanken und im selben Augenblick den Arzt auf den Freund zueilen. Härting's Beine schienen plötzlich in den Boden zu wurzeln. Er wollte vorwärts und eine lähmende Angst hielt ihn zurück. Da – ein Aufschrei rang sich von seinen Lippen los. Mark sank in die Knie und schlug zu Boden. – In stummer Verzweiflung stand er neben dem Freunde, der totenbleich und mit geschlossenen Augen auf dem Moose lag. Das Hemd hatte sich rot gefärbt und unter der Weste quoll schaumiges Blut hervor. Der Arzt riss die Weste auf und zerschnitt das Hemd. Mit sehr ernstem Gesicht suchte er die Wunde. Er fand sie unter der rechten Achselhöhle und presste kopfschüttelnd die Lippen aufeinander. Jetzt erst fand Härting die Sprache wieder. „Um Gotteswillen", flüsterte er, über die ernste Miene des Arztes entsetzt – – „es ist doch nichts Ernstes?" Der Arzt winkte ihm Schweigen zu.

„Holen Sie mir lieber meine Tasche dort herüber!" „Die Sache ist vorüber", flüsterte er dann dem Unparteiischen zu. „Dieser hier ist kein Gegner mehr!" „Schwer verletzt?" „Durch die Lunge – sehr schwer!" Baron . . . begab sich zu dem Geheimrat von Kowalczy hinüber, der sich mit dem Grafen leise unterhielt und eine sehr ernste Miene zeigte. „Nun?" „Lungenschuss – schwer!" „Das wollte ich nicht," sagte der Geheimrat leise. „Bitte, meine Herren – gehen Sie hinüber und sehen Sie, ob Sie dort helfen können."

Härting kniete neben Mark, rieb dessen kalte Hand und flüsterte zärtlich seinen Namen. Er schämte sich der Träne nicht, die an seiner Wimper hing und schwer in seinen Bart niedersank. Als die beiden Freunde des Geheimrats sich dem Arzte zur Verfügung stellten, nickte dieser. „Herr Baron, bitte – wollen Sie zu dem Wagen dieses Herrn gehen und den Kutscher veranlassen, so nahe wie möglich heranzukommen. Wir müssen ihn in den Wagen tragen und so schnell wie möglich das nächste Krankenhaus zu erreichen suchen." „Doktor!" schrie Härting auf. – „Still! Still! Fassen Sie hier an – so – und Sie hier – und sanft tragen – sanft – leise."

Ein schmerzliches Stöhnen entrang sich Marks wunder Brust, als er emporgehoben und dem Wagen entgegengetragen wurde, aber seine Augen blieben geschlossen. Die Bewusstlosigkeit hielt an. Man bettete den Schwerverwundeten so gut es ging in den Polstern der Droschke und der Arzt und Härting nahmen bei ihm Platz. Die anderen Herren verabschiedeten sich mit stummen Grüßen und fuhren mit Herrn von Kowalczy in schnellem Trabe davon. Langsam folgte der Wagen mit dem Verwundeten. Jeder leise Schmerzlaut, den Mark ausstieß, zerriss Härtings Herz. Härting wagte keine Frage mehr an den Arzt, dessen ernste Miene ihm mehr sagte, als Worte es vermocht hätten. Mark war tödlich verletzt! Trostlos schweiften seine Blicke von dem todblassen Antlitze des Leidenden hinaus zu den äußeren Straßenzügen der Weltstadt, die sie wieder erreicht hatten. Das Fahren auf dem Pflaster entlockte dem Schwerverwundeten neue Schmerzenstöne. „Wohin fahren wir?" fragte Härting mit bebenden Lippen. „In's Bethanienkrankenhaus – es ist das nächste und – Eile tut Not!" erwiderte der Arzt. Härting biss in wildem Weh die Zähne zusammen. Diesen Ausgang der Sache hatte er nicht erwartet. Selbst seine schlimmsten Befürchtungen waren durch ihn weit übertroffen. „Mark, armer Mark!" „Still!" Der Arzt hob warnend die Hand. „Er kommt wieder zu sich!"

Ein lauteres schmerzliches „Ach!" entfuhr den Lippen des Verwundeten und dieser öffnete matt die Augen. Ein schwaches Lächeln huschte um seine von Schmerz zusammengezogenen Lippen, als er Härting erkannte; er versuchte, die Hand zu heben und sie ihm entgegenzustrecken, aber sie fiel kraftlos auf den Sitz zurück. „Ruhig, mein Jungchen – ganz ruhig!" flüsterte Härting, während er das Gesicht abwenden musste, damit jener die hellen Tränen nicht sah, die in seinen Bart niederperlten. „Gleich ist die Fahrt in diesem verdammten Marterkasten zu Ende und Du ruhst in einem weichen Bette." Der Verwundete schloss die Augen wieder, aber er atmete schwerer und schwerer. Härting fasste entsetzt den Arm des Arztes. „Um Gott – er stirbt uns unter den Händen!" Der Arzt schüttelte den Kopf. „Das macht die unbequeme Lage. So nahe ist die Katastrophe noch nicht. Ob freilich –" Er unterbrach sich. „Hier ist schon das Krankenhaus. Bitte, lassen Sie mich zuerst aussteigen und die Meldung drinnen im Büro machen. Ich komme mit ein paar geschulten Wärtern sofort zurück, die den Transport des Verwundeten sachgemäß besorgen. –"

Das Bethanien-Krankenhaus

Es vergingen einige für Härting doppelt qualvolle Minuten, dann erschienen die Krankenhauswärter und ein noch junger, ernstblickender Arzt, welcher den Transport des Verwundeten in ein helles, freundliches Krankenzimmer im Parterre leitete. Härting, um den sich in diesen Augenblicken niemand kümmerte, folgte ihnen und blieb vor der angelehnten Tür stehen. Man bettete Mark jetzt und die beiden Ärzte untersuchten die Wunde, nachdem sie den Notverband entfernt hatten. Härting war an ein Fenster des Korridors getreten und blickte auf die Straße hinaus. Ein herrlicher Maitag war angebrochen. Trotz der frühen Stunde – es war kaum sechs Uhr vorüber – war die Straße schon stark belebt und heller goldiger Sonnenschein breitete sich über die Stadt aus. Der Bildhauer ballte die Fäuste zusammen. Wie hatte das alles geschehen können! Und er hatte es geschehen lassen! Er hatte selbst geholfen, die Vorbereitungen zu diesem Duell zu treffen, das ihn seines einzigen Freundes beraubte, das Else –. Es war dem ehrlichen Manne, als packe eine eisige Faust sein Herz.

„Else", flüsterte er tonlos. „Und auf mich fällt die schwere Aufgabe, es ihr zu sagen!" Ein tiefes klagendes „Ach!" drinnen im Krankenzimmer durchrüttelte ihn förmlich. Er konnte sich nicht mehr halten, er musste erfahren, wie es mit dem Freund stand. Der Krankenhausarzt hatte soeben den neuen Verband angelegt und trat nun von dem Bette zurück, an welchem ein Wärter sofort Platz nahm, während ein zweiter enteilte, um die vom Arzt ihm bezeichneten Gegenstände zu holen. „Ich möchte mich nun verabschieden," sagte der Oberstabsarzt. „Ich weiß den Verwundeten nunmehr in bester Obhut und meine Pflicht bei dieser traurigen Affaire ist soweit erfüllt." Er verabschiedete sich von seinem Kollegen und ging mit einem höflichen Gruße gegen Härting, der seine angstvollen Blicke auf den Oberarzt des Krankenhauses gerichtet hielt. Dieser trat zu ihm heran.

„Sie sind ein Freund dieses Herrn Doktor Mark – nicht wahr?" Härting nickte nur, die Bewegung, die sich seiner bemächtigt hatte, ließ ihn zu keinem Worte kommen. „Hat der Herr nahe Verwandte?" Der verhüllte Sinn dieser Frage erschütterte den Bildhauer. „Eine Braut –" flüsterte er. „Niemand sonst." Der Arzt winkte ihm und führte ihn aus den Korridor. „Es ist unnütz, Ihnen nicht die volle Wahrheit zu sagen. Die Verwundung ist tödlich – es sind nur noch Stunden, welche der Unglückliche zu leben hat." Härting entfärbte sich. „Die Kugel ist durch die rechte Achselhöhle eingedrungen, hat die rechte Lunge durchbohrt uud sitzt am linken Lungenflügel. Die Verletzung ist tödlich. Sie kennen die Braut des Herrn?" „Ich kenne sie!" „Es wird ein leichter Todeskampf werden. Und der Verwundete dürfte vorher noch zur Besinnung zurückkehren. Ich weiß, welche Gedanken in solchen Fällen den Sterbenden beseelen. Ein Wort des Abschieds macht den Abschied vom Leben oft leichter. Wenn die Braut des Herrn hier erscheinen will – ich habe nichts dagegen!" „Ich werde sie benachrichtigen," sagte Härting mühsam, griff nach seinem Hute und ging mit unsicheren Schritten hinaus. Der Arzt sah dem sich Entfernenden gedankenvoll nach.

Die siebente Stunde war kaum vorüber, als Härting die Klingel an der Wohnung des Herrn von Poyritz zog. Er musste sich einen Augenblick an die Türfüllung lehnen, der Atem stockte ihm fast vor Gemütsbewegung und der Hast, mit welcher er hierher geeilt war. Ein Dienstmädchen öffnete und sah verwundert den Herrn an, der um diese frühe Morgenstunde mit der hastigen Frage erschien: „Sind die Herrschaften schon auf!" „Der gnädige Herr ist im Frühstückszimmer. Die Damen haben sich noch nicht sehen lassen." Härting befühlte seine Taschen. „Natürlich – wenn man diese heillosen Visitenkarten braucht, so hat man sie nicht," murrte er ingrimmig vor sich hin. Dann, den verwunderten Blick des Mädchens gewahrend, fügte er laut hinzu: „Bitte, sagen Sie Herrn von Poyritz, Härting, der Bildhauer Härting sei hier und müsse ihn dringend eine Minute sprechen!" Sein ganzes Gebaren schien dem Mädchen so auffällig, dass dasselbe nur kurz mit dem Kopfe nickte, aber dann die Tür wieder schloss und den Bildhauer draußen stehen ließ.

Hastige Schritte näherten sich gleich darauf. Herr von Poyritz riss die Tür auf und den frühen Besucher erkennend, zog er ihn in den Korridor: „Herr Härting, Sie sind's wirklich? Und zu solch' früher Stunde – es hat sich doch nichts – –?" Er verstummte, als er

Härtings schmerzdurchwühltes Gesicht und seine zur Stille mahnende Handbewegung sah. „Doktor Mark ist –" „Ein Unglück?" rief Herr von Poyritz. „Um Gotteswillen!" „Mark ist im Duell heute früh tödlich verwundet worden – sein Leben zählt nur nach Stunden." Herr von Poyritz fuhr entsetzt zurück. „Das ist – das ist furchtbar! – Mit wem denn schlug er sich?" „Mit dem Geheimrat von Kowalczy – ich bin hierhergehastet – Fräulein Else's wegen – wir müssen sie von dem Vorgefallenen unterrichten!" „Das kann nur meine Frau – bleiben Sie hier – ich hole sie!"

Aber das Dienstmädchen musste Frau von Poyritz wohl schon unterrichtet haben, denn diese, im schnell übergeworfenen Morgengewande, trat jetzt ins Zimmer ein. Sie erschrak, als sie Härting erblickte und eilte auf ihn zu. „Doktor Mark –?" Ihr Gatte unterrichtete sie in kurzen Worten. Der Schreck erfasste die Dame so, dass sie auf einen Stuhl sank. „Else – Else!" klagte sie – „das arme, arme Kind, wie wird sie es ertragen!" „Mir müssen sie schonend davon in Kenntnis setzen, gnädige Frau!" sagte Härting bittend. „Sie wird ihn sehen wollen. Der Arzt riet mir aber Eile an – Mark, mein guter Mark!" Und hier, vor diesen trefflichen Menschen, schämte sich Härting seiner Tränen nicht, die den wilden Schmerz, den er über das Schicksal des Freundes empfand, lösten.

„Wo ist er?" flüsterte Frau von Poyritz nach einer Weile. „Im Krankenhause Bethanien. Es war das nächste, das wir erreichen konnten." Frau von Poyritz erhob sich und trocknete sich die Augen. „Das wird ein schwerer Gang! Gott gebe mir die Kraft, Else zu trösten!" Sie ging hinaus und die beiden Männer blieben allein. Keiner sprach. Die lähmende Erwartung hielt ihre Lippen gefesselt.

Als ein schwacher, schnell erstickter Schrei hörbar wurde, wussten sie, dass Else die Unglücksbotschaft erreicht habe. „Wie wird sie es tragen?" murmelte Härting und auf's Neue schwiegen die beiden Herren, jeder den drückenden Gedanken nachhängend, die sie erfüllten.

Als Frau von Poyritz wieder im Zimmer erschien, erhoben sie sich gleichzeitig und ohne dass sie ein Wort aussprachen, lag doch auf beider Antlitz die eine Frage: „Was macht Else?" „Überlassen wir sie noch ein Weilchen ihrem Schmerze," flüsterte die treffliche Dame. „Ich habe ihr Mark's Zustand so schonend wie möglich geschildert. – Aber sie erriet die Wahrheit nach den ersten Worten. In den ersten Augenblicken fand sie keine Träne – die Starrheit, in welche die Nachricht sie versetzte, flößte mir Furcht ein. Dann erst brach ihr Tränenstrom hervor und ich ließ sie allein. Der erste wilde Schmerz muss austoben, jedes tröstende Wort vermehrt ihn in solchen Momenten nur. Else ist ein starkherziges Mädchen. Sie hat unsern unglücklichen Freund tief und innig geliebt – man wird mit ihm einen Teil ihrer selbst zu Grabe tragen!"

Im Flüstertone – ihm war, als könne ein lautes Wort Else in ihrem Schmerze stören – berichtete Härting in abgebrochenen Sätzen über die Einzelheiten des Duells. Herr von Poyritz nickte langsam. „Ich hab's kommen sehen – es war eine unglückliche Sache mit diesen Angriffen. Es wird entweder eine Donquichoterie oder eine tragische Affäre, sagte ich mir. Nun hat ihm dieses Duell den Fluch der ersteren erspart."

Mehr als eine Viertelstunde war vergangen, als Else, dunkel gekleidet und schon zum Ausgehen gerüstet, eintrat. Sie schien um Jahre gealtert. Ein herber Zug lag um den feinen Mund, in ihren Augen lag die ganze Trostlosigkeit, in welche die Unglücksbotschaft sie gestürzt hatte. Als Härting ihr erschüttert die Hand entgegenstreckte, brach ihr Schmerz jäh und gewaltig auf's Neue hervor. Frau von Poyritz zog sie in ihre Arme und flüsterte ihr beruhigend zu. Sie selbst war es, die ihre Tränen gewaltsam niederkämpfte.

„Ich muss stark sein – für die schwerere Stunde, die mir noch bevorsteht. Ich bitte Dich, Tante, begleite mich. An Deiner Seite fühle ich mich stärker. Gott gebe, dass ich noch einmal seine Augen sehen, noch einmal den Druck seiner Hand fühlen kann." Man sprach kein Wort, als man zu viert in der schnell herbeigeholten Droschke saß, deren Kutscher den Auftrag erhalten hatte, so schnell wie möglich nach dem ihm bezeichnenden Krankenhause zu fahren. Der Oberarzt kam ihnen schon auf dem Korridore entgegen und führte sie in ein, neben dem Krankenzimmer, in welchem Mark lag, gelegenes Gemach. Die Verbindungstür war nur angelehnt. Else schrak zusammen und klammerte sich an Frau von Poyritz an. Es war die Stimme ihres Verlobten, die aus jenem Zimmer herübertönte – in abgerissenen Sätzen sprechend – bald laut und leidenschaftlich – bald im schmerzlichen Flüstertone.

„Er phantasiert", sagte der Arzt leise – „das letzte Aufflackern der Lebenskraft!" „Lassen Sie mich zu ihm," bat Else mit zuckenden Lippen – „ich werde stark sein – ich werde nicht weinen und jammern – o, lassen Sie mich doch zu ihm!" Der Arzt sah mit gerührter Teilnahme auf das junge Mädchen. „Ich fürchte nicht die Aufregung für den Leidenden – ich fürchte für Sie, mein gnädiges Fräulein. Der Platz an einem Sterbelager ist ein qualvoller." „So nehmen Sie mir jede Hoffnung?" flüsterte Else. – „Noch höre ich seine liebe Stimme." „Ich kann und mag Sie nicht täuschen, mein liebes, gnädiges Fräulein – es geht zu Ende mit dem Verwundeten. In Gottes Namen gehen Sie zu ihm!"

Mark ruhte mit geschlossenen Augen auf dem Lager. Mühsam rang sich der Atem aus der zerschossenen Brust hervor. Else hätte aufschreien mögen vor Qual und Schmerz, als sie in seine todbleichen Züge schaute, die in diesen wenigen Stunden so entsetzlich sich verändert hatten und scharf und spitz geworden waren. Beide Hände gegen die Brust gepresst, als müsse sie mit Gewalt ihr Herz zusammenpressen, dass es nicht seinen gewaltigen Schmerz in wilden Lauten hinausschreie, stand sie zu Häupten des Bettes, unfähig zu denken, sich zu bewegen. All' ihr Glück lag da sterbend vor ihr. Von den im Nebenzimmer Versammelten wagte keiner zu sprechen. In tiefster Seele ergriffen lauschten alle den wirren Reden, die den blassen Lippen des Sterbenden entflohen.

„ – wirf die Schlangen aus deinem Horste, Du Kaiseradler –" tönte es herüber – „sie zerfleischen das Vertrauen Deines Volkes – sie vergiften die Seele Deines Volkes, das nach Dir sich sehnt – Dein Volk – Dein Volk – Dein treues Volk, das alle seine Hoffnungen auf Dich setzt – in den Fesseln des Kapitalismus, bedroht vom roten Zwang – hüte es – pflege es – breite Deine Schwingen darüber aus – Du schirmender Adler – da, siehst Du, wie sie herankriechen zu Dir – wie sie Dein Ohr füllen mit falschem Wort – wie sie das strahlende Auge Dir blenden, dass Du es nicht sehen sollst mit dem eigenen klaren Blick – fort da! Lass mich Dein Ritter St. Georg sein, der den Drachen der Falschheit und der Zwietracht tötet, der zu den Stufen Deines Thrones herankriecht – ach, dass ich ihn mit einem Schwertstreich – ach!" Mit einem wimmernden Laute, dem ein qualvolles Röcheln folgte, war der Sterbende, der sich zu erheben gesucht, auf sein Lager zurückgesunken.

Else war an dem Bette niedergesunken, sie hatte die herabhängende Rechte ihres Bräutigams ergriffen und weinte heiße, stille Tränen darauf. „Da – da ist er – der Ritter St. Georg –" flüsterte der Sterbende – „Wie sein blaues, mächtiges Auge leuchtet – wie er gewaltig sich hebt und streckt – der Eine, Einzige! Die Eichen umrauschen ihn und da zieht es herein – in unabsehbaren Massen – das Volk, das Volk von Ost und West – vom Norden, vom Süden – flieg zu ihm, Du Kaiseradler, flieg zu ihm –. Du und er – untrennbar hinfort, untrennbar –!"

„Mark!" flehte Else – „Hermann, mein Hermann – ich bin bei Dir – ich, Deine Else!" Hatten die Töne leidenschaftlicher Zärtlichkeit, die an das Ohr des Sterbenden drangen, die Macht, noch einmal den Tod, dessen dunkle Fittiche den Verwundeten schon umschatteten, zu vertreiben?

„Else!" flüsterte er, ohne die Augen zu öffnen – „Else – – komm zu mir, dass ich Dich noch einmal sehe – noch einmal. Du bist so fern – so fern –" Er schwieg und für einen Augenblick stockte das Röcheln – ein sanftes Atemholen trat an die Stelle desselben – ein sanftes, stilles Lächeln erschien auf seinem Antlitz. Das Haupt auf Marks Hand gebeugt, sie mit glühenden Tränen und heißen Küssen bedeckend, lag Else vor dem Bette auf den Knieen und nun hielt nichts mehr ihren wilden Schmerz zurück. Ihr verzweiflungsvolles Schluchzen tönte zu den anderen im Nebenzimmer herüber.

„Es geht zu Ende," sagte der Arzt leise, der an das Krankenlager getreten war und nun zu den Versammelten zurückkehrte. „Vielleicht kehrt noch einmal das Bewusstsein zurück . . . Gönnen wir die letzte Minute ihr, die er liebte!" Er zog einige Briefe aus dem Rocke und reichte sie Härting. „Das fanden wir in seinen Taschen," sagte er – „es sind Briefe, ich vermute, dass sie an Sie

adressiert sind – er scheint sein trübes Schicksal geahnt zu haben!"
Härtings Hand bebte und zitterte unter den leichten Papieren, als wögen sie eine Zentnerlast auf. „Er ahnte es," flüsterte er. – – „Sein Tod erschien ihm wie eine Sühne für das, was er getan. Mark, mein armer, lieber Mark!" Der starke Mann erbebte unter dem Schmerze, der ihn durchschüttelte. Er wehrte den Tränen nicht mehr, die still und schwer in den Bart herniedertropften. Der Arzt hob mahnend die Hand und trat an die halb offene Tür zurück.

„Else!" klang es leise von den Lippen des Sterbenden. „So bist Du bei mir – o, nun ist alles gut!" „Das Bewusstsein ist zurückgekehrt," sagte der Arzt leise, – „stören wir nicht das letzte Lebewohl der beiden!" Else's Klagen zerschnitten die Herzen derer, die hier abseits standen. „Geh nicht von mir, Hermann!" flehte sie in rührenden Tönen – „Du darfst ja nicht von mir gehen – Du darfst es nicht!" Sie hatte sich über ihn geworfen und umklammerte ihn, als könne sie den Geliebten dem Tode abringen! Aber schon senkten sich die Schatten des Todes über ihn und umschleierten seinen Blick.

„Bleib bei mir, Else, –" flehte er angstvoll und seine Rechte tastete nach ihr . . . Und da er ihre Wange an der seinen fühlte, lächelte er. – „Dich – Dich allein – hab' ich immer geliebt, wenn die Rosen blühen – die purpurnen und die weißen – dann hol' ich Dich heim." Ein schweres Atemholen, ein ersticktes Röcheln, schaumiges Blut trat auf die farblosen Lippen. Mit einem gellenden Schrei fuhr Else in die Höhe und flog zur Tür.

„Er stirbt mir – um Gottes Barmherzigkeit willen – er stirbt mir!" Frau von Poyritz fing die Wankende in ihren Armen auf. Der Arzt trat an das Bett heran. „Er ist tot!" sagte er leise und schonend. „Er hat ausgelitten." Ein leises Schluchzen ging durch das Zimmer.

Härting beugte sich über den Leblosen. „Leb wohl, Freund – leb' wohl!" Er drückte einen Kuss auf die Stirn des Toten und trat zurück. Else riss sich aus den Armen ihrer Tante los und, im Übermaß ihres Schmerzes, sank sie vor dem Bett nieder:

„Nun erst ist er ganz mein!"

Der Arzt hatte einen der Vorhänge bei Seite gezogen. In flutendem Strome brach die Maisonne in das Gemach des Todes – sie warf ihren Schimmer auf die starren ruhigen Züge des Verblichenen. Die Sonne grüßte zum letzten Mal ihn, der die Sonne über alles geliebt hatte!

Der Rote Adler, das Wappentier
der Markgrafen von Brandenburg und noch
Teil des Wappens von Kaiser Wilhelm II.

Erläuterungen

Abbazzia : Nobles Seebad an der Adriaküste. Gerne vom Adel der Habsburger Monarchie besucht.
Abraham a Santa Clara : Augustiner-Mönch (1644-1709). Bedeutender Prediger und Poet der Barockzeit.
Arabeske : Rankenornament.
Barbablanca : Bezeichnung für Kaiser Wilhelm I., angelehnt an Kaiser „Barbarossa", um ihn in eine Reihe mit den Römischen Kaisern deutscher Nation zu stellen.
Berlinske Tidende : dänische Zeitung, eigentlich „Berlingske Tidende", Berling`s Zeitung, benannt nach dem Buchdrucker und Gründer Berling. Eine der ältesten Zeitungen mit Sitz in Kopenhagen. C.-Schwiening änderte hier den Namen leicht ab.
Bethanien-Krankenhaus : 1841 in Kreuzberg am Mariannenplatz als Zentralkrankenhaus der Diakonissen gebaut. Es liegt Luftlinie ca. 12 km vom Ort des Duells im Grunewald entfernt. Es gab damals näher gelegene Krankenhäuser in Tempelhof und Tiergarten (ca. 8 km entfernt). Vermutlich hat Crome-Schwiening aus dramatischen Gründen das bekanntere „Bethanien" gewählt und in die Nähe des Grunewaldes verlegt.
Blaustrumpf : Spöttische Bezeichnung für gebildete „Frauenzimmer", die sich mehr der Gelehrsamkeit als dem häuslichen Leben widmeten.
Boudoir : Kleines Rückzugszimmer für die Dame des Hauses, auch Ankleideraum.
Brandenburg : SMS, Panzerschiff, 1893 i.D., während der Probefahrt am 16.02.1894 platzte das Hauptdampfrohr. 44 Tote.
Brillantagraffe : Hakenförmige Schließe für Kleidungsstücke, mit Brillanten geschmückt.
Brochette : (franz.) Spieß, hier spießförmige Nadel mit Kette für Orden in Miniaturformat.
Café Bauer : Beliebtes Café an der Ecke Friedrichstraße / Unter den Linden, eines der Ersten mit elektrischer Beleuchtung.
Caporal-Tabak : Ein sehr würziger und kräftiger, gemischter Pfeifentabak mit langfaserigem Schnitt, ähnlich einem Fein-

schnitt. Benannt nach dem Caporal der französischen Armee, der die Tabakrationen zuteilte.
Chapeau claque : Zylinderförmiger Hut, der zusammengeklappt, zusammengefaltet werden kann (Klapphut, Faltzylinder).
Circe : Zauberin, Göttin der griechischen Mythologie (Kirke). Bekannt durch Homers Odyssee. Wird auf der Insel, heutigen Halbinsel, um San Felice Circeo zwischen Rom und Neapel angesiedelt.
Compatriot : Landsmann, aus demselben Land stammend.
Contremine : Unterminierung, Wühlarbeit
Courierzug : Schnellzug, besonders für Kurierpost geeignet.
Devotion : Verehrung
ennuyierend : (franz.) langweilig, verdrießlich, belästigend.
enragiert : leidenschaftlich für etwas eingenommen, auch empört, wütend.
Entrefilets : „eingeschobener" Kurzkommentar, Glosse.
Enveloppe : Umschlag, Briefumschlag.
Equipage : Bezeichnet die Gesamtheit eines Gespannes (Kutsche) mit Pferden, Wagentyp, Ausstattung und Aufmachung, wozu u.a. neben der Kutsche auch die Kleidung des Fahrers und der Diener zählen. Eine Equipage wurde so zum Statussymbol seines Besitzers.
Etagère : Gestell mit mehreren Ebenen (Etagen) mit Geschirr (Obst-Etagére) oder Büchern, hier Schreib-Ablage (Ablagekorb).
Fauteuil : Sessel mit Armlehnen. Rücken, Sitzfläche und oft auch die Armlehnen gepolstert.
Fronde : (franz.) „Schleuder", Bezeichnung für Aufstände, Bürgerkriege, hier für aufsässige Oppositionelle verwendet.
Ganymed : Figur der griechischen Mythologie, „Schönster aller Sterblichen", schöner Bursche.
Genius loci : (lat.) Geist des Ortes. In der römischen Mythologie der Schutzgeist eines Ortes, später auch die geistige Atmosphäre einer Örtlichkeit.
Groom : Pferdepfleger, Pferdeknecht, Stallknecht, Stallbursche
Grotenburg : Berg im Teutoburger Wald mit dem Hermannsdenkmal.

Harun-al-Raschid : Kalif von Bagdad (~763 – 809), dem nach den Geschichten von „Tausend und einer Nacht" eine märchenhafte Gestalt zugeschrieben wird, die aber andererseits wegen seiner Brutalität und Verschwendungssucht umstritten ist.
Havelock : Ärmelloser Mantel-Umhang für Herren, mit ellenbogenlanger Pellerine innen.
Hofcamarilla : (span.) „Kämmerchen", politische Gruppierung, die nicht der Regierung angehört, aber Einfluss auf die Entscheidungen eines Herrschers ausübt.
Honoratiorenzimmer : Zimmer, in dem sich die politisch interessierte „Oberschicht" mittelgroßer oder kleinerer Orte traf.
Insinuation : Herzensangelegenheit, Schmeichelei, auch förmliche Eingabe.
Isegrimm : Fabelwesen eines knurrenden, grimmigen Wolfes. Hier als „Bruder Isegrimm" Spitzname für Bildhauer Härting.
Kalabreser : Herren-Filzhut mit breitem Rand aus Kalabrien.
Kalenbergischer Volksstamm : Bevölkerung des Fürstentums Calenberg im welfischen Herzogtum Braunschweig-Lüneburg, aus dem 1692 das Kurfürstentum Hannover hervorging.
Kartellträger : Bei einem Duell der Beauftragte des Beleidigten, der die Forderung überbringt.
Kissinger Tage : Bismarck hat in Bad Kissingen mehrere Kuraufenthalte gehabt, auch noch nach dem Attentat 1874 auf ihn.
Klatschkonventikel : Private Zusammenkünfte im kleinen Kreise, auf denen „geklatscht" wird.
kolportieren : Gerüchte verbreiten.
Konjekturen : (lat.) Vermutungen.
Lisière : Rand, hier des Waldes.
Livrée : Uniformähnliche Kleidung für die Dienerschaft.
Meublement : Möblierung, Einrichtung eines Zimmers oder einer Wohnung.
Nippesuhr : Zur Zierde aufgestellte kleine Uhr geringen Wertes.
Packetboot : Mittelgroßes Boot zur Beförderung von Post (Paketen), Passagieren und Fracht.
Pallaschgriff : Von ungarisch „Schwert". Griff einer Hieb- und Stichwaffe mit gerader Klinge.

Partei-Coterie : Geschlossene Gesellschaft, „Kränzchen", Clique einer Partei.
Passepoils : Schmaler, wulstartiger Besatz (Paspel) an Kleidungsstücken.
Perron : Freitreppe, hier Bahnsteig.
Pfeilerspiegel : Schmale Wandspiegel zwischen zwei Wandöffnungen wie Fenstern oder Türen.
Phidias : Berühmter Bildhauer der griechischen Antike (500 – 430 v.C.). Vertreter der griechischen Hochklassik.
Portière : Vorhang über oder anstatt einer Tür, aus schwerem Stoff wie Samt, Brokat oder Plüsch.
Prellstein : Abgerundeter Stein an Gebäudeecken, Toreinfahrten u.ä., um Wagenräder gegen deren Beschädigungen abzuweisen (Radabweiser).
Pschorr-Bier : Bier aus der Brauerei der Familie Pschorr in München.
Rapport : (franz.) mündlicher Bericht; mündlicher Austausch.
recogniscieren : Terrain, Gelände, Gegend erkunden.
Refus : (franz.) Ablehnung, Absage.
Reichstagsneubau : Das Reichstagsgebäude wurde von dem Architekten Paul Wallot von 1884 bis 1894 in Berlin gebaut.
Res perfecta : lat., vollkommene Sache, Angelegenheit.
Rout : (engl.) Abendempfang, Abendgesellschaft.
Schimmerndes Welfenpferd / preußischer Aar : Symbole für die hannoversche und preußische Armee. Die hannoverschen Truppen mussten im Juni 1866 in der Schlacht bei Langensalza vor den preußischen kapitulieren; das Königreich Hannover wurde von Preußen annektiert und zur preußischen Provinz gemacht.
Seladon : Name eines Schäfers, einer franz. Romanfigur aus dem 17.Jh., sprichwörtlich als „zärtlich wie Seladon" geworden.
Soirée : (franz.) Abendgesellschaft, festlicher Abendempfang.
Tabouret : (franz.) Trommelchen, Hocker ohne Lehne.
Tusculum : Stadt des Altertums, Wohnort für reichere Römer; hier gemeint als ruhiger Landsitz, Ort des Lieblingsaufenthaltes.
vieux Grand : (franz.) der alte Große.

Vogel Bülbül : türkisch Nachtigall, Sperlingsvogel.
Zoraïde : Schönheit und Hauptfigur in Rossinis Oper „Ricciardo e Zoraide", 1818.

Gebäude, Straßen und Plätze

Behrensstraße : eigentlich „Behrenstraße", vornehme Straße in Berlin. parallel und südlich von „Unter den Linden", benannt nach dem Städteplaner Behren. C.-Sch. änderte hier den Namen leicht ab. Wohnort von Dr. Mark.

Bellevue : Von Ferdinand Prinz von Preußen, einem Bruder König Friedrichs II. 1786 errichtetes Schloss. Heute Sitz des Bundespräsidenten. Außerdem Name der nahe gelegenen S-Bahnstation.

Bethanien-Krankenhaus : Diakonissen-Zentralkrankenhaus in Kreuzberg am Mariannenplatz.

Cafe Bauer, Berlin, an der Ecke Friedrichstraße / Unter den Linden. Beliebtes Café. Treffpunkt von Mark und Paulsen.

Café Josty : Künstlercafé der Schweizer Gebrüder Josty am Potsdamer Platz.

Charlottenstraße : Straße in Berlin Mitte, kreuzt die Behrenstraße.

Dorotheenstraße : Nördlich zu Unter den Linden parallel verlaufende Straße, benannt nach der Kurfürstin Dorothea von Brandenburg.

Friedhof Stralau : Alter Friedhof auf der Halbinsel Stralau an der Spree mit dörflichem Charakter.

Friedrichstraße : Bahnhof Friedrichstraße. Zentralbahnhof Berlins vor 1918.

Großer Stern : Zentraler, repräsentativer Platz im Tiergarten mit sternförmigen Straßeneinmündungen. Die Siegessäule wurde erst 1938 vom Reichstagsgebäude dorthin versetzt.

Kaiser-Wilhelm-Straße : Fortsetzung der „Unter den Linden", zwischen Dom und Stadtschloss zum Alexanderplatz. Wohnort von Jeanlin.

Krausenstraße : Parallelstraße südlich zur Leipziger Straße. Zeitweiliges Quartier im „Grünen Baum" von Toinon.

Lehrter Bahnhof : Kopfbahnhof in Berlin, von dem aus die Lehrter Eisenbahn Berlin über das Eisenbahnkreuz Lehrte mit Hannover verband. Der Bahnhof wurde 1871 eröffnet und nach schweren Schäden im II. Weltkrieg 1951 stillgelegt. An seiner Stelle befindet sich heute der Berliner Hauptbahnhof.

Leipziger Straße : Eine der Hauptverkehrsstraßen Berlins, vom Potsdamer Platz zum Spittelmarkt. Der Straßenzug führt dann weiter zum Alexanderplatz.

Lustgarten : Gartenanlage vor dem Berliner Dom

Mittelstraße : Straße in der Mitte zwischen Unter den Linden und Dorothenstraße. Atelier und Wohnung von Härting.

Pension Werner : Pension in Friedrichsruh.

Potsdamer Platz : Ursprünglich Platz vor dem Potsdamer Tor gewann er nach der Reichsgründung mit großen Gebäuden und zahlreichen Restaurants, u.a. dem Künstlercafé Josty, dem Grand Hotel Bellevue und dem Palast-Hotel, an Bedeutung.

Potsdamer Straße : Straße vom Potsdamer Platz nach Südwest Richtung Potsdam. Wohnsitz der Familie Poyritz.

Tiergarten : Ursprünglich Jagdrevier für den kurfürstlichen Hof, später Berliner Stadtbezirk mit weitläufiger Parkanlage, Königsplatz, Reichstagsgebäude etc. und den Tiergarten-Villen vermögender Einwohner.

Kurzvita Crome-Schwienings

Carl Crome-Schwiening wird am 13.02.1858 in Syke/Bremen geboren, wo sein Vater als Rechtsanwalt und Notar tätig ist. Nach dem frühen Tod des Vaters zieht seine Mutter, eine geborene Dietz, mit zweien ihrer Töchter und Sohn Carl 1870 zu ihrem Vater nach Celle. Hier besucht Carl das Gymnasium. Sein militärisches Einjähriges verbringt er im 2. Hannoverschen Infanterieregiment. Danach studiert er in Berlin und Leipzig, wo er als Journalist beginnt, und seit 1881 verfasst er auch Romane und Erzählungen. Zu nennen sind seine zeitkritischen Romane, wie „Und Bebel sprach!" von 1893 oder „Von Friedrichscron bis Friedrichsruh" von 1896. Er verfasst auch Kriminalromane, wie „Unter fremdem Willen" und „Die Elbpiraten", die in den Jahren 1900 und danach spielen.

1887 wird er Dramaturg an der Städtischen Bühne in Leipzig. 1890 redigiert er die Zeitschrift „Schalk", den „Kunst- und Theater-Anzeiger" und die „Allgemeine Modezeitung", die in Leipzig erscheinen. 1890 und 1891 schreibt er für Operetten des Komponisten und Pianisten Heinrich August Platzbecker (1860 - 1937) die Texte der Gesänge zu „König Lustik" und „Jenenser Studenten".

1902 nimmt er in Hannover als Nachfolger von Hermann Löns die Stelle als Chefredakteur des „Hannoverschen Anzeigers" an. Hier entstehen seine Romane „Unter dem springenden Pferd – Ein hannoverscher Roman aus dem Kriegsjahr 1866" und der Fortsetzungs-Kriminalroman „Der Fund in der Eilenriede", bei dem es sich um ein Findelkind dreht.

In seiner hannoverschen Zeit ist Carl Crome-Schwiening auch öfters bei seinen Schwestern im Töchterheim in Celle zu Besuch. Nach seinem Ableben am 24.06.1906 lassen sie ihn auf dem Hehlentor-Friedhof, dem „Bürgerfriedhof" oberhalb der städtischen Allerbrücke in Celle, bestatten.

Abbildungen und Nachweis

6   Titelbild aus C.-Schwiening „Im Horste …", 1895

10   Berlin Zentrum mit Handlungsorten. Nach Stadtplan Kiessling, Berlin von 1890. Ausschnitt vereinfacht und mit Legende versehen,

12   Lehrter Bahnhof. Ausschnitt Postkarte von 1903

22   Bismarck. Nach Briefmarke 20 Pfg., Deutsche Bundespost 1965

31   Café Bauer an Ecke Unter den Linden / Friedrichstraße. Photochromdruck. LOC ID ppmsca 339

68   Stadtschloss Berlin 1872. Photochromdruck. LOC ID ppmsca 333

110   Eisenbahnstrecken Berlin – Friedrichsruh und Berlin – Lehrte. Ausschnitt Karte der Staats- und Privatbahnen Deutsches Reich, 1886

129   Pension Werner. Ausschnitt Postkarte von 1906

138   Treffen Bismarck und Kaiser auf Friedrichsruh 1894. Holzschnitt E. Zimmer

235   Neues Palais 1888. Holzstich anonym

279   Bethanienkrankenhaus. Ausschnit Postkarte von 1912

287   Roter Adler der Markgrafen von Brandenburg. Ausschnitt nach Scheiblerschem Wappenbuch, 1450-1580

CPSIA information can be obtained
at www.ICGtesting.com
Printed in the USA
BVHW071141131022
649366BV00010B/709